Moselhochzeit

Petra Reategui, geboren 1948 in Karlsruhe, war nach einem Dolmetscher- und Soziologiestudium Redakteurin bei der Deutschen Welle. Sie arbeitet heute als freie Journalistin und Autorin in Köln.

Dieses Buch ist ein Roman. Handlungen und Personen sind frei erfunden. Ähnlichkeiten mit lebenden oder toten Personen sind nicht gewollt und rein zufällig.
Der Anhang (S. 319-349) enthält Informationen zu den realen Hintergründen des Mordfalls sowie ein Glossar, ein Personenverzeichnis und Quellen- und Literaturangaben.

PETRA REATEGUI

Moselhochzeit

HISTORISCHER KRIMINALROMAN

emons:

1 *Münstermaifeld* – das Kantonstädtchen, in das es zu seinem großen Bedauern den jungen, verheißungsvollen Juristen Anton Nikolaus Spitzlay verschlagen hat

2 *Das Schrumpftal* – ein idyllisches Fleckchen Erde, durch das es sich, vorbei an zahlreichen Mühlen, trefflich von der Höhe hinunter an die Mosel wandern lässt

3 *Kergeshof* – Unter einem hohen Himmel und umgeben von fruchtbaren Feldern liegt der Hof der Familie Brachtendorf.

4 *Moselsürsch* – ein verträumtes Dorf auf dem Maifeld, in dem der Ackerer Jakob Daum wohnt und gleich daneben Peter Puth, der Junge, der nur Milch trinkt

5 *Winningen, die »wolgezogene Gemain«* – stattliches Winzerdorf und protestantische Insel inmitten einer katholischen Region

6 *Die Waldlichtung bei Trimbs* – ein gefährlicher Ort, an dem sich Spitzlay fragt, was zum Henker ihn veranlasst hatte, die Juristerei zu studieren

7 *Lasserg* – ein Dörfchen zwischen Münstermaifeld und Mosel, in dem Caspars Vater für vier Pferde eigenes Land besitzt

8 *Löf* – der Weinort, in dem Kath und Sophie vor dem Hagel in die Kirche flüchten und der tauben Alten das Kehrblech aus den Händen fällt

9 *Alken* – Moselstädtchen mit verwinkelten Gassen, über das seit Jahrhunderten die doppeltürmige Burg Thurant und die Bleidenberger Wallfahrtskirche wachen

10 *Das Mühltal* – Enger und schroffer als das Schrumpftal, mit nicht minder eindrucksvollen Mühlen, führt das steile Tal von Moselsürsch hinunter nach Kattenes.

11 *Das Wäldchen bei Moselsürsch* – So unheimlich es bei Nacht sein mag, tagsüber flirrt das Sonnenlicht zwischen den hohen Bäumen, und vom Ausoniusstein blickt der Ausflügler hinunter auf die glitzernde Mosel.

12 *Das Kreuz* – Geschützt unter Birken steht es an der Landstraße von Münstermaifeld nach Lehmen.

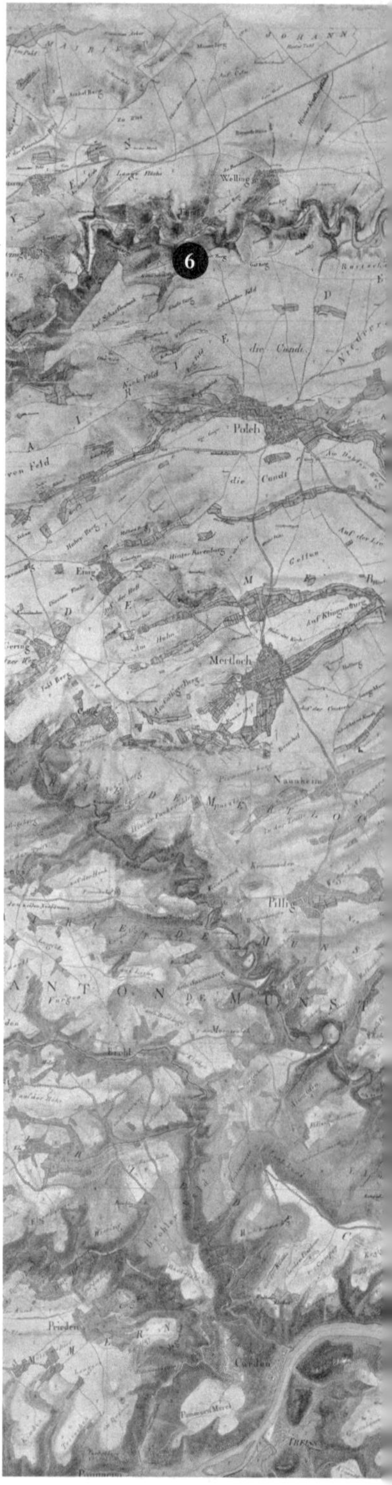

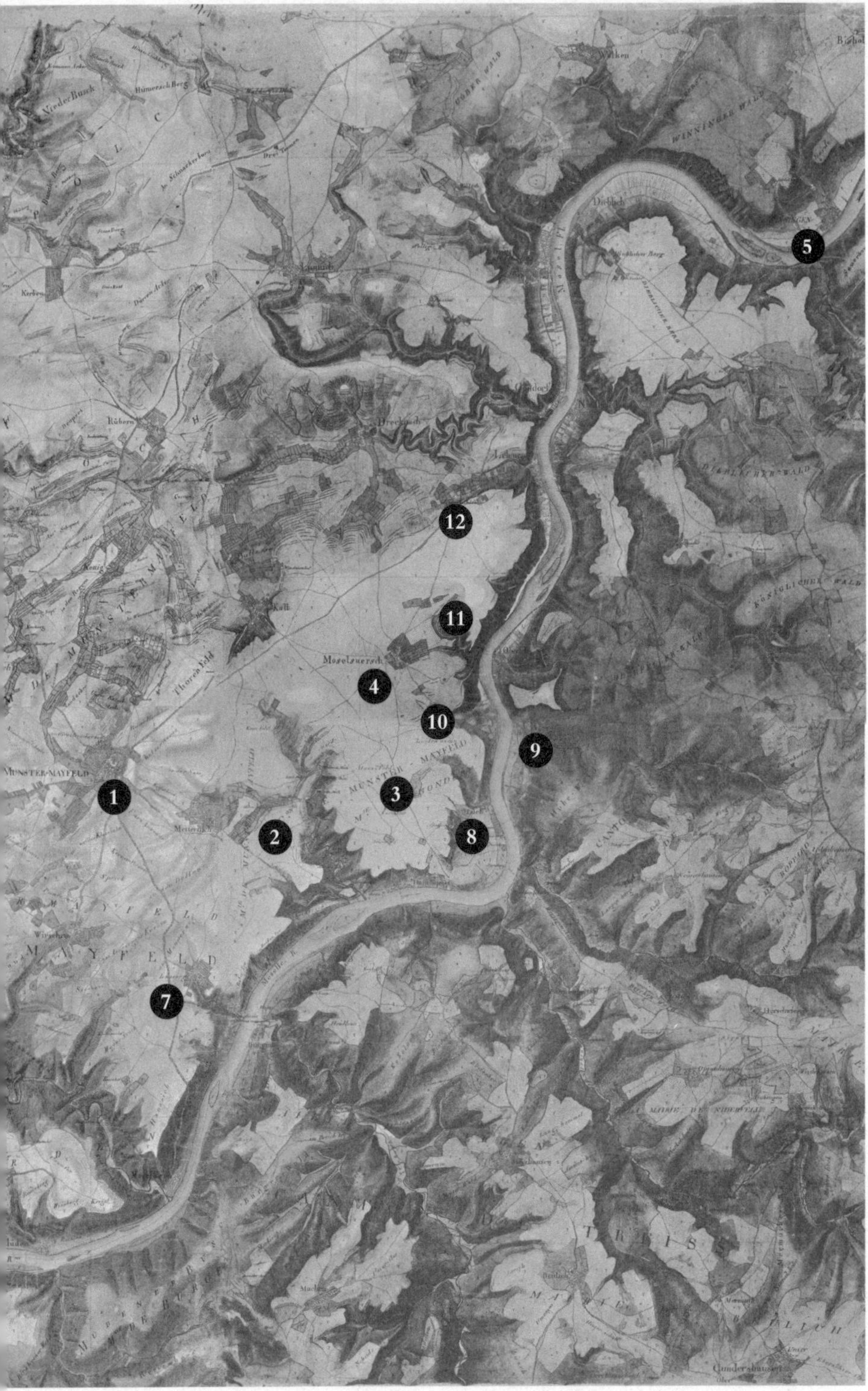

MUNSTER-MAYFELD
WINNINGER WALD
KÖNIGLICHER WALD
MAYFELD
Moselsuersch
Kalt
Thoren Feld
1
2
3
4
5
7
8
9
10
11
12

Bibliografische Information der Deutschen Bibliothek
Die Deutsche Bibliothek verzeichnet diese Publikation
in der Deutschen Nationalbibliografie; detaillierte bibliografische
Daten sind im Internet über http://dnb.d-nb.de abrufbar.

MIX
Papier aus verantwortungsvollen Quellen
FSC® C083411
FSC
www.fsc.org

Umschlagmotiv: Landschaft bei Cochem an der Mosel
von Gottfried Pulian, 1858
Umschlaggestaltung: Tobias Doetsch
Gestaltung Innenteil: César Satz & Grafik GmbH, Köln
Kartenmaterial: © GeoBasis-DE/LVermGeoRP2013-07-08
Druck und Bindung: CPI – Clausen & Bosse, Leck
Printed in Germany 2013
ISBN 978-3-95451-181-5
Historischer Kriminalroman
Originalausgabe

Für Johann Joseph Brachtendorf
und die Menschen auf dem Maifeld

EINS

Dienstag, den 16ten August 1814, Vormittag

Der Hahn schrie. Einmal. Zweimal. Maria öffnete die Augen. Im Raum war es dunkel und stickig. Die Nacht hatte keine Abkühlung gebracht. Schemenhaft zeichneten sich die Umrisse des Stuhls und der Kommode ab. Seit einem halben Jahr klemmte die unterste Schublade. Aber ihr Mann tat nichts.

Sie streckte und dehnte sich ein wenig und zog das verschwitzte Laken noch einmal über die Schultern. Nur für ein paar Minuten. Bis zum nächsten Hahnenschrei.

Sie musste wieder eingeschlafen sein. Als sie erneut aufwachte, fühlte sie sich dumpf und schwer, Beine und Knie schmerzten. Das passierte ihr in der letzten Zeit häufiger. Auch die Mutter hatte darunter gelitten, wahrscheinlich lag es am Alter.

Ächzend kroch sie unter dem Plumeau hervor. Mit den Händen im Schoß blieb sie einen Augenblick auf der Bettkante sitzen, murmelte ein Gebet und bekreuzigte sich. Dann erhob sie sich schwerfällig, stieg in ihre Röcke, schlich leise, um den Mann nicht zu wecken, ans Fenster und schob den dicken Vorhang einen Spalt weit auf. Von einem wolkenlosen Himmel flirrte gleißende Morgensonne. Auf den Walnussbaum fiel noch der Schatten des Hauses, die weiten Felder dahinter aber lagen im strahlenden Licht. In der Ferne blinkte das Dach des Betzemer Hofs. Es würde abermals ein heißer Tag werden.

Die Schlafzimmertür quietschte, als Maria sie öffnete. Hinter ihr knurrte der Mann, drehte sich geräuschvoll um, raunzte irgendetwas. Sie achtete nicht darauf, stieg, sich seitlich festhaltend wegen des bösen Knies, langsam die Treppe hinunter in die Küche. Von gestern war noch Erbsensuppe im Topf, sie reichte fürs Frühstück. Maria begann das Feuer anzufachen. Schon als Kind, noch im elterlichen Haus, war sie fürs Feuer in der Küche zuständig gewesen.

Oben hörte sie die Dielen knarzen, eine Tür wurde geöffnet und wieder zugeschlagen, eine zweite, dann polterte ihr Mann die Treppe herunter und stieß die Küchentür auf.

»Wo ist der Joseph?«

Wo soll er schon sein, wollte sie sagen, aber als sie sein Gesicht sah, zog sie es vor zu schweigen.

Brachtendorfs Stimme durchschnitt die Luft. »Er ist nicht in seinem Bett. Er war die ganze Nacht nicht in seinem Bett.«

Ruhig, Maria, ganz ruhig! Immer wenn es um Joseph ging, gab es Streit. Sie nahm den Kessel vom Feuer, stellte Schüsseln auf den Tisch und suchte nach dem Schöpflöffel.

»Wo treibt dein Sohn sich rum?« Brachtendorf brüllte jetzt. Er schaute Maria an, als ob sie wüsste, wo der Junge war, es ihm aber verheimlichte.

»Setz dich«, sagte sie, »er wird schon kommen.«

»Er wird schon kommen«, äffte der Mann sie nach. »Er hat nicht irgendwann zu kommen, ich brauch ihn jetzt. Jetzt, hab ich gesagt«, und schlug mit der Faust auf den Tisch.

»Nimm den Johann mit!« Maria wartete die Antwort nicht ab, griff sich Korb und Kitzel, der an einem Nagel neben der Tür hing, und verließ die Küche. Sie hasste es, wenn ihr Mann laut wurde. Am Anfang, als sie geheiratet hatten, hatte er nicht geschrien, oder es war ihr nicht aufgefallen.

Mechthild muss kehren heute, dachte sie, während sie aus dem Haus trat und einen prüfenden Blick über den Hof tat. Und Jab die Sensen dengeln.

Eine der Katzen, die schwarze mit der weißen linken Vorderpfote, huschte an Maria vorbei, stoppte unvermittelt, die Ohren gespitzt, den Blick starr auf die Steine am Brunnen gerichtet, eine Maus? Ein Vogel? Sie duckte sich, jede Muskelfaser gespannt, dann, so plötzlich, wie ihr Interesse erwacht war, erlosch es wieder. Gemächlich setzte das Tier seinen Weg fort und kroch, den Rücken tief geduckt, unterm geschlossenen Hoftor hindurch ins Freie. Weg war es.

Maria band sich ihr Kopftuch um, ordnete die Falten ihrer Röcke, die Schürze. Drinnen im Haus schepperte es. Eine der Suppenschüsseln? Sie zuckte die Schultern, das Leben ist, wie es ist. Und Joseph war nicht nach Hause gekommen.

Beim Klacken einer Tür fuhr sie zusammen. Aber es war nur der Jab, der aus dem Gesindehaus kam, unausgeschlafen, den Kittel hastig übergeworfen, die Ärmel hochgekrempelt. Er grüßte herüber und schlurfte zum Brunnen, um sich etwas Wasser ins Gesicht zu schütten. Sie müssen lang getrunken haben gestern, dachte sie, er schläft noch im Gehen.

»Hast du den Joseph gesehen?«

Der Knecht schüttelte den Kopf. »Nur einmal«, brummte er kaum verständlich. Nur einmal habe er ihn kurz bei den Sürschern sitzen sehen, dann nicht mehr.

Die Sonne stand kaum eine Handbreit über dem Dach der Scheune, als Maria das große Hoftor aufschob. Aus dem dichten Weinlaub, das, vom Boden emporkletternd, fast den ganzen mit Schiefer gedeckten Querbalken der Port überwucherte, flatterte verstört eine Kolonie Spatzen auf. Sie kehrten erst wieder zurück, nachdem sie darunter durchgegangen war.

Bis zum Horizont erstreckte sich vor ihr das Mayfeld. Nach Sürsch brauchte es eine halbe Fußstunde, von dorther müsste er kommen. Aber sie sah nichts als Äcker, hier ein noch nicht gemähtes Roggenfeld oder Hafer, der sich weich in der morgendlichen Brise wiegte, dort Streifen von Kartoffeln und dazwischen braungelbe Stoppelflur, auf der sich Kasten an Kasten reihte.

Vereinzelt markierten Bäume oder Hecken die Grenzen der Felder, deuteten Weggabelungen an oder schmückten ein steinernes Kreuz, von einer frommen Seele errichtet zur Ehre Gottes. Wo die mächtige Buche in den Himmel ragte, querte der Weg, der über die Hochebene hinunter an die Mosel führte. Nirgends rührte sich etwas, kein Karren, der sich näherte, kein Wanderer, nur zwei Bussarde, die am Himmel umeinander kreisten. Resolut setzte sich Maria den Tragring auf den Kopf und packte den Korb darauf. Sie konnte nicht bis in alle Ewigkeiten hier stehen bleiben.

Zum Gemüsegarten waren es nur ein paar Schritte, rechts um den Hof herum, am Kaninchenstall vorbei und an dem Stück Brombeerhecke. Die hinteren Beete grenzten an die Außenwand des Schuppens. Nach vorn öffnete sich der Garten zu den Obstwiesen. Im Frühling, wenn die Bäume blühten, verwandelte sich die Landschaft in ein weißrosa Blütenmeer, es war die Zeit, wo

Maria nach den Wintermonaten wieder zu singen anfing. Jetzt aber war Sommer, die Kirschen längst gepflückt und verkauft, und die Apfelernte stand vor der Tür. Maria las ein paar der ersten Augustfrüchte vom Boden auf, dat Kath musste später Mus kochen.

Es hatte den Garten schon gegeben, als sie dem jungen Brachtendorf, der um sie freite, nach hierher gefolgt war. Er war ihr angenehm gewesen, ja vielleicht, nein, sicher!, hatte sie ihn sogar geliebt, auch wenn die alten Frauen, die es zu wissen vorgaben, behaupteten, dass so was wie die Liebe erst mit der Zeit käme.

Wenn sie anfangs Heimweh gehabt hatte, und das hatte sie gehabt, obwohl sie es nicht zugeben wollte, dann flüchtete sie hierher, grub und harkte und sämelte und riss Unkraut aus, damit nur keiner sah, wie sie weinte. Unwahrscheinlich lange dreißig Jahre war das her, seit sie Kalt verlassen hatte und auf diesen einsam gelegenen Kergeshof gekommen war. 1784 war das gewesen, in demselben Jahr, in dem Nachbars Matthias nach Winningen heiratete. »Eine Lutherische! Wehe, wenn du mir mit so einem Blaukopp gekommen wärst«, hatte die Mutter gesagt, während sie Küchentücher, Kochlöffel, Töpfe und Deckel, die Maria mitbekommen sollte, in Körbe packte. »Ich glaub, ich hätt dich totgeschlagen.«

Kurz bevor sie damals auf den Hof kam, war die alte Gertrud Brachtendorf, die Mutter ihres Mannes, gestorben, und auch der Vater, schon gut an die fünfzig, kränkelte, seit das Pferd ihn getreten hatte. Mehr als einmal war ihr später der Verdacht gekommen, dass sie nur deshalb geheiratet wurde, damit wieder eine Frau auf dem Hof war. Denn von den drei Töchtern der Familie lebte nur noch die jüngste, Anna, doch die Dreizehnjährige wäre mit Hof, Haushalt, dem Vater und drei Brüdern überfordert gewesen.

Maria hatte schnell aufgehört, sich etwas vorzumachen. Das Leben ist, wie es ist. Hatte die Großmutter immer gesagt. Und wenn sie dann eben Heimweh bekam oder sich über ihren Mann ärgerte, was nicht ausblieb, nahm sie Korb und Kitzel und ging in den Garten, erinnerte sich des Spruchs der alten Frau, das Leben ist, wie es ist, atmete tief durch und konnte wieder lächeln.

Eigentlich, dachte sie jetzt, während sie Wasser aus dem Trog schöpfte und das Gemüse zu gießen begann, hätte es schlimmer kommen können. Der Mann war gut zu ihr gewesen, sie hatte nur ein Kind verloren, das dritte, den Philipp, am Wurmfieber. Und Anna war ihr mit den Jahren eine Freundin geworden, trotz des Altersunterschieds von fünfzehn Jahren.

Als die Schwägerin dann Lellmanns Hennes drüben vom Betzemer Hof heiratete, war ihr traurig ums Herz gewesen. Wann immer sie Zeit hatte, ging sie fortan hinüber zum Nachbarhof, eine Viertelstunde zu Fuß durch die Felder, um der jungen Frau zur Hand zu gehen, bei der Weißwäsche zu helfen, beim Einmachen, Backen und beim Hausputz. Manchmal gesellte sich Rengers Lisbeth aus Hatzenport zu ihnen, auch ihre eigenen beiden Töchter, et Ann, die Älteste, und die Jüngste, et Kathrinche. Maria liebte diese Nachmittage und Abende, an denen die Frauen ganz unter sich waren, geheiligte Stunden, von den Männern immer ein wenig bespöttelt, hin und wieder auch argwöhnisch beobachtet. Nie aber wäre es einem von ihnen eingefallen, den Frauen die Zusammenkünfte zu untersagen.

Sie richtete sich auf, wischte den Schweiß von der Stirn, streckte den Rücken und knotete das Kopftuch fester. Wenn es nicht regnete, müsste Jab ihr heute Abend neues Wasser mit der Karre vom Hof herfahren.

Sie schaute in den Himmel, an dem sich keine einzige Wolke zeigte, nicht der kleinste Schleierhauch.

Die Sonne stand ungerührt hoch über dem Moseltal, das von hier oben nur als dunkelgrünes Band erkennbar war und sich weich an die bewaldeten Hänge des Hunsrücks schmiegte. Sie legte die Hand über die Augen, suchte drüben auf der anderen Seite, ihrem Garten gegenüber, die alte graumassige Wallfahrtskirche auf dem Bleidenberg, zu der sie sich noch am letzten Dreifaltigkeitssonntag mit einer Pilgerschar aufgemacht hatte. Seitdem die Preußen Napoleon verjagt hatten, waren Prozessionen Gott sei Dank wieder erlaubt. Weiter rechts, ebenfalls auf der anderen Flussseite, ragte wie ein mahnender Zeigefinger der mächtige Turm der Ehrenburg empor.

Es war dieser Blick übers Land, klar leuchtend an Tagen wie

diesem, geheimnisvoll, wenn im Herbst die Nebel wanderten, oder still und unberührt unter frisch gefallenem Schnee, der sie mit den vielen Widerwärtigkeiten des Lebens versöhnte. Selbst Kalt, wo sie geboren war, nach dem sie sich immer sehnen würde, weil dort die Eltern gelebt hatten und die Geschwister, selbst Kalt war nichts verglichen mit diesem Bild einer Landschaft, die von den berühmtesten Malern der Welt auf großen Leinwänden verewigt wurde. Hatte ihr in Löf der Pfarrer erzählt, und sie wüsste keinen Grund, warum sie ihm nicht glauben sollte.

Aber heute besänftigte sie der Blick übers Mayfeld nicht.

Wo der Joseph nur blieb? Wann hatte es angefangen, dass er sich rarmachte, oft unerträglich abweisend war? Um Pfingsten herum oder früher? Ostern? Ja, es musste Ostern gewesen sein.

Nach der Messe war er einfach verschwunden, ohne etwas zu sagen. Erst am Abend war er wieder aufgetaucht, lange nach dem Essen, hatte nichts gesagt, nichts erklärt. Von Brachtendorf setzte es Ohrfeigen, aber Joseph war stumm geblieben wie ein Fisch, und Maria hatte befürchtet, er würde zurückschlagen. Sie hätte schwören können, dass Joseph die Hand schon zur Faust geballt hatte. Aber dann machte er auf dem Absatz kehrt und schloss sich in seiner Kammer ein. Sie hörte ihn pfeifen, und ihr Mann lief rot an vor Wut. »Dein Sohn hat nicht gehorchen gelernt!«

Das stimmte nicht. Joseph hatte immer gemacht, was Brachtendorf ihm aufgetragen hatte. Sauber, ordentlich und schnell. Wenn auch meist schweigsam. Er war sicher der schweigsamste von allen Brüdern, nicht erst seit Ostern. Die Einzigen, mit denen er noch redete, waren sein Freund Caspar und, wenn auch seltener, seine beiden Schwestern. Mit denen konnte er sogar lachen.

Plötzlich vermeinte sie, eine Bewegung gesehen zu haben. Sie verscheuchte ihre Gedanken, suchte den Horizont ab, stieg sogar auf den Stumpf eines vor langer Zeit gefällten Pflaumenbaums.

Ja, sie hatte sich nicht getäuscht. Dort hinten, von Sürsch kommend, bewegte sich etwas, ein Mensch oder ein Tier? Es könnte auch eine Karre sein, das vermochte sie jetzt noch nicht zu erkennen. Ihr Herz begann zu klopfen. Möglich, dass er im Dorf bei Caspar übernachtet hatte oder bei der ältesten Schwester, wie er es schon einmal getan hatte. Allerdings war er da am nächsten Morgen beim ersten Hahnenschrei wieder auf dem Hof gewesen, und Brachtendorf hatte vergeblich nach einem Grund gesucht, mit ihm zu zanken. Im Gegenteil, noch nie hatte Joseph so viel gearbeitet wie an jenem Tag. Nur dass ihr Mann es nicht für nötig erachtet hatte, darüber ein Wort zu verlieren.

Jetzt konnte sie es deutlich sehen, es war ein Pferdegespann. Sonderlich eilig schien der Kutschmann es nicht zu haben, dann verschwand das Gefährt in einer Mulde.

Der soll mir nur kommen, dachte sie und holte tief Luft. Mit seinem Eigensinn musste endlich Schluss sein. Gut, er war inzwischen dreiundzwanzig, und irgendwann war es immer das erste Mal, dass ein junger Mann nicht nach Hause kam. Trotzdem, er konnte nicht einfach tun und lassen, was er wollte. Und wenn er dreimal zu irgendeiner Hillich gegangen war oder zu einer Kirmes und dabei ein Mädchen kennengelernt hatte. Er hatte doch noch jede Menge Zeit. Sein Vater war achtundzwanzig gewesen, als sie heirateten, sie, Maria, selbst kaum jünger.

»Nein«, sagte sie laut, »ich werde ihm das nicht mehr länger durchgehen lassen. Nicht nach diesem Ärger heute Morgen. Und im Übrigen habe ich ja wohl auch noch ein Wörtchen mitzureden, wenn er auf Brautschau geht.«

Sie dachte an Kirchhenns Clementia aus Hatzenport, ein kräftiges Mädchen, nicht sonderlich ansehnlich, aber gutherzig, und zupacken konnte sie außerdem. Clementia war drei Jahre älter als Joseph, das waren die vernünftigsten Verbindungen. Aber auch das Vermögen des alten Kirchhenn war nicht zu verachten.

Gleich als die Franzosen im neu gegründeten Departement das ärgerliche Feudalsystem abschafften, hatte er wie viele Ackerer die Weinberge, Felder und Obstwiesen, die schon sein Urgroßvater für ein Trierer Kloster als Beständer bewirtschaftet hatte, zu einem guten Preis erwerben können. Zwei Jahre später war Kirchhenn schuldenfrei gewesen, heute gehörte er zu den reichsten Bauern der Gegend, und einen Sohn gab es nicht. Etwas Besseres könnte Joseph also gar nicht passieren.

Als sie im Juni den alten Collig auf seinem letzten Weg begleitet hatte und anschließend beim Leichenschmaus ganz zufällig neben den Alten zu sitzen kam, hatte sie schon einmal vorgefühlt. Kirchhenn schien nicht abgeneigt zu sein. Obwohl es Maria einen Stich gab, wenn sie daran dachte, dass Joseph eines Tages den Kergeshof verlassen würde. Sie hätte ihn gern als Erben gesehen, aber es hatte keinen Zweck, die Augen vor den Tatsachen zu verschließen. Sie musste an die Zukunft ihres Sohnes denken. Und Hatzenport war nicht aus der Welt.

Maria stand noch immer auf dem Baumstumpf. Das Gefährt müsste längst wieder aufgetaucht sein. Aber nichts bewegte sich dort, wo sie vorher das Fuhrwerk gesehen hatte. Niemand kam aus der Mulde heraus. Wer immer es gewesen war, derjenige hatte nicht zum Kergeshof gewollt.

Ihr wurde schwindlig, sie kletterte vom Wurzelstrunk herunter und trank einen Schluck Wasser aus dem Trog, bevor sie sich, den vollen Gemüsekorb auf dem Kopf balancierend, auf den Heimweg machte. Joseph würde was erleben, wenn er zurückkäme, sie würde ihm die Leviten lesen, darauf konnte er Gift nehmen.

***

Spitzlay hörte das Rumpeln der Räder auf dem steinigen Pflaster, beschleunigte seinen Schritt und erreichte die Untertorstraße noch rechtzeitig, um die beiden Wagen der Wanderbühne vorüberrollen zu sehen, die Münstermayfeld in Richtung Polch verließen. Er blieb stehen. Auch andere hatten haltgemacht, um die Schauspieler passieren zu lassen, vor allem aber aus Neugier.

Sie mussten von weit her sein, diese Leute, überlegte Spitzlay. Schon gestern Nachmittag, während der Vorstellung auf dem Marktplatz, hatte er gerätselt. Der Bajazzo mit dem Goldzahn? Bestimmt ein Italiener. Und von woher mochte der Bösewicht des Stücks sein, der mit der fahlen gelblichen Gesichtsfarbe und den krausen Locken? Ein Slawe? Auf jeden Fall ein hässlicher Mensch mit schiefer Nase, er musste sich irgendwann einmal geprügelt haben. Dann die knochige Alte, weißhaarig und olivhäutig, die erstaunlich behände die Leiter zur offenen Bühne hinauf- und hinuntergeklettert war, und die junge Frau mit den langen schwarzen Haaren und mit Augen!, mit Augen, wie er noch nie Augen gesehen hatte. Funkelnd, leidenschaftlich, exotisch.

Waren sie Spanierinnen? Oder Türkinnen?

Er hätte es nicht sagen können. Denn so fremdländisch die ganze Truppe auch aussah, ihre Sprache war es nicht. Er glaubte sogar, im Vortrag der Spieler mal einen Frankfurter Tonfall, dann wieder einen Mainzer Zungenschlag herauszuhören.

Johlend und Grimassen schneidend, hüpfte eine Schar Kinder neben den Fuhrwerken her, ein ganz Mutiger nahm Anlauf, hängte sich an die Sprossenwand des letzten Wagens und ließ sich ein Stück mitschleppen, bis die Schöne, die dort saß, ihm mit einer Handbewegung drohte und der Junge lachend absprang.

Auch heute Morgen trug die junge Schauspielerin ihr Haar wieder offen und nicht, wie die Mädchen hierzulande, sittsam zu einem Zopf oder Knoten gebunden. Der Fahrtwind wehte ihr Strähnen ins Gesicht. Sie strich sie, während sie scheinbar gleichgültig über die Schaulustigen am Straßenrand hinwegblickte, mit einer nachlässigen Handbewegung zur Seite. Als verscheuchte sie eine Fliege.

»So gut war sie nun auch wieder nicht«, hörte Spitzlay jemanden hinter sich sagen, »ich hab schon bessere gesehen.«

Er brauchte sich nicht umzudrehen, um zu wissen, wer da sprach. Es gab keinen größeren Kritikaster vor dem Herrn als Glaser Hingsheim. Dabei hatte der sich gestern nach dem Spiel auf dem Markt die Hände wund geklatscht, hatte nicht aufgehört, Bravo zu rufen, und war danach um die Schauspielerwagen herumscharwenzelt, als ob es etwas umsonst gäbe.

Nicht, dass Spitzlay hinter dem Mann herspioniert hätte, du lieber Himmel, nein, das würde er nie tun. Er hatte ihn vielmehr zufällig gesehen, hinter dem Wagen der Truppe, als er gegen Abend zum Schuster gegangen war. Seit Tagen schon hätte er seine Schuhe abholen sollen, und jetzt hatte er nun gerade Zeit gehabt. Zufällig hatte ihn dann der Weg an diesem fremden Völkchen vorbeigeführt, und ebenso zufällig hatte er den Glaser entdeckt, wie der versuchte, einen Blick ins Wageninnere zu werfen. Spitzlay hatte sich in den Schatten eines Hauses zurückgezogen und Hingsheim nicht aus den Augen gelassen. Es ging ihn nichts an, was der Mann trieb, doch sein Puls schlug schneller.

Irgendwann hatte der Glaser aufgegeben und war fluchend abgezogen. Spitzlay aber blieb noch lange an die von der Hitze des Tages aufgewärmte Hauswand gelehnt, verborgen in einer Nische, sah den ein oder anderen Schauspieler aus den Wohnwagen kommen, eine Pfeife rauchend, sich mit einem Kollegen unterhalten und wieder hineinklettern. Keine der Frauen der fahrenden Truppe ließ sich blicken. Hinter den Vorhängen an den Wagenfenstern nahm er manchmal Personen wahr, Köpfe, schemenhaft verschwommen, einer davon, da war er sich sicher, war der der schönen Türkin.

Wie festgenagelt harrte er aus, beobachtete, hoffte und wusste nicht, auf was. Erst als es von der Stiftskirche elf Uhr schlug, war er nach Hause gegangen. Hatte auf seinem Bett gelegen, lang ausgestreckt, ohne sich zu bewegen, kaum zugedeckt, die Arme stocksteif neben seinem Körper. Bei dieser unsäglichen Hitze war kaum an Schlaf zu denken.

»Dreckige Zigeunerin«, zischte Hingsheim wieder nahe an Spitzlays Ohr.

Er spürte, wie ihm das Blut ins Gesicht schoss. Ein Sonnenstrahl blendete ihn, sodass er blinzeln musste. Ob der Glaser ihn gestern Abend in seinem Versteck gesehen hatte? Spitzlay tat, als ob er Hingsheim nicht gehört hätte, und wendete sich ab. Die Wagen verschwanden hinter einer Kurve, die Menschenmenge löste sich auf.

Auch Spitzlay machte sich auf den Weg zum Amt. Nur einmal drehte er sich um und schaute zurück, der Glaser stand noch immer an der Stelle, wo die Wagen vorbeigefahren waren, und grinste hinter ihm her.

Eilig ging er weiter, am Markt vorbei, die Gasse zum Münster hinauf, dessen mächtiges Westwerk, ein wuchtiges Gemäuer, eher Trutzburg als Kirchturm, ihn jeden Morgen aufs Neue staunen ließ. Die geballte Faust Gottes, kam ihm in den Sinn, als er den Kirchplatz überquerte.

Trotz der frühen Stunde war es schon wieder heiß, die Hitze drückte ihm auf die Brust. Spitzlay zog ein Sacktuch aus der Rocktasche und wischte sich über Stirn und Nacken.

Als er die Tür zur ehemaligen Dekanei öffnete, schlug ihm aus dem Hausflur kühle Luft entgegen, und in den beiden Räumen, in denen das Friedensgericht untergebracht war, seit die Franzosen das Stift aufgelöst und die adligen und kirchlichen Besitztümer eingezogen hatten, war es im ersten Augenblick so kalt, dass man meinen könnte, es wäre schon Herbst. Spitzlay atmete tief auf und sank auf seinen Schreibtischstuhl.

***

Und wenn es nicht stimmte, was die beiden Männer ihm da erzählten? Von hier in Richtung Lehmen liege eine Leiche, den Weg immer geradeaus, vorbei an den zwei Eichen, bis zu der Hecke.

Jakob Daum hatte Mühe, den Fremden zu verstehen, so schnell sprach dieser.

»Keine Hecke«, fiel der andere seinem Gefährten ins Wort. »Ein Gestrüpp. Weißdorn, Holunder.«

Dort würde er die Leiche finden. Nein, wer es sei, wüssten sie nicht, sie seien nicht von hier, würden niemanden in der Gegend kennen, behaupteten sie.

Jakob hakte nach. »Also von hier aus noch vor den Lehmerhöfen?«

Wenn das die ersten Häuser seien, auf die man stößt, kaum dass man vom Tal aus die Höhe erreicht hat, ja, dann liege die Leiche zwischen diesen Lehmerhöfen und dem Ort hier.

»Sürsch«, erklärte Jakob ihnen, »Moselsürsch.«

»Ja, ja, Moselsürsch.«

Sie schienen ihm gar nicht zuzuhören. Hatten sich schon umgedreht, um weiterzugehen.

»Und der Mensch liegt einfach so da, ganz offen, auf dem Weg?«

Jakob wollte sie aufhalten, noch mehr von ihnen erfahren, auch wer sie selbst eigentlich seien.

Kaum, dass der Schnellsprecher anhielt. »Nicht auf dem Weg«, rief er zurück, »unter den Büschen.« Sie sei nicht zu übersehen, die Leich.

Seltsame Vögel, dachte Jakob und schaute ihnen nach, wie sie aus dem Ort hinauseilten und den Weg nach Mörz einschlugen.

Jakob wusste nicht, was er tun sollte. Ein paar kleinere Kinder spielten Fangen um das Schöpflöffelkreuz herum, das auf Weckbeckers Feld am Ortsausgang stand. Vor dem letzten Haus des Dorfs bemerkte er die Schäfersch mit zwei Nachbarinnen. Sie unterbrachen ihr Gespräch, als die beiden Fremden an ihnen vorübergingen. Anni zeigte mit dem Finger hinter ihnen her, vielleicht war ihr etwas Besonderes aufgefallen.

Hinter ihm im Stall rumorte das Vieh, wahrscheinlich die Scheckige, sie stand kurz vor ihrer ersten Geburt. Jakob wollte dabei sein, wenn es so weit war.

Die Frauen, die ihm zuvor noch einen Gruß zugewinkt hatten, steckten schon wieder die Köpfe zusammen, sonst war niemand zu sehen, hochsommerlich still lag die Hauptstraße. Mit wem sollte er reden über das, was die Männer ihm erzählt hatten? Die Nachbarn waren längst auf dem Feld, auch Caspar. Die Frauen wollte er nicht mit der Sache behelligen. Aber vielleicht wüsste der alte Wirtz Rat, der musste zu Hause sein.

Von der Gasse gegenüber sah er Pitter hochkommen.

»Säin isch ze spät?«, fragte der Junge atemlos, er musste gerannt sein.

»Nein, überhaupt nicht. Ich hatte nur vergessen, dass du kommen wolltest.«

»Aber ich hab doch gesagt, dass ich Holz hacken werd.« Sein Neffe schien beleidigt zu sein. »Oder glaubt Ihr auch, dass ich das nicht kann?«

»Nee, nee«, versicherte Jakob schnell, »du kannst das schon. Nur …«

»Doch, ich kann das.«

Der Junge stampfte wütend auf, wollte schon zum Hof des Onkels. Aber Jakob hielt ihn am Ärmel fest.

»Warte! Ich brauch dich für was Wichtigeres. Aber du darfst mit niemandem darüber reden, hörst du?«

Der Junge nickte, seine Augen blitzten. »Ich kann schweigen wie ein Grab. Isch hann noch nie äbbes verroode«, versicherte er.

Peters Eifer rührte Jakob, hoffentlich machte er damit keinen Fehler.

»Was soll ich machen?«, drängte Peter.

»Du musst nach Meensder«, sagte Jakob, »so schnell du kannst«, und er erzählte ihm von den beiden Unbekannten.

»Een Leich!« Peter war sprachlos, aber nicht lange. »Die will ich sehen.« Er stotterte vor Aufregung.

»Ja, das wirst du«, versprach Jakob, »aber zuerst holst du den Gendarmen und den Friedensrichter. Und jetzt lauf!«

Später machte sich Jakob Vorwürfe, dass er das Kind in die Sache mit hineingezogen hatte. Puths Peter war erst neun, viel zu jung für so eine Aufgabe und obendrein zu mager. Der Junge aß ja auch nichts, nahm nur Milch zu sich. Das konnte nicht gesund sein. Er brauche eine ordentliche Tracht Prügel, sagten die einen, wenn sie ihn sahen. Andere glaubten, Peter habe den Teufel in sich und es sei die Aufgabe des Pfarrers, ihn zu kurieren. Und wieder andere empfahlen einen Aufguss von Thymian und Pomeranzenschalen, um seinen Appetit anzuregen.

Aber weder Kräutersud noch die heilige Kommunion halfen. Peter hatte seinen eigenen Kopf und blieb bei Milch. Jeden Tag trank er anderthalb Maß, dazu hin und wieder einen Schluck Kaffee oder etwas verdünnten Wein.

Jakob schimpfte mit sich. Es war nicht richtig gewesen, den Jungen zu schicken, Peter würde weit über eine Stunde für den Weg brauchen. Andererseits, er war das früher auch gelaufen. Nach Meensder und zurück, den Berg runter nach Lehmen und wieder hoch. Er war fünf, als er mit der Mutter nach Lonnig ging, die Großeltern besuchen, und Lonnig war noch ein gutes Stück weiter als Münstermayfeld. Aber er hatte auch immer richtig gegessen. Doch jetzt war es zu spät. Er hoffte, dass Peter es irgendwie schaffte, dumm war der Kleine nicht.

Die letzten Sürscher Häuser lagen jetzt hinter ihm, und Jakob schritt zügig aus. Schon bald spürte er die Hitze und den Schweiß, der ihm über den Körper zu rinnen begann, aber er achtete nicht weiter darauf. Es musste zehn Uhr sein, vielleicht schon halb elf. Um diese Zeit wollte er eigentlich die halbe Tagesarbeit erledigt haben. Das Heu musste gemacht werden, bevor das Wetter wieder umschlagen würde.

Hätte er den Bürgermeister in Gondorf benachrichtigen müssen? Wie war das mit den vielen Gesetzen und Verordnungen, die Napoleon eingeführt und die, wie er gehört hatte, auch weiterhin galten, obwohl die Franzosen geflohen waren und das Land gar nicht mehr zu Frankreich gehörte?

Caspar war ja dafür gewesen, war immer Feuer und Flamme für die Revolution. Früher zumindest, bevor er bei der Grande Armée gewesen war. Er, Jakob, hatte nie viel davon gehalten. Dieses Hurrageschrei unterm Freiheitsbaum in Münstermayfeld! Das war nur was für die Bürgerlichen, für die Städter und Gebildeten, aber doch nichts für die Leute in den Dörfern. Gut, mit der Vorherrschaft der Stifte und Klöster war es vorbei, dagegen hatte er nichts. Von ihm aus konnte es auch so bleiben, und er hoffte, dass die neuen Herrscher nicht wieder alles rückgängig machen würden.

Aber musste dieser gottlose Franzose so weit gehen und die Kirchen schleifen und die Sonntage und schönen Kirchenfesttage abschaffen? In Paris hätte Napoleon von ihm aus machen können, was er wollte, aber hier an der Mosel …! Die alten Weiber hatten recht. Das war eine Sünde!

Nach der Beschreibung der beiden Fremden dürfte er die halbe Strecke geschafft haben. Und wenn es gar keinen Leichnam gab? Wenn es eine Falle war?

Unwillkürlich verlangsamte Jakob seinen Schritt. Vielleicht war das ganze Gerede von dem Toten eine List. Es war leichtsinnig von ihm gewesen, sich einfach so auf den Weg zu machen, ohne jemandem Bescheid zu geben. Besser, er kehrte um. Zu Hause auf dem Hof waren jetzt nur die Frauen, die Bande hätte es nicht einmal nötig einzubrechen, alle Türen standen offen, sie brauchten sich nur zu bedienen.

Jetzt mal den Teufel nicht an die Wand!

Es war helllichter Tag, sein Hof lag nicht irgendwo abseits im Wald, sondern mitten im Ort. Kätche und Magda würden schreien, und aus der Nachbarschaft kämen sie mit Mistgabeln gelaufen. Nein, sie würden es nicht wagen, den Hof zu überfallen.

Er hatte die Eichen passiert und musste jetzt gleich da sein. Jakob starrte angestrengt nach vorn, dort waren die Büsche, von denen die Männer gesprochen hatten. Ein Bussard schwebte über der Stelle. Das hat nichts zu sagen, dachte er, Bussarde sind überall, aber unheimlich wurde ihm doch. Er schaute sich um, aber nirgends entdeckte er auf den Feldern Menschen, die er hätte bitten können mitzukommen. Peter würde jetzt noch nicht einmal in Münster sein.

Und dann stand er vor dem Gehölz, über ihm ertönte der lang gezogene Schrei des Raubvogels, ein zweiter antwortete. Als es im Unterholz raschelte, fuhr er zusammen. Jetzt glaubst du schon an Gespenster! Er schluckte. Wahrscheinlich eine Maus oder ein Vogel, der im Unterholz nach Würmen pickte. Hab dich nicht so! Hier liegt keiner.

Er ging an der Buschreihe vorbei. Nirgendwo eine Leiche. Links das Gestrüpp, rechts Wymars Feld. Roggen. Vor ihm dehnte sich eine Brache, das Land gehörte einem Lehmener Ackerer. Jakob blieb stehen. Die Männer hatten sich einen Witz erlaubt, hatten sich über ihn lustig gemacht. Oder sie wollten tatsächlich seine Abwesenheit ausnutzen, um …

Er atmete schwer, Angst brach ihm aus allen Poren, unschlüssig blickte er den Weg zurück, den er gekommen war. In der Ferne die Eyfeler Vulkanberge, die Meensderer Stiftskirche am Horizont klein wie ein Spielzeug. Besser, er kehrte um.

Da sah er ihn.

***

Kaum ein Geräusch drang durch die dicken Mauern der alten Dekanei in die Gerichtsräume. Spitzlay hatte die Halsbinde und den Kragen seines Hemdes gelockert. Er zwang sich, gleichmäßig zu atmen. Die gewohnte Umgebung half.

Seit knapp einem Jahr saß er jetzt hier im Münsterer Gericht und hörte sich die Klagen und Beschwerden der Mayfelder an. Da war Heinrich Schmittel, Tagelöhner aus Sevenich, der den Peter Dannenheim, Maurer, gebürtig aus Moselkern, im Streit angespuckt hatte; dann die Frau des Schuhmachers, die des Bierbrauers Magd geschlagen, und der Wirt des Kühlen Krugs, der Schmährede gehalten hatte gegen den Müller der Oberen Mühle in der Schrumpf. Was für Tragödien! Albernheiten. Petitessen. Spitzlay träumte von Köln oder Düsseldorf. Zumindest aber von einem Fall Schinderhannes, wie er ihn im heimatlichen Simmern mitbekommen hatte, wenn Nachbar Becker, seines Zeichens Sicherheitsbeamter und Friedensrichter des Kantons, seinen Vater, einen Lehrer, besuchen kam und die beiden Männer ausgiebig den Fall des gefürchteten Räubers und seiner Konsorten erörterten.

Aufgeregt hatte er damals als Junge zugehört und den gewieften Juristen bewundert, und als der Verbrecher Bückler, genannt Schinderhannes, zu guter Letzt gefasst und in Mainz hingerichtet wurde, stand für Spitzlay fest, dass auch er die Rechte studieren würde. Seinem Vater schwoll die Brust vor Stolz, und Nachbar Becker vermittelte, wo immer er konnte, bis der gute Mann bedauerlicherweise durch den Tritt eines Pferds viel zu früh aus dem Leben scheiden musste.

Und so kam es, dass nach dem Examen nicht Nikolaus Anton Spitzlay, sondern ein eitles Juristensöhnchen aus Goslar, dessen Onkel mit dem Vater der Ehefrau des Zuchtgerichtspräsidenten zu Mittag zu speisen pflegte, den Posten des stellvertretenden Richters in Coblenz bekommen hatte. Spitzlays Onkel war nur Schmied und verkehrte in Wirtshäusern, und der Vater mied seit dem Ableben des Freundes die Simmerner Honoratioren und widmete sich fortan der Beobachtung von Schwalben und Zaunkönigen.

Spitzlay beklagte die korrupte Welt, grollte dem Leben und langweilte sich. Dennoch protokollierte er gewissenhaft, was ihm vorgetragen wurde, beschwichtigte die streitenden Parteien und legte die Akten seinem Vorgesetzten vor, Friedensrichter Johann Philipp Kaysersfeld, damit dieser Recht spreche. Im Namen des Volkes.

Als Spitzlay zehn Monate zuvor, am 1. Oktober 1813, die Stelle antrat, hatte Kaysersfeld noch »Au nom du peuple« gesagt und das Urteil auf Französisch verkündet. Nein, heruntergeleiert, schnell, unverständlich. Die Kläger murrten, die Angeklagten murrten. Das erste Mal, dass Spitzlay mit dabei war, hatte Kaysersfeld kurz aufgeblickt, seinen jungen Stellvertreter prüfend gemustert, hatte überlegt und gehüstelt und schließlich noch einmal von vorn begonnen: »Au nom du peuple!« Und dann das Urteil auf Moselplatt erläutert. Jetzt war es Spitzlay, der Verständnisschwierigkeiten hatte, aber die anderen waren zufrieden – trotz der Strafen, die sie aufgebrummt bekamen.

Die von Kaysersfeld in seiner schludrigen Richterschrift hingekritzelten französischen Urteile pflegte Greffier Kretzer fein säuberlich abzuschreiben und die Papiere dann Spitzlay zu übergeben. Dieser prüfte sie auf ihre Richtigkeit hin, zeichnete sie am Rand ab, versah sie mit Datum und legte sie endlich Kaysersfeld zur Unterschrift vor. J. P. Kaysersfeld, Juge de la paix, Münstermayfeld.

Doch als in der ersten Januarwoche 1814 die Nachricht eintraf, dass in der bitterkalten Neujahrsnacht Blücher mit seinen Männern den Rhein überquert und verbündete russische Soldaten morgens um vier Uhr Coblenz besetzt hätten, worauf die Franzosen Hals über Kopf geflohen seien, holte Kaysersfeld tief Luft, schaute Spitzlay wieder prüfend an, rief dann Kretzer herein und verkündete: »Ab heute alles wieder auf Deutsch.«

»Im Namen des Volkes«, hatte er noch hinzugesetzt.

Spitzlay hatte nicht zu widersprechen gewagt. Einerseits stand er mit der französischen Sprache auf Kriegsfuß, andererseits bewunderte er den Empereur. Denn war es nicht Napoleon gewesen, der die neuen Gesetze eingeführt hatte, Gesetze, die zweifellos gerechter waren als alles bisher Dagewesene in deutschen Landen?

»Und wie soll es jetzt weitergehen?«, hatte er verunsichert gefragt. »Was, wenn der Franzose zurückkommt?«

Und, hatte er bei sich gedacht, wagte es aber nicht laut zu äußern, und ist jetzt mein ganzes Studium an der juristischen Fakultät Makulatur? Waren die letzten Jahre umsonst? Er war einunddreißig, und die Vorstellung, noch einmal von vorn beginnen zu müssen, verursachte ihm Bauchschmerzen. Womöglich müsste er erneut studieren, weil eine neue Regierung ihm, der seine Ausbildung unter den Franzosen genossen hatte, die Ausübung des Richteramts nicht gestatten würde.

»Ist Ihnen nicht gut?«, hörte er Kaysersfeld besorgt fragen. »Setzen Sie sich doch, Sie sind ja ganz blass. Kretzer, hol ihm ein Glas Wasser. Und mir kannst du Wein mitbringen zur Feier des Tages«, rief der alte Friedensrichter dem Mann hinterher.

»Eigentlich würde ich auch gern wissen, wie es weitergeht und was aus mir wird«, hatte Kretzer gesagt, als er kurz darauf mit den gewünschten Getränken wieder zurückkam. Justina, Kaysersfelds Hausmädchen, folgte mit drei Gläsern hinterdrein.

»Was aus dir werden soll?«, fragte der bisherige Juge de la paix zurück. »Mach dir keine Sorgen! Es wird auch weiterhin Streithändel und Pferdediebstähle geben, üble Nachreden und Zwist über den Gartenzaun hinweg, also werden auch die neuen Herrscher nicht ohne Richter und Justizpersonal auskommen. Haben mich die Franzosen nicht schon aus kurtrierischer Zeit übernommen? Du nickst, siehst du. Und die Preußen werden es nicht anders machen. Wer von diesen königlichen Gardeoffizieren kennt sich denn mit der Seele der Menschen auf dem Mayfeld aus? Keiner. Ganz oben, ja, da wird ausgetauscht, Bäumchen, Bäumchen, wechsle dich!, aber doch nicht auf Kantonsebene.«

»Im Übrigen …«, nachdenklich beobachtete der Richter das Mädchen, das die Gläser abgesetzt hatte und einzuschenken begann. Seine Stimme hatte einen rebellischen Ton, als er weitersprach: »Warten wir doch erst mal ab, ob die Preußen so mir nichts, dir nichts die geltenden Gesetze umgekrempelt kriegen und ihre eigenen einführen. Sie dürften damit auf erheblichen Widerstand stoßen.«

Kaysersfeld trank das Glas Wein, das Justina ihm eingeschenkt hatte, auf einen Zug aus.

»Zum Wohl, meine Herren, auf ein neues Arrondissement, einen neuen Kanton, auf neue Mairien. Und auf uns!« Es knallte leise, als er das leere Weinglas auf dem Schreibtisch abstellte.

»Ja, aber …«, versuchte es Kretzer noch einmal.

Kaysersfeld unterbrach ihn. »Kretzer, es ist doch ganz einfach. Statt eines Arrondissements werden wir in Zukunft einen Kreis oder was weiß ich haben, der Maire ist wieder der Bürgermeister wie früher schon, und du unterschreibst nicht mehr als Greffier, sondern als Gerichtsschreiber.«

Und so geschah es. Nichts änderte sich am Münstermayfelder Gericht, außer dass der Richter seinem Namen wieder den alten Adelstitel voranstellte, auf den er unter Napoleon vorsichtshalber verzichtet hatte. Johann Philipp von Kaysersfeld, Friedensrichter. Die Vergehen aber ähnelten sich, die Gesetze blieben dieselben, napoleonisch, nur jetzt auf Deutsch, und Spitzlay fuhr fort, sich zu langweilen.

Ein wenig Abwechslung brachten lediglich die Betrügereien bei Währungsumrechnungen, waren doch die unterschiedlichsten Münzen im Umlauf, Franken und Centimes, Kronenthaler, Louisdors, Gulden, Silbergroschen, Kreuzer, Karolin. Wer blickte da noch durch!

Hin und wieder wurde auch der Überfall auf einen Franzosen gemeldet, aber das hatte es zu französischer Zeit ebenfalls gegeben, und weder damals noch jetzt konnten der oder die Täter mit Milde rechnen. Wenn auch Ausnahmen die Regeln bestätigten. Denn erwies sich das französische Opfer als erklärter Anhänger von Bonaparte, galt der Mann als Faktionist und Unruhestifter. Es geschah ihm also recht, wenn ihm jemand ans Leder ging. Ansonsten aber, hatte der neue Generalgouverneur Justus Gruner im April 1814 verkündet, seien die Franzosen gleich den Fremden aller anderen befreundeten Nationen zu behandeln, »… wenn sie das äußere Symbol dieser Freundschaft, die weiße Kokarde, anlegen«, hatte Spitzlay seinem Vorgesetzten und dem Gerichtsschreiber vorgelesen, als sie die Verordnung Nummer einunddreißig auf den Schreibtisch bekamen.

Spitzlay schrak aus seinen trübseligen Gedanken auf, als Kretzer den Kopf zur Tür hereinstreckte und Guten Morgen wünschte. Ob er denn eben noch mal nach seiner Frau gucken könne? Sie sei malade.

»Selbstverständlich, selbstverständlich«, nuschelte Spitzlay, verlegen, dass der ältere Mann ihn um Erlaubnis fragte und er seine Zustimmung geben musste.

Aber seit zwei Tagen war er es, der dem Friedensgericht vorstand. Herr von Kaysersfeld war mit der Familie, Frau und drei Töchtern, die Spitzlay nie unterscheiden konnte, sowie dem Hündchen Betti, zur Sommerfrische nach Bad Ems gereist. »Nur für einen Monat, Spitzlay, es muss sein«, hatte ihn der Friedensrichter beschwichtigt und sich vergnügt die Hände gerieben. »Aber seit unserer Hochzeit, und das sind wahrlich etliche Jahre her, verspreche ich Madame diese Reise. Wenn wir sie jetzt nicht machen, habe ich es mir mit ihr für immer und ewig verdorben.«

Obwohl er doch jetzt tun konnte, wonach er sich seit seinem Examen gesehnt hatte, nämlich selbst urteilen und richten zu dürfen, musste Spitzlay bei dieser Ankündigung wohl bleich geworden sein, denn von Kaysersfeld hatte ihm aufmunternd auf die Schulter geklopft.

»Keine Angst, Spitzlay, die Mayfelder sind umgängliche Zeitgenossen. Sie werden schon mit ihnen zurechtkommen. Hier, trinken Sie einen Schluck Wasser, dann wird Ihnen gleich besser.«

Das Wassertrinken hatte wenig genutzt, Spitzlay fühlte sich nicht wohl in seiner neuen Rolle. Dennoch bemühte er sich, ein gewissenhafter Stellvertreter zu sein.

»Gehen Sie nur«, rief er daher Kretzer noch einmal zu. »Und gute Besserung.«

Die Hitze dieses Augusttags machte vor den dicken Steinmauern des Dekaneigebäudes nicht halt, die Luft im Raum war drückend geworden. Spitzlay wedelte sich mit einem Blatt Papier Kühlung zu, während er die Post durchging, die aus Coblenz gekommen war. Die üblichen Verwaltungsmitteilungen, neue Verordnungen zum Arrestwesen, eine amtsärztliche Abhandlung »Über den Stand der Schutzpockenimpfung im Rhein- und Moseldepartement«. Das interessierte ihn.

In den letzten Jahren hatte es angeblich große Fortschritte in der Bekämpfung der schweren Krankheit gegeben. Spitzlay hatte sich noch nicht näher damit beschäftigt, aber er war überzeugt, dass sie auch diesen Fortschritt den Franzosen zu verdanken hatten. Nicht alles war schlecht gewesen, als die linksrheinischen Länder zu Frankreich gehörten. Der Code civil, der Code pénal, der Straßenbau. Zugegeben, es hatte auch weniger Schönes gegeben.

Spitzlay legte den Bericht zur Seite, um ihn später mit Muße zu lesen. Die Nachrichten in den Amtsblättern hatten Vorrang. Rasch blätterte er die Seiten durch, Meldungen über die Verpachtungen von Domänengütern, Holzschlag, Versteigerungen, der Diebstahl von zwei Militärpferden, zwei Vermisstenmeldungen, eine Verordnung über die Zulassung von Wanderschauspielbühnen. Spitzlay ließ das Blatt sinken.

Wo sie jetzt wohl war, seine schöne Türkin? Wo würde sie heute Abend auftreten? Sie hatte umwerfend ausgesehen gestern beim Spiel auf dem Marktplatz in ihrem dunkelgrünen Rock. Genau genommen hatte er weniger auf ihre Kleidung geachtet und auch kaum auf das Theaterstück. Seine ganze Aufmerksamkeit galt ihren schlanken weiß bestrumpften Knöcheln, die während des Spiels immer wieder unter dem Rock hervorblitzten, und den zierlichen Füßchen in hohen schwarzen Schuhen, ein Anblick, der sein Herz hatte schneller schlagen lassen.

Es verdross ihn, dass er nicht auf die Ankündigungen des Theaterdirektors geachtet hatte, der die nächsten Spielorte erwähnte. Er hätte eine Kutsche mieten und dorthin fahren können. Der Glaser würde ihm bestimmt Auskunft geben können, aber eher würde er sich die Zunge abbeißen, als diesen ungehobelten Menschen zu fragen.

Sehnsüchtig blickte er durchs Fenster hinaus auf den Kirchplatz, als könne er dort einen Hinweis finden. Resigniert wandte er sich dann wieder seinen Papieren zu und machte sich an die Anzeigen der letzten Woche. Es war immer das Gleiche. Diebstahl eines Stallhasen, Zechprellerei, zwei verschwundene Frauenröcke auf der Münstermayfelder Bleichwiese. Und dann fiel ihm der Steckbrief in die Hand.

Aus dem Gefängnis zu Bitburg sind die nachstehend beschriebenen Verbrecher entsprungen.

Erstens: Johann Reding, 36 Jahr alt, 5 Fuß groß, rote Haare und Augenbrauen, graue Augen, kleiner Mund, längliches Gesicht mit Sommerflecken, war zuletzt Revierförster in Bettenfeld, ist eines vorsätzlichen Totschlags beschuldigt, zieht nun mit einem doppelten Jagdgewehr und einem Hirschfänger umher und soll sich von Straßenraub ernähren.
Zweitens: Johann Wallet, Tagelöhner, angeblich aus Mesewich in Holland gebürtig, 40 Jahr alt, 5 Fuß 4 Zoll groß, hat krause Locken, schwarze Augenbrauen, gebrochene Nase, großen Mund, rundes Kinn, fahles Gesicht, pflegt Ohrringe zu tragen, hat sich verschiedener Erpressungen mittels Gewalthandlungen schuldig gemacht.
Beide Personen wurden insbesondere im Kanton Rübenach gesehen. Alle Polizeibehörden werden ersucht, auf diese beiden, der öffentlichen Sicherheit gefährlichen Personen ihr Augenmerk zu richten und selbige, wenn sie ihrer habhaft werden, an die Gerichtsbehörde abliefern zu lassen.
Coblenz den 9ten August 1814. Im Auftrag des Herrn Generalgouverneurskommissars. Der Polizeidirektor.

Spitzlay brach der Schweiß aus. Nervös zupfte und zerrte er an dem Kragen seines Rocks. Gebrochene Nase, fahles Gesicht, krause Locken. Das musste er sein. Der Kerl war ihm doch gleich verdächtig vorgekommen. Aber das Alter und die Größe, kam das hin? Und Ohrringe? Warum hatte er nur nicht darauf geachtet? Eines musste er diesem Menschen allerdings lassen, für einen hergelaufenen Tagelöhner, einen ausgebrochenen Erpresser, hatte er ausgezeichnet Theater gespielt. So hässlich er auch gewesen war, so hinreißend waren seine Gestik und Mimik. Konnte das wirklich ein und dieselbe Person sein, der Schauspieler und dieser Johann Wallet? Und wenn ja, wussten die anderen, wen sie da in ihrem Ensemble hatten? Deckten sie ihn? Besaß die Truppe überhaupt eine Konzession, um öffentlich aufzutreten? Er würde das prüfen lassen müssen. Sofort, heute noch.

Und was bedeutete das für die schöne Türkin? Vielleicht hatte die Bande sie entführt, hatte sie womöglich …

Da klopfte es an der Tür. Noch bevor er antworten konnte,

kam Theis Engels herein, die Gendarmenuniform spannte sich hoheitsvoll über seinen Bauch.

»Ich fürchte, wir haben da einen Fall, Herr Friedensrichter«, sagte er.

***

Jakob verharrte wie gelähmt, wagte es nicht, näher zu treten.

Der Mann lag zwischen Weg und Unterholz wie jemand, der sich zum Schlafen hingelegt hatte. Der Kopf war zur Seite gedreht, die nach oben gewandte Gesichtshälfte dreckig grau, in den Haaren Blätter und dunkle Klumpen von Erde oder Blut. Fliegen umsurrten den Kopf, saßen in den Nasenlöchern, auf dem einen geöffneten Auge, das ihn anzustarren schien. Als sie letztes Jahr die Kuh gefunden hatten, die weggelaufen war, hatten sich Abertausende Insekten über den Kopf hergemacht gehabt und ihn bis fast auf die Knochen abgefressen.

Jakob überkam ein Würgen. Er musste sich umdrehen, seine Augen suchten die sanften Kuppen und Abhänge des Hunsrücks. Aus dem Dunkel des Waldes tauchte hier eine Lichtung auf, dort ein Steinbruch, darüber wolkenloser Himmel, ein Milan, der im Aufwind segelte. Sein Magen beruhigte sich. Er wartete noch eine Weile, dann wagte er es wieder, zu dem Leichnam zu schauen.

Der Mann hatte das eine Bein leicht angewinkelt, das andere ausgestreckt. Die Füße waren nackt, verdeckt von Laub und Brennnesseln. Eine Ameisenkolonne marschierte von den Zehen kommend über Rist und Knöchel die rechte Wade entlang und verschwand im Hosenbein. Der Tote musste aus der Gegend sein, er trug den blauen Arbeitskittel, den alle hier trugen. Ein Ärmel war aufgeschlitzt, auch am Hals war der Stoff eingerissen. Knöpfe waren abgesprungen, einen entdeckte Jakob zwei Fuß entfernt auf der Erde, aber er hob ihn nicht auf.

Allmählich löste sich seine Anspannung. Er zog den Hut vom Kopf und kniete nieder, um die Fliegen zu verscheuchen und das Gesicht besser sehen zu können. Es war blutverschmiert, und doch gab es keine Zweifel. Der Tote war Joseph Brachtendorf vom Kergeshof. Wieder begann Jakob, mit einem Zweig gegen das Heer der Fliegen anzukämpfen. Ein vergebliches Bemühen.

Joseph war nicht Jakobs erster Toter. Er hatte die Mutter sterben sehen, den Vater, seine Schwester, sie war erst zwanzig gewesen. In der abgedunkelten Stube hatten sie aufgebahrt gelegen, und er hatte Totenwache gehalten, hatte stille Zwiegespräche geführt mit dem Vater, die kalten Hände von Mutter und Schwester in der seinen gehalten.

Vorsichtig tastete Jakob nach den Fingern des toten Joseph, die sich dunkel verfärbt in die trockene Erde krallten, als ob sie nach einem letzten Halt gesucht hätten. Die Glieder waren steif. Joseph musste schon lange hier liegen. Wahrscheinlich seit gestern Abend. Gestern war Mariä Himmelfahrt gewesen, und außerdem hatten sie in Lehmen Hillich gefeiert. Ungewöhnlich für die Jahreszeit, so mitten in der Ernte, und ungewöhnlich auch für so einen hohen Feiertag. Aber seit Napoleon Europa überrannt und die Kirchen geschleift hatte, war ja manches nicht mehr so, wie es einmal Brauch gewesen war. Und wer weiß, vielleicht hatte es der Braut ja auch pressiert.

Mechanisch bewegte Jakob den Blätterzweig auf und ab und versuchte dabei, das Gedankenchaos in seinem Kopf zu ordnen.

Als Kinder hatten sie zusammen gespielt, der Joseph und er. Wenn Kirmes war oder bei der Ernte. Ein Brachtendorf'sches Feld grenzte vormals an einen Acker, den sein Vater bewirtschaftete. Sie waren beide der gleiche Jahrgang, 1791. Er war im März geboren, Joseph Anfang August. Durch Heirat waren sie sogar verwandt. Er hatte im letzten Jahr Webers Kätche aus Moselsürsch geheiratet, Josephs älteste Schwester Ann einen Tag zuvor Kätches Bruder Heinrich. Von überall her waren die Gäste zu dem Fest herbeigeströmt, zwei Ochsen hatten sie geschlachtet, aus Lehmen und Metternich Musikanten engagiert, die zum Tanz aufspielten. Noch heute redeten die Leute auf dem Mayfeld von diesem Ereignis.

Damals war Joseph oft nach Sürsch gekommen, doch seit Kurzem hatte er sich nur selten blicken lassen. Ein paar vermuteten, es sei wegen Caspar, weil der nach seiner Rückkehr von der Grande Armée Magda geheiratet hatte. Im Dorf waren sie wegen dieser Verbindung überrascht gewesen, hatten sie doch alle gemeint, dass Magda und Joseph das schönere Paar gewesen wären.

Er mochte eine Stunde neben Joseph gesessen haben, vielleicht auch zwei, als er den Wagen kommen hörte, die Räder, die über die harte Heerstraße ratterten, das Klackern der Pferdehufe. Das Gefährt näherte sich rasch, bog jetzt nach rechts in einen Feldweg ein und hielt auf ihn zu. Peter winkte, sprang ab, kaum, dass der Wagen stoppte, und wollte zu dem Toten rennen. Aber Jakob hielt ihn am Arm zurück.

»Du lässt den Herren den Vortritt«, befahl er, und der Junge gehorchte widerstrebend.

Den Gendarmen kannte Jakob. Dem breitschultrigen, etwas behäbigen Theis Engels ging der Ruf voraus, dass er gern mal einen trinken ging. Aber man durfte sich davon nicht täuschen lassen. Er war unerbittlich, wenn es galt, für Ruhe und Ordnung zu sorgen, oder wenn sich ihm gar jemand widersetzte. Ihm auf dem Fuß folgte Distriktarzt Martini. Vielleicht könnte der sich den Jungen mal anschauen, schoss es Jakob durch den Kopf, vielleicht wüsste der eine Arznei, damit Peter richtig essen lernte. Jakob nahm sich vor, den Mediziner später danach zu fragen.

Der Dritte, ein dünner Mann, spitznasig, mit abstehenden Ohren und verrutschtem Binder, war Jakob fremd. Er dürfte ein paar Jahre älter sein als er selbst, aber sehr viel jünger als Martini und der Gendarm. Städtisch gekleidet in einen steifen dunkelbraunen Rock, unter dem Hemd und Weste hervorschauten, fühlte der Mann sich sichtlich unwohl in seiner Haut. Kein Wunder bei der Hitze.

»Herr Spitzlay, von Kaysersfelds Suppléant. Der Herr Friedensrichter weilt in Sommerfrische«, erklärte Theis Engels. »Na, dann wollen wir uns die Leiche doch mal angucken«, fuhr er gut gelaunt fort, packte den blassen Stellvertreter am Arm und zog ihn zum Gebüsch.

Der Mann tat Jakob leid, für den Juristen war das mit Sicherheit die erste Leiche. Die würde er so schnell nicht vergessen.

ZWEI

Dienstag, den 16ten August 1814, Nachmittag

Der Gendarm hatte vorgesorgt. Der Leichnam lag, in eine mitgebrachte Decke eingeschlagen, auf dem Boden des Wagens, die nackten, ameisenbefreiten Füße schauten unter dem Tuch hervor.

Jakob Daum saß stumm auf der längsseitigen Kutschbank, sein Neffe drückte sich an ihn, mit offenem Mund starrte er auf den zugedeckten Körper unter seinen baumelnden Beinen. Obwohl der junge Polizeikutscher sich bemühte, allen Hindernissen auf dem Weg auszuweichen, konnte er nicht verhindern, dass das Fuhrwerk immer wieder über eine Bodenwurzel rumpelte oder in ein Schlagloch geriet. Dann bewegte sich der verhüllte Körper, als wäre er lebendig, und wenn dann auch noch ein Arm oder ein Fuß einige Zoll in die Höhe hupften, krallte sich Peter erschrocken an Jakobs Arm. Ihnen gegenüber hatten Theis Engels, Martini und Spitzlay Platz genommen. Auch sie schwiegen.

Der junge Friedensrichter schaut übers Land, als wenn er spazieren fährt, dachte Jakob. Aber vielleicht täuschte er sich, der spitznasige Mensch hatte in der letzten Stunde mit dem Distriktarzt zusammen den Toten begutachtet. Gewissenhaft und ohne das geringste Anzeichen von Schauder oder gar Widerwillen hatte er geholfen, mit einem Messer den Kittel aufzuschneiden, und so weit, wie es möglich war, ihn von den totenstarren Gliedern zu streifen.

Er selbst hatte hilflos danebengestanden und nicht gewusst, ob er nach Hause gehen sollte. Da keiner etwas sagte, war er geblieben. Peter hatte sich in den dünnen Schatten einer windschiefen Birke zurückgezogen, doch mit den Augen verfolgte er jeden Handgriff der drei Männer vom Amt.

Sie hatten den Leichnam von allen Seiten inspiziert, ihn so gedreht, dass sie das ganze Gesicht sehen konnten, die Totenflecken vermerkt, Blut abgekratzt, das Loch an der linken Schläfe untersucht. Die Größe passte zu dem Stein, auf den Joseph gestürzt sein musste. War er deshalb gestorben? War es vielleicht ein Unfall gewesen und kein Mord? Aber die zerrissenen Kleider? Sie sprachen eine andere Sprache. Es musste ein Kampf stattgefunden, Joseph sich gewehrt haben.

Die ganze Zeit über hatten der Arzt und der Friedensrichter sich leise über ihre Beobachtungen ausgetauscht. Hin und wieder hatte Jakob ein Wort aufgeschnappt. Kehle. Fingereindrücke. Ekchymose. Fliegeneier. Zeitpunkt des Todes. Obduktion. Manches verstand er nicht. »Und die Familie?«, hatte der Jurist eingeworfen, während er in ein schmales Buch schrieb. Aber Martini hatte nur die Schultern hochgezogen.

Nachdem sie Joseph in den Wagen gelegt hatten, war der Friedensrichter mit dem Gendarmen noch einmal langsam den Fundort, die angrenzenden Feldraine und ein Stück des Wegs abgeschritten, den Joseph vermutlich heraufgekommen war. Von Zeit zu Zeit hatte er sich gebückt, etwas aufgehoben oder eine Stelle auf dem Boden genauer in Augenschein genommen. Spuren gab es viele, täglich kamen hier Leute vorbei, Bauern mit ihren Karren, Frauen, die den Männern das Mittagessen auf die Felder brachten, Schnitter, Tagelöhner, Handelsreisende. Aber in den letzten Tagen hatte es nicht geregnet, sodass keine frischen Abdrücke auszumachen waren. Die vorhandenen – eingetrocknete, an den Rändern abbröckelnde Fußstapfen und Eindrücke von Hufen und Karrenrädern – konnten schon viele Tage, sogar Wochen alt sein. Jakob fragte sich, ob der Friedensrichter unter diesen Umständen in der Lage wäre, zu erkennen, wie viel Angreifer es gewesen waren. Er konnte es sich nicht vorstellen.

Sie waren in Moselsürsch angekommen. Der junge Polizeimann hielt vor dem Daum'schen Hof in der Hauptstraße und ließ ihn und Peter aussteigen. Er war erleichtert, dass sie ihn nicht gebeten hatten, mit zum Kergeshof zu fahren. Er könnte es nicht mit ansehen, wie Maria Brachtendorf dem toten Joseph ins zerschundene Gesicht schauen und »Ja, das ist mein Sohn« bestätigen müsste.

Auch Peter wirkte erlöst, seine Neugier auf Tote schien vorerst gestillt zu sein. Vorsichtig, damit er nicht aus Versehen auf die Decke und den Körper darunter trat, kroch der Junge über die Sitzbank zum Kutschbock und hopste von dort auf die Straße.

Den Säugling auf dem Arm, kam ihnen Kätche entgegen.

»Caspar sagt, du warst nicht auf dem Feld. Was ist passiert?«

Statt zu antworten, strich Jakob über den Haarflaum seiner kleinen Tochter. Vier Monate war sie jetzt alt, aber noch immer ein Winzling, und sie hatten Angst um sie. So viele Kinder starben im ersten Lebensjahr.

»Ist alles in Ordnung hier?«, fragte er zurück und versuchte, seiner Stimme einen gleichgültigen Ton zu geben.

»Was soll nicht in Ordnung sein?«

»Keine Männer, die an die Tür geklopft haben? Keine Hausierer?«

»Nein, niemand. Warum fragst du?«

»Der Joseph –«, platzte Peter dazwischen, aber Jakob versetzte ihm einen Schlag gegen den Hinterkopf, sodass der Junge verstummte.

Das war nicht notwendig gewesen, Jakob, das Kind kann nichts dafür! Er schaute auf seinen Neffen, der verängstigt zu ihm hochblickte.

»Ist noch Essen warm?«, und als Kätche nickte, setzte er hinzu: »... und mach dem Jungen ein ordentliches Maß Milch warm. Mit Honig.«

Vor dem Hoftor hatten sich die Nachbarn versammelt, Ackermanns Frau und dessen Mutter, der alte Wirtz, Anni und Margarethe.

»Wir haben uns Sorgen gemacht, als du nirgends aufzufinden warst«, entschuldigte sich Kätche, die Jakobs fragendem Blick gefolgt war.

Mit einem Mal fingen ihm die Knie an zu schlottern, er fasste nach Peters Hand wie nach einem rettenden Stock. »Komm, Junge ...« Seine Stimme kam wie von weit her. »Ich glaube, wir haben uns jetzt eine Belohnung verdient.« Als er in der Küche auf einen Stuhl sank, wunderte er sich, dass er die paar Schritte über den Hof hinein ins Haus überhaupt noch geschafft hatte.

Et Elsje schlief ungerührt in den Armen seiner Mutter. Peter hatte die Milch bis auf einen kleinen Rest ausgetrunken.

»Noch mal Honig?«, fragte Kätche, und der Junge strahlte.

Ich hab Glück mit der Frau, dachte Jakob, ich hätt keine Bessere bekommen können.

Er verscheuchte die Fliegen, die davon unbeirrt um Schüsseln und Teller schwirrten, auf Brotkrümeln saßen, in den leeren Milchbecher krochen. Grün schillernde, krabbelnde, surrende, summende Fliegen, Schmeißfliegen in Josephs Gesicht. Da begann Jakob stockend zu erzählen.

»Un dau bees bis Meensder ilaaf?« Kätche strich Peter bewundernd über den Kopf, als Jakob geendet hatte.

Der Junge nickte. »Aber nachher hat mich der Zenthner mitgenommen, sonst hätt es länger gedauert.« Er rutschte vom Stuhl. »Kann ich jetzt Holz hacken?«

»Ja, geh!«, brummte Jakob. »Ich komm nach.«

Solange der Junge noch im Raum war, hatte Kätche sich beherrscht. Jetzt schossen ihr die Tränen aus den Augen. »De Juseff erschlohn! Oower boorim?«

Jakob schüttelte den Kopf. Woher sollte er das wissen? Er konnte nur das sagen, was er auch dem Friedensrichter auf dessen Fragen hin gesagt hatte. Dass Joseph gestern, an Mariä Himmelfahrt, in den Hof gekommen sei, um Caspar abzuholen. Gegen vier Uhr oder fünf, ja, eher gegen fünf. Sie wollten zur Andacht nach Lehmen in die Pfarrkirche. Und danach zur Hillich bei Sibille Morlath, da hätten sie alle hinwollen, der Joseph, der Caspar, er, auch Seidels Bruno, der lange Jost und …

»Hillich?«, hatte Spitzlay ihn unterbrochen.

Na, das sei hier so auf den Dörfern, habe er ihm gesagt. Also heute habe doch die Sibille aus Lehmen geheiratet, einen Mann aus Oberfell. Und am Vorabend einer Hochzeit gäbe es eben die Hillich, wo nicht verheiratete Männer vor das Haus der Braut weinen und schleifen gingen.

»Weinen und schleifen?« Der Jurist hatte sich mit seinem Sacktuch die Stirn abgewischt, wahrscheinlich feierten sie dort, wo er herkam, keine Hillich.

Ja, hatte Jakob wieder erklärt, so mache man das hier. Die Männer stimmten vor dem Haus der Braut ein trauriges Geheul an, weil die übrig gebliebenen Junggesellen doch leer ausgegangen seien, das Mädchen habe ja nun ein anderer bekommen. Und dazu würde jede Menge Krach produziert, Sensen an eisenbeschlagenen Rädern geschliffen, gedengelt, und gesungen.

»Ein regelrechter Katzenjammer also«, hatte der Münstermayfelder Jurist eingeworfen, und Jakob hatte nicht gewusst, ob Spitzlay sich über sie lustig machte.

»Eigentlich ein schöner Brauch«, hatte dieser dann aber bemerkt, und Jakob kam es so vor, als ob der Mann meinte, was er sagte.

Und hinterher ginge man dann also noch was trinken?

Gewiss, hatte Jakob bestätigt, der Bräutigam gebe ja Geld, das schließlich flüssig gemacht werden müsse, und wer Zeit hätte, käme natürlich mit.

Und so sei das gestern Abend in Lehmen auch gewesen?

Ja, meinte Jakob, auch wenn es wegen der Ernte nicht ganz so viele gewesen seien.

Und ordentlich getrunken habe man auch?

Er denke schon, ja, bestimmt. Er selbst sei ja dann doch nicht mitgegangen, weil er dachte, dass die Kuh kalben würde.

»Ich hab den Caspar nicht nach Hause kommen hören gestern Nacht«, sagte Kätche und wiegte et Elsje, das aufgewacht war. Die Kleine fing leise zu quengeln an, der winzige Mund nuckelte, suchte die Brust, fand sie und begann zufrieden zu trinken.

»Ich auch nicht«, meinte Jakob. »Aber wenn was gewesen wäre, hätte uns der Caspar doch geweckt. Oder zumindest heute Morgen was gesagt.«

»Auch Magda war wie immer …«

Kätche wurde blass, unterbrach sich, streichelte die roten Bäckchen des Säuglings, die Fingerchen.

»Das heißt, dass sie und Caspar noch gar nichts von Josephs Tod wissen.«

Jakob antwortete nicht.

Er hatte es selten erlebt, dass die beiden Freunde nicht gemeinsam ein Fest verließen. Brach der eine auf, ging der andere mit. Immer hatten sie zusammengehockt. Früher wenigstens, bevor Caspar konskribiert worden war. Doch von der Grande Armée war er verändert zurückgekommen, verschlossener, noch zugeknöpfter als früher, und es hatte eine Weile gebraucht, bis die beiden Freunde wieder vertraut miteinander wurden. Im

Krieg verkauft der Mann seine Seele, dachte Jakob. Er war froh, dass die Franzosen ihn nicht eingezogen hatten.

»Ich kann es mir nur so vorstellen, dass Caspar zuerst aufgebrochen ist und Joseph später. Wäre es umgekehrt gewesen, hätte Caspar ihn gefunden.«

»Wir haben Neumond, die Nacht muss stockdunkel gewesen sein«, warf Kätche ein.

»Du kannst recht haben. Aber wie auch immer, Joseph muss allein auf dem Heimweg gewesen sein. Und dann tauchen diese beiden Fremden auf, oder sie haben ihm aufgelauert, es kam zum Streithändel, sie haben ihn zusammengeschlagen, erstochen, erdrosselt, ich weiß nicht, was, und ihm die Schuhe geklaut.«

»Gestern Nacht die Schuhe geklaut und heute Morgen kommen sie hier vorbei, um dir zu erzählen, dass vor Wymars Feld ein Mensch liegt, den sie selbst umgebracht haben! Das glaub ich nicht, Jakob.«

»Aber warum haben sie sich denn nicht die Zeit genommen und auf die Gendarmen gewartet? Warum sind sie einfach weitergegangen? Da ist doch was faul.«

Jemand klopfte ans Fenster. Jakob fuhr hoch, hätte fast den Stuhl umgeworfen.

»Caspar«, wisperte Kätche, die so saß, dass sie das Gesicht vor der Scheibe erkennen konnte.

Jakob öffnete den Riegel, hör!, wollte er sagen, aber der andere kam ihm zuvor.

»Komm, es geht los bei der Scheckigen.«

»Caspar«, sagte Jakob, »der Joseph ist tot.«

***

Der Stuhl rechts neben ihr war leer.

Niemand fragte etwas, aber alle starrten sie abwechselnd auf den verwaisten Platz und dann wieder auf den Vater, auf Jakob Brachtendorf, dessen Kopf hochrot war. Zu den Mahlzeiten hatte jeder, der keine vernünftige Entschuldigung vorbringen konnte, anwesend zu sein. Kaum je hatte eines der Kinder versucht, sich diesem Befehl zu widersetzen.

Maria wartete, bis alle saßen, Brachtendorf am Kopfende. Links davon und damit ihr gegenüber Katharina, ihre Jüngste. Daneben Johann und Anton, de Dunn. Am unteren Kopfende, ein wenig beengt, Jab und Mechthild. Und, schließlich, dem Dunn gegenüber, Hennes, ihr Ältester, den auch die Hochzeit seiner Schwester Ann im letzten Jahr mit Heinrich Weber aus Moselsürsch nicht auf den Geschmack gebracht zu haben schien, endlich selbst auf Brautschau zu gehen. Mit seinen achtundzwanzig könnte er im Gegensatz zu Joseph nun wirklich langsam ans Heiraten denken.

Maria sammelte sich und begann das Tischgebet. Sie merkte, dass ihre Stimme kippte, und konnte nichts dagegen tun.

»Im Namen des Vaters und des Sohnes und des Heiligen Geistes«, endete sie kaum hörbar und schlug das Kreuz.

»Amen«, antworteten die anderen und langten nach ihren Löffeln. Die Suppe dampfte.

»Schneid das Brot auf«, bat sie Kath, neben der der Laib lag.

Sie war hübsch geworden, ihre Tochter, warum fiel ihr das gerade jetzt auf? Gestern noch ein Kind, und heute ... – spannte ihr das Mieder über der Brust. Daher der Blick, den Jab dem Mädchen neulich zugeworfen hatte, als es am Brunnen im Hof Wasser schöpfte und dabei sang und hopste, als ob ihr jemand in den Hintern gepiekst hätte. »Kindskopf«, hatte sie zu ihr gesagt, »trändel nicht rum.« Und musste doch lachen und war dem dummen Ding sogar durch die blonden Locken gefahren.

Ganz ohne Frage, dachte sie bei sich, während sie ein Stück Brot abbrach, et Kathrinche war die Hübscheste und Vergnügteste von allen. Nicht mehr lange, und sie würde den jungen Männern den Kopf verdrehen. Der Mann, der die Kleine einmal kriegen würde, tat Maria jetzt schon leid. Das Mädchen war ein Windfang, kaum zu bändigen. Und sie hatte etwas Aufmüpfiges an sich, das Maria ihr in den ganzen vierzehn Jahren ihres jungen Lebens nicht hatte austreiben können. Schuld daran war allein Brachtendorf. Der Vater vergötterte die Tochter in einem Maß, dass es töricht war, und das Mädchen tanzte ihm auf der Nase herum. Maria würde aufpassen müssen.

Und das Erste, womit wir morgen anfangen, beschloss sie,

sind diese Haare. Ab morgen werden sie gestriegelt, gescheitelt und gebunden. Dat Kath ist kein Kind mehr.

Brachtendorf hatte sich ein zweites Mal Suppe genommen und reichte den Topf seiner Tochter weiter. Außer dem Klappern und Kratzen der Löffel in den Schüsseln und manchmal einem Schmatzen von der alten Mechthild war nichts zu hören. Vorwurfsvoll stand das Schweigen in der Küche.

Besser schweigen als schreien, dachte Maria, es geht vorbei. Sie spürte, dass Hennes nur darauf wartete, aufstehen und gehen zu können. Dass Brachtendorf den Suppenlöffel auf den Tisch legte, umgedreht, mit dem bauchigen Teil nach oben, das Zeichen, dass er fertig war. Und jedes Mal folgte dann diese wegwerfende Handbewegung mit der Rechten in ihre Richtung, als ob er sagen wollte, geschmeckt hat's nicht, aber was kann man schon andres erwarten? Diese Handbewegung, die sie vom ersten Tag an, wo sie mit ihm verheiratet war, hasste. Hatte er das zuvor auch schon gemacht? Einmal hatte sie versucht, seinen Arm festzuhalten, damit er es bleiben ließe. Aber er hatte ihre Hand abgeschüttelt wie ein lästiges Insekt.

Gerade als ihr Mann den Löffel auf die Tischplatte legen wollte, schlug im Hof der Hund an. Brachtendorf vergaß seine Handbewegung.

Bei Joseph hätte der Hund nicht gebellt, dachte Maria. Nicht so. Sie blieb sitzen. Das Leben ist, wie es ist. Man konnte ihm nicht entkommen.

Jab war der Erste, der nach draußen ging, die anderen drängten ihm nach. Nur Brachtendorf zeigte sich unschlüssig, ob er bei ihr bleiben sollte. Geh nur, gab sie ihm mit einer Kopfbewegung zu verstehen und fing zu beten an. Mit Worten stumm.

Was jetzt kommen würde, musste sie mit sich allein ausmachen. Und mit ihrem Gott.

***

Spitzlay atmete auf, als sie sich endlich von der Familie verabschiedet hatten und auf der Straße nach Münstermayfeld waren. Heiß schlug ihnen der Fahrtwind entgegen, dennoch war er eine

Wohltat gegenüber der drückenden Atmosphäre auf dem Kergeshof. Aber daran war nicht der Geruch von Kot und Stallmist schuld gewesen, obwohl der wegen der Hitze schwer wie ein Alpdruck auf dem Hof gelastet hatte.

Wie närrisch hatte der Hund angeschlagen und an seiner Kette gezerrt, als sie in den Hof einfuhren. Dann plötzlich, völlig unerwartet, war sein Gekläffe in ein Jaulen übergegangen, so jämmerlich, dass Spitzlay das Blut in den Adern gerann.

Sie waren abgestiegen, Theis Engels wollte eben an die Haustür klopfen, als diese aufgemacht wurde und ein Mann heraustrat.

Im Unterschied zu Martini und dem Gendarmen kannte Spitzlay die Bewohner des Hofs nicht.

»Jab Kolma, der Knecht«, hatte der Arzt ihm zugeflüstert, »der Mann dahinter ist der ältere Bruder des Toten.« Dabei hatte Martini auf einen Blondhaarigen gedeutet, der sich vorschob und an den Wagen trat.

Zögerlich, fast widerwillig, war dieser schließlich hineingeklettert und hatte sich gebückt. Spitzlay konnte nur noch seinen Rücken sehen, konnte nur vermuten, was er tat. Die Decke aufschlagen, in das Gesicht des Bruders blicken. Unfassbar lang. Spitzlay wollte schon Martini bitten, dem Mann zur Seite zu stehen, da richtete der sich auf, stieg mit schweren, tapsigen Bewegungen vom Wagen herunter. Er schaute niemanden an, sagte nichts, weinte nicht, aber alles an ihm bebte. Das war der Moment gewesen, wo die beiden Frauen, eine ältere und ein junges Mädchen, laut aufschluchzten.

»Mutter und Schwester?«, erkundigte sich Spitzlay bei Martini.

»Schwester ja«, bestätigte der Arzt. »Die Alte ist Mechthild, eine Magd. Brachtendorfs Mutter hat sie seinerzeit mitgebracht, als sie auf den Hof einheiratete.«

»Josephs Mutter?«

»Nein, Josephs Großmutter. Die Mutter von Jakob Brachtendorf dort drüben.« Martini deutete mit einer leichten Kopfbewegung auf den Mann, der eben an das Gespann herantrat. »Die Eltern waren noch gräfliche Beständer der von der Leyen in Gondorf. Mit der Enteignung konnte Jakob Brachtendorf dann den Hof übernehmen. Er gilt als einer der besten Landwirte der Gegend. Unter den Franzosen ist er sogar ausgezeichnet worden.«

»Wie alt?«

»Schwer zu sagen. Um die fünfzig.«

Ohne eine Regung zu zeigen, blickte Jakob Brachtendorf ins Wageninnere.

»Holt ihn raus«, befahl er. »Und du hörst auf zu flennen«, herrschte er das Mädchen an.

Spitzlay erschrak bei dem harten Ton.

»Lass sie!«, hörte er die Alte zurückfauchen.

Wo blieb die Mutter?

Sie hatten Joseph auf ein Brett gelegt, dieses auf dem staubtrockenen Boden des Hofs abgesetzt und ihn wieder mit der Decke zugedeckt. Der Hund winselte nicht mehr. Soweit es seine Kette zuließ, robbte er mit eingezogenem Schwanz darauf zu und blieb dann liegen, den Kopf auf den Vorderbeinen.

Steif stand die Familie um den Toten herum. Die alte Magd bewegte die Lippen, schluchzte zwischendurch immer wieder auf, betete weiter, ununterbrochen. Das junge Mädchen rührte sich nicht, aber Tränen liefen ihr übers Gesicht, die sie nicht wegwischte.

Spitzlay beobachtete die Männer, Brachtendorf und den immer noch bebenden älteren Bruder. Daneben mit bleichem Gesicht die zwei jüngeren Söhne, vielleicht zwanzig und fünfzehn, dem Vater wie aus dem Gesicht geschnitten. Der Knecht war zurückgetreten. Einmal bemerkte Spitzlay, wie Brachtendorf dem Zwanzigjährigen die Hand auf die Schulter legte. Eine tröstende Geste, sie rührte ihn.

Da trat noch eine Frau aus dem Haus. Sie trug keine Arbeitsschürze, hatte sich trotz der Hitze einen großen schwarzen wollenen Umhang übergelegt. Die Familie machte ihr Platz, als sie an die Bahre trat. Den Gendarmen, Martini und ihn schien sie nicht zu sehen.

Warum stützt sie keiner?, dachte Spitzlay noch, als der älteste Sohn die Mutter schon am Arm fasste. Auf ein Zeichen von ihr schlug er das Tuch zurück. Spitzlay kam es so vor, als schwanke die Frau. Aber sie fing sich. Regungslos verharrte sie am Arm ihres Ältesten.

Später war er neben sie getreten, hatte ihr sein Beileid ausgesprochen, linkisch und unbeholfen, und erklärt, dass sie den Leichnam noch einmal mitnehmen müssten, um ihn eingehend zu untersuchen. Er hatte sich gescheut, ihr zu sagen, dass der Körper geöffnet werden würde. Sie hatte ihn nicht angeschaut, ihm auch nicht geantwortet, nur genickt, und auch als er ihr sagte, dass er in den nächsten Tagen zurückkommen wolle, um mit ihr zu sprechen, hatte sie wieder nur genickt. Dann war sie auf die Knie gesunken, hatte ihren Sohn umarmt, ihn auf die blutig geschlagene Stirn geküsst und freigegeben.

Spitzlay rückte sich den Hut zurecht, der bei den schlingernden Bewegungen des Gespanns verrutscht war. Wie machten das Theis Engels und Martini nur, dass sie auch nach so einem Tag noch korrekt gekleidet aussahen? Er war völlig verschwitzt, und alles saß schief. Gerade hatten sie Mörz hinter sich gelassen, aber es würde noch immer eine knappe halbe Stunde dauern bis nach Münster, wo er sich frisch machen könnte. Gottergeben sackte er wieder auf der harten Kutschbank zusammen.

Irgendetwas war seltsam gewesen bei dieser ersten Begegnung mit der Familie des Toten. Aber was? Und was hatte er erwartet? Dass sie jammern, wehklagen und schreien und die hinterhältigen Mörder verfluchen würden? War es das, was ihn überrascht hatte, dass nichts dergleichen geschehen war?

Nein, es war etwas anderes gewesen. Etwas hatte in der Luft gelegen, eine Spannung, die zum Greifen war, eine Sprachlosigkeit, die er nicht verstand. Wieder ließ er die vergangene halbe Stunde noch einmal vor seinem inneren Auge vorbeilaufen, während er neben dem Gendarmen und dem Distriktarzt mit Josephs Leichnam zu ihren Füßen auf Münstermayfeld zurumpelte.

Als ihr Mann neben sie trat und den Arm um sie legte, hatte die Mutter fast unmerklich den Kopf geschüttelt und seine Hand von ihrer Schulter weggeschoben. Nur auf den Ältesten gestützt, trauerte sie um den toten Sohn. Der Vater hatte danebengestanden, wusste nicht, wohin mit seinen Armen, sie hingen am Körper herab wie leere Mehlsäcke. War es das, was ihm seltsam vorkam? Diese ablehnende Geste der Mutter? Sie war ja nicht heftig gewesen, im Gegenteil, er hatte sie als behutsam empfunden, so als bäte sie nur um Verständnis, dass sie in ihrer Trauer allein sein wolle.

Er verwarf den Gedanken. Grübelte weiter. Als ihr Mann neben sie trat und den Arm um sie legte … Als … Nein, das war es nicht.

Aber …? Aber bevor Brachtendorf neben seine Frau trat und den Arm um sie legte … Da hatte er einen winzigen Augenblick lang zu ihm und Martini herübergeschaut. Als wolle er sagen, seht her, meine Herren, wie besorgt ich um meine Frau bin, um die Mutter meiner Kinder.

»Lassen Sie mich am Obertor aussteigen«, bat Martini den kutschierenden Polizeimann, als sie Münstermayfeld erreichten. »Ein paar Schritte gehen tut mir jetzt gut. Und morgen früh komm ich, Herr Friedensrichter, dann machen wir die Obduktion.«

»Suppléant. Stellvertretender«, murmelte Spitzlay. Die Vorstellung, dass er gleich mit einem Toten das Gerichtsgebäude teilen würde, drehte ihm den Magen um.

»Meinetwegen stellvertretender.« Martini lachte und verabschiedete sich. »Meine Herren, für heute bleibt uns nur noch ein kühles Bier.«

Ein kühler Riesling wäre mir lieber, dachte der Stellvertretende, während der Polizeischütze anfuhr. Und vor allem keine Leiche im Haus!

Erschöpft sank er neben Theis Engels auf seinen Sitz zurück. Den ganzen Morgen über hatte er versucht, sich zusammenzureißen, hatte auch den Eindruck, dass es ihm gelungen war, aber jetzt konnte er nicht mehr.

»Ich vermute, Sie brauchen mich und meine Leute in der nächsten Zeit«, meinte der Gendarm, während sie den Leichnam in einen kühlen Raum der früheren Dekanei schafften.

»Ja, ich denke auch. Ich … ich lasse nach Ihnen schicken«, antwortete Spitzlay ausweichend.

Der Schweiß lief ihm in dünnen Rinnsalen den Rücken

herunter und an der Innenseite der Arme entlang. Was hätte er sonst auch sagen sollen? Er wusste doch noch gar nicht, wie er vorgehen musste. Ihm schwirrte der Kopf. Alles hatten sie auf der Universität studiert, die Rechtsgänge in fränkischer Zeit, den Sachsenspiegel, die Carolina und ihre Indizienlehre. Hatten über Besserung und Abschreckung debattiert, die Verhältnismäßigkeit zwischen Verbrechen und Strafe erörtert und die Codes napoléoniens in- und auswendig gelernt.

Aber so etwas wie die letzten Stunden hatte sich in keinem juristischen Lehrbuch gefunden. Keiner hatte ihnen beigebracht, wie man einer Mutter ihren toten Sohn zeigte und was man dabei sagte. Niemand hatte sie darauf vorbereitet, wie eine Leiche nach einer Augustnacht im Unterholz aussah.

Spitzlays ganzer Körper revoltierte. Er war Jurist, kein Mediziner. Als Martini ihn aufgefordert hatte, ihm beim Ausziehen und Umdrehen des Leichnams zu helfen, damit er eine erste Untersuchung machen könne, hatte er gedacht, er müsse sich übergeben. Dann hatte er sich seinen väterlichen Freund und Mentor Johann Nikolaus Becker, der nicht nur einen Mord in seinem Leben untersucht hatte, in Erinnerung gerufen, und plötzlich ging es. Nicht nur, dass er sich nicht hatte übergeben müssen, er hatte sogar genau hinschauen können, als Martini ihm die Striemen im Gesicht zeigte, die Kratzer, die vom Gebüsch stammten, die Finger- und Daumeneindrücke am Hals.

»Also erwürgt«, hatte er konstatiert und sich gewundert, wie nüchtern er das sagen konnte, wo ihm doch wenige Minuten zuvor noch übel gewesen war, speiübel, auch wenn ihm ein solches Wort niemals laut über die Lippen gekommen wäre.

»Vielleicht erwürgt, vielleicht auch erschlagen«, hatte Martini geantwortet und auf die geplatzte Wunde an der Schläfe gedeutet.

»Erschlagen? Dann müssten die Täter dem Opfer den Stein unter den Kopf geschoben haben, dass es nach einem Sturz aussieht.«

»Alles ist möglich«, hatte der Arzt gemeint.

Als er schließlich in der Amtsstube allein war, schlüpfte Spitzlay aus dem Gehrock, nahm den verschwitzten Binder ab und lockerte den Hemdkragen. Die durchwachte Nacht machte sich bemerkbar, am liebsten würde er sich jetzt hinlegen und schlafen. Er schenkte sich Wasser aus einem Krug ein, den Justina in seiner Abwesenheit hingestellt haben musste, und trank drei Gläser hintereinander. Es war das köstlichste Wasser, das er je getrunken hatte. Dann setzte er sich an den Schreibtisch, legte den Kopf auf die Arme und schloss die Augen.

Bis ein Geräusch ihn weckte.

»Verzeihung!« Das Mädchen lugte durch die halb geöffnete Tür. »Ich habe geklopft, aber Sie haben nicht geantwortet. Wollen Sie nicht was essen und trinken? Wo Sie doch den ganzen Tag unterwegs waren, und dann bei dieser Hitze.«

Spitzlay setzte sich mühsam auf, zuerst wusste er nicht, wo er war. »Ich … ja, doch …«, stammelte er. Was musste das Hausmädchen von ihm denken, so wie er aussah, mit offenem Hemd und die Haare höchstwahrscheinlich unbotmäßig zerzaust!

»Ja …«, begann er wieder, aber er sprach nicht weiter. Noch nie hatte er Justina eine Order erteilt. Musste er sie siezen oder sollte er Du sagen, wie es von Kaysersfeld tat? Das Du hatte etwas Anmaßendes, von dem er nicht wusste, ob er es sich in seiner Stellung schon erlauben durfte. Aber Justina mit Sie ansprechen? Noch unmöglicher.

»Bitte, ja … etwas zu essen und zu trinken.«

Verunsichert begann er das Hemd zuzumachen, zögerte, beschloss, den Kragen nur locker zu schließen, und legte gerade die Halsbinde wieder um, als das Mädchen schon mit einem großen Teller frischen Brots, Käse, Schinken und kaltem Braten zurückkam.

»Ich dachte, für eine Suppe ist es zu heiß.«

Er dankte ihr.

»Ich habe noch was für Sie«, bekundete sie verschwörerisch und stellte eine Karaffe sehr hellen Weißweins und ein Glas auf den Beistelltisch. »Herr von Kaysersfeld hat mir ausdrücklich erlaubt, an seine Vorräte zu gehen, wenn es nötig sein sollte. Und heute, denke ich, ist es nötig.«

Sie krauste die Nase, zog die Augenbrauen nach oben. Ihr Blick irritierte Spitzlay.

»Wissen Sie denn, wer der Tote ist, wegen dem Sie gerufen wurden? Und wie er ums Leben kam?«, platzte sie erwartungsvoll heraus.

»Nein, nein. Ich weiß gar nichts«, wehrte er ab. Was und wie viel durfte ein Friedensrichter einer dritten Person erzählen, wenn ihm das, was er erlebt hatte, schwer auf der Brust lastete und ihm das Herz auf der Zungenspitze lag? Noch dazu einer weiblichen Person des Dienstpersonals? Ja, wenn Kretzer jetzt hier wäre, mit Kretzer hätte er sprechen können. Aber er hatte ihn nach Hause entlassen.

Spitzlay tastete nach dem Schlüssel der improvisierten Totenkammer in seiner Rocktasche. Gut, dass er noch daran gedacht hatte abzuschließen. Nicht auszudenken, wenn Justina den Leichnam entdeckt hätte.

»Ich glaube, ich muss jetzt arbeiten«, erklärte er.

»Aber sicher, Herr Spitzlay«, beeilte sie sich zu sagen, und er hörte den beleidigten Ton in ihrer Stimme.

»Es war kein schöner Anblick.«

Das wenigstens würde er wohl sagen dürfen, ohne allzu viel zu verraten. Die Miene des Mädchens hellte sich auf.

»Kein schöner Anblick. Nein, bestimmt nicht.«

»Der Fundort war hinter Moselsürsch, mitten auf dem Feld. Der Sohn eines Ackerers.«

»Der Sohn eines Ackerers, mitten auf dem Feld. Also keiner aus Meensder.«

»Nein, keiner von hier.«

Mit dieser Auskunft schien sie sich vorerst zufriedenzugeben.

»Wenn Sie etwas brauchen, Herr Spitzlay, rufen Sie mich! Ich bin oben.«

Und wieder lag in ihrem Blick etwas, das er nicht zu deuten vermochte.

Er konnte nicht arbeiten, sein Kopf rauschte wie ein Brummkreisel. Er goss sich Wein ein und trat ans Fenster. Apotheker Settegast überquerte den Platz zwischen Dekaneigebäude und Kirche. Er schien es eilig zu haben. Gegen die Mauer des Münsters gestützt, bettelte ein Kriegsveteran um Almosen.

Spitzlay kannte den Mann flüchtig. Mal stand er dort an der

Kirche, mal am Brunnen auf dem Markt, einen Oberschenkelstummel in einer Holzprothese. Einmal in der Woche steckte ihm Spitzlay auf seinem Nachhauseweg ein paar Centimen zu. In der Schlacht an der Katzbach habe es ihn erwischt, hatte der Mann ihm erzählt, aber er wolle kein Mitleid. Geld ja, das könne er gebrauchen, aber kein Mitleid. Es sei eine Ehre gewesen, für den Kaiser in den Krieg zu ziehen. Jetzt würden ja wohl die Preußen das Zepter übernehmen. Oder gar die Russen, die seien ja sogar schon hier im Ort, hatte er resigniert bemerkt und mit dem Kopf vage in Richtung Russengasse gezeigt.

Spitzlay nahm ein Stück Braten vom Teller und stopfte es sich in den Mund. Auch er war einmal von den Idealen der Französischen Revolution überzeugt gewesen. War es irgendwie noch immer. Freiheit und Gleichheit, dafür hatte er studiert.

Er wischte seine Finger an der Serviette ab, die das Mädchen hingelegt hatte, nippte vom Wein, vorsichtig, denn im Unterschied zu seinem Vorgesetzten war er kein Weinkenner, aber der Tropfen schmeckte.

Von der Herrenstraße sah er den Küster herbeihumpeln, sein linkes Bein war kürzer als das rechte. Hopsend und hinkend verfolgte ihn eine Gruppe feixender Knaben. Spitzlay lachte. Pfui, Nikolaus Anton, wie kannst du nur! Den Bürschchen gehört der Hosenboden stramm gezogen. Langsam fühlte er sich besser.

Noch ein Kanten Brot und ein Stück Käse, dann rückte er sich den Schreibtischstuhl zurecht, korrigierte den Sitz des Binders und zückte Papier und Feder. Kerzengerade saß er jetzt in seinem hübsch gedrechselten Schreibtischstuhl mit den armbreiten Lehnen. Nikolaus Anton Spitzlay, Friedensrichter für einen Monat!

»Verehrter Herr von Kaysersfeld«, begann er sein Schreiben, hielt aber doch noch einmal kurz inne. »Verschonen Sie mich mit Lappalien«, hatte sein Vorgesetzter ihn bei seiner Abreise, schon in der Kutsche sitzend und mit dem Blick auf seine Frau, beschworen. Aber ein Mord im Kanton war keine Lappalie, entschied Spitzlay.

»Zuvörderst bitte ich gnädigst um Entschuldigung für die

Inkommoditäten, die ich aus gegebenem Anlass gezwungen bin, Ihnen bereiten zu müssen.« Er strich das »gnädigst« und fing noch einmal von vorn an.

Der Brief ging ihm schneller von der Hand, als er erwartet hatte. Er berichtete, wie der Gendarm ihn gerufen hatte, nannte Namen, Alter und Herkunft des Opfers, Joseph Brachtendorf, gebürtig vom Kergeshof, Gemeinde Löf, Bürgermeisteramt Gondorf, Alter dreiundzwanzig Jahre, ledig.

»Insofern aber«, fuhr er fort, »dass die Tat im hiesigen Kanton begangen wurde und die Urheber dieser polizeiwidrigen Handlung nicht auf frischer Tat ertappt wurden und diese von Personen verübt wurde, welche, wie der unterzeichnende stellvertretende Friedensrichter aufgrund der Aussage des Ackerers Jakob Daum annehmen muss, nicht in der Gemeinde wohnhaft sind, liegt es in der Zuständigkeit des Münstermayfelder Friedensgerichts, diesem Verbrechen nachzugehen und es aufzuklären. Was ich hiermit nach bestem Vermögen zu tun gedenke«, beendete Spitzlay seine Ausführungen.

Er war mit sich zufrieden. Kretzer könnte den Brief morgen früh zur Post bringen.

Er trank einen zweiten Schluck Wein, größer als der erste, und versuchte, die Leiche in der angrenzenden Kammer zu vergessen. Wie hätte ihr früherer Nachbar in Simmern, der Sicherheitsbeamte und Friedensrichter Becker, nun weitergemacht? Spitzlay legte die Stirn in Falten und begann, sich eine Liste zu machen.

Den zuständigen Bürgermeister in Gondorf benachrichtigen. Wollte Theis Engels erledigen.

Den medizinischen Bericht studieren. Würde er morgen Vormittag nach der Obduktion machen.

Eine Liste aller Personen erstellen, mit denen das Opfer an seinem Todestag zu tun gehabt hatte, und diese aufsuchen. Dazu bräuchte er, um beweglicher zu sein, einen Wagen. Also bei der Gendarmerie nachfragen.

Die unbekannten Reisenden suchen, diese seltsamen Vögel, wie Jakob Daum sie genannt hatte. Sicher hatten sie die vermissten Schuhe in ihrem Reisesack. Und wer weiß, was sonst noch alles. Joseph Brachtendorfs Geldkatze zum Beispiel. Sie hatten in seiner Kleidung nichts gefunden, und der Ackerer hatte sich gewundert, dass der Tote kein Geld bei sich gehabt haben sollte. Zum Kornbrenner ohne Geld? Nein, niemals.

Und dann natürlich, fast hätte Spitzlay es vergessen, die Wanderbühne ausfindig machen und den Kraushaarigen verhören.

Ob er die junge Türkin wiedersehen würde? Spitzlay wurde warm, lag es am Riesling?

Noch einmal nahm er sich den Steckbrief vor, den er beiseitegelegt hatte, als Theis Engels am Vormittag hereingeplatzt kam.

Die Beschreibung dieses Johann Wallet war eindeutig. Passte aber die des anderen Ausbrechers, rote Haare, kleiner Mund, längliches Gesicht mit Sommerflecken, auf einen der übrigen Schauspieler oder auf einen der beiden Fremden, die den toten Joseph Brachtendorf gefunden haben wollten und sich danach verdächtig schnell aus dem Staub gemacht hatten?

Also von Daum noch einmal eine Personenbeschreibung erfragen, notierte sich Spitzlay. Und Order an Theis Engels, der obskuren Subjekte schnellstmöglich habhaft zu werden.

Für heute, fand Spitzlay, hatte er genügend getan. Er stand auf, um das Fenster zu öffnen, aber statt frischer Kühle schlug ihm ein Schwall heißer Luft entgegen und ein unerträglicher Gestank aus der nahen Essigsiederei. Dagegen war der gärige Jauchegeruch, der über dem Hof der Brachtendorfs gelegen hatte, fast lieblich zu nennen.

Hastig schloss Spitzlay das Fenster wieder. Auch der Kriegskrüppel hatte das Weite gesucht, der Platz war menschenleer.

***

Die Vorderbeine waren zum Vorschein gekommen, die Kuh atmete schwer. Caspar schlang die Stricke um die Vorderhand des Kälbchens, mit dem Einsetzen der nächsten Wehe zog er vorsichtig. Noch eine Wehe und noch eine, dann kam der Kopf, die Scheckige muhte und presste, Caspar half, sprach ihr zu, komm schon, du hast es gleich geschafft, drück noch mal. Jakob hielt das glitschige Körperchen, eine letzte Wehe, und das Neugeborene rutschte heraus in Jakobs Arme, der es ins Stroh gleiten ließ. Behutsam rieb er mit den trockenen Halmen Kopf und Nasenlöcher ab. Die Kuh drehte den Kopf herum, ruckte zur Seite.

»Nee«, sagte Caspar und starrte auf das Kalb. »Du lügst, Joseph ist nicht tot. Gestern hat er noch gelebt.«

»Doch«, sagte Jakob und machte der Kuh Platz, die sich über das Neugeborene beugte, seinen Geruch aufnahm und es abzulecken begann. »Doch, Caspar, der Joseph ist tot.«

Alles Blut war aus Caspars Gesicht gewichen, er trat vor die Stalltür, das Gebäude warf einen breiten Schatten über den Hof, Jakob folgte ihm.

»Isch ilawe dir net.« Caspars Stimme war heiser. Er setzte sich auf die alte Bank mit der zerbrochenen Lehne, die sie hier abgestellt hatten, weil sie sie reparieren wollten.

Jakob berichtete.

»Seid ihr nicht zusammen von Lehmen zurückgekommen gestern Abend?«, wollte er dann wissen.

»Doch ... ja. Nein.« Caspar schüttelte den Kopf, überlegte. »Nach der Hillich sind wir noch beim Kornbrenner gewesen. Das Übliche halt. Reden, trinken. Dann sind wir aufgebrochen, Joseph und ich. Aber unterwegs fiel Joseph ein, dass er was vergessen hatte. Also ist er noch mal zurück, und ich bin allein weitergegangen. Dachte an die Scheckige, wollte dich mit ihr nicht allein lassen, wenn es losgehen würde. Aber dann war alles dunkel, als ich hier ankam. Ich hab noch mal nach ihr geschaut, und sie stand ganz friedlich. Na, dachte ich, dann wird wohl heute Nacht nichts mehr passieren, und bin ins Bett. Magda hat schon geschlafen.«

»Dat Kätche glaubt nicht, dass es die beiden Unbekannten waren.«

»Was sagt dieser Friedensrichter?«

Jakob zuckte die Schultern. »Sagt gar nichts, nur dass man ja wüsste, dass sich viel Gesindel nachts rumtreibt.«

Caspar fuhr sich mit beiden Händen übers Gesicht. »Der Joseph tot? Ich will nicht, dass das stimmt.«

Jakob legte ihm die Hand auf die Schulter. Sie schwiegen.

»Weißt du, ob er Geld bei sich gehabt hat?«, fragte Jakob nach einer Weile.

Caspar antwortete nicht sofort.

»Joseph hatte nie Geld, der Alte hat ihn kurzgehalten«, meinte er schließlich. »Aber ein paar Sous hatte er schon dabei. Als er bezahlen wollte, ist ihm sein Beutel aus der Hand gefallen. Beim Aufheben hat er sich den Kopf an der Tischkante gestoßen. Ziemlich heftig sogar. Die anderen haben gelacht. Die anderen lachen über alles«, setzte er bitter hinzu.

»Diese verdammten Galgenvögel. Sie sind mir gleich verdächtig vorgekommen. Ich mach mir Vorwürfe, ich hätt sie aufhalten sollen.«

Da drang ein schriller Schrei aus dem Haus.

»Magda.« Caspar lauschte, aber er blieb wie angeleimt sitzen.

»Wahrscheinlich hat dat Kätche es ihr gesagt«, flüsterte Jakob. »Es muss furchtbar für sie sein, ihr drei, ihr wart doch wie Geschwister.«

Caspar sagte nichts, knetete seine Hände, die Fingerknöchel knackten.

»Und als du in der Armée warst und sie Angst hatte, dass du nicht mehr zurückkommst, da hat er ihr immer wieder Mut gemacht.«

»Ich weiß, das hat er.« Wieder wischte sich Caspar über die Augen.

Der Schrei hatte sich in ein klägliches Wimmern verwandelt, in ein Schluchzen, das mal lauter wurde, mal leiser, anschwoll und abebbte. Caspar stand auf, dann fiel ihm etwas ein, und er setzte sich wieder.

»Als wir beim Kornbrenner saßen, Jakob, da war da dieser Poschner aus Winningen, du kennst ihn vielleicht. Hat sich abseits gehalten, aber immer zu uns rübergeschaut. Wymars Frenz hat noch gespottet. ›Guckt mal, der Blaukopp! Will sich bestimmt zum rechten Glauben bekehren lassen und dann auf Brautschau gehen.‹ Wir haben alle gelacht, der Joseph am meisten.«

»Du meinst, dass der Kerl vielleicht … Aus Rache …?«

»Ich weiß nicht … es heißt ja, dass sie empfindlich sind, diese Lutherischen.«

DREI

Mittwoch, den 17ten August 1814

Spitzlay fühlte sich elend, ihm war übel. Krampfhaft hielt er sich an der Lehne des Kutschbocks fest und fixierte einen Punkt am Horizont. Wenn sie doch nur schon drunten im Tal wären. Die erste Sektion seines Lebens hatte ihm ganz schön zugesetzt. Er hatte sich davor drücken wollen, hatte eingewendet, dass er dringend zur Zeugenvernehmung nach Lehmen müsse. Er wolle es nicht riskieren, dass ihm jemand entkam. Aber Martini hatte ihm unmissverständlich klargemacht, dass die gerichtsmedizinischen Regelungen die Anwesenheit eines Richters erforderlich machten und er die Befragungen auf den Nachmittag zu verschieben habe. Wer Dreck am Stecken hat, sei wahrscheinlich ohnehin schon längst über alle Berge, hatte er argumentiert. Spitzlay hatte sich geschlagen gegeben.

Als der Arzt mit Hilfe eines Assistenten zur Öffnung des Schädels ansetzte, hatte er sich wohlweislich in den Hintergrund verdrückt und Kretzer als einzigem weiterem Repräsentanten der örtlichen Gerichtsbarkeit den Vortritt überlassen. Dieser schien mit seiner ungewöhnlichen Rolle keine Schwierigkeit zu haben.

»Mein Vater war Jäger, ich weiß, wie so ein Tier von innen aussieht«, hatte er Spitzlay begeistert zugeraunt und sich von Martini jeden Schnitt, jedes Organ genau erklären lassen.

Bestimmt würde es ihm bei der nächsten Leiche besser gehen, versuchte Spitzlay sich einzureden. Aber so richtig vorstellen konnte er sich das nicht.

Danach hatte ihm Theis Engels einen Wagen beschaffen können und einen Feldschützen, einen Schrank von Mann, als Kutschlenker abgeordnet.

»Adam Klein. Wer weiß, wozu Sie ihn brauchen können«, hatte der Gendarm gemeint und dem stellvertretenden Friedensrichter auf die Schulter geklopft. »So schmal, wie Sie sind, hat jedes verbrecherische Individuum leichtes Spiel mit Ihnen.«

Es hatte mitleidig geklungen, und Spitzlay war beleidigt gewesen.

Noch eine Serpentine, dann lagen das Dorf und der Fluss vor ihnen, aber erst nachdem Spitzlay ein paarmal am Ufer auf und ab spaziert war, wurde er ruhiger. Er suchte nach einer Stelle zum Sitzen, um sich die Fragen zu überlegen, die er dem Lehmener Wirt und später Josephs Trinkkumpanen stellen wollte. Da schreckte ihn schrilles Gekreische auf.

»Gertrud, komm sofort zurück!«

Wild gestikulierend kam eine junge Frau die Straße entlanggerannt, stieß gegen Spitzlay, der noch versucht hatte, auszuweichen. Sie achtete gar nicht auf ihn, entschuldigte sich auch nicht, sondern hastete weiter, so schnell ihre Schuhe und die buckelige Grasnarbe es erlaubten.

Jetzt bemerkte auch Spitzlay das Kind. Das Kleidchen mit der Rechten hochgerafft, damit es nicht nass werden konnte, stand es bis zu den Waden im Fluss, tappte einen Schritt vorwärts, vorsichtig, dann noch einen. Es rutschte, ruderte mit dem freien Ärmchen in der Luft, fand das Gleichgewicht wieder und tastete sich weiter. Das Wasser ging dem Mädchen jetzt bis zur Mitte der Oberschenkel. Vor ihm, in sechs oder sieben Fuß Entfernung, sonnten sich auf einer schmalen Sandbank zwei Enten.

»Gertruuuud!«

Laut klatschend stiebten die Vögel hoch, das Kind blieb enttäuscht stehen und schaute den Enten hinterher, die dicht über den Wellen moselaufwärts flohen.

Spitzlay wartete nicht länger. Er riss sich die Schuhe von den Füßen, die Strümpfe, und lief ins Wasser. Über die glitschigen Steine hangelte er sich voran, noch drei, vier Schritte, dann hatte er das Mädchen erreicht, hob es hoch und watete mit ihm an Land zurück. Die Kleine hatte zu weinen angefangen. Aber die Frau scherte sich nicht darum, sie packte das Kind, legte es übers Knie und schlug wie von Sinnen zu. Spitzlay stand hilflos daneben, er hätte nicht sagen können, wer lauter brüllte, das Kind oder die Mutter, die ihre Angst hinausschrie.

Jählings erinnerte er sich der Tracht Prügel, die seine Mutter ihm verpasste, als er sich den Schemel an den Herd geschoben hatte und hinaufgeklettert war, um nachzusehen, was es zu essen gäbe. Der Topf kippte, die kochend heiße Brühe spritzte ihm übers

Bein und schwappte auf den Fußboden. Seiner Mutter Hand war hart wie Stahl. Danach konnte er vier Tage lang nicht mehr sitzen. Das Schlimmste aber waren die Brandblasen. Die Narben würde er bis zum Ende seines Lebens mit sich herumtragen.

Endlich hörte die Frau auf. Das Mädchen lag im Gras und heulte.

»Jeden Tag sag ich ihr, sie darf nur am Ufer spielen und nicht ins Wasser gehen, da sind Untiefen«, erklärte die Frau Spitzlay, während dieser sich notdürftig mit seinem Sacktuch die Füße trocknete. »Aber glauben Sie, die hört? Ein Teufel ist sie. Ab nach Hause«, bellte sie ihre Tochter an.

Ein Dank an den Retter kam ihr nicht über die Lippen.

Spitzlay zog sich Strümpfe und Schuhe wieder an und richtete sich die Hosen, sie waren nass bis zum Knie, aber seine Übelkeit war verflogen. Träge fläzte sich der Fluss, eine silbrig glitzernde Spiegelfläche unter blauem Himmel. Er führte wenig Wasser, zwischen kleinen Inseln und Gesteinsbrocken hatten sich Seen und flache Lachen gebildet. Spitzlay stellte sich vor, ihn, von Sandbank zu Sandbank springend, zu überqueren.

Nur in der Mitte schlängelte sich eine schmale Fahrrinne, eine wahre Herausforderung für die Schiffer. Drüben in Niederfell löste sich das Fährboot vom Ufer, ließ einen mit Steinen beladenen Kahn passieren und hielt dann, vorsichtig die Hindernisse umfahrend, auf Lehmen zu. Von irgendwoher kam das Lärmen von Kindern, dazwischen der scheppernde Klang einer Schelle, mit der ein Kesselflicker seine Dienste ankündigte.

Spitzlay schaute nach dem Stand der Sonne, dann zog er seine Taschenuhr hervor, ein Geschenk seines Vaters, das dieser sich vom Munde abgespart haben dürfte, um es ihm voller Stolz zur bestandenen Prüfung zu überreichen. Seine Mutter hatte dazu Tränen der Rührung geweint. Dabei fiel ihm ein, dass seine Eltern ihn am letzten Augustsamstag in Simmern erwarteten. Seine Schwester hatte von einem Mädchen entbunden, und er sollte Taufpate sein, ein Anliegen, das ihm nun gar nicht mehr gelegen kam. Solange der Fall Joseph Brachtendorf nicht geklärt war, konnte er unmöglich Münstermayfeld verlassen. Wertvolle Tage würden ihm verloren gehen.

Spitzlay packte die Angst. Was, wenn er der Sache nicht gewachsen wäre? Wenn von Kaysersfeld aus seiner Sommerfrische – zum Henker damit, warum musste er ausgerechnet jetzt seiner Frau ihren langjährigen Herzenswunsch erfüllen – zurückkäme und er, Spitzlay, kein Ergebnis präsentieren könne? Bis auf die Knochen würde er sich blamieren.

Er schloss die Augen, öffnete sie aber sofort wieder, ließ den Deckel der Uhr aufspringen und stellte mit Genugtuung fest, dass er recht gehabt hatte. Ein Uhr. Sein alter Sinn für Zeit trog ihn nicht, noch immer beherrschte er diesen kurzen abschätzenden Blick zur Sonne, obwohl er zugegebenermaßen den wunderbaren Zeitmesser zu schätzen gelernt hatte.

Ein Uhr also. Er musste voranmachen. Dabei wäre er gern noch länger am Wasser geblieben.

Am liebsten hätte er es diesem Künstler gleichgetan, den er einmal in Alken auf einem seiner seltenen Spaziergänge am Flussufer hatte sitzen sehen. Scheinbar spielerisch hatte dieser mit Pinsel und Farbe die Wellen der Mosel auf die Leinwand gebannt, dass man glauben konnte, sie rollten tatsächlich ans Ufer. Wie lebendig wirkten die Waschfrauen auf den Sandbänken, das Treiben der Dreiborde der Fischer, und über allem thronte unter einem dramatischen Wolkenhimmel Burg Thurant mit den zwei Bergfrieden, der erste dem Trierer, der zweite dem Kölner Erzbistum zugehörig.

Vor allem aber hatte Spitzlay neidvoll mitansehen müssen, wie der Maler sich der Gunst feiner Damen erfreute, die nicht von seiner Seite wichen und ihn in den höchsten Tönen lobten. Was hätte er darum gegeben, ebenso angehimmelt zu werden, wenn er am Saumweg vor einer Staffelei säße. Doch stattdessen musste er, Spitzlay, stellvertretender Friedensrichter und noch immer Junggeselle, sich durch staubtrockene Paragrafen und die neuen Verordnungen eines Generalgouverneurs Gruner kämpfen und von Fliegen umschwärmte Schädel begutachten. Das Leben war ungerecht.

Ein letzter, ein allerletzter Blick auf die Uhr, es war wirklich höchste Zeit.

Die Schenke von Will Kornbrenner, passender könnte der

Name für einen Wirt gar nicht sein, befand sich mitten im Ort auf halber Höhe. Wie am Kergeshof und überall sonst in den Dörfern rechts und links der Mosel kletterte auch hier der Wein die Bruchsteinmauern empor, überspannte die Port, suchten sich die Triebe ihren Weg die Dachrinne entlang und weiter über die Schindeln. Schon hingen die Trauben prallgrün zwischen den Blättern, und obwohl sie noch hart waren, konnte Spitzlay nicht widerstehen, er musste eine Beere probieren.

Er hätte es wissen müssen: Der saure Saft zog ihm die Löcher im Hemd zusammen. Selbst schuld, schimpfte er.

Er war nicht der einzige Gast. Im Hof stand eine Reisekutsche mit zwei Pferden, die eben von einem Knecht versorgt wurden. Die Herrschaften schienen es vorgezogen zu haben, in der Wirtsstube einzukehren, wo es kühler sein durfte als im Freien. Ganz abgesehen davon, dass eine Magd des Hauses dabei war, die Tische zu schrubben, und das Wasser nach allen Seiten spritzte.

»Oh, Entschuldigung!« Sie schlug sich erschrocken die Hand vor den Mund, als Spitzlay zur Seite sprang. »Aber das war doch nicht ich?«, fragte sie und deutete auf seine feuchten Hosenbeine.

»Nein. Nein, nein …«

Warum geriet er angesichts eines weiblichen Wesens noch immer in kindisches Stottern? Würde das nie aufhören?

»Ich … Ich habe ein Bad in der Mosel genommen.«

»Oh«, meinte sie zum zweiten Mal, und der Schalk blitzte aus ihren Augen. »Aber bestimmt nicht ganz freiwillig.«

»Nein, nicht ganz freiwillig.« Jetzt musste er auch lachen.

»Soll ich sie Ihnen bügeln? Das Plätteisen krieg ich schnell heiß.«

Spitzlay errötete. Dann müsste er sich der Schuhe und Beinkleider entledigen. Womöglich würde das Mädchen ihn dabei beobachten. Andere könnten auf ihn aufmerksam werden, wie er, nur halb angezogen in einer Ecke sitzend, darauf wartete, dass sie mit dem trockenen Stück zurückkäme. Er schüttelte den Kopf.

»Das ist sehr freundlich, aber ich will dich nicht von deiner Arbeit abhalten. Ich suche den Gastwirt.«

»Der ist drin bei der Gesellschaft. Und wenn sich's der Herr noch überlegen möchte, ich bin dort in der Waschküch.«

Sie machte eine großzügige Handbewegung nach hinten, die konnte alles bedeuten, eine Richtungsangabe, ein Hilfsangebot, eine Einladung zu was auch immer. Dann drehte sie ihm den Rücken zu und machte sich an den nächsten Tisch.

Spitzlay folgte mit den Augen ihren kräftigen Armbewegungen, dem Wippen ihres Rocks, über dem die Bändel der Schürze hüpften, den tänzelnden Füßen, die in zerschlissenen Pantinen staken. Alles hatten sie ihnen beigebracht auf der Universität, nur nichts über das Gebaren der Frauenzimmer.

Er fand Kornbrenner in der Schankstube im Gespräch mit den Passagieren der Kutsche, einem freundlich dreinschauenden Herrn mit auffälligem Embonpoint nebst Madame im nicht weniger gesetzten Alter, daneben eine junge Demoiselle, vielleicht die Tochter.

Spitzlay blieb an der Tür stehen, nahm den Hut ab und grüßte.

Das Fräulein, dessen beige-blau changierendes Reisekleid seine Bewunderung erregte, hob den Kopf, ihre Blicke kreuzten sich, kurz nur, schon wendete es sich wieder dem älteren Paar zu. Ihre Mundwinkel, so hatte es Spitzlay geschienen, hatten sich verzogen, als sie ihn ansah. Als hätte sie ihn angelächelt. Sie trug keine Ohrringe, keine Halskette, allein der gefältelte weiße Spitzenkragen umschmeichelte ihr Gesicht, betonte ihre hohen Wangenknochen und die gerade Nase, eine Nase wie von einer griechischen Statue. Über die Stirn und die zierlichen Ohrmuscheln kringelten sich schwarze Locken, und auch im Nacken rollten sich ein paar Strähnchen zu reizenden kleinen Schnecken.

Warum hatte er nur nicht das Angebot der Magd angenommen, ihm seine Hosen zu bügeln? So, wie er aussah, konnte er sich unmöglich den Herrschaften vorstellen.

»Und womit kann ich Ihnen dienen?«, wendete sich Will Kornbrenner ihm zu, nachdem er die Bestellung der Reisegesellschaft aufgenommen und an die Küche weitergegeben hatte.

»Ich komme wegen eines gewissen Joseph Brachtendorf.«

Wie die Magd zuvor schlug auch der Wirt die Hand vor den

Mund, als er den Namen hörte. Die gleiche Handbewegung, die gleichen Augen, stellte Spitzlay fest. Also keine Magd, seine Tochter.

»Man hat ihn gestern tot aufgefunden. Vielleicht können Sie mir helfen.«

»Ich hab's gehört, heute Morgen. Ich wollt's gar nicht glauben. Der saß doch am Montagabend noch dort draußen im Hof.«

Kornbrenner führte Spitzlay in einen abseits gelegenen Raum neben der Küche. »Ich weiß nicht, ob ich Ihnen helfen kann, aber bitte, nehmen Sie Platz und fragen Sie, was Sie fragen müssen.«

Dann verschwand er noch einmal und kehrte gleich darauf mit einem Krug Wein und zwei Gläsern zurück.

»Wer war vorgestern alles mit dabei?«

Der Wirt überlegte. Es seien fast immer dieselben, die kämen. Nicht alle an jedem Tag und manche auch nur hin und wieder, aber an einem Tag wie gestern, wo die Hillich war, da kämen schon viele zusammen. Kornbrenner nahm einen kräftigen Schluck. Zwölf, dreizehn müssten es gewesen sein, vielleicht auch fünfzehn. Ein paar hier von Lehmen und aus Catenes, dann die Sürscher und Wolfens Jost aus Kobern.

Spitzlay schrieb die Namen mit.

»Und der Joseph und der Jab vom Kergeshof.«

»Ach«, sagte Spitzlay, »auch der Knecht vom Kergeshof?«

Der Gastwirt nickte. »Den hab ich fast raustragen müssen. Er kommt selten, aber wenn er kommt, ist er immer der Letzte, der geht. Und ist dann nicht mehr nüchtern.« Er lachte.

»Und vorgestern?«, fragte Spitzlay. »War er vorgestern auch nicht nüchtern?«

»Nicht nüchtern ist gar kein Ausdruck. Stockbesoffen.«

»Und wie ist er zurückgekommen? Das ist doch gut eine Stunde Weg bis nach oben. Oder länger?«

»Verzeihung, Herr Friedensrichter, aber das ist wahrlich nicht meine Angelegenheit. Ich bin Wirt, kein Wohltätigkeitsbureau, da hätt ich viel zu tun. Auf Ihr Wohl!«

Kornbrenner hob sein Glas, und Spitzlay musste mittrinken. Aber er nippte nur, um diese Uhrzeit, bei dieser Hitze, er hatte keine Ahnung, wie sein Körper auf diese Unvernunft reagieren würde.

»Und die Stimmung?«, fragte er dann.

Die Stimmung? Die sei gut gewesen, meinte Kornbrenner, warum sollte sie auch schlecht gewesen sein nach der Hillich? Er habe den Wein ja nicht gepanscht. Er lachte laut über seinen Scherz.

»Und vergessen Sie nicht, Herr Friedensrichter, am Montag war auch Kaisers Geburtstag.«

»Der Geburtstag eines Kaisers, der nichts mehr zu sagen hat.«

»Das stimmt. Aber gerade das ist für manche ein Grund zu feiern, Sie verstehen.«

O ja, Spitzlay verstand, sein Mund schloss sich zu einem schmalen Streifen. Kornbrenner schien seine Verkniffenheit nicht zu bemerken.

Dabei hatte Spitzlay selbst nie Kaisers Geburtstag begangen wie die Honoratioren in den Kommunen oder die Soldaten, für die der Tag eine willkommene Abwechslung im Schlachtenalltag war. Doch, einmal. Einmal hatte er mitgemacht. Zusammen mit Studienkommilitonen, damals in Göttingen, wo er studiert hatte. An das anschließende Besäufnis erinnerte er sich mit Schaudern.

»La République nous appelle …« Der Wirt summte die Melodie des Revolutionslieds leise vor sich hin. »… un Français doit vivre pour elle, pour elle un Français doit mourir. Aber die Zeiten, Monsieur, ändern sich. Und das kann eben auch ein Grund zum Feiern sein.«

»Und alle haben mitgemacht am Montagabend?« Spitzlay wischte sich mit dem Finger einen Tropfen Wein vom Kinn.

»Ja, alle, sollten sie nicht?«

»Und wann sind Joseph und die anderen aufgebrochen?«

»Das weiß ich nicht. Irgendwann habe ich den Joseph nicht mehr gesehen. Ist wahrscheinlich mit Caspar Leven fortgegangen. Nein, halt, das stimmt nicht, nachher hab ich Joseph noch mal gesehen. Oder? Nee, ich kann's Ihnen beim besten Willen nicht mehr sagen. Ich weiß nur noch, dass sie alle so gegen zwölf weg waren. Da hab ich zugeschlossen.«

»Und wer ist Caspar Leven?«

»Sein Freund. Wohnt in Sürsch, kommt aber aus Lasserg.«

»Und sonst?«

»Was ›und sonst‹?«

»Wer war sonst noch da?«

»Ein paar Herren aus Cowelenz. Mit ihren Frauen. Sagten wenigstens, dass es ihre holden Gattinnen wären. Weiß der Kuckuck, ob's stimmt. Ich scher mich nicht drum. Und dann war da noch der Winninger, ein Fuhrentrepreneur, ein redlicher Mensch. Viele sind ja misstrauisch gegenüber den Winningern, weil sie lutherisch sind. Aber mir ist das egal. Hauptsache, sie zahlen ihre Zeche. Und der Poschner hat noch immer bezahlt.«

Spitzlay erhob sich. »Vielleicht muss ich noch mal kommen«, meinte er.

»Es wäre mir ein Vergnügen, Herr Friedensrichter, immer zu Ihren Diensten.«

Draußen schlug Spitzlay bleierne Hitze entgegen und nahm ihm fast den Atem. Das Wetter war umgeschlagen, das Blau des Himmels hatte sich in blasses Weiß verwandelt, Schleierwolken verdeckten die Sonne. Es roch nach Gewitter.

Als er den Hof des Gasthauses verließ, sah er die junge Demoiselle mit ihren Eltern vor die Tür treten. Er blieb stehen und wartete, bis die Herrschaften in ihren Wagen gestiegen waren und an ihm vorbeirollten. Der Blick des Fräuleins – lag Zuneigung darin? Neugier? – streifte ihn. Warum hatte er Kornbrenner nicht nach ihrem Namen gefragt? Rumpelnd entfernte sich die Karosse, sie schaukelte hin und her, als lache sie höhnisch.

Eine gute Stunde und mehrere Zeugenvernehmungen später saß auch Spitzlay wieder neben seinem hünenhaften Schwager auf dem Kutschbock.

Langsam plagte sich das Pferd die steile Straße hinauf zum Mayfeld, während Spitzlay zu protokollieren versuchte, was ihm durch den Kopf gegangen war, während er die Männer vernahm, die ihm Will Kornbrenner genannt hatte. Aber wenn das Tier bei etwas flacherer Steigung mit einem heftigen Ruck unvermutet in Trab fiel oder eine der engen Serpentinen nahm, rutschte Spitzlay der Stift zur Seite mit der Folge, dass seine Notizen zu einer hässlichen Krakelei verkamen. Er selbst wurde in seinem

Sitz nach hinten oder zur Seite geschleudert und brauchte beide Hände, um sich festzuhalten. Schließlich begnügte er sich mit ein paar schnell hingekritzelten Stichworten und hoffte, dass er bis Münster nichts vergessen haben würde.

Vor allem die Aussage eines gewissen Benedict Mohr hatte ihn aufhorchen lassen.

Er habe gesehen, hatte der Mann erzählt, wie Joseph einmal mit diesem Winninger geredet habe, am Hoftor, wie beiläufig sollte es wohl aussehen. Aber es sei ganz eindeutig gewesen, dass der Joseph auf den Poschner einredete. Dabei meide doch jeder die Blauköpp, auch diesen Fuhrmann, auch wenn den jeder kenne. Der sei ja ständig, nun gut, hin und wieder, unterwegs nach Cowelenz oder ins protestantische Trarbach oder nach Castellaun.

Warum man denn die Winninger meide, hatte Spitzlay naiv gefragt, und Mohr hatte seine Pfeife verschämt von einem Mundwinkel in den anderen geschoben.

Na, den Lutherischen sitze doch der Teufel im Nacken, hatte er erklärt. Man müsse sich vor ihnen hüten. Das sage jedenfalls der Pfarrer, hatte er eilends hinzugefügt. Er selbst habe den Gottseibeiuns zwar noch nie auf Poschners Schultern hocken sehen, wieder hatte er plump gelacht, aber beschwören, dass da keiner sei, beschwören wolle er das nicht. Die Kirche wisse bestimmt in solchen Dingen besser Bescheid als er, der nur ein einfacher Winzer sei. Gut möglich auch, dass der Teufel unsichtbar war.

Michel Klaes, der gleich neben Mohr wohnte, war ebenfalls aufgefallen, dass Joseph Brachtendorf mit dem lutherischen Poschner sprach. Überraschend lang, er habe sich noch gewundert, hätte sich gar nicht vorstellen können, was es so Wichtiges mit einem Blaukopp zu verhandeln gebe.

Andere Zeugen, die Spitzlay danach befragte, hatten diesen Vorfall nicht bestätigen können. Und ob der Joseph und Caspar Leven zusammen nach Hause gegangen seien oder getrennt, vermochte auch niemand genau zu sagen. Einer glaubte allerdings, dass Caspar den Jab nach Hause gebracht habe, so randvoll wie der gewesen sei. Zwei widersprachen dem. Das könnten sie sich nicht vorstellen. Wenn überhaupt einer den Jab nach Hause gebracht hätte, dann sei das der Joseph gewesen, wo die beiden doch den gleichen Weg hätten.

Hinter den Lehmerhöfen erreichte der Wagen das Plateau, das Pferd fiel in einen gleichmäßigen Trab, als Spitzlay es sich plötzlich anders überlegte.

»Lass uns dort vorn links abbiegen, Klein. Ich möchte mir noch mal den Tatort anschauen.«

Erst im letzten Augenblick, der Schütze hatte das Pferd schon gezügelt, sah Spitzlay den Mann. Und er bemerkte ihn auch nur, weil jener plötzlich aus dem Schatten der Büsche am Fundort der Leiche herausgetreten war. Der Kleidung nach ein Ackerer, mittelgroß, mit glatten kastanienbraunen Haaren unter einem in den Nacken geschobenen schwarzen Hut. Er blickte ihnen entgegen. Spitzlay fiel das lange Gesicht des Unbekannten auf und die Stirn, die im Verhältnis dazu ungewöhnlich breit erschien.

Das ist bestimmt kein Brachtendorf, dachte er. Die Männer, die er gestern auf dem Hof gesehen hatte, besaßen eher runde Gesichter. Und bis auf Jab, den Knecht, waren sie blond.

Der Lockenkopf der jüngsten Schwester des Toten kam ihm in den Sinn. In der Sonne hatten ihre Haare rötlich geschimmert. Er würde gern ihren Namen wissen.

***

Die Spuren des Kampfs waren nicht zu übersehen. Abgebrochene Äste, niedergetretenes Springkraut und Brennnesseln dort, wo der Körper gelegen haben musste. Caspar schluckte. An einem Weißdornstrauch hing ein einzelnes blondes Haar, schwebte im Wind wie ein Spinnfaden. Er wunderte sich, hatte Jakob ihm doch erzählt, wie sorgfältig der Münstermayfelder Friedensrichter alles untersucht habe. Sollte ihm das entgangen sein? Aber vielleicht hatte das Haar da noch auf der Erde gelegen, verdeckt zwischen Grasbüscheln oder unter Blättern, und war erst danach hochgewirbelt worden, der geringste Hauch hätte ausgereicht.

Vorsichtig löste er das Haar vom Zweig, legte es in seiner

Handfläche zu einem Kreis, fuhr mit dem Mittelfinger der anderen Hand wieder und wieder die dünne Linie entlang. Joseph. Die Finger umschlossen seinen Fund. Er setzte er sich auf einen Baumstamm, ließ die Gedanken wandern. Vor einer Ewigkeit hatten sie sich kennengelernt. Er selbst musste zwölf gewesen sein, der Freund sechs Jahre jünger.

Kartoffelernte. Ein trüber Tag, seit Stunden nieselt es, und kalt ist es. Der Hunsrück im Nebel. Rundherum Nebel. Nichts zu sehen außer ihrem und dem nächsten Acker, braune Inseln in milchigem Gebräu.

Caspar erschrickt, als der Kleine plötzlich vor ihm auftaucht, er hat ihn nicht kommen sehen, auch nicht gehört. Klatschnass kleben dem Jungen die Haare am Kopf, von seinem Umhang tropft das Wasser, er trägt keine Schuhe, die nackten Zehen graben sich in den weichen Ackerboden.

»Das ist der Joseph vom Kergeshof«, sagt Magda neben ihm. »Juseff, wat eaas?«

»Dat Schoof es foat. Wenn isch et net fäanne, schlaaht mich de Oonkel, et eas et beste Modderschoof, bat mäa han.«

Der Junge weint nicht, aber sein Gesicht ist so weiß wie der Kalk, der zum Düngen auf die Felder gestreut wird. Er steht da wie ein Baum, entschlossen, so lange hier stehen zu bleiben, bis ihm jemand helfen würde.

Jetzt kommen auch die Daumkinder herbeigelaufen, Jakob, Gertrudis, Margaretha.

»Und wo sind die anderen Schafe?«

Wieder Magda. Sie ist erst neun, aber die Aufgeweckteste von allen.

Joseph deutet hinter sich in den weißen Dunst.

Magda schaut Caspar an. »Kannst du ihm nicht helfen?«

Warum er? Er hat keine Lust, bei diesem Wetter hinter einem dummen Schaf herzulaufen, noch dazu das eines fremden Bauern. Warum passt der Strühkopp nicht besser auf?

»Bitte, Caspar, du bist doch der Älteste.«

Wenn ihm ein Schaf davongelaufen wäre, früher, als er so alt war wie dieser Joseph hier vom Kergeshof, sein Vater hätte nicht viel Federlesens mit ihm gemacht. Hätte ihm eins hinter die Löffel gegeben, dass er einen ganzen Tag lang nichts mehr gehört hätte. Wie er es gemacht hatte, als ihm der schwere Wasserkrug aus den Händen gerutscht und in tausend Stücke zersprungen war. Sein Vater war nicht zimperlich gewesen, wenn es darum ging, ihn, wie er es nannte, zu einem Mann zu erziehen. Irgendwann wirst du mir noch dankbar dafür sein, hatte der Alte ihn angeherrscht, als er einmal aufzumucken wagte. Danach konnte er nur noch im Stehen essen.

Der Kleine wartet. Mit vor Kälte blau angelaufenen Lippen. Caspar schluckt. Das kennt er, das hatte er auch erlebt. Erst bei Daums hat er erfahren, dass das Leben noch anders sein kann. Nicht nur grausam und ungerecht. Der alte Daum ist so gewesen, wie er glaubt, dass ein Vater sein müsse, wenn er sich Vater nennt. Daum ist der erste Mensch gewesen, der freundlich zu ihm war. Mutter ausgenommen. Aber sie hat sich nie gegen den Vater zur Wehr setzen können. Der Alte schlug sie, wie er ihn geschlagen hatte. Bis er es nicht mehr ausgehalten hat und davongelaufen ist.

Aber er war vom Regen in die Traufe gekommen. Der Meensderer Scharfrichter und Wasenmeister Herschler behandelte ihn keinen Deut besser. Der Mann hatte ihn von der Gosse aufgelesen, und er war mitgegangen. Was hätte er sonst tun sollen? Der Hunger nagte in seinen Eingeweiden, und arbeiten hatte er gelernt. Nur was das für Arbeit war, die der Herschler ihm anbefahl, das hatte er mit seinen neun Jahren nicht gewusst, in Lasserg hatte es keinen Abdecker gegeben.

Dass er einem toten Tier die Haut abziehen und diese in dem Bach vor der Mauer waschen sollte, machte ihm noch wenig aus. Dann aber wurde er mit einem Knecht losgeschickt, streunende Köter einzufangen, die er anschließend zu töten hatte. Ihm war, als würde man ihn erschlagen. Ein Hund war darunter, ein kleiner Grauer mit weißem Schlappohr, der schmiegte sich an sein Bein, winselte zum Steinerweichen und schaute ihn aus treuseligen Augen an. Er brachte es nicht übers Herz, das Tier abzuschlachten. Heimlich fütterte er es, dann jagte er es davon in der Hoffnung, dass es nicht gleich dem nächsten Schinder in die Hände fiele. Die Tracht Prügel, die es hernach setzte, würde er zeit seines Lebens nicht vergessen.

Das Schlimmste jedoch war, dass niemand ihn suchen kam, obwohl die Strecke Lasserg–Münster doch keine Entfernung war. Vermisste die Mutter ihn nicht? Oder hatte ihr der Vater verboten, nach ihm zu suchen? Nachts lag er im Stroh und dachte an sie. Irgendwann, wenn er groß wäre und reich, ginge er hin und würde sie holen.

Nach dem Selbstmord eines Gesellen, der ihn bis dahin vor den ärgsten Misshandlungen des Scharfrichters in Schutz genommen hatte, dachte er erneut an Flucht.

Mit den Soldaten wollte er mitgehen, die in Münster einmarschiert waren, selbstbewusste, lachende Franzosen in bunten Uniformen, mit goldenen Litzen, lustigen Tschakos und blank geputzten Waffen. So oft wie möglich drückte er sich in ihren Unterkünften herum, kauderwelschte mit ihnen, striegelte ihre Pferde. Er spürte die knisternde Spannung, die in den Straßen von Münstermayfeld lag und mit jedem Tag wuchs, sie erregte ihn. Er hörte die Leute von Freiheit reden, Freiheit, Gleichheit, Brüderlichkeit. Die einen schnaubten bei diesen Worten vor Wut oder spuckten verächtlich aufs Pflaster, andere bekamen glänzende Augen. Freiheit, Gleichheit, Brüderlichkeit.

Er, Caspar, wollte auch frei sein, dann würde er dem Herschler eins auswischen. Und einen Bruder wollte er haben, einen, dem er blindlings vertrauen könnte, ein Leben lang. Freiheit, Gleichheit, Brüderlichkeit, sagte er zu Herschler, wenn er in die Abdeckerei zurückkam, und der Alte drosch ihn grün und blau und schleppte ihn zur Brandmarkung eines Verurteilten vor dem Drillhaus.

Er musste das Eisen im Feuer erhitzen, und als sich das glühende Metall in die Haut des Delinquenten fraß und dieser schrie, dass es ihm durch Mark und Bein ging, beschloss er, keinen Tag länger beim Herschler zu bleiben. Aber es dauerte noch einen ganzen Monat, bis er auf dem Markt einen Ackerer aus Moselsürsch traf, der ihm erlaubte, für ihn zu arbeiten. Adieu, sagte er dem Schinder, adieu, Salaud. Der Schweinehund verstand ihn nicht, er warf ihm trotzdem einen Knüppel hinterher, aber Caspar lachte nur. Er konnte nicht lesen und nicht schreiben, aber er konnte jetzt Französisch.

Der Ackermann hatte ihn ernst angeschaut, als Caspar ihm von seinen französischen Freunden erzählte, von *liberté*, *égalité*, *fraternité*. Warten wir es ab, mein Junge, hatte er gesagt und: Allez hopp, rauf mit dir auf den Wagen. Auf der Chaussee fühlte Caspar sich zum ersten Mal frei. Befreit.

Peter Daum war ein guter Mann. Daum hatte auch Magda zu sich genommen, nachdem deren Eltern gestorben waren, und behandelte sie wie eine Tochter. Auf Peter Daum ließ Caspar nichts kommen.

Wieder zupft ihn Magda am Ärmel.

»Caspar!«

Da gibt er nach.

»Aber der Kleine muss mit, der muss lernen, wie das ist, wenn er nicht auf seine Viecher aufpasst.«

»Und die Herde? Ich kann sie doch nicht allein lassen.«

»Ich dinn et fier disch«, bietet Magda ihm an. Auch Margaretha verspricht zu helfen.

Sie suchen lange, der kleine Joseph immer neben ihm, frierend und bibbernd, aber ohne zu quengeln. Die Angst vor dem Onkel muss schlimmer sein als die Schmerzen an den bloßen Füßen, wenn er über Steine und spitze Stöcke stolpert oder sich die Haut an Dornsträuchern wund reißt.

Irgendwann lichtet sich der Nebel, es regnet auch nicht mehr, endlich finden sie das Schaf im Mühlental. Völlig unschuldig steht es da unter den Bäumen am Abhang und glotzt sie an. Gemeinsam treiben sie das Tier zurück zur Herde. Magda strahlt, als sie kommen.

»Ich hab's gewusst, dass du es schaffst.«

Er ist ein Held. Das erste Mal in seinem Leben, dass er bewundert wird. Nie wieder, schwört er sich, nie wieder wird er es zulassen, dass ihn jemand prügelt und demütigt. Er fühlt sich stark wie nie zuvor.

Es war die Art, wie Joseph Danke gesagt und ihn dabei angesehen hatte. So hatte sie begonnen, ihre Freundschaft.

Caspar betrachtete das blonde Haar in seiner Hand. Er nahm ein Tuch aus der Tasche, wickelte es sorgfältig darin ein und verstaute das Bündel vorsichtig in einer Tasche seiner Hose. Dann sah er das Gespann kommen, lange bevor er es hörte. Die Räder wirbelten gelblich grauen Staub auf. Er konnte nicht erkennen, wer auf dem Wagen saß. Hoffentlich Durchreisende, die ihn nicht ansprechen würden. Er war nicht in Stimmung, um mit irgendjemandem zu reden.

Doch beim Näherkommen erkannte er die Uniform des Feldschützen. Sie tun nur ihre Pflicht, dachte er bei sich und stand auf.

Der Mann, der herunterkletterte, musste der neue Friedensrichter sein. Jakob hatte ihn beschrieben. Noch nicht alt, aber spillerig und blass, ein Studierter eben, mit langer Nase, etwas nach außen gewölbten Lippen, als ob er immer am Nachdenken wäre und gleich etwas sagen wollte. Ein Haarschopf über der Stirn strebte vorwitzig gen Himmel. Blonde Haare. Caspar tastete nach dem Päckchen in seiner Tasche. Vielleicht hatte er das Haar dieses Spitzlay eingepackt. Er soll ja überall rumgekrochen sein.

»Lassen Sie mich raten«, sagte der Mann, nachdem er ihn begrüßt und sich vorgestellt hatte. »Sie sind Caspar Leven.«

Caspar nickte, der prüfende Blick des Beamten machte ihn befangen.

»Es tut mir leid, was passiert ist. Er war Ihr Freund, habe ich gehört. Es muss schlimm für Sie sein, ihn verloren zu haben, und dann auf diese Weise.«

Caspar erwiderte nichts. Was konnte er schon groß sagen? Er wusste nicht, was der Mann von ihm wollte. Die scheinbar mitfühlenden Worte verursachten ihm eher Unbehagen. Staatlichen Bediensteten sollte man nicht ohne Not trauen.

»Kommen Sie, setzen wir uns!«, forderte der Friedensrichter ihn jetzt auf und deutete auf den umgefallenen Baum, auf dem Caspar zuvor gesessen hatte.

»Erzählen Sie von Joseph!«

»Von Joseph?«

»Ja, Sie müssen ihn doch gut gekannt haben. Was war er für

ein Mensch? Lustig oder verschlossen? Wie kam er mit seiner Familie zurecht? Wie lange kennen Sie sich überhaupt?«

Schon immer, dachte Caspar.

»Siebzehn Jahre«, sagte er laut.

»Sie müssen älter sein als er.«

»Ja und?«

»Nichts. Nur dass, wenn man Kind ist, man eher die Freundschaft zu Gleichaltrigen sucht. Später ist es meist egal.«

Caspar überlegte. »Vielleicht bei Ihnen in der Stadt. Hier in den Dörfern ist das nicht so, hier kennt jeder jeden. Es gibt da keine Unterschiede.«

»Sie mögen recht haben. Trotzdem, Sie beide seien besonders eng befreundet gewesen, habe ich gehört.«

Caspar fuhr hoch. »Was wollen Sie damit sagen?«

»Nichts, Herr Leven, nichts.« Der Jurist geriet ins Stottern. »Ich wollte gar nichts gesagt haben. Bitte, glauben Sie mir! Im Gegenteil. Ich finde, Sie sind um so eine Freundschaft zu beneiden. Das hat nicht jeder.«

Beschwichtigend zog der Mann ihn wieder zurück auf den Baumstrunk. Er ließ es geschehen. Schwieg. Sein Leben ging niemanden etwas an. Aber der Spitznasige ließ nicht locker.

»Ich habe gehört, Sie sind verheiratet. Haben Sie Kinder?«

Er hätte ihn umbringen können. Schaffte es innerhalb weniger Minuten, den Finger in die Wunde zu legen.

Sie hatten Ende Januar geheiratet, Magda und er, aber nichts hatte sich seither getan. Er verstand es nicht. Bei Jakob Daum hatte es sofort nach der Hochzeit geklappt, auch bei Will Ebers. Nur bei Magda rührte sich nichts. Gar nichts. Und am Montagabend beim Kornbrenner hatten sie wie immer ihre dummen Sprüche zum Besten gegeben. He, sollen wir's mal versuchen? Machen wir gern! Scheißhunde. Konnten es nicht lassen, sich über alles und jedes lustig zu machen. Er hatte Mühe gehabt, sich zu beherrschen. Bis Joseph ihnen über die Mäuler gefahren ist. Da ließen sie ihn in Ruhe. Die Courage hatte er dem Kleinen gar nicht zugetraut.

»Joseph war ein Stiller«, bemerkte er, ohne auf die Frage des Friedensrichters einzugehen. »Ich hab ihn beschützt. Als er noch klein war«, ergänzte er und beobachtete, wie der Jurist sich langsam einen Grashalm um den rechten Zeigefinger wickelte, bevor er wieder sprach:

»Aber Joseph hatte doch Geschwister. Haben die ihn nicht beschützt?«

»Mit den Schwestern verstand er sich gut, mit seinen Brüdern nicht so sehr.«

»Und mit seinen Eltern?«

»Die Mutter mochte er.«

»Und den Vater?«

»Josephs Vater ist tot. Der Vater ist der Onkel.«

»Jakob Brachtendorf …?«

»… ist Josephs Onkel, der Bruder seines Vaters, der zweite Mann von Josephs Mutter.«

»Ach … und mit ihm verstand sich Joseph nicht gut?«

»Da gab's oft Krach.«

Der Friedensrichter vermerkte etwas in einem Buch, das er aus der Tasche gezogen hatte.

»Ich will Sie nicht länger als nötig belästigen. Ich kann mir vorstellen, dass Sie mit Ihrem Schmerz um den toten Freund allein sein wollen. Aber erlauben Sie mir noch ein paar Fragen. Haben Sie den Knecht vom Kergeshof nach Hause gebracht? Er soll … wie soll ich sagen? … tüchtig dem Schnaps zugesprochen haben.«

»Was geht mich der Jab an? Nein. Ich bin früh nach Haus, weil eine Kuh kalben sollte. Joseph kam mit mir mit, aber unterwegs ist er umgekehrt und noch mal zurückgegangen.«

»Warum?«

»Was weiß ich!«

»Er ist zurückgegangen, ohne Ihnen eine Erklärung zu geben?«

»Er ist mir keine schuldig.«

Der Jurist zog die Stirn kraus, setzte wieder diesen prüfenden Blick auf, der ihm vorhin schon unangenehm gewesen war.

»War es wegen des Winningers?«, fing der Münstermayfelder erneut an. »Ein paar wollen gesehen haben, dass die beiden miteinander sprachen.«

»Mit dem Poschner?« Er wusste nichts davon.

»Könnte es sein, dass es um geschäftliche Dinge ging?«

»Geschäftliche Dinge? Der Joseph mit einem Winninger? Nein, bestimmt nicht. Aber …«

»Ja?«

»Vielleicht war's umgekehrt, dass der Poschner sich den Joseph vorgeknöpft hat.«

»Wieso sollte er?«

»Joseph hat gelacht über ihn.«

»Und warum?«

»Sie wissen doch, die Winninger sind Lutherische. Es ist nicht immer einfach mit denen. Da werden schon mal Witze gerissen, und die sind dann schnell beleidigt.«

Caspar fixierte den Boden vor sich, mit einem Stock malte er Striche in den harten Sand.

»Joseph hat am meisten gelacht. Vielleicht war der Poschner deswegen sauer.«

»Es ist auch nicht immer leicht mit den Katholischen«, bemerkte Spitzlay, Caspar hob erstaunt den Kopf.

Er stamme aus dem Hunsrück, erklärte ihm der Friedensrichter, auch dort sei das Nebeneinander der Religionen nicht immer konfliktfrei.

»Aber kommen wir auf den Montagabend zurück. Würden Sie sagen, dass es ein ganz normaler geselliger Abend war?«

Ein ganz normaler geselliger Abend! So geschwollen konnte auch nur ein Studierter daherreden. Wenn es normal ist, dass deine Freunde mit der eigenen Frau … ja, dann war es ein ganz normaler geselliger Abend. Wenn …

Der Friedensrichter unterbrach seine Gedanken. »Am Montag soll eine Hillich im Dorf gewesen sein, und dann war es der 15. August, Napoleons Geburtstag. Es gab also viel zu feiern.«

»Was hat man Ihnen denn erzählt?« Caspar war erregt aufgesprungen, ohne dass der Friedensrichter ihn dieses Mal zurückhalten konnte.

Auch der erhob sich, wirkte betroffen.

»Herr Leven, wenn ich etwas Falsches gesagt haben sollte, bitte ich um Entschuldigung.«

Er wollte nach ihm fassen, aber Caspar trat zurück, machte eine abwehrende Handbewegung.

»Ist gut, Sie können das nicht wissen«, sagte er und ließ sich wieder auf den Baumstamm fallen. Aber er redete nicht weiter. Warum sollte er diesem hergelaufenen Studiker erzählen, wie er sich am Montagabend gefühlt hatte? Und nicht nur Montagabend. Seit die Franzosen retirieren mussten, wischten sie ihm bei jeder passenden und unpassenden Gelegenheit eins aus.

Was ist denn so falsch an Freiheit und Gleichheit? Sie haben doch alle davon profitiert, nach der Säkularisierung. Der rude Bertrich, der Lump, der immer am lautesten auf Napoleon geschimpft hatte, bekam die größten Ländereien ab, und auch Mohrs Benedict hatte sich ein fettes Ackerstück geschnappt. Das wäre doch ohne die Franzosen gar nicht möglich gewesen. Die werden sich alle noch wundern, wenn der Preuße erst mal hier ist. Caspar spuckte verächtlich aus.

»Ich war Voltigeur«, sagte er schließlich. Es fiel ihm schwer, von sich zu erzählen.

»Seit der Kaiser auf Elba ist, spotten sie. Auch am Montag. Natürlich. Hoch die Tassen! Auf Napoleons Geburtstag und seine Niederlage!« Resigniert ließ er die Schultern hängen. »Ich kann's nicht ändern. Die Politik machen die hohen Herren in Wien und Berlin. Ich lach halt mit.« Er brach ab. Er hatte schon zu viel geredet.

Der Friedensrichter sagte nichts. Täuschte Caspar sich, oder las er Sympathie in dessen Augen? Er hatte zu wenig Erfahrung im Umgang mit solch gebildeten Leuten, als dass er den Blick hätte deuten können.

Der Mann klopfte sich den Staub vom Rock, pflückte ein welkes Blatt vom Hosenbein und verabschiedete sich.

»Ich kann verstehen, wie Ihnen zumute ist. Vielleicht kommen Sie mal nach Münstermayfeld. Es würde mich freuen, wenn Sie mir von Ihrer Zeit bei der Grande Armée erzählten. Ich bin nicht konskribiert worden. Kriegsuntauglich. Auf dem linken Auge halb blind.«

Der neue Friedensrichter schickte sich an, in den Wagen zu steigen, als ihm noch etwas einzufallen schien.

»Haben Sie eine Idee, wer Joseph umgebracht haben könnte?«
Caspar schüttelte den Kopf.
»Nein. Poschner vielleicht. Oder Räuber?«
»Ja, daran muss man zuerst denken. Wir haben ja auch kein Geld bei ihm gefunden. Und die Stiefel, Sie haben es ja sicher mitbekommen, seine Stiefel sind weg. Wir leben in unsicheren Zeiten.«
Caspar sah dem Gespann nach, bis es hinter einer Baumgruppe verschwand.
Der Himmel war bedrohlich dunkel geworden, aber das hatte wenig zu sagen. Die Wolken zogen oft übers Mayfeld hinweg, um dann woanders abzuregnen. Im Westen, über Münster, gleißte ein letzter Streifen Blau am Horizont, wie ein Feuerwerk brachen dort die Strahlen der Sonne durchs Gewölk, erhellten die weithin sichtbare Silhouette der Stiftskirche.
Caspar zog das Tuchknäuel aus der Tasche, faltete es auseinander und musterte prüfend das dünne blonde Haar. Dann hob er es hoch und ließ es los. Von einer Windbö erfasst, wehte es davon.

***

Die Nacht war wolkenverhangen, kein einziger Stern war zu sehen. Katharina lauschte auf die ersten Tropfen, die hart und schwer aufs Dach aufschlugen.
Sie lag auf der Seite, die Beine bis an den Bauch hochgezogen. Ein greller Blitz erleuchtete die winzige Dachstube, der Donner folgte so unmittelbar, so grollend und dröhnend, dass sie sich die Ohren zuhielt.
Die Wände schienen zu beben. Hatte es irgendwo eingeschlagen? Hier auf dem Hof? Im Gesindehaus? Drüben auf dem Betzemer Hof? Alles blieb still. Beim zweiten Blitz machte sie sich noch kleiner und zog die Zudecke über die Ohren, aber das Gewitter entfernte sich schon wieder, sie konnte bis neun zählen, bevor es erneut donnerte.
Leise kroch sie aus dem Bett und wollte das Fenster öffnen, als ein erster heftiger Windstoß die Bäume vor dem Haus packte und rüttelte, dann brach mit Macht der Regen los. Er klatschte

auf die Dachschräge, hämmerte gegen die Fensterscheibe, rann sturzbachartig über die Schindeln in die Traufe, die die Wassermassen kaum fassen konnte. Kath starrte in die Nacht hinaus, aber nirgends entdeckte sie den Schein von Feuer. Sie bekreuzigte sich und schlich zurück ins Bett.

Wäre es heute Nacht passiert, hätte Joseph völlig schutzlos dagelegen.

Wer macht nur so was? Warum ist Caspar nicht bei dir gewesen? Sie hätten dich in einer riesigen Pfütze gefunden. Schlamm im Gesicht. Dreck in den Wunden. Hast du noch lange leben müssen?

Kath schlang die Arme um sich, hielt sich an ihren Schultern fest.

Nachdem gestern die Männer aus Münstermayfeld wieder weggefahren waren, mit Joseph unter der dunklen Decke, hatte sie den ganzen Abend und die Nacht über bei der Mutter gesessen. Sie war auch nicht in ihre Stube gegangen, als die Brüder und der Vater sich zurückzogen. Geredet hatten sie nichts, die Mutter und sie, nur geweint, bis keine Tränen mehr kamen.

Auch heute Abend hatte sie wieder bei der Mutter bleiben wollen, die sich auf der schmalen Bank in der Bügelkammer einen Platz zum Schlafen hergerichtet hatte. Aber die Mutter hatte den Kopf geschüttelt und sie fortgeschickt. »Lass mich allein! Davon, dass wir beide hier sitzen, wird der Joseph auch nicht wieder lebendig.« Da war sie gegangen. Aber schlafen konnte sie nicht.

Ob Joseph allein unterwegs war, weil er noch ein Mädchen treffen wollte? Rengers Lisbeth hatte erzählt, dass ihr Bruder auch irgendwann angefangen hatte, sich nachts rumzutreiben, und dann musste er plötzlich heiraten. Holterdiepolter. Damals hatte sie gekichert, jetzt war ihr zum Heulen zumute.

Joseph war verliebt gewesen. Sie wusste es, weil er es ihr gesagt hatte. »Aber kein Wort zu Mutter!«

»Kein Wort«, hatte sie versprochen. Sie hatte es Mutter auch gestern nicht gesagt.

Ob er von diesem Mädchen gekommen war oder gerade zu ihr wollte?

Wenn sie nur wüsste, wer es war. Er hatte es ihr partout nicht sagen wollen. Hatte gelacht, den Finger auf seinen Mund gelegt.

»Pst. Irgendwann wirst du's erfahren, aber jetzt noch nicht.«

»Und du magst sie?«

»Sehr.«

Und wieder hatte er seinen Finger auf die Lippen gelegt.

Ob es womöglich Magda war? Mit einem Ruck setzte sie sich hoch. Joseph und Magda kannten sich, seit sie Kinder waren. Sie war noch nicht auf der Welt, da kannten die beiden sich schon. Joseph und Caspar, Magda und die Daumkinder und ihre Ann, immer spielten sie zusammen, arbeiteten gemeinsam. Die Felder des Kergeshofs und die von Peter Daum lagen nah beieinander. Als sie mit den Großen mithalten konnte, hatte sie so lange gebettelt, bis Ann sie endlich mitnahm.

Magda war zwar etwas älter als Joseph, aber sagten nicht alle, dass da was wäre zwischen den beiden? Vor allem, nachdem Caspar zu den Soldaten gegangen war. Da hatte man die beiden oft zusammen gesehen.

»Der Caspar kommt sowieso nicht wieder«, war Anns Schwiegervater überzeugt, »und wenn er wieder kommt, ist er ein Krüppel. Welche Frau will einen Krüppel?«

Aber Caspar kam wieder, und er war heil, nicht wie der Wilhelm Schultes aus Hatzenport, dem die Russen einen Arm weggeschossen hatten, den rechten noch dazu. Und dann hat Caspar Magda geheiratet. Die Leute haben sich den Mund darüber zerrissen. Obwohl – Magda sah glücklich aus in der Kirche. Sie war eine hübsche Braut gewesen, wunderhübsch.

War es Magda, in die Joseph verliebt war? Habt ihr euch gestritten wegen ihr, du und Caspar? Und dann ist es zum Kampf gekommen, und Caspar hat Joseph erschlagen? Nein. Nein und noch mal nein.

So plötzlich wie der Regen begonnen hatte, so plötzlich hörte er auch wieder auf. Ein paarmal noch jagten Blitze über den Himmel und erhellten einen Atemzug lang das Zimmer, aber es donnerte nicht mehr.

Nein, Joseph hätte nie was mit der Frau seines besten Freundes angefangen. Nie im Leben. Selbst wenn Caspar fünf Jahre lang weg gewesen wäre.

Aber wenn es nicht Magda war, wer könnte es dann sein? Und wusste dieses Mädchen jetzt von Josephs Tod? Kath setzte sich im Bett auf.

Un et Ann in Siasch?

Hatte ihr jemand gesagt, dass der Bruder tot war?

Jakob Daum vielleicht oder ein anderer aus dem Dorf? Schlechte Nachrichten verbreiteten sich wie Unkraut. Sie würde morgen zu ihrer Schwester gehen. Seit der Geburt des kleinen Kewes ging es der nicht besonders gut, so richtig erholt hatte sie sich bis heute noch nicht.

Kaths Mund war trocken, trotz des Gewitters stand die Luft noch immer wie zum Schneiden dick. Sie öffnete das Fenster und schlich dann vorsichtig, damit die Stufen nicht knarrten, hinunter in die Küche. Als sie an der Kammer vom Dunn und Johann vorbeikam, hörte sie die beiden reden. Sie wollte es nicht, dann blieb sie doch stehen und lauschte.

»Es war doch schon immer abgemacht, Dunn, dass du den Hof erben wirst.«

Antons Erwiderung kam leise, Kath verstand nicht, was er sagte. Auf Zehenspitzen huschte sie an der geschlossenen Tür vorbei.

Natürlich würde der Dunn den Hof übernehmen, jetzt auf jeden Fall, wo Joseph nicht mehr lebte, dachte sie, während sie sich in der Küche Wasser in einen Becher goss und einen ersten großen Schluck tat. Das war so sicher wie das Amen in der Kirche. Hennes, der älteste Bruder, hatte schon vor geraumer Zeit verkündet, dass er verzichte und seinen Erbteil ausgezahlt haben wolle.

Aber Joseph lag noch nicht unter der Erde, sie hatten noch nicht einmal Totenwache halten können, und der Dunn und Johann sprachen schon von der Hofnachfolge. Das gehörte sich einfach nicht, und auch die Art, wie der Bruder gesprochen hatte, gefiel Kath nicht.

VIER

Donnerstag, den 18ten August 1814

Zahlreiche geschrammte Wunden auf der Stirn und im Gesicht, über der linken Augenbraue eine geklaffte Wunde mit schwarzem Blut, zwei Zoll lang, eine gequetschte an der unteren Seite des Kinnladens. In der linken Nasenhöhle Zeichen von vergossenem Blut aus zerrissenen Gefäßen.
Unter dem Kinn Abdrücke von den Daumen der rechten und linken Hand.
Auf beiden Seiten des Halses Eindrücke von Fingern, rechts vier, links drei. Der Adamsapfel durch äußere Gewalt eingedrückt.
An der rechten Schläfe ein ein Zoll großes, von einem Stein geschlagenes rundes Loch ohne Zeichen von Reizung oder Entzündung.
Eine leichte Beule am Hinterkopf.
Mehrere Blutergießungen an Schultern, Oberarmen und Brustkorb.
Die Haut über dem rechten Unterbauch grünlich verfärbt.
An beiden Beinen schorfartige Flecken.

»Das waren die Ameisen«, hatte Martini erklärt, als er Spitzlay am frühen Vormittag den Obduktionsbericht vorbeibrachte und dabei auf diesen letzten Punkt der Aufzählung tippte.

Der Friedensrichter, der stellvertretende, nahm einen Schluck Kaffee. Er schmeckte ihm nicht.

Bei der Öffnung des Körpers seien keine widernatürlichen Befunde zu erkennen gewesen, las er weiter. Martini zufolge hatte das Opfer letale Verletzungen durch Erwürgen erhalten. Das Loch in der Schläfe sei erst danach durch den Sturz auf den Stein erfolgt. Die Beule auf dem Hinterkopf könnte von einem Schlag mit einem stumpfen Utensil wie einem Holzprügel herrühren und sei dem Opfer wohl einige Zeit vor dem Eintritt des Todes zugefügt worden. Weitere Hinweise auf Tatwerkzeuge wie Messer oder scharfe Gegenstände habe er nicht finden können.

Spitzlay ließ das Blatt sinken. Zwei Männer, die miteinander kämpften, mit Knüppeln aufeinander losschlugen, sich gegenseitig an die Gurgel gingen. Er konnte es sich gut vorstellen. Vielleicht hatte das Opfer sich gewehrt. Dann aber müssten auch der oder die Täter Verletzungen aufweisen, Kratzer, Platzwunden, blutunterlaufene Stellen. Oder es war ein einzelner kräftiger Mann gewesen, der das Opfer überrascht und widerstandslos zur Strecke gebracht hatte.

Der Kaffee war inzwischen kalt geworden, trotzdem trank Spitzlay die Tasse aus, vielleicht würde es ihm beim Denken helfen.

Konnten Jakob Daums Unbekannte die Täter gewesen sein? Der Bauer hatte nichts davon gesagt, dass sie besonders groß gewesen seien, aber er hatte ihn auch nicht ausdrücklich danach gefragt. Das war ein Fehler gewesen. Und was war mit den Bitburger Ausbrechern? Sie dürften, ganz gleich, ob groß oder klein, auf jeden Fall schlagkräftige Erfahrung besitzen.

Der Winninger fiel ihm ein, dieser Poschner, von dem der Lehmener Wirt und der Freund des Toten gesprochen hatte. Laut Will Kornbrenner war es ein großer, muskulöser Mann. Einer, der als Fuhrmann den lieben langen Tag Flaschen, Kästen und Weinfässer ein- und auslud, vielleicht auch Tuchballen, Tonwaren oder was auch immer. Der sich gewiss blitzschnell verteidigen würde, wenn ihn Räuber attackierten. Und wahrscheinlich selbst hart zuschlagen konnte.

Spitzlay öffnete die Schublade, in der er in einer Schachtel die Gegenstände aufbewahrte, die er am Tatort gefunden hatte. Viele waren es nicht. Ein verrosteter Nagel mit breitem Kopf, wahrscheinlich von einer Karre. Eine zertretene Schaumpfeife. Von Joseph, vom Täter oder von einer dritten Person? Ein silbriges Kästchen mit Deckel, das an einer Schnur hing, die gerissen war. Daneben hatte er Haare gefunden, eine lockige Strähne, braun, gut fünfzehn Zoll lang. Der Länge nach Haare einer Frau. Könnte Joseph Brachtendorf am Montagabend von einer weiblichen Person begleitet gewesen sein? Und wenn ja, warum hatte diese sich nach dem Überfall nicht gemeldet? Weil sie die Täterin war? Unvorstellbar.

Bei den letzten Beweisstücken, die er inspizierte, handelte es sich um drei schwarze gedrechselte Holzknöpfe, sie waren, wie es der Vergleich ergeben hatte, von dem Kittel abgesprungen, den der Tote anhatte.

Wie war der Winninger gekleidet gewesen? Trug er auch einen Kittel? Und wurde ein solches Kleidungsstück immer mit den gleichen Knöpfen geschlossen, die aus ein und derselben Werkstatt stammen könnten?

Du bist ein miserabler Beobachter, schimpfte er sich. Jetzt lebst du schon so lange hier und hast noch nie auf die Knöpfe an den Kitteln der Bauern und Winzer geachtet. Er würde Kretzer danach fragen und bei seinem nächsten Besuch in Sürsch die Augen offen halten. Vor allem aber würde er nach Winningen fahren und diesem Poschner einen Besuch abstatten.

Erregte Stimmen im Flur der Dekanei ließen ihn aufhorchen. Er schloss die Lade mit den Fundsachen.

»Eine Frechheit ist das«, zeterte eine Frau. Die Stimme kam Spitzlay bekannt vor, doch hätte er auf die Schnelle nicht sagen können, wo er sie schon einmal gehört hatte.

Noch während er sich zu erinnern versuchte, ging die Tür auf, und zwei Gendarmen schoben einen Mann und eine Frau in die Gerichtsstube. Die junge Dame wehrte sich heftig, aber gegen die Vertreter der Staatsmacht kam sie nicht an. Als sie mitten im Raum stand, holte sie tief Atem, und bevor Spitzlay begriff, was geschah, hatte sie vor ihm ausgespuckt. Der walnussgroße Schleimpfropfen landete auf seinem Schreibtisch, unmittelbar neben der Schreibfeder.

Fassungslos gaffte Spitzlay auf den Fleck, dann auf die Frau. Die schöne Türkin, seine liebliche Türkin, hatte sich in eine Furie verwandelt, in eine Furie mit eindeutig Mainzer Dialekt, je wütender sie wurde.

»Mademoiselle …!«

Aber Mademoiselle ließ ihn nicht zu Wort kommen. Sie spuckte ein zweites Mal wie ein südamerikanisches Lama.

»Die Truppe war unterwegs nach Mayen, als wir sie festgenommen haben«, berichtete der Schütze, der die tobende Schauspielerin am Arm festhielt.

»Lass mich los, du Canallje. Deine dreckigen Finger ekeln mich an. Ich weiß nicht, was Sie von uns wollen«, schrie sie jetzt auch Spitzlay an. »Sagen Sie diesen Tölpeln, sie sollen uns loslassen. Aber das getrauen Sie sich wohl nicht, Sie kläglicher Hundsfott, Sie.«

Sie wand sich unter dem Griff des Gendarmen, fluchte, spie, zischte und versuchte, ihm vors Schienbein zu treten. Aber der Hüter des Gesetzes hielt sie weit von sich ab.

»So geht das schon die ganze Zeit. Hören Sie's, Herr Richter? Das Frauenzimmerchen ist schon ganz heiser. Am besten, wir stecken sie für zwei Tage in den Turm, dann wird sie schon wieder zur Besinnung kommen.«

Währenddessen stand der bleichgesichtige Schauspieler mit den Kraushaaren still neben seiner Partnerin und überließ ihr die Verteidigung. Verstohlen las Spitzlay noch einmal die Personenbeschreibung des ausgebrochenen Johann Wallet. Fünf Fuß, vier Zoll. Der Mann hier war ein gutes Stück größer.

»Vermessen!«, bat er dennoch den zweiten Gendarmen und reichte ihm einen Zollstock. Die Frau kreischte auf.

»Was erlauben Sie sich, Sie … Sie …«

»Bitte, Mademoiselle, nehmen Sie Platz.« Spitzlay wies auf einen Stuhl. »Bestimmt wird sich alles gleich aufklären, aber Gesetz ist Gesetz …«

»Das Gesetz, dass ich nicht lache!«

Die schöne Mainzerin kam jetzt erst richtig in Fahrt. Wörter prasselten auf Spitzlay nieder, von denen er nicht einmal wusste, dass es sie gab. Bücklingskrücke. Hirnbrüter. Arschknecht. »Und nennen Sie mich nicht Mademoiselle, ich bin Madame, Madame Jeanette, Sie hergelaufener Donnerbalken, Sie.« Damit sank sie erschöpft auf den angebotenen Stuhl.

Wie man sich doch täuschen kann, wenn die Nacht heiß ist, dachte Spitzlay.

»Sie sind also verheiratet, Madame Jeanette? Mit diesem Mann hier?«

»Haben Sie was dagegen? Hätten wohl auch gern vom Kuchen genascht, was?«

Sie lachte dreckig, und Spitzlay schoss das Blut ins Gesicht. Verwirrt rieb er seine Nase zwischen Daumen und Zeigefinger und zog es vor, ihren Mann in Augenschein zu nehmen.

Das Verhör mit ihm brachte nichts. Er behauptete, Wilhelm Gabitsch zu heißen und als Kind mit den Eltern aus Wien gekommen zu sein. Spitzlay studierte sein Gesicht, während der Schauspieler erzählte. An den Ohrläppchen konnte er keine Löcher erkennen, in denen einmal Ohrringe gehangen hätten.

»Und die Aufführungsgenehmigung?«, fragte er die Gendarmen.

»Ist vorhanden«, bestätigten sie und zeigten Spitzlay die Papiere. Er überflog sie und reichte sie dann Wilhelm Gabitsch.

»Sie können gehen. Danke, dass Sie gekommen sind.«

»Danke, dass Sie gekommen sind! Ein bisschen freundlicher geht's nicht? Entführt hat man uns. Mit Gewalt hierher verschleppt.«

Madame Jeanette hatte neue Kräfte gesammelt und erhob sich würdevoll. Mit flammenden Blicken trat sie dicht vor Spitzlay.

Er roch ihren Schweiß und wich zurück.

»Und wie kommen wir jetzt wieder zu unserer Truppe? Können Sie mir das sagen? Und zahlen Sie uns unseren Verdienstausfall? Sehen Sie, Sie Pisswassersäufer, jetzt werden Sie blass. Sie werden noch von uns hören, worauf Sie sich verlassen können.«

Die schöne Mainzerin warf den Kopf in den Nacken.

»Komm, Gabitschkilein!«, befahl sie ihrem Gemahl und verließ mit bühnenreifem Hüftschwung den Raum.

Was für ein Gang, dachte Spitzlay und schaute den beiden durchs Fenster hinterher. Was für ein Gang, aber was für ein Weibsgezücht!

Er könnte sie einsperren lassen. Zwei Tage bei Brot und Wasser. Aber manchmal war es besser, Gnade vor Recht walten zu lassen. Sie hätte nur wenige Schritte von seiner Wohnung entfernt im Turm gesessen, eine Vorstellung, die ihm den Schlaf geraubt hätte.

***

Sie brachten ihr Joseph am Vormittag.

Maria fragte nicht, was so eine Sektion bedeutete, wollte

nicht wissen, was sie mit ihm angestellt hatten. Er lag in einer schlichten Holzkiste, die die Söhne in die gute Stube trugen, und sie löste den Deckel. Mit Kath und Ann, die von Sürsch herübergekommen war, kleidete sie den Toten ein.

»Ruf deine Brüder!«, sagte sie dann zu ihrer Ältesten, während sie die Kerzen anzündete, »... dass sie ihn in den Sarg legen. Und danach lasst mich mit ihm allein!« Doch an ein Alleinsein mit ihrem Sohn war nicht zu denken.

Aus Löf kam der Pfarrer, vom Betzemer Hof die Schwägerin, und kurz darauf klopfte ihre Schwester aus Kalt. Von überall her trafen sie ein.

Maria nahm die Beileidsworte entgegen, zwang sich ein Vergelt's Gott ab, wieder und wieder, und versuchte zu lächeln, als Kath ihr etwas zu trinken hinstellte. Sie wünschte, dass die Leute gehen würden. Manchmal drangen gedämpft Stimmen aus der Küche oder vom Hof an ihr Ohr, das Muhen einer Kuh, das Gackern der Hühner. Aber die Geräusche erschienen ihr unwirklich, wie nicht von dieser Welt.

Maria trat an den Sarg, strich Joseph über die Stirn, über die Wunde an der Augenbraue, die gar nicht mehr so hässlich aussah wie zwei Tage zuvor, als die Männer aus Münstermayfeld ihn auf das Brett im Hof gelegt hatten, und nahm dann seine kalten gefalteten Hände in ihre warmen. Kath hatte ihm ein Kreuz zwischen die Finger geschoben.

Noch nicht einmal zwei warst du, als dein Vater starb. Und jetzt hat Gott auch dich gerufen. Aber bestimmt standen sie schon dort oben und haben dich in ihre Mitte genommen, der kleine Philipp und dein Vater. Dein Vater war ein guter Mann.

Maria ließ die Perlen des Rosenkranzes durch ihre Finger gleiten.

Sie hatte es damals nicht glauben wollen, dass Heinrich sie verlassen hatte. Immer war er gesund gewesen, ein fröhlicher Mann, der viel lachte. Keines seiner Kinder kam nach ihm, vielleicht nur et Ann, auch wenn sie seit der Geburt des kleinen Kewes zur Schwermut neigte, weshalb Maria schon manches Mal mit ihr hatte schimpfen müssen. »Lass dich doch nicht so gehen!«

Hennes und Joseph waren von stillerem Gemüt. Konnte es sein, dass Söhnen der Vater mehr fehlte als Töchtern? Besonders Joseph hatte gelitten, sie hatte das wohl gespürt. Aber wie hätte sie dem Knirps erklären sollen, dass Menschen sterben müssen. Sie konnte ja selbst nicht begreifen, dass Gott ihr das angetan hatte.

Weißt du noch? Nachts bist du zu mir unter die Bettdecke gekrochen, hast dich an mich geschmiegt, und wir haben uns aneinander festgehalten.

Sie hatte Jakob Brachtendorf nicht gewollt.

Aber hieß es nicht, dass Kinder einen Vater brauchten? Und eine Frau einen Mann? Vor allem aber hatte sie nicht die Zweite sein wollen, nicht das ins Gesindehaus abgeschobene arme Wittiblein, wenn Jakob eines Tages mit einer jungen Frau angekommen wäre.

Fast zehn Jahre älter war sie, aber was bedeutete das schon? Sie war noch immer stark und kräftig, hatte seinen Vater gepflegt, den alten Brachtendorf, einen warmherzigen Menschen, immer hilfsbereit. Der Joseph war ganz nach ihm gekommen. Leider hatte der Alte nur noch et Ann erlebt.

Und hatte sie nicht auch die Gardinen genäht und die Vorräte angeschafft, damit sie über jeden Winter kämen? Und dann ihr Garten, ihr kleines Paradies. Unerträglich die Vorstellung, dass ihr da eine fremde Frau hineingeredet hätte.

Jakob war ja auch freundlich gewesen, bemühte sich, tröstete sie. Am Anfang wenigstens. Und sie sahen sich so bestürzend ähnlich, die beiden Brüder, der Jakob und ihr Heinrich. Manchmal hatte sie das Gefühl gehabt, der geliebte Mensch sei wieder da, stände vor ihr, nähme sie in ihre Arme. Erst danach wachte sie aus ihrem Traum auf, merkte, das war ja nicht der Heinrich gewesen, das war der andere. Und dann war sie mit dem Dunn schwanger. Aber sie erhielten die kirchliche Dispens und heirateten.

Schau, Juseff, jetzt kannst du nicht mehr nachts zu mir ins Bett kommen.

Jakob hatte es nicht gewollt. Und der Kleine hockte vor der verschlossenen Elternzimmertür und weinte, Nacht für Nacht, und am Morgen fand sie ihn, zusammengekauert, schlafend, auf den nackten Holzdielen. Es zerriss ihr das Herz. Jakob, er ist der Sohn deines Bruders, lass ihn reinkommen. Aber Brachtendorf blieb hart. Mit der Heirat hatte er sich verändert. Wurde unerbittlich. Wieso war ihr das vorher nicht aufgefallen? Aber er war ein guter Ackermann.

Ja, das war er, sogar einer der dekorierten im Land. Der Franzmann hatte ihn ausgezeichnet. 1808. Jakob Brachtendorf versilberte jeden Getreidehalm. Er war ein Hummes risch geworden, Hummes Jakob nannten ihn die Leute auf dem Mayfeld. Nein, er war kein schlechter Mann, aber er war nicht Heinrich. Wenigstens hatte sie ihren Garten.

Vielleicht war es gut, dass Ann, den Säugling auf dem Arm, leise die Tür öffnete und hereinschaute. Das Leben ging weiter, und Joseph würde ihr sowieso niemand nehmen können. Er war ihr Ein und Alles, Heinrichs Letztgeborener. Er war es, der sie damals über den Verlust hinweggerettet hatte. Wenn sie nur wüsste, warum er so verstockt gewesen war in den letzten Monaten. Ob er deswegen hatte sterben müssen?

»Draußen wartet der Friedensrichter aus Meensder.«

Ann war neben sie getreten, und Maria tat etwas, was sie noch nie zuvor gemacht hatte. Sie streichelte den noch immer leicht gewölbten Bauch ihrer Tochter.

»Du hast ein schönes Kind, und wenn Gott dir noch mehr Kinder schenkt, werden sie genauso schön sein.«

Sie hielt sich an Anns Arm fest, zog sich hoch und nahm ihr den Enkel ab.

»So ist das Leben, mein Junge. Wir müssen es nehmen, wie es kommt.« Und sie küsste ihn auf die Stirn.

***

Kath saß Spitzlay gegenüber, nur der Bügeltisch trennte sie.

Wo er denn ungestört mit jedem Bewohner des Hofs reden könne, hatte er sich am Anfang erkundigt, und die Mutter hatte ihm wortlos die Tür zur Wäschekammer geöffnet. Die Mutter war auch die Erste gewesen, mit der er sich unterhielt, danach war et Ann an der Reihe gewesen.

»Was soll ich ihm denn sagen, ich weiß doch gar nichts«, hatte sie Kath zugewispert und war auch schon bald wieder aus dem Kabäuschen herausgekommen.

Und nun saß sie ihm also gegenüber. Was die Mademoiselle ihm erzählen könne, von Joseph, dem Montagabend und überhaupt, fragte er. Sie schluckte. Nestelte an ihren Haaren, die ihr die Mutter am Vormittag mit strenger Hand und energischen Bürstenstrichen straff nach hinten geflochten und mit einer langen Haarnadel festgesteckt hatte.

»Von deiner Großmutter, halte sie in Ehren!«

Sie hatte in den Spiegel geschaut, sah dort ein fremdes Mädchen, streng und ernst. Die Nadel steckte quer zwischen den hochgebundenen Zöpfen und hielt das Haar. Ein ungewohntes Gefühl. Dabei hatte sie immer gehofft, dass sie eines Tages den breiten silbern schimmernden Schmuck erben würde. Schon als Kind konnte sie sich nicht sattsehen an dem schönen, einem Weinblatt nachempfundenen Griffende, und zu jeder anderen Zeit wäre sie überglücklich gewesen. Heute Morgen aber hatte es ihr die Kehle zugeschnürt. So kurz nach Josephs Tod war es der falsche Augenblick gewesen.

Wieder fuhr sie sich über den Kopf, strich ein Haar hinters Ohr, das sich aus den Zöpfen gelöst hatte, prüfte den Sitz des Haarpfeils. Mademoiselle, hatte er gesagt. Zu ihr. Wenn Joseph das noch gehört hätte! Er fand immer, sie sei die Schönste von allen. Die Jüngste, die Schönste, hatte er immer gesungen, sie bei der Taille gefasst, hochgehoben und herumgewirbelt. Und jetzt würde er nie mehr mit ihr tanzen.

»Ich weiß nicht, was Sie wissen wollen«, sagte sie, »... und, bitte, Sie müssen mich nicht siezen.«

Sie sah, wie er genierlich an seiner Halsbinde herumfingerte. Auch das hätte sie zu jeder anderen Zeit belustigt. Dass ein jüngerer Mann wegen ihr rot wurde. Denn alt war er bestimmt noch nicht, obwohl er stocksteif vor ihr saß, wie der Lehrer in der Gemeindeschule, die sie ein Jahr lang besucht hatte.

»Du und dein toter Bruder, habt ihr euch verstanden? Er soll ja nicht sehr gesprächig gewesen sein«, versuchte es der Friedensrichter ein zweites Mal.

»Ich mochte ihn am liebsten.«

Erschrocken hielt sie inne. Als ob sie die übrigen Geschwister nicht gernhätte!

»Kannst du dir vorstellen, dass es jemand gab, der ihn nicht mochte?«

Kath biss sich auf die Lippen. Sollte sie sagen, was sie wegen Magda gedacht hatte? Oder was sie Johann hatte sagen hören? Aber hatte das überhaupt etwas zu bedeuten?

Der Gerichtsbeamte hakte nach: »Ich habe gehört, dass Joseph sich nicht so gut mit seinen Brüdern und mit seinem … mit deinem Vater verstand.«

»Aber wir sind trotzdem eine Familie.« Sie schaute ihn trotzig an. »Wenn Sie glauben, dass der Dunn ihm etwas getan hat, dann täuschen Sie sich.«

»Warum hätte der Dunn … Anton ihm etwas antun sollen?«

Sie hätte sich ohrfeigen mögen. Wieso konnte sie ihre Zunge nicht besser im Zaum halten? Sie forschte in seinem Gesicht, aber er verzog keine Miene. Ob ihm et Ann oder die Mutter schon etwas Ähnliches gesagt hatten?

»War denn Anton auch in Lehmen bei der Hillich?«

Pass jetzt nur auf, was du sagst, Kath!

»Nein. Die beiden gehen … gingen abends nie zusammen fort.«

»Anton war also den ganzen Montagabend hier auf dem Hof?«

Darauf wollte er also hinaus.

»Ja«, sagte sie, »er war den ganzen Abend auf dem Hof.«

Sie schaute ihn dabei nicht an. Hoffentlich war sie bald entlassen.

»Die Kühe müssen gemolken werden«, stotterte sie. Er räusperte sich leise. Machte er sich über sie lustig?

»Katharina? Ich darf doch Katharina sagen?«

Sie nickte beklommen. Bitte, keine Fragen mehr!

»Du sagst, dass du Joseph sehr mochtest. Vielleicht hat er dir auch mehr von sich erzählt als den anderen Geschwistern?«

Sie nickte erneut.

»Kannst du dir vorstellen, warum er so schweigsam war in den letzten Wochen? Eure Mutter nannte ihn sogar verschlossen.

Machte er mit irgendjemandem Geschäfte, von denen keiner etwas wissen sollte? War er politisch tätig, vielleicht gegen die Franzosen? Es soll in der letzten Zeit Überfälle auf retirierende napoleonische Soldaten gegeben haben. Es heißt, aus Rache oder Schadenfreude.«

Seine Stimme klang sanft, gar nicht anklägerisch.

»Schau, ich will nur wissen, wer deinen Bruder getötet hat. Was dein Bruder gemacht hat, wenn er überhaupt etwas gemacht hat, ist mir egal. Es ist nur wichtig, dass wir wissen, mit wem er sich getroffen haben könnte.«

Er hatte sich vorgebeugt, fast flehentlich schaute er sie an, sein blauer Rock berührte die Tischkante. Das war ein feinerer Stoff als der, aus dem die Kittel geschneidert waren, die ihre Brüder trugen. Kraftlos strich Kath mit beiden Händen über das hellbraun verbrannte Bügeltuch. Das schabende Geräusch schwebte zwischen ihnen wie feinstes Gespinst. Ob er eine Frau hatte, die ihm das Hemd bügelte und den Binder? Er bräuchte nur seinen Arm auszustrecken, um ihre Finger zu berühren.

»Katharina. Mademoiselle. Bitte.«

»Ich weiß nicht, wo er hinwollte, wenn er fortging. Einmal hat er mir gesagt, er liebt ein Mädchen.« Jetzt war es an ihr, rot zu werden. »Aber wer es ist, weiß ich nicht.«

***

Wo mochte die schöne Türkin jetzt sein, die keine war? Ein Traum war geplatzt. Verstohlen blickte Spitzlay sich in der Ratsstube um, aber niemand achtete auf ihn. Als die Wirtstochter ihn nach seinen Wünschen fragte, bestellte er Kartoffelsuppe.

»Mit Rindfleisch oder ohne?«

»Mit«, beeilte er sich zu sagen, denn das Mädchen war schon an den Nachbartisch gerufen worden. Sie warf ihm noch einen entschuldigenden Blick zu.

»Mit«, bestätigte sie.

Von der Stiftskirche schlug es sieben Uhr. Der Marktplatz vor dem Wirtshaus lag im warmen Licht der Abendsonne. Die abgeschnallte Prothese neben sich auf der Erde, hockte der Napoleonveteran am Brunnen, blinzelte schläfrig in den Himmel und riss dabei dicke Brocken von einem Laib Brot ab, die er sich einen nach dem anderen bedächtig in den Mund schob. Beim Kauen wippte sein kurzer Beinstummel rhythmisch auf und ab, als marschiere er inmitten einer imaginären Kompanie. Vielleicht könnte er Caspar Leven mit dem armen Kerl da draußen bekannt machen.

Es war ein langer Tag gewesen. Ob er alles richtig gemacht, auch nichts übersehen hatte? Und was hatte er eigentlich erreicht?

Genau genommen nichts.

Er hatte keine Ahnung, ob es ein oder mehrere Täter waren, wusste nicht, ob der junge Brachtendorf allein auf dem Nachhauseweg gewesen war oder in Begleitung.

Vielleicht war er mit diesem Lutherischen unterwegs gewesen, mit diesem Poschner. Oder mit einer Frau, worauf die lange Haarsträhne schließen ließ. Falls dieser Fund überhaupt etwas mit der Sache zu tun hatte. Wer weiß, wer sich zuvor an dem lauschigen Plätzchen vergnügt hatte.

Wie alt mochte das Mädchen sein, diese Katharina Brachtendorf, dat Kath, wie ihre Mutter sie genannt hatte? Jung dürfte sie sein, viel zu jung. Sie konnte noch nicht gut lügen. Bei jedem Wort, das sie über die Lippen brachte, hatten ihre Augen geflattert. Sie wusste eindeutig mehr, als sie sagte. Er würde noch einmal mit ihr sprechen müssen, am besten auf dem Amt. Das hatte mehr Gewicht. Und auch die Brüder und diesen Vater-Stiefvater musste er dringend vorladen. Angeblich waren sie alle gerade nicht auf dem Hof, als er zur Befragung gekommen war. Es wäre nicht das erste Mal, dass Erbschaftsangelegenheiten tödlich endeten.

Jetzt hatte er schon wieder vergessen, auf die Knöpfe an der Kleidung der Bauern zu achten. Als er sich einen Knoten ins Sacktuch machte – unbedingt morgen früh Kretzer danach fragen! –, kam die Serviererin mit seinem Essen.

»Einmal Kartoffelsupp für den Herrn. Ich hab dafür gesorgt, dass Sie ein extra großes Stück Fleisch bekommen.« Sie strahlte ihn an. »Un dat Schäppche ees vom Dokta Martini loo häanne.«

»Sehr freundlich«, hauchte Spitzlay, »sehr freundlich.«

Wann würde er nur endlich nicht mehr rot werden? Es war ja nicht zum Aushalten.

»Ach, machen wir es doch nicht so förmlich!« Der Distriktarzt war mit seinem Glas Wein an Spitzlays Tisch getreten. »Darf ich Ihnen beim Essen zusehen, Herr Friedensrichter?«

»Stellvertretender«, berichtigte Spitzlay, bald würde er es aufgeben.

»Ich weiß, ich weiß«, konterte Martini und setzte sich. »Ein schöner Abend, um auf den Tag anzustoßen. Kommen Sie voran mit Ihren Nachforschungen? Sie sind in Lehmen gewesen, habe ich gehört.«

»Woher wissen Sie das?«

»Hier wissen immer alle alles.«

»Dann können Sie mir sicher auch Joseph Brachtendorfs Mörder nennen?«

Martini hob bedauernd die Hände. »Nein, leider nicht. Ich wollte, ich könnte Ihnen helfen.«

»Lässt sich nach der Obduktion sagen, ob es ein oder mehrere Täter waren?«

»Auch da muss ich Sie enttäuschen. Die Würgemale am Hals stammen wahrscheinlich nur von einer Person. Das schließt aber nicht aus, dass zuvor nicht auch andere auf ihn eingeprügelt haben. Nehmen Sie zum Beispiel die Beule am Hinterkopf. Obwohl …«, der Arzt überlegte. »Sie sitzt vergleichsweise tief. Hätte ihm jemand von hinten eins mit einem Knüppel übergezogen, müsste sie sich eher auf dem Oberkopf befinden. Sollte man meinen. Oder können Sie sich vorstellen, dass jemand einen Stock von unten nach oben schwingt? Höchstens wenn der Täter ein Zwerg gewesen wäre.«

»Von oben auf den Kopf drauf wäre logischer.«

»Das sag ich ja.«

»Noch eine Frage, Herr Doktor …«

»Auch vier oder fünf, wenn Sie mögen.«

»Wäre eine Frau in der Lage, solch eine Tat zu begehen?«

Martini blickte ihn überrascht an. »Eine Frau, wie kommen Sie dadrauf?«

Spitzlay erzählte von der braunen Haarsträhne.

»Von der Länge her ist es eher ein Frauenhaar, obwohl ich nicht ausschließen möchte, dass auch Männer hin und wieder lange Haare tragen.«

»Das ist interessant«, meinte Martini, »aber um ehrlich zu sein, ich kann es mir kaum vorstellen. Es sei denn, es wäre eine große, starke Weibsperson gewesen, die obendrein möglicherweise so zornig war – aus welchem Grund auch immer –, dass sie völlig unerwartet Riesenkräfte entwickelt hätte. Bedenken Sie, Joseph war zwar nicht groß, aber kein Schwächling. Und noch etwas. Frauen neigen nicht dazu, andere Menschen zu erwürgen, auch wenn sie ständig wiederholen, dass sie uns Männern am liebsten den Hals umdrehen würden.« Martini schmunzelte. »Doch Spaß beiseite. Frauen, wenn sie Ernst machen, ziehen es vor, mit Gift zu morden. Im Allgemeinen wenigstens. Wenn Sie wollen, erzähle ich Ihnen gern von einigen Fällen, die ich auf den Obduktionstisch bekam.«

Spitzlay lehnte erschrocken ab. Ein Toter reiche ihm vollauf, und er habe ja auch noch eine weitere Frage. Nämlich, ob Joseph sich gewehrt habe.

»Das habe ich mich natürlich auch gefragt. Ich habe seine Nägel untersucht. Manchmal bleiben dort Haarbüschel hängen oder Hautfetzen des Gegners. Man kann auch getrocknetes Blut finden. Aber bei ihm – nichts. Nur Sand zwischen den Fingern und in den Handinnenflächen. Vielleicht hat er versucht, sich wieder hochzustemmen.«

»Dann könnte der Angriff für Joseph völlig überraschend gekommen sein, und er hat keine Zeit gehabt, sich zu verteidigen. Was bedeutet, dass der Angreifer auch keine nennenswerten Blessuren davongetragen haben dürfte.«

»Vielleicht hat der junge Brachtendorf gar nicht mit einem Angriff gerechnet, weil er den Angreifer kannte.«

Poschner, überlegte Spitzlay. Nur dass Poschner groß war, und warum sollte ein großer Mann einen Prügel von unten nach oben führen? Also vielleicht doch eine Frau? Oder eine kleine Frau und ein großer Mann.

»Sie könnte zuerst zugeschlagen haben, seitlich von unten

nach oben. Wäre doch möglich, oder nicht?«, fragte er Martini. »Und ihr Begleiter hat dann den Rest erledigt, hat Joseph Brachtendorf erwürgt.«

»Sie erlauben?«

Mitten im Gespräch wurden sie von einem Gast unterbrochen, der sich zu ihnen setzte, noch bevor sie Ja, bitte sagen konnten.

»Nun, verehrter Herr Stellvertreter, wissen Sie schon, wer den armen Brachtendorf ins Jenseits befördert hat?«

Spitzlay presste die Backenzähne zusammen. Wenn es einen Menschen gab, mit dem er in diesem Moment bestimmt nicht reden wollte, dann war es Hingsheim. Bevor ihm eine schlagfertige Antwort einfiel, kam ihm Martini zu Hilfe.

»Ach, der verehrte Herr Glasermeister! Immer auf der Suche nach Kunden! Aber ich versichere Ihnen, der Herr Friedensrichter ist nicht auf Ihre Scheiben angewiesen, um den Durchblick zu wahren. Im Gegenteil, die Beschaffenheit mancher Glasscheiben dürfte eher eine Verschleierung zur Folge haben.«

»Bäh, Doktorchen, so spitzzüngig heute Abend? Aber Sie mögen mir meine Frage verzeihen, ich halte sie für durchaus gerechtfertigt. Als Bürger möchte ich doch wissen, ob ich heute Nacht sicher nach Hause komme oder ob an der nächsten Ecke ein Spitzbube lauert, der es auf mein Geld und mein Leben abgesehen hat. Justitia ist ja sehr lasch geworden in der letzten Zeit. Meinen Sie nicht auch, dass man der Arbeit des Scharfrichters wieder etwas mehr Bedeutung beimessen sollte? Ich befürchte, der arme Mann kommt sonst ganz aus der Übung, was doch sehr bedauerlich wäre.«

»Bedauerlich?« Spitzlay zog fragend die Augenbrauen hoch.

»Ja, bedauerlich. Vielleicht würde Joseph Brachtendorf noch leben, wenn die Strafen wieder härter wären. Früher hat man kurzen Prozess mit Verbrechern gemacht. Kopf ab. Das hat manchen davon abgehalten, den Pfad der Tugend zu verlassen.«

»Johannes Bückler und Konsorten hat das nicht geschreckt. Auch gab es eine Menge anderer Räuberbanden, die jahrelang ihr Unwesen trieben und sich mitnichten um mögliche Strafen scherten.«

»Ich kann nicht umhin, Ihnen diesbezüglich recht zu geben, Herr Spitzlay. Aber Schinderhannes und Co. waren auch von besonderem Kaliber. Dem Kerl stand das Böse schon als Kind in den Augen geschrieben, der war das Schlechte schlechthin.«

Der Glasermeister lachte über seinen Wortwitz und steckte sich eine Zigarre an. »Glauben Sie mir, es gibt keinen Schinder und keinen Scharfrichter, der jemals ein ehrenwertes Mitglied unserer Gesellschaft geworden ist.«

»Ich könnte Ihnen einige nennen«, versuchte Spitzlay, Hingsheim zu unterbrechen. Er hasste solche Auseinandersetzungen, fühlte sich dabei immer hilflos in die Enge getrieben.

Der Glasermeister ließ ihn denn auch gar nicht weiter zu Wort kommen, sondern winkte verächtlich ab.

»Hören Sie mir auf damit. Eine Schwalbe macht noch keinen Sommer. Ein Abdecker ist unehrlich und bleibt unehrlich sein Leben lang. Von seiner Veranlagung her. Dass bei der Herkunft aus dem Schinderhannes nie was aus diesem Menschen werden würde, war von vornherein klar. Aber auch andere verdienen den Strang. Beklauen Witwen, stehlen Pferde, schänden Frauen. Und was bekommen sie dafür? Ein Gerichtsverfahren! Mit Verteidiger! Und der Verteidiger legt Revision ein. Und das Verfahren geht in die nächste Instanz. Und noch einmal und noch einmal, und am Ende bekommen sie fünf Jahre Arrest und einen Händedruck zum Abschied. Und dann machen sie dort weiter, wo sie aufgehört haben. Und jetzt, Herr Friedensrichter, kommen Sie mir nur nicht mit Gerechtigkeit, bäh, nein! Das hätte es früher alles nicht gegeben.« Gierig zog Hingsheim an seiner Havanna.

Spitzlay rutschte unbehaglich auf seinem Stuhl hin und her. Jeder andere hätte jetzt bestimmt eine passende Antwort, das richtige Argument parat gehabt. Nur er nicht.

Der Distriktarzt hatte sich zurückgelehnt und vergnügte sich an dem Schlagabtausch. Er schien ihn zu genießen wie einen guten Schluck Wein. Obwohl es nicht mehr so heiß war wie in den Tagen zuvor, lief Spitzlay schon wieder der Schweiß über den Rücken. Er zog sein Tuch aus der Tasche und wischte sich damit die Stirn.

Der Knoten! Herrgott, ja, er durfte den Knoten morgen nicht vergessen.

»Auf Mord steht nach wie vor die Todesstrafe«, presste er heraus.

»Herschler könnte also bald wieder Arbeit bekommen?« Hingsheim keckerte gehässig. »Haben wir die Täter also doch schon gefasst? Oder gibt es zumindest einen anständigen Verdacht?«

In Spitzlays Kopf arbeitete es. Was hätte Becker in so einer Situation gemacht? Oder von Kaysersfeld?

»Vielleicht können Sie uns ja weiterhelfen mit Ihrer Erfahrung, Herr Hingsheim. Sie erwähnten den Namen des Opfers, haben den Toten also gekannt?«

»Gekannt ist zu viel gesagt.« Hingsheim richtete sich zu seiner ganzen Größe auf. Fast schlagartig waren Hohn und Streitlust aus seinem Gesicht gewichen und machten einer demütigen Schläue Platz.

»Wie man sich eben so kennt auf dem Mayfeld, Herr Friedensrichter. Als Glasermeister komme ich natürlich viel herum, in alle Dörfer, auf jeden Hof, Fensterscheiben gehen ständig zu Bruch, das lässt sich nicht vermeiden.«

Er legte eine kurze Pause ein, als müsste er überlegen, was Spitzlay gefragt hatte.

»Joseph, ja. Der alte Brachtendorf ist ein guter Mann und ein vorzüglicher Ackerer. Und einen Sohn zu verlieren ist immer bitter.«

So kriegt man die Leute also, stellte Spitzlay erstaunt fest. Miteinbeziehen musste man sie, Fragen stellen.

»Wussten Sie, dass es nicht sein Sohn war?«

»Gewiss, aber der Sohn seines Bruders, Gott hab ihn selig. Er hat sich um alle Kinder des verstorbenen Heinrich gekümmert, hat sie redlich erzogen. Die Älteste lebt jetzt gut verheiratet in Sürsch. Und die Buben … also aus dem Joseph wäre was geworden. Da bin ich mir ganz sicher.«

»Es heißt, der Junge soll Geschäfte mit Protestanten und mit Franzosen gemacht haben«, behauptete Spitzlay jetzt einfach. Erwartungsvoll hielt er die Luft an. Aus den Augenwinkeln konstatierte er, dass Martini ihn überrascht ansah. Egal.

»Der Joseph?«, fragte Hingsheim zurück. »Davon weiß ich nichts. So oft habe ich ihn ja auch wieder nicht gesehen. Und gesprochen schon gar nicht. Er kam selten hierher nach Meensder. Mit Franzosen und Protestanten, sagen Sie? Sie meinen, mit den Blauköpp aus Winningen?«

»Zum Beispiel.«

»Man sieht ja nicht in den Kopf eines anderen Menschen, Herr Friedensrichter. Aber ich würde beides ausschließen. Die Brachtendorfs sind gute Katholiken. Ich kann mir nicht vorstellen, dass sie Geschäfte mit Winningern treiben, wo sie doch alles Nötige auch mit hiesigen Leuten verhandeln können. Und mit Franzosen? Nein. Der Joseph nicht, ganz bestimmt nicht. Sein Freund vielleicht, dieser Caspar Leven. Dem würde ich so was zutrauen, das war ein Freund von unausgegorenen Revolutionsparolen. Würde mich nicht wundern, wenn er es noch immer ist.«

»Und wer ist dieser Caspar Leven?«

Wieder spürte Spitzlay den Blick des Distriktarztes, aber er ignorierte ihn, und Martini hielt still.

»Caspar Leven? Ein Wirrkopp.«

Hingsheim spuckte seine widerwärtige Lache aus. Die Zigarre war ausgegangen. Er nahm sich viel Zeit, sie an der Lampe, die auf dem Tisch stand, wieder anzuzünden.

»Wenn der Kerl damals schon hätte bis drei zählen können, wäre er bei den Jakobinern in Mainz gelandet. Sein Vater hat ihn zum Scharfrichter und Wasenmeister Herschler in die Lehre gegeben, aber statt zu arbeiten, ist das Bürschchen jedem Franzosenrock hinterhergerannt. Und hat sich aufgespielt, von Freiheit und Gleichheit gefaselt, als ob er wüsste, was das ist. Mit zehn Jahren, ich bitte Sie. Dabei war er einfach nur faul, stinkfaul. Hat seinem Vater nicht gehorcht, ist zigmal von zu Hause weggelaufen, bis es dem Alten zu bunt wurde. Der Junge konnte froh sein, dass es überhaupt jemanden gab, der ihn genommen hat. Und wissen Sie, was er zum Dank dafür gemacht hat?«

Wieder legte Hingsheim eine Pause ein, als erwartete er ihre Frage. Aber Spitzlay und der Doktor schwiegen, sodass der Glasermeister schließlich weitersprach.

»Geld hat er unterschlagen. Das frische Blut von Geköpften an Fallsüchtige verkauft und Fingerknöchelchen als Glücksbringer, Sie wissen ja, das schützt vor Armut. Aber glauben Sie, dass er das Geld seinem Lehrherrn gegeben hat? Nein, in die eigene Tasche hat er es gesteckt und dabei ›égalité‹ gebrüllt. Also, ich bin gewiss kein Freund des Herschlers, und ich weiß auch nicht, ob es in Ordnung ist, dass mit den Überresten der Toten derart Handel getrieben wird, selbst wenn es Verbrecher waren. Aber was dieses Früchtchen sich da erlaubt hat, geht dann doch zu weit. Das nenne ich Diebstahl, und einem Dieb gehört die Hand abgehackt. Ich bin überzeugt, dass der Abdecker ihm keine Träne hinterhergeweint hat, als der Bengel mit Daumes Pitter nach Sürsch gegangen ist.«

Spitzlay holte tief Luft. Er wusste um dieses schamlose Geschachere an den Richtstätten und hatte gehofft, dass die Franzosen dem fragwürdigen Handel ein Ende bereitet hätten. Doch gegen Dummheit und Aberglauben schien kein Kraut gewachsen zu sein. Bei der Hinrichtung von Schinderhannes und Konsorten hatten die Leute sich fast um die Zaubermittel geprügelt. Wie um Reliquien.

»Aber für die Daums arbeitet er jetzt schon seit vielen Jahren«, warf Martini ein. »Am Anfang für den alten Pitter und heute noch immer für dessen Sohn.«

Hingsheim knurrte etwas, das sich anhörte wie: Der kann mich mal.

»Und als er aus dem Krieg zurückkam, hat er geheiratet und sich vom Sold ein Stück Land gekauft. Scheint ja doch was aus ihm geworden zu sein.«

Martini schien es zu gefallen, Hingsheim zu provozieren.

»Bäh«, machte der und kaute heftig auf dem Stummel der verglühten Zigarre herum, »… dass der Kerl sich nicht schämt, mit dem Geld vom Franzosen hier einen Acker zu kaufen.«

»Ehrlich erworbenes Geld«, gab Martini zurück.

Der Glaser kniff den Mund zusammen. »Ich mein ja nur«, zischte er zwischen den Zähnen hervor. Dann schob er geräuschvoll seinen Stuhl zurück und erhob sich.

»Meine Herren, ich wünsche noch eine angenehme Nacht,

und Ihnen, Herr Stellvertreter, wünsche ich Glück bei der Suche nach den Mördern.«

Er nahm den Stumpen aus dem Mund, seine Zunge fuhr über die Oberlippe. »Bäh«, machte er noch einmal, bevor er sich abwendete.

Spitzlay und Martini sahen sich an und hoben ihre Gläser. »Nur noch dieses eine für mich«, sagte Spitzlay, »morgen früh ist die Nacht zu Ende.«

»Wie kamen Sie auf die Geschichte mit den Franzosen?«, wollte Martini wissen.

»Ach«, meinte der stellvertretende Friedensrichter und fuhr sich mit dem Zeigefinger über die Nasenspitze. »Ich weiß nicht, ich wollte das Gespräch in eine andere Richtung lenken. Ob es in der Sache was gebracht hat, weiß ich nicht.«

Er wurde ausnahmsweise nicht rot, als er das sagte, und war stolz darauf.

»Herr Doktor –«

»Einfach nur Martini, lassen Sie den Doktor!«

»Danke.«

»Aber was wollten Sie fragen?«

»Wenn Sie mal wieder eine Sektion vornehmen, Herr Martini, also ich meine, eine Leiche öffnen müssen, würden Sie mir dann den Gefallen tun … dürfte ich dann … kann ich dann mit dabei sein?«

»Aber gern, Spitzlay. Kein Problem. Wenn Sie umkippen, sind Sie ja bei mir in guten Händen.«

Sie waren die Letzten, die zahlten und das Wirtshaus verließen. Wuchtig reckte sich das Westwerk der Stiftskirche in den schwarzen Himmel. Vereinzelt brannte noch ein Talglicht in den Fenstern. In den Gassen war es still.

»Kommen Sie doch am Sonntag zu uns zum Essen. Meine Frau wird sich freuen, Sie kennenzulernen«, sagte Martini, als sie sich verabschiedeten.

Spitzlays Schritte hallten von den Hauswänden wider, als er zu seiner Wohnung ging. Er sah Katharinas Gesicht vor sich. Oder war es das der Demoiselle mit dem weißen Spitzenkragen? Als sich ein Schatten aus dem Dunkel der Stadtmauer löste, schrak er zusammen. Eine Katze. Er lachte gequält. Das Tier huschte an ihm vorbei und verschwand am Eulenturm im Nichts. Leise steckte er den Schlüssel ins Schloss und öffnete die Eingangstür.

FÜNF

Freitag, den 19ten August 1814

»Wissen Sie schon, wer es war?« Die Frau des Küsters kam auf ihn zugelaufen. Entsetzen lag in ihrem Blick. Jetzt erst gewahrte Spitzlay die Leute auf dem Marktplatz, die, in Grüppchen zusammenstehend, aufgeregt debattierten.

»In der Nacht … abgebrannt …«, hörte er jemanden sagen.

»Den Sohn soll es bös erwischt haben …«

Inmitten der Menge entdeckte er Hingsheim, der bedeutungsschwanger beide Hände hob. Der Mann konnte es nicht lassen, musste überall dabei sein, sich in alles einmischen. Unbotmäßig fluchend überquerte Spitzlay den Markt, dann den Münsterplatz, im Gericht warteten schon Engels und Kretzer.

»Fast könnte man meinen, der Bückler ist zurückgekehrt«, begrüßte ihn der Gerichtsschreiber, »wenn ich nicht genau wüsste, dass er in Mainz hingerichtet worden ist, hätte ich gesagt, er war's.«

»Was ist passiert?«

Der Gendarm ließ ihm keine Zeit. »Kommen Sie! Ich erklär's Ihnen unterwegs.«

Dann also nicht nach Winningen heute, wie er es sich vorgenommen hatte. Kein Gespräch mit Poschner. Glücklich war Spitzlay nicht darüber.

Theis Engels trieb das Pferd zu äußerster Eile an.

»Die Lochsmühle in der Schrumpf«, berichtete er, als sie das Obertor hinter sich ließen und die Chaussee Richtung Metternich einschlugen. »Überfallen, ausgeraubt, abgebrannt. Martini dürfte schon vor Ort sein.«

»Und wie haben Sie davon erfahren?«

»Von den Bewohnern der Gaibmühle, aber als sie die Bescherung bemerkten, war es schon zu spät. Deren Knecht hat dann den Arzt geholt.«

Da lebte er jetzt seit einem Jahr friedlich in dieser Stadt, raufte sich die Haare über unnötige Gartenzaunstreithändel und Zechprellereien, die nicht der Rede wert waren, und kaum war sein Vorgesetzter außer Landes, schienen sich alle Lumpen dieser Region gegen ihn verschworen zu haben.

Wo die Straße in Metternich einen scharfen Bogen nach rechts machte, bog der Gendarm in die entgegengesetzte Richtung in einen Feldweg, der gemächlich bergab führte. Schon nach ein paar Minuten tauchte rechts am Hang die Obere Mühle auf, dann empfing sie schütterer Wald, ins Tal hinein wurde es angenehm frisch.

Dünnstämmige Büsche säumten den Weg, Brombeerhecken, Farne, dazwischen helle, saftige Wiesen, durch die sich die Schromb schlängelte. Für einen Augenblick vergaß Spitzlay, warum sie hier waren, und überließ sich einem Gefühl von Sommerfrische. Doch die Idylle trog.

Kaum hatten sie die Gaibmühle passiert, erblickten sie die traurigen Reste der Lochsmühle. Der Anblick der noch immer rauchenden Fachwerkbalken und des verkohlten Gemäuers holte Spitzlay schlagartig zurück in die Wirklichkeit. In der Luft hing der beißend süße Geruch von Ruß und verbranntem Fleisch.

Der Gendarm hatte das Gefährt noch nicht richtig zum Halten gebracht, als Martini ihnen entgegenkam.

»Das …« Der Arzt hob den Kopf und atmete geräuschvoll ein. »Das war einmal das Wildschwein in der Räucherkammer. Das Tier dürfte den Halunken zu groß gewesen sein bei ihrer Flucht.«

Zwischen Mauern und Gebälk hörte Spitzlay es knistern und knacken, in der Hitze der Flammen waren die Fenster geborsten, das Feuer hatte den Dachstuhl in ein schwarzes Gerippe verwandelt. Lichterloh musste das Stroh gebrannt haben. Die Leute, die von den Nachbarmühlen herbeigeeilt waren, um beim Löschen zu helfen, hatten nicht mehr viel ausrichten können.

»Dem Müller geht es nicht gut, ganz schlimm aber steht es um den Sohn. Bauchschuss. Ich tue, was ich kann«, meinte Martini auf Spitzlays Frage hin. »Die Frauen haben sie mehr oder weniger verschont. Mutter und Tochter haben nur Schläge abbekommen, sind in eine Kammer eingeschlossen worden, konnten sich aber mit Hilfe der Magd, die sich versteckt hatte, noch rechtzeitig aus den Flammen retten.«

»Was ist mit Knechten?«

»Es gibt wohl einen, aber der war zur Zeit des Überfalls nicht in der Mühle. Der Müller hatte ihm erlaubt, seine Eltern in Cochem zu besuchen. Die Mutter sei krank.«

Eine Finte!, schoss es Spitzlay durch den Kopf, der Mann hatte womöglich gemeinsame Sache mit den Räubern gemacht.

»Sind sie vernehmungsfähig?«, fragte er.

»Die Frauen ja, der Vater bedingt.«

Mutter und Tochter kauerten, nah beieinandergerückt, auf dem Boden neben der zersplitterten Eingangstür. Die Mutter wiegte den Kopf des Sohnes in ihrem Schoß, der Müller lag auf Stroh gebettet. Aufgeregt gackernd scharrten Hühner im Sand, eine Ziege meckerte in ihrem Gehege am Hang. Spitzlay dauerte die Familie.

»Wo werden Sie unterkommen heute Nacht?«, erkundigte er sich und fühlte sich fast schuldig, dass er ein bequemes Bett besaß und mit der Witwe Froelich eine Wirtin hatte, die für Sauberkeit und Essen sorgte.

»Die Nachbarn helfen«, antwortete die Müllerin und deutete ins Innere des Gebäudes. Unterstützt von der Magd tastete sich eine ältere Frau durch den verwüsteten Raum, zog hier vorsichtig eine Schüssel unter einem verkohlten Schrank hervor, dort Becher aus dem Ruß und sogar ein unversehrtes Marienbild. Alles, was noch heil und brauchbar erschien, verstauten die beiden Frauen in Körbe.

Es sei tief in der Nacht gewesen, sie hätten längst alle geschlafen, erinnerte sich der Müller. Seine Stimme war brüchig, immer wieder musste er in seinem Bericht innehalten. Dann holte er tief Luft, was ihm Schmerzen zu bereiten schien, denn er presste dabei seine Linke gegen den Brustkorb und zog zischend die Luft durch die Zähne.

»Mindestens vier oder fünf haben sie mir ausgeschlagen, Herr Richter.«

Er hielt Spitzlay seinen blutkrustigen Mund entgegen. Dann erzählte er stockend weiter.

Das Weib sei vom Gebell des Hundes wach geworden. Plötzlich habe es geknallt, und das Tier habe keinen Mucks mehr von sich gegeben. Spitzlay erinnerte sich an den Kadaver, den er vor der Hundehütte hatte liegen sehen.

Und dann sei es Schlag auf Schlag gegangen.

»Mit einem Baumstamm wurde die Haustür eingestoßen. Ich und der Sohn haben versucht, die Einbrecher in Schach zu halten, aber vergeblich. Die Frauen sind in die Speisekammer gesperrt worden, den Sohn haben sie an die Treppe gebunden und mich so lang geschlagen, bis ich nicht mehr konnte und das Versteck verraten hab, wo ich die Geldkiste aufbewahre.« Und trotzdem hätten sie weiter auf ihn eingeprügelt, bis ihm schwarz vor Augen wurde.

Der Müller schwieg, das Gesicht schmerzverzerrt. Spitzlay wartete geduldig.

Als er wieder zu sich gekommen sei, fuhr der Müller fort, habe er es krachen und prasseln gehört und das Feuer gerochen. Der Sohn sei zusammengesunken am Geländer gehangen, habe geschrien und gestöhnt. Blut sei ihm aus dem Unterleib gelaufen. Bei dem Versuch, zu seinem Jungen zu gelangen, sei er wieder zusammengebrochen. Die Frau habe ihn wohl irgendwann ins Freie geschleppt. »Ich hab gar nicht gewusst, über was für Kräfte das Weib verfügt.«

Aus den Augenwinkeln habe er dann mitbekommen, wie Magd und Tochter den Jungen, nachdem sie ihn losbinden konnten, aus dem brennenden Haus trugen. Er sei nicht mehr bei Bewusstsein gewesen.

So gut er konnte, hatte Martini dem Schwerverletzten Tücher auf die Wunde gepresst, um das Blut zu stillen. Ein hilfloses Unterfangen, bedeutete er dem Friedensrichter. Danach hatte er sich um die Brandverletzungen der anderen Bewohner gekümmert, um die geschrammten Wunden und die Rippenbrüche, die der Müller erlitten hatte. »Liegen bleiben und keine Bewegung. Mehr kann man da nicht machen.«

»Und was haben die Räuber mitgenommen?«, fragte Spitzlay.

»Alles«, klagte die Frau und strich ihrem Sohn unablässig über den Kopf. »Alles, was nicht niet- und nagelfest war. Die Geldschatulle, einhundertundzwanzig Taler waren drin, Stoffe, Wäsche, Besteck, den Schmuck meiner Mutter.«

»Und unsere Pferde«, ergänzte der Müller. »Zwei. Ausgezeichnete Tiere.«

»Können Sie die Angreifer beschreiben, wie viele waren es?«

Spitzlays Ahnungen bewahrheiteten sich. Fünf Männer zwischen dreißig und vierzig seien es gewesen. Der eine, vermutlich ihr Anführer, habe rote Haare und Sommerflecken im Gesicht gehabt. Reding, dachte Spitzlay, Johann Reding, sechsunddreißig, zieht mit Gewehr und Hirschfänger umher. Ein Zweiter sei ein dunkelhaariger Krauskopf gewesen.

»Mit Ohrringen«, sagte Spitzlay laut.

»Woher wissen Sie das?« Die Müllerin wurde misstrauisch, und Spitzlay sah sich verpflichtet, der Frau von den Steckbriefen zu berichten, damit sie nicht auf falsche Gedanken käme.

»Es waren Goldringe«, bestätigte die Tochter. »So groß«, sie deutete mit Daumen und Zeigefinger einen Durchmesser von ungefähr anderthalb Zoll an, »wie eine Hostie.«

Ob der Knecht mit der Bande verbündet gewesen sein könnte, erkundigte sich Spitzlay, nachdem er sich die Beschreibung der übrigen Männer hatte geben lassen. Der Müller schüttelte den Kopf. Auch seine Frau verneinte. Unmöglich, nicht der Willem. Seit sieben Jahren arbeite er für sie, er sei wie ein Sohn.

Und doch merkte Spitzlay, dass die Müllerin sich plötzlich nicht mehr sicher war. Er winkte den Gendarmen herbei und besprach sich leise mit ihm. Theis Engels sicherte zu, umgehend Feldschützen loszuschicken und den Mann holen zu lassen. Doch selbst wenn sie Willem bei seinen Eltern vorfänden, überlegte Spitzlay, selbst wenn er nachweislich die ganze Nacht dort gewesen wäre, würde das noch nichts beweisen. Der Knecht könnte den Verbrechern den Hinweis gegeben haben, dass in der und der Nacht ein Mann weniger in der Mühle sei.

Spitzlay rechnete. Drei Tage lagen zwischen Joseph Brachtendorfs gewaltsamem Tod und dem Überfall auf die Lochsmühle. Aber kaum mehr als eine Stunde Fußweg. Machte das Sinn? Wenn es dieselben Täter waren, wo hatten sie in der Zwischenzeit gesteckt?

Wieder verwünschte Spitzlay, dass von Kaysersfeld ihn mit dem ganzen Elend alleingelassen hatte. Wahrscheinlich saß der jetzt gerade mit Gattin und Töchtern bei Schweinebraten und hellem Burgunder. Und am Tisch daneben dinierte Mademoiselle im beige-blauen Kleid. Sie würde Ohrringe tragen, nein, Ohrstecker, kurze Ohrstecker, damit sich der Schmuck nicht im zierlichen Spitzenkragen verhaken konnte.

Ob sie jemanden erwartete? Ihn? Er eilte auf sie zu, wollte ihre Hand nehmen, da trat ein Offizier heran, ein Husar, gut aussehend, mit blitzenden schwarzen Augen und ebenso blitzendem Säbel, sie reichte dem Brandenburger ihre behandschuhte Hand und …

Die Müllerin schluchzte laut auf. Martini war neben ihn getreten.

»Ich konnte dem Jungen nicht helfen.«

***

Ausholen, Schlag. Ausholen, Schlag. Wieder und wieder. Immer die gleiche Bewegung. Schritt für Schritt. Es zischte, wenn die Sense durch die Luft, die Klinge ins Getreide schnitt. Der Wind trieb, von Südwesten kommend, dunkle Wolkenfetzen vor sich her, sie hofften, dass es trocken bleiben würde.

Caspar mähte, als sei er allein auf dem Feld, aber er wusste Jakob hinter sich. Nur einmal, als er eine Pause machte, um die Sense am Wetzstein zu schärfen, suchte er Magda mit den Augen.

Sie bemerkte es nicht, sondern band wie selbstvergessen Garbe um Garbe, um sie danach mit Daums Schwester auf Kasten zu stellen. Immer vier bildeten den rechteckigen Grundstock, die Ähren der einen auf den Stümp der anderen, darüber in Dreier-, Zweier- und Einerreihen die nächsten Garben. Keiner sprach ein Wort, auch Gertrudis sang nicht, wie sie es sonst tat.

Zur Mittagszeit brachte Peter Essen und Most, aber Caspar setzte sich abseits unter einen Baum an den Ackerrain. Jedes Wort, das gesprochen wurde, war ihm eines zu viel. Hinter ihm lagen die Häuser von Sürsch, vor ihm die Dächer des Kergeshofs. Genau hier, wo er jetzt saß, war Joseph damals aus dem Nebel aufgetaucht. Als ihm das Schaf entlaufen war.

Magda brachte ihm Käse und Brot.

»Reicht das?«

Er bejahte, dann fasste er ihre Hand und fuhr mit dem Zeigefinger über die Fingerspitzen der Frau.

Magda.

Hätte ihm jemand vor ein paar Jahren gesagt, er würde einmal dieses Mädchen heiraten, er hätte ihn ausgelacht. Dieses elternlose Küken. Sie war ihm hinterhergelaufen wie die Pelle der Henne, stand am Hoftor, wenn er von einem Gang nach Lehmen oder Münster zurückkam, sagte nichts, aber ihre Augen strahlten ihn an, dass es ihm unangenehm war. »Steh nicht so dumm rum«, hatte er sie manchmal angeschnauzt, aber sie ließ sich nicht beirren.

Bis sie einmal nicht da war, und er merkte, dass er die vertraute Gestalt unter der Port, das Küken, das kein Küken mehr war, vermisste.

Wo Magda sei, hatte er gefragt. In der Mädchenstube, verletzt, im Bett. Ein Topf mit heißer Brühe. Er hörte gar nicht mehr hin, hörte in seinem Kopf nur diesen Schrei, diesen entsetzlichen Schrei, als der Vater der Mutter das heiße Wasser ins Gesicht geschüttet hatte.

Er war nach oben in Magdas Zimmer gestürmt, wo sie in ihrer Bettstatt lag, das verbrühte Bein hochgelegt auf einem Berg von Kissen und Decken, die Wunden dick mit Fett bestrichen. Caspar!, hatten ihre Lippen geformt, als er sich neben sie setzte und ihr vorsichtig die wirren Haare aus der Stirn strich, die schweißig kalte Haut mit einem Tuch trocken tupfte. Magda. Die Mutter. Irgendwann, hatte er sich wieder geschworen, irgendwann würde er die Mutter zu sich holen.

»Willst jetzt allein sein.«

Magdas Stimme unterbrach seine Gedanken. Sie hatte keine Frage gestellt, es war eine Feststellung.

Der zweite Freund, der weggestorben ist, hörst du.

Josephs Tod schnürte ihm die Kehle zu, machte ihm das Reden unmöglich. Natürlich hörte sie nicht, konnte nicht hören, was in seinem Inneren rumorte. Aber sie fuhr ihm mit der freien Hand über die Wange, ein Hauch von Nähe. Vielleicht von Ahnung?

Sie klaubte ihm einen Halm aus den Haaren, entzog ihm sanft ihre Hand, die er noch immer in der seinen hielt, küsste ihn auf die Stirn und ging wieder hinüber zu Jakob und Gertrudis.

Joseph ist nicht mehr. Tot wie Elfer.

Artillerie, Kavallerie, Infanterie, alles kam auf sie zu.

Aber ein Zurück gab es nicht. Vive l'empereur, en avant! Der Sergeant schrie, die Kompanie stürmte vorwärts, über die Köpfe der Voltigeurs pfiffen Kanonenkugeln. Gewehrsalven krachten. Granaten zerplatzten, Steine und Erdklumpen flogen Caspar um die Ohren, Kameraden fielen, auch er sackte zusammen. Konnte sich gerade noch zur Seite rollen, damit Elfer hinter ihm nicht über ihn stürzte. Lag dann wie ein gefällter Baum in einer Mulde im Dreck. Feuchtigkeit rann ihm die Beine entlang.

Es musste ihn erwischt haben, er versuchte, sich zu erheben, aber es ging nicht. Er war unfähig, sich zu bewegen. Wenn der Feind ihn hier entdeckte, war es aus mit ihm. Seine Zähne schlugen aufeinander, Wundfieber?

Stunden schienen vergangen zu sein, als er staubige Stiefel bemerkte, die vor seinem Gesicht vorbeistolperten, Gewehrkolben, die zu Krücken geworden waren. Der Geschützdonner hatte aufgehört, Stille erfüllte die Luft. Totenstille.

Er hob den Kopf, versuchte, sich aufzusetzen. Jetzt ging es, er fühlte nicht einmal Schmerzen.

Aber als wenn ihm jemand Wachs ins Ohr gegossen hätte, konnte er nichts mehr hören, vernahm nicht das Getrampel der zurückweichenden Kameraden, sah sie nur humpeln, taumeln, schleichen, kriechen, an seinem Loch vorbei, die Anhöhe hinunter zum Biwak. Karren mit Blessierten rollten vorüber, einigen fehlten ein Arm oder beide, anderen hatte es die Beine abgerissen. Manchmal war ihm der Anblick der Verletzten unerträglich, dann drehte er den Kopf zur Seite.

Nach einer langen Weile stand er auf, tastete sich vorsichtig den Körper ab, probierte die Beine, die Arme, den Kopf, nichts, nirgends die kleinste Verletzung. Aber etwas hatte ihn doch getroffen? Er war doch gefallen! Auf den Hosen entdeckte er Flecken, grasgrüne Sprenkel, erdbraune Streifen und über den

Schenkeln Ränder von einer Feuchtigkeit, die, während er da gelegen hatte, getrocknet sein musste.

»Alles in Ordnung, Landsmann?«

Einer aus Cowelenz, dem das Blut aus der Schulter quoll und über den Uniformrock lief, war stehen geblieben. Er verstand die Worte nicht, da waren noch immer keine Laute um ihn, aber er las dem Kameraden die Frage von den Lippen ab. Alles in Ordnung. Er nickte, wusste auch, dass er den Mund bewegt hatte, aber waren Töne gekommen?

Im Lager zog er sich um und ging Elfer suchen. Als er ihn entdeckte, waren ein paar schon dabei, die Grube auszuheben. Was ist mit ihm? Er deutete auf den Freund. Siehst du doch, mausetot. Wäre er aufgestanden, nachdem es ihn niedergestreckt hatte, und weitergelaufen, er würde jetzt auch hier liegen, neben Elfer. Dem hatte es den Unterleib zerfetzt. Tot, mausetot.

Das Wort explodierte in seinem Kopf. Plötzlich schrie es um ihn herum, scharrte, rauschte, stöhnte, winselte. Ein unerträglicher Lärm.

»Sieh da, der Leven!«

Caspar fuhr herum.

Hunsrückmayer trat ihm fast auf die Stiefel. »Hast dich gut zu verdrücken gewusst, Hasenfuß«, zischte er.

Der Mann hatte den Mund noch nicht zu, da schnellte Caspars Faust schon vor. Traf den Lump mitten ins Gesicht. Mit einem knirschenden Geräusch brach das Nasenbein. Caspar drehte sich um, in den Bagagewagen suchte er nach etwas Trinkbarem. Eau de vie.

Napoleon besuchte sie noch am selben Abend.

»Vive l'empereur!«, brüllten sie. Alle. Der Kaiser lobte, schmeichelte, pries ihre Tapferkeit. Stolz erfüllte Caspar. Er stand stramm, seine Augen blitzten. Für diesen Mann ging er durch die Hölle, alle gingen für ihn durch die Hölle. Er hatte sie vom Feudaljoch befreit. Sie würden ganz Europa befreien. Liberté, égalité, fraternité!

Und jetzt saß dieser Mann auf Elba! Abgesetzt. Vertrieben von den eigenen Leuten.

Nach dem Essen mähten sie weiter, Mahd für Mahd arbeiteten sie sich voran, Caspar stumm wie zuvor. Manchmal wehte der Wind ein Wort an sein Ohr, ein »Halt mal!« oder »Hoffentlich kein Regen«. Er hörte gar nicht hin.

Rechtzeitig zur Vesper wurden sie fertig. Ein Schwarm Krähen war über den abgeernteten Acker hergefallen, krächzte heiser, hackte gierig nach Fressbarem. Caspar wischte sich den Schweiß von der Stirn, sie hatten gute Arbeit geleistet. Noch vor wenigen Tagen hätten sie jetzt gelacht und mit einem kühlen Schluck verdünnten Weins das Ende des Erntetags gefeiert. Aber heute kam keiner damit, schweigend schulterten sie die Sensen und machten sich auf den Heimweg. In Caspars Kopf tobten Erinnerungen, die er längst vergessen glaubte. Tauchten Bilder auf, die er nicht sehen wollte. Sie quälten und marterten ihn wie seine nächtlichen Alpträume.

»Ich muss noch mal nach Lehmen«, sagte er zu Magda.

»Willst du nicht vorher etwas essen?«

»Es wird nicht lange dauern.«

»Muss es wirklich noch heute sein?«

Er antwortete nicht. Ob er diesen Poschner beim Kornbrenner finden würde? Er konnte sich vorstellen, was Joseph mit dem Lutherischen zu besprechen gehabt hatte. Aber er hätte den Teufel getan und dem spitznasigen Juristen davon erzählt.

***

Auf dem mächtigen Eichenholzschreibtisch ruhte auf einem dunkelroten Sammetstoff ein geöffnetes Holzkästchen. Jakob Daum konnte den Blick nicht davon abwenden.

Aus den Augenwinkeln sah er, dass auch Peter das Kistchen entdeckt hatte und neugierig darauf starrte, was Jakob peinlich berührte. Der Junge war noch viel zu klein, um so etwas zu sehen.

Am liebsten hätte Jakob ein Tuch genommen und damit den nackten weiblichen Körper verhüllt, aber er getraute sich nicht von dem Stuhl aufzustehen, auf dem Dr. Martini ihn gebeten hatte, Platz zu nehmen. Er sei sofort wieder bei ihnen, hatte der

Arzt versichert und war noch einmal aus dem Sprechzimmer gegangen, bevor Jakob etwas sagen konnte. Er hatte auch kein Tuch bei sich, zumindest kein sauberes, das er über die weiße Figur hätte legen können. Er fand sie anstößig und schön zugleich, unmoralisch in ihrer zur Schau gestellten Blöße und heilig in ihrer züchtigen Haltung.

Die Frau war aus Knochenmaterial geschnitzt, vielleicht war es sogar Elfenbein. Ihr Kopf lag auf ein winziges Kissen gebettet, auch dieses aus Knochen geschnitzt, ein schmaler Zopfkranz umschmeichelte das feine Gesicht.

Jakob musste an das Bild der Mutter Maria in der Lehmener Pfarrkirche denken. Die Arme der Figur, oder sollte er Puppe sagen?, lagen züchtig neben dem Körper, und die lang ausgestreckten Beine wirkten so echt, dass er glaubte, das Weib würde sich jeden Moment erheben und auf ihren Füßen zu stehen kommen. Die Zehen standen etwas ab. Was ihn erschütterte, war der gewölbte Leib unter den zierlichen Brüsten.

Er spürte, dass Peter ihn anschaute, aber er tat, als ob er es nicht merkte. Was hätte er dem Jungen sagen sollen? Und wo blieb nur der Doktor?

Als ob dieser Gedanken lesen könnte, öffnete sich die Tür, und der Mediziner kam zurück.

»So«, sagte er, »da bin ich wieder und ganz Ohr.«

Mit wenigen Schritten war er bei seinen Besuchern. Er setzte sich ihnen gegenüber und bemerkte Peters Blick auf das kleine Elfenbeinmodell.

»Was das ist, möchtest du wissen. Komm her, ich zeig es dir.«

Der Arzt nahm die Figur aus dem sargähnlichen Holzkästchen und legte sie vorsichtig auf die weiche Unterlage. Dann fasste er mit Daumen und Zeigefinger von beiden Seiten den herausstehenden Bauch der Frau und hob ihn hoch wie einen Deckel. Darunter kam neben einem winzigen Herz, den Lungen und weiteren Organen ein Embryo zum Vorschein. Ein Teil nach dem anderen klaubte der Arzt aus dem Inneren der Figur heraus und reihte es auf dem roten Sammet auf. Jakob hielt die Luft an. Durfte ein Kind so etwas sehen?

Aber Martini schien keine Bedenken zu haben.

»Lag so et Elsje im Bauch der Frau Tante?«

Peter hatte sich zu seinem Onkel gewendet, wartete aber eine Antwort nicht ab.

»Und ich auch in meiner Mutter?«, fragte er jetzt Dr. Martini.

Der nickte.

»Also genau wie das Kalb in der Kuh und die Ferkel in der Sau«, stellte Peter zufrieden fest.

»Genau so.« Der Arzt nickte wieder. »Und wenn wir schon dabei sind, Peter, dann wirst du auch wissen, dass das Kalb, wenn es nicht mehr bei der Mutter säugt, Gras frisst, auch Klee und Heu …«

»Und die Ferkel Kartoffelschalen.«

»Zum Beispiel. Und jetzt sag du mir, warum du es nicht wie die Tiere machen willst, sondern stattdessen nur Milch trinkst wie ein Neugeborenes?«

Jakob Daum hatte die Luft angehalten, während Martini die Elfenbeinfrau zerlegte. Jetzt atmete er mit vernehmbarem Schnauben aus. Martini schien es nicht zu hören. Er hatte sich auf seinen Stuhl hinter dem Schreibtisch gesetzt und schickte sich an, die kleine Figur wieder zusammenzusetzen. Peter verknotete seine Finger ineinander, aber er antwortete nicht.

»Von Geburt an nur Milch«, erklärte Jakob Daum noch einmal, obwohl er dies dem Arzt bereits gesagt hatte, als er um diese Unterredung gebeten hatte.

Martini begann den Jungen zu examinieren, legte sein Ohr an Peters Brust, klopfte ihn ab, auch den Rücken, schaute lange in seinen Hals, betastete diesen gewissenhaft von außen, prüfte die Zähne, die Ohren und Augen und vermaß ihn.

»Dreiundvierzig und einen halben Zoll lang«, erklärte er laut, während er zwischendurch die Spitze des Grafitstifts anleckte und die Zahlen auf ein Blatt Papier notierte. »Die Arme neunzehn Zoll und zwei Linien, die Breite der Schultern zehn und der Umfang des Brustkastens zwanzigeinhalb Zoll.«

Dann hieß er Peter springen, hüpfen und Rumpfbeugen machen, und dieser tat, wie der Arzt ihm sagte.

»Er ist nicht der Größte, aber kerngesund«, befand er nach der Untersuchung. »Es gibt immer Kinder, die kleiner sind als andere. Und auch solche, die größer sind. Das braucht nicht unbedingt etwas mit dem Essen zu tun haben. Außerdem …«, setzte er hinzu, »… gehört Milch zu den gesündesten Lebensmitteln, die wir besitzen. Sagen Sie seiner Mutter –«

»Die Tochter von meines Vaters Schwester«, warf Jakob ein.

»So? Ja, dann sagen Sie ihr, sie soll sich keine Sorgen machen. Irgendwann wird er bestimmt anfangen, feste Nahrung zu sich zu nehmen. Und noch etwas, sie soll ihn in die Schule schicken, die Tochter von Ihres Vaters Schwester. Falls sie es bisher versäumt haben sollte.«

»Sie dachte immer, weil er doch nichts isst, dass das zu anstrengend für ihn –«

»Papperlapapp! Sagen Sie es ihr. Und noch etwas, Daum, ich hatte dem stellvertretenden Friedensrichter gesagt, dass Sie heute zu mir kommen würden. Er bat dringend darum, dass Sie noch bei ihm vorbeischauen.«

***

Es fiel Spitzlay schwer, die düsteren Bilder vom Vormittag aus seinem Kopf zu verbannen, den Anblick der abgebrannten Mühle, die bleichen Gesichter der Frauen, den Gedanken an den toten Müllerssohn, den Martini nicht hatte retten können.

Auch der Arzt war auf der Rückfahrt nach Münster schweigsam gewesen. Dennoch schien es Spitzlay, dass der Mann leichter mit Grauen und Tod umging als er. Ob es am Alter lag? An der Erfahrung?

Er hatte Martini verstohlen von der Seite angeschaut, dieser musste es gespürt haben.

»Das Leben, Spitzlay«, hatte er gesagt, »das Leben ist selten so, wie wir es uns wünschen. Wir beide, jeder auf seine Art, bemühen uns, ein wenig für Ordnung zu sorgen, damit es nicht allzu sehr knirscht im Getriebe. Aber wir sind nicht Gott.«

Und dann hatte er ihm, vielleicht um abzulenken, von Jakob Daums angekündigtem Besuch erzählt.

Der Rauchtisch, den Spitzlay in die Mitte der richterlichen Amtsstube geschoben hatte, war gedeckt wie für Freunde. Er wusste selbst nicht, wieso er auf diese Idee gekommen war. Warum er bei einer ganz normalen Zeugenbefragung mit Essen aufwartete. Vielleicht weil Essen Leib und Seele zusammenhielt. Und das konnte er nach diesem Morgen gebrauchen.

Justina hingegen hatte den Mund nicht mehr zubekommen, als er sie bat, Brot, Käse und Schinken bereitzustellen, dazu Bier für sich und Jakob Daum und Milch für den Jungen.

Als Justina keine Anstalten gemacht hatte, Spitzlays Order nachzukommen, war er energisch geworden. »Mach es!« Er hatte nicht einmal »bitte« hinzugesetzt. Dass er allerdings wieder rot geworden war, ärgerte ihn, und er hoffte, dass sie es nicht bemerkt hatte, als sie beleidigt davongerauscht war.

Warum nur verweigerte Peter feste Nahrung? Was war da geschehen? Er hatte noch nie von so etwas gehört und verstand die Sorge der Familie. Seine Mutter hätte sich die Haare gerauft, wenn er nichts gegessen hätte. Er wollte nicht einmal ausschließen, dass es Prügel gesetzt hätte. Ohrschläge auf jeden Fall.

Spitzlay hatte Peter blasser in Erinnerung gehabt. Als Daum ihn jetzt durch die Tür schob, glühte das Gesicht des Jungen vor Aufregung. Neugierig sah der Kleine sich im Raum um, zählte die Bücherschränke, bestaunte die Aktenberge auf dem Schreibtisch, die Dokumentenrollen in den Regalen. Dann zupfte er seinen Onkel am Ärmel und deutete auf die Papierberge um sich herum.

»Bitte, sagt der Mutter, was der Arzt gesagt hat. Ich will zur Schule gehen.«

»Psst, net wäiii un net häii. Setz dich und halt still!«, wies ihn Daum zurecht.

Auch Spitzlay war verunsichert. Musste er das Kind nicht zum Spielen auf den Kirchplatz schicken?

Andererseits, der Junge wusste Bescheid. War er es doch gewesen, der den weiten Weg auf sich genommen und die Nachricht von dem Leichnam überbracht hatte. Er war auch am Tatort mit dabei gewesen. Still und abwartend hatte Peter auf der Erde gesessen und ihnen bei der Arbeit zugeschaut, ohne ein Wort zu sagen, so wie er selbst zu Hause in Simmern dabeisitzen durfte, wenn sein Vater und Nachbar Becker über

Unglücke und Verbrechen debattierten und dabei die gute Stube vollqualmten.

»Herr Daum, stört es Sie, wenn Ihr Neffe bei unserem Gespräch mit dabei ist?«

Jakob drehte unsicher das Glas Bier, das Spitzlay ihm gereicht hatte, zwischen den Händen.

»Wenn Sie möchten, schicke ich ihn so lange nach draußen.«

»Ich kann schweigen«, bettelte Peter und schaute seinen Onkel flehend an.

»In Gottes Namen.« Daum trank einen Schluck.

»Er ist ein braver Junge«, erklärte er Spitzlay dann und wischte sich den Mund trocken, »und kerngesund. Sagt Dr. Martini.«

Also gut. Spitzlay holte sich Papier und Stift. Ob Daum ihm noch einmal die beiden Fremden beschreiben könne, die ihm von der Leiche erzählt hatten.

»Ja«, sagte Daum. Mittelgroß seien sie gewesen, der eine ziemlich beleibt, der hinkte auch.

»Wegen einer Verletzung oder einer Missbildung der Glieder?«, wollte Spitzlay wissen.

Das wisse er nicht, das könne er nicht sagen, antwortete Daum nach kurzem Überlegen. Auf jeden Fall aber habe der Mann eine Art Dreispitz getragen, aber ohne Kokarde, weder eine französische noch eine bayerische oder preußische. Den anderen hätte man fast für einen Franzosen halten können, aber sein Deutsch sei akzentfrei gewesen.

»Vielleicht ein Hugenotte oder ein Einwanderer aus dem Welschland?«

Auch das wisse er nicht. Daum zuckte die Schultern, er kenne sich da nicht so aus. Auf jeden Fall sei dieser zweite Kerl schlank gewesen, mit schwarzen Haaren, sehr schwarzen Haaren und schwarzen Augenbrauen, die über der Nase zusammenwuchsen. Das sei ihm noch aufgefallen, weil der Mann dadurch unheimlich ausgesehen habe.

Was ihm sonst noch aufgefallen sei?

Die langen Koteletten, die fast zum Kinn reichten. Die Haare, die sich im Nacken über dem Rockkragen kräuselten. Und eine Nase wie ein Eulenschnabel.

Spitzlay war enttäuscht. Die Beschreibung der beiden Männer passte nicht auf die, die der Lochsmüller von den Angreifern abgegeben hatte. Die Mühlenbande um die beiden Bitburger Ausbrecher Reding und Wallet hatte somit nichts mit diesen beiden Personen zu tun. Waren es also doch einfach nur zufällige Reisende gewesen, die es wirklich eilig gehabt hatten? Oder Landstreicher, die die Gelegenheit nutzten und einsame Heimkehrer erschlugen, um an Schuhe und Geld zu kommen?

»Ich glaube, ich habe Sie das schon einmal gefragt, Herr Daum: Trugen sie Reisebündel?«

»Alle beide. Groß genug für drei Paar Schuhe.«

Er hätte den Ackerer entlassen können. Eigentlich war die Sache klar. Die Mörder von Joseph Brachtendorf waren entweder diese beiden unbekannten Vagabunden oder die Reding-Bande. Eine Verbindung zwischen beiden Gruppen bestand aber mit hoher Wahrscheinlichkeit nicht. Er musste sie jetzt nur noch alle festnehmen, und die Fälle waren gelöst, der Mord auf dem Mayfeld und der Überfall auf die Mühle in der Schrumpf. So einfach war es. So einfach könnte es sein.

Warum nur spukte ihm die Bemerkung dieses Caspar Leven im Kopf herum, dass die Männer in Kornbrenners Gasthof an dem bewussten Montagabend über den Winninger Fuhrmann gelacht hätten und dieser ungehalten gewesen sei?

Und stimmte es, dass Joseph Brachtendorf mit demselben Winninger ungewöhnlich lang gesprochen hatte, wo doch angeblich kein Mensch etwas mit einem Blaukopp zu schaffen haben wollte? Hatte das etwas zu bedeuten?

Und warum fiel ihm ausgerechnet jetzt auch wieder dieser seltsame Blick des Kergeshofbauern ein, dieses Vater-Stiefvaters, der, als er versuchte, den Arm um seine Frau zu legen, ihm signalisierte, schau her, was ich für ein guter Mann bin? War er das?

Als Jakob Daum zum Biermaß griff, hineinschaute und es wieder zurück auf das Tischchen stellte, sprang Spitzlay auf. »Hätten Sie gern noch was? Warten Sie …« Er eilte zur Tür. »Justina! Bring noch was zu trinken!«, rief er ins Obergeschoss hinauf.

Zurück an seinem Platz musterte er den Moselsürscher nachdenklich. Sein Zeigefinger wanderte an die Nase. Es war offensichtlich, dass der Ackerer den jungen Brachtendorf gemocht hatte. Durch Heirat waren die Familien auch zusammengewachsen. Würde Daum ihm also die Wahrheit sagen, wenn er ihn nach den Verhältnissen auf dem Kergeshof fragte, oder würde er ihm ausweichen?

»Bitte, nehmen Sie sich doch noch Brot und Schinken. Wahrscheinlich sind Sie sofort nach der Feldarbeit hierhergekommen, Sie müssen Hunger haben.«

Spitzlay hielt Daum das Holzbrett hin, auf dem Justina das Essen angerichtet hatte. Der Mann zierte sich etwas, langte dann aber doch noch einmal zu.

»Der ist gut, der Schinken«, brummte er und nahm sich auch noch Brot. Peter konnte nicht dazu überredet werden, der Junge blieb bei seiner Milch.

»Man hat mir gesagt, der Kergeshof sei ein rentabler Betrieb«, fing Spitzlay vorsichtig an.

Ja, das sei er, meinte Jakob Daum. Seit die Zehntabgabe abgeschafft sei, ginge es vielen Bauern besser. »Aber beileibe nicht allen, glauben Sie mir.«

»Aber dem Brachtendorf?«

»Eigentlich hatte der Heinrich ja den Hof vom Alten vererbt bekommen. Aber als er starb …« Daum unterbrach sich. »Es war das Jahr, als sie versuchten, diese Republik in Mainz zu errichten, erinnern Sie sich? In dem Jahr starb Heinrich. Und damit ging der Hof auf Jakob über, auf den Bruder. Und der versteht was von der Sache, glauben Sie mir. Ich weiß nicht, ob Heinrich das Zeug zu so was gehabt hätte. Aber man soll ja nichts Schlechtes über Tote sagen. Heinrich war ein herzensguter Mann. Wie der Joseph auch. Aber vielleicht ein bisschen nachgiebig.«

Daum unterbrach sich, weil das Mädchen mit dem frischen Bier hereinkam. Ihr Gesicht verriet noch immer Missbilligung, und Spitzlay stellte mit Genugtuung fest, dass es ihn zu amüsieren begann. Sollte sie doch denken, was sie wollte, er war jetzt hier der Friedensrichter, er bestimmte.

»Und wer wird den Hof erben, wenn Jakob Brachtendorf mal stirbt?«, fragte er, als Justina wieder draußen war.

»Ich glaube, das ist der springende Punkt. Aber das hab nicht ich Ihnen gesagt.« Daum hob abwehrend beide Hände, während Spitzlay laut weiterdachte und dabei das Gesicht seines Gegenübers nicht aus den Augen ließ.

»Wäre Heinrich noch am Leben, würde Joseph oder sein Bruder den Hof erben, nicht wahr?«

Daum bewegte die Lippen, betrachtete den Inhalt seines Bierkrugs und nahm einen langen Schluck.

»Jetzt aber«, fuhr Spitzlay fort, »gibt es auch die Söhne von Jakob, und diese – oder ihr Vater stellvertretend für sie? – machen ihr Recht geltend. Da sind Joseph und sein älterer Bruder möglicherweise im Weg?«

Daum schaute von seinem Bier hoch und Spitzlay direkt in die Augen. »Wissen Sie, es ist gar nicht so einfach, die Äcker immer gerecht zu verteilen, und je mehr man aufteilt, desto kleiner wird der Besitz. Am Ende hat keiner mehr was davon. Mein Vater hatte es einfach, ich war der einzige Sohn.«

»Kann es sein, dass Joseph sich schon längst anderweitig orientiert hatte? Er soll eine … eine Verlobte gehabt haben. Vielleicht hätte er in einen benachbarten Hof einheiraten können?«

»Mir hat er nichts dergleichen gesagt. Aber vielleicht Caspar, das war ja sein engster Freund, obwohl wir uns alle schon kennen, seit wir Kinder waren.«

»Wer sind ›wir alle‹?«

»Na, meine Schwestern und ich. Dann Magda, die Tochter von entfernten Verwandten, die mein Vater nach dem Tod ihrer Eltern aufgenommen hat. Und dann die größeren Brachtendorf-Kinder und eben Caspar.«

»Inzwischen ist Caspar mit Magda verheiratet …«

»Das hat keiner so richtig verstanden.« Daum grinste. »Wir haben immer geglaubt, zwischen Joseph und Magda würde was laufen. Weil Caspar doch zur Armee gegangen ist. Aber sie hat tatsächlich auf ihn gewartet.«

»Und als er weg war, der Caspar, wie war da das Verhältnis zwischen Joseph und Magda?«

»Alle im Dorf haben sich das Maul zerrissen, und ich hab am Anfang auch gemeint, sie liebten sich. Aber Joseph hat nur gelacht, als ich ihn danach fragte, und irgendwie hab ich ihm geglaubt.«

»Also war er in jemand anderes verliebt?«

»Ich weiß es nicht, und selbst wenn ich es wüsste, was hätte das mit seinem Tod zu tun?«

Spitzlay schaute Jakob Daum nachdenklich an. Der Mann hatte recht. Was würde es bringen, wenn er den Namen dieses Mädchens wüsste, das Joseph angeblich liebte? Wahrscheinlich nichts. Aber hier in der oberen rechten Lade seines Schreibtischs lag eine lange braune Locke, fein säuberlich in Seidenpapier eingewickelt und in einem Umschlag verwahrt. Wenn in jener Nacht also ein Mädchen mit Joseph zusammen unterwegs gewesen war, dann wäre es seine Pflicht, sie zu finden, denn sie könnte die Täter gesehen haben. Nur warum hatte sie sich dann nicht bei ihm gemeldet? Weil sie selbst die Täterin war oder weil niemand von ihrer Liebe wissen durfte? Wenn aber ihre Liebe nicht bekannt werden durfte, dann kam wieder Magda ins Spiel. Dann war es vielleicht doch sie, die sich heimlich mit Joseph getroffen hatte. Er musste mehr über die junge Frau herausbekommen.

»Ich kenne Magda nicht.« Spitzlay versuchte, beiläufig zu klingen, er wusste nicht, ob es ihm gelang. »Wie sieht sie eigentlich aus? Was für eine Haarfarbe hat sie?«

»Warum fragen Sie danach? Das ist doch nicht wichtig.«

Spitzlay spürte, dass Daum sich angegriffen fühlte. Er konnte es verstehen. Egal, wie entfernt die Verwandtschaft zwischen ihnen war, Magda gehörte zur Familie, fast ihr ganzes Leben hatte sie bei den Daums verbracht.

Der Ackerer hustete betreten. »Braun«, sagte er, »vielleicht hellbraun, ich weiß nicht, ich kenn mich mit Frauenhaaren nicht aus.« Seine Stimme pendelte zwischen Unmut und dem Willen, dem hohen Vertreter des Gerichts zu helfen.

»Ich hab den Joseph mit einem Fräulein gesehen.«

Peter hatte sich so leise zu Wort gemeldet, dass er kaum zu verstehen war.

»Was sagst du?« Fast hatte Spitzlay den Jungen vergessen gehabt. »Sag das noch mal!«

»Das war in Gondorf. Der Vater hat mich mitgenommen, als er dort eine Besorgung machen musste.«

»Wann war das?«

»Einen Tag bevor ich Namenstag hatt.«

Spitzlay überlegte, rechnete. Dienstag, den 28. Juni, schrieb er auf ein Blatt Papier.

»Und da hast du ihn gesehen mit einem Mädchen?«

»An der Mosel. Ich wollte zu ihm hin, aber er hat mich weggewunken. Und den Finger an den Mund gehalten. So!« Peter legte den Zeigefinger fest auf seine Lippen. »Un isch han en ooch net verroode. Ich kann schweigen. Aber jetzt, wo er tot ist …«

Der Junge schaute Spitzlay unsicher an.

»Du verrätst ihn nicht, Peter. Im Gegenteil, es ist wichtig, dass du es gesagt hast. Hast du das Mädchen erkannt?«

Peter schüttelte den Kopf. »Aber Magda war es nicht. Und auch kein anderes Mädchen aus Sürsch. Ich hab sie noch nie vorher gesehen.«

»Würdest du sie wiedererkennen?«

»Ich weiß nicht.«

SECHS

Samstag, den 20ten August 1814

Caspar schritt dem Trauerzug voran. Nein, er schritt nicht. Er schlich, wie ein geprügelter Hund, mit hängenden Schultern. Maria hinter dem Sarg konnte den Blick nicht von diesem Mann lassen, der lebte, während ihr Sohn hatte sterben müssen.

Warum warst du in dieser Nacht nicht bei ihm?

Als hätte ihn die stumme Frage wie ein Schlag in den Nacken getroffen, strauchelte Caspar. Fast wäre er gefallen.

Durchs Feuer ist er für dich gegangen. Hat sich um Magda gekümmert und deine Arbeit bei Daum gemacht, als du bei den Soldaten warst. Hat dir, ohne ein Wort darüber zu verlieren, geholfen, dein neues Feld zu bestellen, das du nach der Rückkehr von deinen armseligen Napoleons gekauft hast. Und du hast ihn alleingelassen.

Ein Schmerz wie nie zuvor durchfuhr sie. Der Karren schwankte den Fuhrweg hinunter, von Männerarmen gehalten, geschoben, gezogen. Auch der Sarg darauf schwankte, der schwarze Schrein, in dem Joseph lag mit Augen, die sich nie mehr öffnen würden.

Ihr seid doch sonst immer zusammen gewesen, du und Joseph, warum ausgerechnet dieses eine Mal nicht?

Sie hätte ihn am liebsten geschüttelt, als er neulich abends auf dem Hof auftauchte, mit hohlem Gesicht und leeren Augen. Außer ein paar herausgepressten Kondolenzworten hatte er nichts hervorgebracht. Schlagen hatte sie ihn wollen, anschreien. Wo warst du? Warum hast du ihn nicht beschützt? Aber was hätte es genutzt? Joseph war kein Kind mehr. Gewesen. Und es war nicht Caspars Aufgabe, auf ihn aufzupassen. Natürlich nicht. Das Leben ist, wie es ist. Aber heute half der Spruch nicht. Alles in ihr empörte sich dagegen, die Bitterkeit im Herzen brannte wie Feuer. Wenn er wenigstens an einer Krankheit gestorben wäre.

Auf halbem Weg hinunter ins Tal fielen die ersten Tropfen. Noch gewährte das Blätterdach Schutz, aber als sie aus dem Wald herauskamen und der Weg die Obstwiesen durchquerte, wurde der Regen dichter.

Wie oft war sie mit Joseph und den übrigen Kindern hinunter nach Löf zur Kirche marschiert. Jeden Sonntag, bei Wind und Wetter, zu Taufen und Beerdigungen, Ostern, Pfingsten, Fronleichnam und zur Heiligen Nacht. Seltener hier auf dem breiten Fuhrweg, sondern meist durch das steile Alsbachtal. Die eine Strecke länger, aber gemächlicher, die andere kürzer und je nach Jahreszeit gefährlich.

Et Ann hatte sich immer an ihr festgehalten, während die Buben Spaß daran hatten, in waghalsigen Sprüngen den abschüssigen Pfad hinunterzurennen. Ein Wunder, dass sich keiner den Hals gebrochen hatte. Der Dunn war der wildeste gewesen, Joseph hatte mehr Ausdauer besessen. Auf seine stille, zähe Art war er meist schneller als der jüngere Bruder. Der Halbbruder.

Sie liebte das enge Tälchen, den geheimnisvollen grünen Dunst des Waldes, das Gemurmel der Bach, das Raunen und Lispeln von Blättern und Zweigen. Und doch war ihr der Weg auch oft zur Qual geworden. Wenn es tagelang geregnet hatte, die Alsbach über die Ufer getreten und der Boden aufgeweicht war. Wenn im Herbst der glatte Teppich von Buchenblättern den Füßen keinen Halt gab oder wenn Schnee und Eis den Pfad in eine gefährliche Rutschbahn verwandelten. Oder gar kurz vor einer Niederkunft. Unendlich lang dauerte dann der Abstieg, ganz zu schweigen von der Zeit, die sie brauchte, um wieder zum Hof zurückzukehren.

Einmal, da war sie mit Philipp schwanger gewesen, hatte sie nicht aufgepasst, obwohl sie sich an Bäumen und Büschen festhielt. Und doch war sie ausgeglitten, hatte sich den Arm gebrochen, aber das war nicht das Schlimmste. Ein Arm heilt. Das Schlimme war, dass das Kind von Geburt an kränkelte.

Als es am ersten Sonntag im April zur Welt kam, sie wusste es noch, als wäre es gestern gewesen, da wollte es gar nicht schreien, und die Hebamme verzweifelte, bis der Wurm doch noch ein piepsendes Geräusch von sich gab, das in ein leises Greinen überging. Der Pfarrer hatte versucht, sie zu trösten.

Sie treffe keine Schuld, es gebe solche Kinder und solche, alles liege in Gottes Hand.

Doch sie wusste es besser, es hatte an ihr gelegen. An ihrer Eitelkeit. Weil sie nicht auf den Weg geachtet, sondern nur an die schönen Bänder gedacht hatte, die ihre Löfer Bas bei einem Cowelenzer Kaufmann gekauft und ihr nach dem Kirchgang gezeigt hatte. Diese Farben, das zarte Gewebe, warum hatte sie nicht so etwas? Die welschen Händler, die ab und an beim Kergeshof vorbeischauten, boten nur geschmacklosen Tand feil, billigen Trödel zu hohen Preisen. Wahrscheinlich glaubten sie, die Ackersleute verstünden es nicht besser, die könne man leicht übers Ohr hauen. Sie war aufgebracht gewesen – und war umgeknickt. Umgeknickt, gerutscht, seitlich auf den Bauch aufgeschlagen. Zwei Monate bevor Philipp zur Welt kommen sollte.

Als der Trauerzug die Kirche im Tal erreichte, hatte es sich eingeregnet. Maria legte Ann, die den kleinen Kewes trug, ihr Tuch um die Schultern, Kath neben ihr zog den Kopf ein. Längst waren die Schuhe durchnässt und die Strümpfe schlammverspritzt. Die Hitze hatte einer empfindlichen Kälte Platz gemacht.

Maria zwang sich, auf die Worte des Pfarrers zu hören, aber da war nichts als ein Schwall von Lauten, der an ihren Ohren vorüberrauschte wie der Regen draußen vor den Fenstern. Sie betete, wenn sie die Gemeinde beten sah, kniete nieder, stand auf, bekreuzigte sich, wenn sie sah, dass die Gläubigen neben ihr es taten, aber sie spürte nichts dabei, keinen Trost, keine Gnade, nur diesen schneidenden Schmerz. Und Wut. Wo war Gott gewesen am Montagabend? Und warum gerade der Joseph?

Nach Heinrichs Tod hatte sie keine Kinder mehr gewollt. Aber dann war Anton zur Welt gekommen, Jakob Brachtendorfs Erstgeborener. Anton, der fordernder als alle anderen ihrer Kinder schrie. Manchmal ließ sie ihn schreien. Brachtendorf aber nahm ihn überallhin mit, kaum dass der Junge laufen konnte. Ungestraft durfte das Kind die besten Stücke vom Teller des Vaters stibitzen, den Hund schlagen und Eier fallen lassen, ohne dass der Vater ihn ausschimpfte. Hennes und Joseph mussten schuften. Ja, auch Joseph, obwohl der doch noch klein war. Sie empörte sich, hielt dagegen.

»Du verhätschelst sie«, hatte Brachtendorf gehöhnt. »Als ich so alt war wie die beiden, da hat Vater mich schon rangenommen wie einen Sklaven! Die müssen gehorchen lernen.«

»Und warum lässt du dem Dunn alles durchgehen?«

»Du weißt genau, dass ich das nicht tue.«

Sie hatte nichts mehr gesagt. Sie würde ihn nur reizen, wenn sie widersprach. Und Heinrichs Kinder müssten es büßen.

Joseph und Anton, Brüder und Vettern zugleich. Sie hatten sich nie leiden gemocht. Von Anfang an nicht. Als er erfuhr, dass Brachtendorf nicht sein Vater war, wohl aber Antons, lockte Joseph den Kleineren in den Hühnerstall, verriegelte das große Scheunentor von außen und ließ das Kind schreien. Später schüttete der Dunn dem Halbbruder heimlich Bier über die Kleidung, sodass jeder glaubte, Joseph habe sich volllaufen lassen. Der Dunn entwickelte sich zum Draufgänger, Joseph verkroch sich.

Erst mit der Geburt von Katharina wurde er wieder zugänglicher. In die kleine Schwester war er, für Maria unerklärlich, vernarrt, und wenn sie die Tochter zurechtwies, weil sie wieder einmal über die Stränge geschlagen hatte, war es Joseph, der ihr die Hand auf den Arm legte und sagte: »Lasst sie doch, Mutter!« Wenn es um et Kathrinche ging, verbündete er sich sogar mit seinem Stiefvater.

Es regnete auch noch, als die Messe vorüber war, als sie sich um die ausgehobene Grube versammelten, Joseph in seiner Lade in die Tiefe gelassen wurde und sie als Erste eine Handvoll Erde auf den Sarg gleiten ließ.

Die dunklen Klumpen kollerten und polterten auf den Deckel, dumpf trommelte der Regen, sie wollte schreien, aber sie war wie erstarrt. Dann spürte sie, dass Brachtendorf sie am Arm fasste und zur Seite zog, und es brach aus ihr heraus, ein Laut wie von einem verletzten Tier. Sie grub ihren Kopf in seine Brust, damit es niemand hörte, fühlte seine Hand auf ihrer Schulter, auf dem Rücken. Er beließ sie dort, bis sie wieder in der Lage war, den Kopf zu heben.

Der Kirchhof fasste kaum die Menge der Trauernden, die von überall her gekommen waren. Sie schoben sich an ihr vorbei, drückten ihr die Hand, murmelten Worte der Anteilnahme, es war ihr alles egal.

»Bringt et Ann mit dem Kind zur Bas! Das hier ist zu viel für sie«, sagte sie plötzlich.

Brachtendorf blieb bei ihr, auch dat Kath, die Beileidsbekundungen schienen nicht aufzuhören. Einmal glaubte sie, weiter hinten den jungen Friedensrichter bemerkt zu haben, an seiner Seite eine unbekannte junge Frau, fast noch ein Mädchen. Doch als die Reihe an ihm war, ihr sein Mitgefühl auszudrücken, trat er ohne Begleitung vor sie.

Auf dem Weg durchs Dorf zum Haus ihrer Verwandten, die sich angeboten hatte, das Leichenessen auszurichten, bot ihr Brachtendorf seinen Arm. Er tat es mit dieser unbeholfenen Geste, mit der Heinrich ihr seinen Arm gereicht hatte, als er sie zum ersten Mal zum Tanz führte. Damals hatte ihr das Herz bis zum Hals geschlagen, und sie hatte gewusst, Heinrich Brachtendorf war der Richtige. Dieser und kein anderer.

Sie fasste Jakob Brachtendorf unter, um kein Gerede aufkommen zu lassen und weil sie fürchtete, auf dem holprigen Pflaster auszurutschen. Aber sie würde Jab bitten, ihr eine Bettstatt für die Bügelkammer zu zimmern.

***

Als alles vorbei war, atmete er auf. Viel länger hätte er es nicht mehr ausgehalten. Caspar nahm den Hut vom Kopf und wischte sich über die nasse Stirn.

Der Weg vom Kergeshof hinunter nach Löf war noch zu ertragen gewesen. Da war der Karren, an dem er sich festhalten konnte. Aber auf den paar Schritten von der Kirche zum Grab, nach der Messe, unter dem Gewicht des Sargs auf seiner Schulter, hatten seine Knie nachgegeben, und ihm war schwarz vor Augen geworden. Er strauchelte. Jemand stützte ihn von hinten, Hennes oder Anns Mann. Er getraute sich nicht, sich umzudrehen, um nicht noch einmal das Gleichgewicht zu verlieren. Unvorstellbar, wenn er gefallen wäre. Mit Joseph im Sarg. Er spürte Daums Blick, als sie an der Grube anlangten und den Sarg absetzten.

Es geht schon, mach dir keine Sorgen!, bedeutete er ihm. Warum nur hatten Joseph und er sich am Montagabend streiten müssen?

Auf Hennes Brachtendorfs Zeichen hin hatten sie das Seil aufgenommen …

… sich gestritten wegen Kaisers Geburtstag!

… gemeinsam den Sarg über die Grube gehoben …

… wegen dem Geschwätz der Freunde!

… ihn Zoll für Zoll in die Tiefe gleiten lassen.

… und überhaupt!

War einfach gestorben ohne ein Wort des Abschieds, ohne ein Adieu, nichts.

Caspar hatte eine Handvoll Erde genommen und sie dem Sarg hinterher in die Gruft geworfen.

Er ging nicht mit der Familie zum Leichenkaffee. Bemerkte, als er an der Kirche vorbei und zum Dorf hinaus in die Weinberge floh, diesen Spitzlay. Zuerst wollte er ihn fragen, ob er schon mit Poschner gesprochen hatte. Dann sah er, wie der Friedensrichter Jakob Brachtendorf beobachtete, der neben Josephs Mutter am Grab stand. Ja, soll er sich den ruhig vorknöpfen. Dem Alten steht doch das schlechte Gewissen ins Gesicht geschrieben. So wie der Joseph behandelt hat, behandelt man keinen Sohn. Hab ich Joseph immer gepredigt. Schon damals, als sie unterwegs zur Mosel waren, wo die Schiffer auf sie warteten, auf die Körbe voll Kirschen. Fünfzehn war er gewesen und Joseph neun.

»Und du bist wirklich von zu Hause weggerannt?«

»Ja, das bin ich.«

Der Kleine schaut bewundernd zu ihm auf, und er, Caspar, ist stolz. Nie wieder würde sein Vater die Hand gegen ihn erheben, nie wieder. Dass er die Mutter mit diesem Mann alleingelassen hat, daran will er jetzt nicht denken. Irgendwann einmal … ganz bestimmt.

»Und es war Napoleon, der dir geholfen hat?«

»Na, nicht der persönlich, aber das, wovon er gesprochen

hat.« Josephs Unwissenheit regt ihn auf, er fängt an, ihm einen Vortrag zu halten. Und während das Ochsengespann mit dem Obst darauf über den holprigen Weg hinunter ins Tal zockelt, beschwört er die Freiheit der Menschen, die Gleichheit der Bürger und verflucht die Verlogenheit der Geistlichkeit.

»Der Pfarrer verlogen?«

Joseph glotzt ihn eingeschüchtert an.

»Ja, verlogen und geldgierig.«

»Aber …?«

»Nichts aber, für wen hat denn dein Vater und Großvater die ganzen letzten Jahre geschuftet? Nur für die Kirchen und Klöster, guck dir doch an, wie gut es denen geht.«

»Nein«, widerspricht Joseph schüchtern. »Der Kergeshof hat den Leyen'schen Fürsten in Gondorf gehört.«

»Das macht doch keinen Unterschied«, herrscht Caspar den kleinen Freund an, »zahlen musste deine Familie trotzdem.« Dass der Blödian das nicht versteht!

Eine Weile traben sie schweigend neben dem Zugtier her, bis Joseph einlenkt.

Wie denn das mit der Gleichheit sei?

Und wieder erklärt Caspar und hört erst auf, als sie in Catenes ankommen.

»Wenn das so ist, dann darf mich der Onkel auch nicht mehr schlagen«, überlegt Joseph und setzt sich ans Ufer.

»Nein, er darf dich nicht schlagen«, gibt Caspar zurück, »und wenn er es tut, dann komm zu mir, ich helf dir. Und wenn wir älter sind, dann gehen wir zur Grande Armée, dann sollen sie uns kennenlernen, die eitlen Herrschaften. Für Napoleon Bonaparte kämpfen heißt siegen.«

Mehr und mehr redet er sich in Rage, während Joseph flache Steine über das Wasser flitschen lässt.

»Aber wenn ich mit dir zur Grande Armée gehe«, sagt der Kleine plötzlich, »muss ich weg vom Hof. Ich will aber nicht weg von zu Hause. Und außerdem«, er überlegt kurz, »ist das denn nicht auch gefährlich bei den Soldaten? Der Dunn und ich, wir haben uns neulich gestritten, er hat mich vors Schienbein getreten, und ich hab ihn mit dem Kopf auf den Boden gehauen, und der Onkel hat mir das Abendessen gestrichen. Ich glaube, das mit dem Kämpfen, das gefällt mir nicht.«

Jetzt reißt Caspar der Geduldsfaden. »Du kannst mich mal …!« Dass der Dummkopp einfach nicht kapiert, dass es um etwas Größeres geht. Etwas, das alle Menschen angeht. Liberté, égalité, fraternité.

Er zerrt den Kleinen vom Ufer weg. »Komm schon, die Schiffer warten nicht den ganzen Tag auf unsere Kirschen.«

Zu seinem Ärger hatte er jetzt den Friedensrichter aus den Augen verloren. Die Trauergäste zerstreuten sich, gingen ins Haus von Maria Brachtendorfs Familie oder machten sich auf den Nachhauseweg. Zumindest vom Sehen kannte Caspar die meisten.

Vielleicht war das der Grund, warum ihm das Mädchen auffiel. Ein Gesicht, von dem er sicher war, dass er es noch nie gesehen hatte.

Das musste sie sein.

Gestern Abend, als er noch nach Lehmen zum Kornbrenner gegangen war, obwohl Magda ihn nicht gehen lassen wollte, hatte er gehofft, Poschner zu treffen, um etwas über dieses unbekannte Mädchen zu erfahren. Aber Poschner war nicht da gewesen. Und nun begegnete er ihr hier!

Er war sich ganz sicher, dass sie es war.

Ohne das Mädchen aus den Augen zu lassen, kehrte Caspar ins Dorf zurück.

Was hatte Joseph ihr erzählt? Wusste sie, wer er war? Kannte sie seinen Namen? Plötzlich war sie seinem Blickfeld entschwunden.

Hastig schob er sich an den Leuten vorbei, nahm die Straße hinunter zum Ufer, wo sie eben gestanden hatte, fast rannte er. Da trat ihm Benedict Mohr in den Weg.

»Mein Beileid«, sagte der Lehmener, und Caspar musste stehen bleiben und die Hand des Bekannten schütteln, mit dem sie am Montagabend noch gemeinsam gezecht hatten.

Ausgerechnet der Mohr, der hatte doch angefangen mit der ganzen Chose.

»He, Leven, heute ist Napoleons Geburtstag«, und alle haben sie gegrölt vor Lachen. »Bist für den Falschen in den Krieg gezogen, Leven.« Und wieder ein Gegacker wie von alten Weibern. Selbst Joseph hatte mitgegrinst. »Aber warst ja schlau, hast dich rechtzeitig vom Acker gemacht und obendrein noch Sold kassiert.« Wieder der Mohr.

Caspar hatte die Faust unterm Tisch geballt.

Noch ein Wort, und ich hau ihm eins in die Fresse.

»Komm, Leven, trink! Was hast du denn denen im Lazarett erzählt, dass sie dich nach Hause entlassen haben?«

Da hatte er getrunken, den ganzen Becher, in einem Zug, und sich sofort wieder nachgeschenkt, um nicht antworten zu müssen. Wenn er sich nicht am Wein festgehalten hätte, wäre er dem Scheißkerl an die Gurgel gefahren. Haben keine Ahnung von nichts, wissen nicht, wie das Leben auf den Schlachtfeldern war, aber sich lustig machen über ihn!

Joseph hatte versucht, ihn zu besänftigen, hatte ihm den Arm um die Schultern gelegt, ihm einen versöhnlichen Kuss auf die Wange gedrückt. »Lass dich doch von denen nicht provozieren, Caspar!« Aber gelacht hatte er auch.

Er hatte es nicht ertragen, hatte den Arm des Freundes abgeschüttelt. »Du kannst mich mal, ich geh.«

»Ach, Alter, bleib doch noch! Ist doch nicht so gemeint.«

Da hatte er sich überreden lassen. Wär er nur gegangen!

Als er sich endlich von Benedict Mohr losreißen konnte und an der Uferchaussee ankam, war weit und breit nichts von der jungen Frau zu sehen. Wenn es die war, die er vermutete, musste sie flussabwärts gegangen sein.

Es gingen viele Leute in diese Richtung, wahrscheinlich waren die meisten auf der Beerdigung gewesen und wanderten jetzt in kleinen Gruppen zurück in ihre Dörfer. Wegen des Regens hatten die Frauen ihre Umhänge oder Tücher über Kopf und Schultern geworfen. Von hinten sahen sie alle gleich aus. Das machte es schwierig, das Mädchen wiederzufinden. Einmal dachte er, er hätte es eingeholt, aber als er die Person an der Schulter fasste und diese sich umdrehte, war es eine ältere Frau.

Dann entdeckte er ein gutes Stück voraus eine weibliche Person, die allein unterwegs war. Er würde sie überholen, sehen, ob er sich nicht wieder getäuscht hatte, und wenn sie es dann wirklich war, würde er … Ja, was würde er dann machen? Er hatte keine Ahnung, was Joseph ihr gesagt hatte. Vielleicht hatte der Freund ja gar nicht alles erzählt. Er musste aufpassen, dass er sich nicht verriet.

Als ob sie gespürt hätte, dass er ihr folgte, hielt sie plötzlich an und schaute zurück. Ja, sie war es. Er bräuchte gar keine Umstände mehr machen. Er würde sie einholen und fragen, ob er sie ein Stück begleiten dürfe.

Jetzt hatte sie ihn gesehen. Sie schien zu erschrecken, wendete sich wieder um und lief weiter, rascher als zuvor. Mit einer Hand hielt sie ihr Tuch fest, damit es ihr nicht vom Kopf rutschte. Ab und zu drehte sie sich nach ihm um, aber er wollte ihr nicht unnötig Angst einjagen, blieb daher weiter zurück, damit sie keinen Argwohn schöpfte. Einmal verbarg er sich hinter einem Busch am Ufer. Tatsächlich blieb sie kurz stehen, als sie ihn nicht mehr sah, schaute aufmerksam die Straße zurück, die sie gegangen waren, sie vorneweg, er hintendrein, und ging nun langsamer weiter. Aber er hütete sich, sie aus den Augen zu verlieren. Der richtige Zeitpunkt würde kommen.

Als sie Catenes erreichte, wechselte sie die Straßenseite und hielt sich jetzt dicht an den Hauswänden. Manchmal schien sie in ihrer dunklen Kleidung mit den Schatten vorspringender Mauern und Hofeinfahrten zu verschmelzen.

Und dann versperrte ihm ein entgegenkommender Heuwagen für ein paar Minuten die Sicht. Als das Gefährt vorübergerattert war, war sie wie vom Erdboden verschluckt. Frauen standen um den Brunnen herum, Kinder spielten Fangen, ein Hund kratzte sich ausgiebig hinterm Ohr, aber von ihr keine Spur. In welchen Hof, in welchen Hausflur könnte sie geflüchtet sein?

Er wartete am Ortseingang. Irgendwann musste sie ja wieder auftauchen. Bis Winningen war es noch ein weiter Weg.

Der Fluss vor ihm und mit ihm die Uferstraße machten eine Biegung, die von hier leicht zu übersehen war. Er müsste sie bemerken, wenn sie den Ort auf diesem Weg wieder verlassen würde. Oder hatte sie sich in die Wingerte gerettet?

Sein Blick suchte den Hang ab, folgte den Pfaden zwischen den Rebstöcken. Nichts. Oder kannte sie jemanden im Ort und würde die Nacht hier verbringen?

Caspar lief am Ufer entlang, ein Stück hinunter, dann wieder hoch, die Leute begannen sich schon nach ihm umzudrehen. Nach einer Weile gab er es auf. An der Kirche vorbei stieg er den engen Mühlenweg zum Mayfeld hoch. Aber jetzt wusste er wenigstens, wie sie aussah. Er würde sie wiederfinden.

***

Erleichtert, dass er an der Löfer Kutschstation noch einen Platz im Innern des Postwagens bekommen hatte, machte es sich Spitzlay, so gut es die harten Sitze erlaubten, bequem. Auf die polizeiliche Chaise und seinen persönlichen Feldschützen, den verlässlichen Adam Klein, hatte er heute verzichten müssen. Die Gendarmerie, so hatte ihm Theis Engels am Morgen im Amt erklärt, benötige alle ihre Männer, um die Reding-Bande ausfindig zu machen. Doch führe auch Thomas Kalfig, Schnapsbrenner an der Stadtmauer, zur Beerdigung nach Löf und nähme ihn mit.

Spitzlay hatte sich bedankt und Engels seine steckbriefliche Personenbeschreibung ans Herz gelegt. »Und denken Sie auch an Jakob Daums seltsame Galgenvögel!«

»Das tue ich Tag und Nacht«, hatte der Gendarm versichert und seine Rechte feierlich zur linken Brust geführt. »Sie können sich gar nicht vorstellen, wie oft ich an die beiden denke. Meine Frau ist schon eifersüchtig. Ich würde im Schlaf ›Vögelchen‹ rufen und andere liebreizende Namen.«

Der dicke Engels hatte so seriös geklungen, dass Spitzlay ihm fast auf den Leim gegangen wäre. Gerade noch rechtzeitig war ihm ein gequälter Lacher gelungen.

Den mitreisenden Passagieren in der Postkutsche, einer Respekt einflößenden Madame im vorgerückten Alter und drei griesgrämig dreinblickenden Herren, schien an einer Konversation nicht gelegen zu sein. Entweder sie kannten sich nicht, oder sie hatten gemeinsame unerfreuliche Stunden hinter sich und zogen es vor, sich anzuschweigen. Spitzlay kam es gelegen, konnte er so doch seine Gedanken schweifen lassen, während draußen die Landschaft an ihm vorüberglitt.

Der Fluss unter grauen Regenschleiern. Sandige Ufer. Ein Fähranleger. Fischer in ihren Nachen, die schützenden Hüte tief ins Gesicht gezogen. Auf der rechten Moselseite Alken und Burg Thurant. Spitzlay begann zu frieren. Mit dem klammen Rock und den nassen Schuhen würde er sich bestimmt einen Schnupfen holen. Er wackelte mit den Fußzehen und bildete sich ein, dass die Bewegung seinen Körper aufwärmte. Im Geiste ließ er noch einmal die Bilder des Begräbnisses ablaufen.

Das Nieselwetter schien niemanden abgehalten zu haben, nach Löf zu kommen. Im Gegenteil, sie waren zahlreich angereist, Joseph musste beliebt gewesen sein. Oder die Brachtendorfs eine anerkannte Familie in der Region. Die meisten Leute hatte er nicht gekannt, und der Schnapsbrenner, den er am Anfang noch nach Namen fragen konnte, hatte sich bald schon entschuldigt, um sich einer Gruppe von Männern aus Kalt anzuschließen, Verwandten von Maria Brachtendorf, wie er Spitzlay erklärte.

Er hatte keine Vorstellung gehabt, was er sich von der Beerdigung erwartete. Die Mörderbande würde kaum auftauchen, aber mit Poschner hatte er im Stillen gerechnet. Nicht zuletzt, um sich die Fahrt nach Winningen zu ersparen. Doch der Lutherische hatte ihm diesen Gefallen nicht erwiesen.

Natürlich war Leven bei der Beerdigung gewesen, es hätte ihn verwundert, wenn nicht. Geweint hatte der Sürscher nicht, als er den Sarg gemeinsam mit Jakob Daum, Hennes Brachtendorf und ein paar Männern, die Spitzlay nie zuvor gesehen hatte, in die Grube senkte. Aber ein Mann weint auch nicht, selbst wenn er den Tod seines Freundes beklagen muss.

Brachtendorf hingegen hatte ihn in Erstaunen versetzt. Der Ackerer zeigte kein selbstgerechtes Guck-schau-her-Gesicht wie am Dienstagnachmittag, als sie auf dem Hof um Josephs Leichnam herumstanden. Heute am Grab wirkte er fast hilflos. Auch die Geste, mit der er versucht hatte, seiner Frau beizustehen, wollte nicht zu dem Eindruck passen, den Spitzlay bisher von ihm hatte. Sollte er sich in ihm getäuscht haben? Man sieht nicht in einen anderen Menschen hinein. Wer hatte das noch mal gesagt? Ach ja, Hingsheim. Ein unausstehlicher Zeitgenosse. Ein eingebildeter Besserwisser. Auf dessen Klugschwätzerei konnte er verzichten.

Kurz bevor er sich zur Poststation aufgemacht hatte, hatte er dem Kergeshöfer mitgeteilt, dass er ihn in Münster auf dem Amt erwarte. Mit den Söhnen. Zuerst schien es, als wolle Brachtendorf in die Luft gehen, aber er hatte sich unter Kontrolle. Wann immer der Herr Friedensrichter wollen, bitte. Der Herr Friedensrichter wollte am Montag. Um fünf Uhr nach der Arbeit. Um fünf Uhr nach der Arbeit, ja, ganz wie der Herr Friedensrichter wünschen. Jetzt war er wieder zu unterwürfig. Das passte auch nicht. Der Mann hatte etwas zu verbergen.

Der Regen wollte und wollte nicht nachlassen. Durch eine undichte Stelle am Fenster spritzte Wasser ins Innere des Postwagens. Madame hatte indigniert mit einem der schweigsamen Herren den Sitzplatz gewechselt. Spitzlay strich seine Beinkleider glatt, die sich noch immer feucht anfühlten. Draußen kamen die Fischerhütten von Oberfell in Sicht, dahinter duckten sich Winzerhöfe zwischen grünen Rebhängen.

Sosehr Spitzlay auch unter dem heißen Wetter der letzten Tage gelitten hatte, der trübselige Himmel heute schmeckte ihm noch weniger. Nicht auszudenken, wenn von Kaysersfeld es sich nun anders überlegte und früher von der Sommerfrische zurückkehrte. Aber wenigstens müsste er dann nicht mehr alle Entscheidungen allein treffen.

Die Postkutsche überholte eine weibliche Gestalt, die sich zum Schutz vor der Nässe in ein großes Tuch gehüllt hatte und eilig ausschritt. Spitzlay drehte sich nach ihr um und glaubte, das Gesicht des jungen Mädchens zu erkennen, das auf dem Löfer Kirchhof für kurze Zeit neben ihm stand, bevor er sich in die Reihe der Kondolierenden eingereiht hatte. Sie war ihm nur aufgefallen, weil er ihr im Gedränge auf den Fuß getreten war. Seine Entschuldigung hatte sie ohne ein Wort, aber mit einer leichten Kopfbewegung hingenommen. Vage erinnerte er sich an das schmale Gesicht, die ernsten Augen.

Er schlug heftig gegen die Kutschwand, um dem Schwager zu bedeuten, er möge anhalten. Er musste ein zweites Mal klopfen, bis dieser Spitzlays Aufforderung murrend nachkam und die Pferde zum Stehen brachte. Was denn los sei?, knarzte er. Er habe keine Zeit zu verlieren, sie seien ohnehin schon spät dran und kämen nicht mehr rechtzeitig nach Coblenz, wo die Herrschaften hinmüssten.

Seine Base, sa cousine, dort hinten. Spitzlay wusste nicht, was er zusammenlügen sollte, damit der Kutscher auf das Mädchen wartete. Aber er wollte es auf keinen Fall so im Regen laufen lassen. Es musste völlig durchnässt sein und würde sich den Tod holen.

Er würde für die zusätzliche Fahrt aufkommen, versicherte er dem Kutscher, auch für die erzwungene Pause, wenn er wolle. Damit sprang Spitzlay ab und ging der jungen Frau entgegen.

Nein, sagte sie, sie könne sich nicht an ihn erinnern bei den vielen Leuten, es sei freilich sehr liebenswürdig von ihm, wenn er sie ein Stück mitnähme. Sie müsse nach Winningen, und zu Fuß sei es eben doch noch recht weit. Ihre Stimme klang erleichtert, aber ihre Miene zeigte keine Regung.

Sie grüßte die anderen Passagiere und rückte in die Ecke des Wagens. Spitzlay versuchte, sich neben ihr dünn zu machen, sechs Personen, nun ja, das ging gerade eben so. Gut, dass das Mädchen nicht den Körperumfang von Madame hatte.

Er hörte den Postillion rufen und schnalzen, und der Wagen ruckte an.

Bald trabten die Pferde erneut in gleichmäßiger Geschwindigkeit, der Kutschkasten hob und senkte sich wiegend, niemand wurde unsanft gegen die Wagendecke oder seinen Nachbarn geschleudert. Lezay-Marnésia, seines Zeichens Napoleon Bonapartes Präfekt des Rhein-Mosel-Departements bis 1810, hatte gute Arbeit geleistet. Selbst das inzwischen neu eingerichtete Generalgouvernement in Coblenz pries den von dem Franzosen eingeleiteten Ausbau der Straßen in den höchsten Tönen, obwohl es doch seit der Niederlage des französischen Kaisers wieder deutsche Werte hochhielt. Kein Nachbarland habe eine solche Vollkommenheit der Gemeindewege vorzuweisen, hatte

Spitzlay noch vor einigen Tagen, bevor diese ganze Tragödie hier begonnen hatte, im Amtsblatt gelesen. Dieses schöne Werk gälte es zu bewahren – ah, oui, à maintenir –, auch wenn die Zeiten sich geändert hätten. Und in der Tat. Gegenüber dem Geholpere und Geschüttele, das Spitzlay aus anderen Regionen kannte, war diese Chaussee hier entlang der Mosel das reinste Paradies.

Obwohl die Straße schmal war, der Schwager bei entgegenkommendem Verkehr größte Vorsicht walten lassen musste und Spitzlay mit Schaudern an die Durchfahrt durch Gondorf dachte, die so eng war, dass er den Bewohnern in die Fenster hätte langen können, flogen sie dahin wie auf Daunen gefedert. Er konnte sich die Genugtuung darüber nicht verkneifen. Nein, es war nicht alles schlecht gewesen unter französischer Herrschaft, auch wenn es viele nicht wahrhaben wollten.

Neugierig war er schon. Vielleicht lag es an ihrer Nase, dass er sich gern mit der jungen Frau unterhalten hätte. Sie hatte etwas Edles. Etwas Griechisches oder Römisches.

Ihm fiel ein, einmal gehört zu haben, dass oberhalb von Winningen eine römische Siedlung gewesen sei. Er hatte es nicht weiterverfolgt und wusste daher nicht, ob es stimmte. Aber wenn doch, wer weiß, vielleicht hatten die frühen Bewohner ihre Spuren hinterlassen.

Seine namenlose »Cousine« war ganz in Schwarz gekleidet, unter der ebenfalls schwarzen Haube verbargen sich braune Haare, die, so vermutete Spitzlay, zu einem geflochtenen Kranz oder Knoten hochgebunden waren. Nur im Nacken kräuselten sich ein paar feine Löckchen. Sie trug keine Haarnadel, wie er es von den Mädchen auf dem Mayfeld kannte. Entweder war sie bereits verheiratet, was er sich angesichts ihres jugendlichen Alters, sie durfte kaum älter als zwanzig sein, kaum vorstellen konnte, oder der pfeilförmige Schmuck war in Winningen nicht in Mode.

Vorsichtig versuchte er, sie in ein Gespräch zu verwickeln, erkundigte sich, woher sie die Familie Brachtendorf kenne und warum sie von so weit her zur Beerdigung des Sohnes gekommen sei. Aber sie antwortete nur einsilbig, deutete etwas von

Kirschen an, die ihr Vater vom Kergeshof bekäme, und von einem Zuchtbullen. Es klang wenig überzeugend, und schon bald schlief das Gespräch ein. Sie hatte sich von ihm abgewendet und schaute hinaus auf die Mosel.

Es war nach vier Uhr, als sie Winningen erreichten. An der Station beeilte sich Spitzlay, aus dem Wagen zu kommen, um dem Mädchen beim Absteigen zu helfen. Dann bezahlte er dem Schwager die Passage, doch als er sich wieder nach ihr umdrehte, um sie zu fragen, wie sie heiße, war sie verschwunden.

Er hatte nicht einmal mehr die Gelegenheit gehabt, sie nach einem Gasthof zu fragen, wo er die Nacht verbringen könnte.

***

Nicht einen Herzschlag lang hatte Sophie überlegt. Erst als sie neben diesem Mann in der Kutsche saß, seinen Atem im Nacken, den bösen Blick der dicken Alten fühlte, die höhnischen der Herren, fragte sie sich, ob sie nicht übereilt gehandelt hatte. Noch nie im Leben hatte sie sich von einem Fremden mitnehmen lassen. Aber die Angst, diesem Menschen, der ihr gefolgt war, gegenüberzustehen, war größer gewesen als die Befürchtung, man könnte sie für eine liederliche Weibsperson halten.

Dieser Gedanke kam ihr erst jetzt, als der Arm ihres Retters – sollte sie ihn Retter nennen? – den ihren berührte. Kaum merklich, aber sie spürte ihn. Tat er es mit Absicht, oder war die schlingernde Bewegung des Wagens daran schuld, weil der Kutscher einem Bauern mit seiner Karre hatte ausweichen müssen? Sie drückte sich, so weit es ging, in die Ecke des Postwagens und starrte angestrengt nach draußen. Die Landschaft zog vorbei, ohne dass sie Notiz davon nahm.

Dieser Mann, der hinter ihr hergegangen war. Sie kannte nicht einmal seinen Namen. Als Joseph ihr letzte Woche von jener Sache erzählte, hilflos, verzweifelt, hatte er immer nur von »ihm« gesprochen. Gerade noch, dass »er« aus Sürsch sei, aus Moselsürsch.

Als sie abgehetzt Catenes erreicht hatte, ohne dass es diesem Mann gelungen war, sie einzuholen, hatte sie sich in den

Grieshaber Hof geflüchtet. Ob sie etwas zu trinken bekommen könne, sie habe Durst, gab sie vor.

Der Frau, einer weitläufigen Verwandten eines Winninger Winzers, war die Abwechslung willkommen gewesen. Man käme ja viel zu selten nach Winningen, die Arbeit nähme einen ja regelrecht in Beschlag. War es eine Ausrede, oder sollte die Grieshaberin tatsächlich zu den wenigen Menschen entlang der Mosel gehören, denen es nichts ausmachte, wenn jemand lutherisch war?

Sophie nahm es hin, ohne weiter darüber nachzudenken.

Was denn ihr Vetter mache, erkundigte sich die Grieshaberin. Und wie es seinen Kindern ginge? Lebte Großmutter Eichner noch? Ach, gestorben sei sie? Diese liebe Frau! Sophie hatte sich alle Zeit der Welt genommen, die Frau mit den neuesten Neuigkeiten zu versorgen.

Und wenn sie sich täuschte, und dieser Mensch hinter ihr doch nicht der war, den sie vermutete? Aber wer sonst sollte ihr folgen? Aus welchem Grund? Sie kannte kaum jemanden in den katholischen Gemeinden. Nein, »er« musste es gewesen sein. Bestimmt hatte Joseph ihm gesagt, dass er ihr alles erzählt hatte.

Nicht erzählt, herausgebrochen war es aus ihm.

Schluchzend hatte er neben ihr im Gras gekauert, hatte sie nicht angesehen, konnte sie nicht ansehen.

Sie hatte weglaufen wollen und war doch sitzen geblieben. Hatte ihn schlagen, kratzen, beißen, schlimmer, sie hatte ihn umbringen wollen und war doch wie gelähmt gewesen.

Was hatte er erwartet, als er ihr beichtete, was damals vor vierzehn Jahren geschehen, wie es dazu gekommen war? Hatte er geglaubt, dass sie ihm Absolution erteile, wie sie die Papisten in ihrer Kirche für ihre Sünden erhielten? Hieß es nicht vielmehr in der Bibel »Auge um Auge, Zahn um Zahn«?

Es war, als hätte er sie in ein Loch gestoßen, in ein Loch ohne Boden, sie fiel und fiel, alles um sie herum drehte sich. Wenn er doch nur geschwiegen hätte.

Aber nein, er hätte auch nicht schweigen dürfen. Wie hätte er sie weiterhin sehen, umarmen und herzen können mit dieser

Last auf der Seele? Was wäre gewesen, wenn er nichts gesagt hätte, und es wäre später herausgekommen?

Und eines Tages wäre es herausgekommen, das wusste sie heute.

Vor einer Woche aber hatte es ihr die Kehle zugeschnürt, hatte sie nur auf den Fluss starren können, und die Bilder von jenem Tages Anfang Juli 1800 waren ihr aufgestoßen wie saure Milch.

»Ich weiß nicht, ob du mich jetzt noch lieb haben kannst.« Seine Stimme war von weit her gekommen, nicht bittend, nicht fragend. Ich weiß nicht, ob du mich jetzt noch lieb haben kannst. Und sie hörte darin: Nach dem, was geschehen ist, ist es dein Recht, mich fortzuschicken. Nach dem, was geschehen ist, kann ich bei deiner Familie nicht mehr um deine Hand anhalten.

Sie wusste, er redete sich nicht heraus. Die Entscheidung lag bei ihr, bei ihr ganz allein, aber alles in ihr war tot. Ohne ihn noch einmal zu berühren, war sie aufgestanden. Weggegangen, ohne sich ein einziges Mal umzudrehen. Er hatte nicht versucht, sie zurückzuhalten. Hätte er es getan, sie hätte ihm ins Gesicht geschlagen.

In der Nacht waren die Tränen gekommen. Sie hatte seinen Namen in die Kissen geschrien: Joseph!

Laut stöhnend zog die Frau auf der Kutschbank gegenüber ein Riechfläschchen zwischen den Falten ihres üppigen Rocks hervor, beträufelte ein weißes Taschentuch mit der Flüssigkeit aus dem Flakon und hielt es sich aufatmend unter die Nase. Aus den Augenwinkeln heraus bemerkte Sophie den giftigen Blick von Madame, der taxierend über sie glitt. Was mochte dieser blonde Städter neben ihr seinen Mitreisenden nur erklärt haben, bevor er sie in die Kutsche gebeten hatte?

Sie drehte den Kopf zum gegenüberliegenden Wagenfenster, wie um in seinem Gesicht eine Antwort zu lesen. Sofort wendete er sich ihr zu, doch sie hatte nicht die Absicht, ihn irgendetwas zu fragen, und schon resignierte er wieder, schaute fast gottergeben durch sie hindurch, über sie hinweg in die triste Landschaft. Sie konnte sich nicht vorstellen, dass er mit unbotmäßigen Gedanken spielte. Wahrscheinlich sehnte er das Ende der Fahrt in dieser stickigen Karosse genauso herbei wie sie. Dieblich drüben jenseits des Flusses hatten sie bereits hinter sich, schon konnte sie die Ziehfurt sehen, die kurz vor Winningen mitten im Fluss lag. Es würde nicht mehr lang dauern.

Was könnte er von ihr wollen, dieser namenlose Freund von Joseph? Freund? Nein, nicht Freund. Wer so etwas tat, konnte kein Freund sein.

Und doch hatte Joseph ihm vertraut, grenzenlos, hatte alle Schuld auf sich genommen, ihm mit keinem Wort etwas Böses unterstellt. Aber der andere war älter als Joseph, er hätte erkennen müssen, damals, was er tat und was das für Folgen haben könnte. Ob er sie heute verfolgt hatte, weil er sich entschuldigen wollte? Aber für das, was geschehen war, gab es keine Entschuldigung, und die Vorstellung, dass dieser Mann sie warum auch immer einholen wollte und sie ihm hätte ins Gesicht sehen müssen, war unerträglich.

Die Kutsche hielt. Ihr Retter sprang heraus und half ihr aus dem Wagen. Sie zog ihren Umhang fester um die Schultern. Es hatte zu regnen aufgehört, trotzdem fröstelte sie. Sie bedankte sich für die Mitnahme, überlegte noch, ob sie sich aus Höflichkeit nach seinem Namen erkundigen und ihn fragen müsse, was das Ziel seiner Reise wäre, aber er wendete sich schon ab, um dem Kutscher das Reisegeld für sie zu entrichten. Bestimmt war es besser so, er würde es womöglich missverstehen, wenn sie hier stehen bliebe und wartete, bis er bezahlt hätte. Wahrscheinlich hatte er einfach nur freundlich sein wollen. Ohnehin war ihr nicht nach Reden zumute.

Zu Hause fand sie die Mutter am Webstuhl.

»Du kommst früher, als ich erwartet habe«, begrüßte sie Sophie, ohne ihre Arbeit zu unterbrechen. Das Schiffchen mit dem weißen Leinenfaden schoss zwischen den Kettfäden hindurch. Und Anschlag, Wechsel. Das Gesicht der Mutter lag im Schatten. Schuss, Anschlag, Wechsel.

»Jemand hat mich mitgenommen.«

»Jemand aus Josephs Verwandtschaft?«

»Entfernte Verwandtschaft«, log sie und hoffte, dass die Mutter nicht nachhaken würde. Sie hakte nicht nach.

»Holst du mir die Spulen von dort drüben?«, bat sie stattdessen.

Sophie schob einen Schemel neben den Webstuhl und stellte den Korb mit den vollen Spulen darauf. Sie nahm auch die Tücher von der Kette, tunkte sie in die am Boden stehende Wasserschüssel, wrang sie aus und breitete sie wieder über die Kettfäden.

»Ich geh mich umziehen und mach das Abendessen«, sagte sie dann.

Viel später, längst war die Nacht hereingebrochen, eine sternklare Nacht, nachdem die Wolkendecke unerwartet aufgebrochen war, stand Sophie am Fenster ihrer Kammer und suchte das Firmament ab.

»Die Kassiopeia«, hatte sie einmal Joseph erklärt und nach oben in das Dunkel des Weltalls über ihnen gedeutet.

»Was du alles weißt!« Er hatte gestaunt. »Ihr habt wirklich was Docterisches an euch, ihr Winninger Blauköpp«, sagte er, und das Blitzen seiner Augen zeigte, dass er sich über seine katholischen Mitmenschen lustig machte.

»Wir müssen ja schließlich besser sein als ihr, so als protestantische Insel inmitten von Papisten. Ihr würdet uns doch sonst glatt über den Haufen rennen.«

Sie hatte ihn küssen wollen, auf die Nasenspitze, aber er nahm ihre Hände und hielt sie fest. Und wurde ganz feierlich.

»Sophie, ich wünsche mir, dass wir heiraten. Ich will, dass du meine Frau wirst. Keine Ahnung, wie ich das denen zu Hause beibringen soll. Meiner Mutter wird das Herz stehen bleiben, wenn ich es ihr sag, und dann schlägt sie mich tot und wirft mich dem Hund zum Fraß vor.« Er lachte leise, aber Sophie spürte, dass sich hinter seinen spöttischen Worten bitterer Ernst verbarg.

»Willst du mich heiraten?«

Das Herz hatte ihr bei seiner Frage bis zum Hals geschlagen. Kein Wort brachte sie heraus, aber sie nickte und fand erst wieder Worte, nachdem sie ihn hatte küssen dürfen, erst auf die Nasenspitze, dann auf den Mund.

»Meine Familie mag dich«, hatte sie ihm ins Ohr geflüstert. »Aber lutherisch musst du werden, so ist das bei uns.«

»Ich weiß.«

»Und unsere Kinder müssen lutherisch getauft werden.«

»Auch das weiß ich.« Er lachte wieder, diesmal freier, leichter. »Wir bekommen ein Dutzend kleiner rotblonder Blauköpp, lauter Rude«, und er zog ein Messerchen aus seiner Rocktasche und säbelte andächtig eine lange braune Strähne von ihrem Kopf, ringelte sie zusammen, legte sie in eine kleine metallene Dose, schloss sie und klopfte dreimal mit dem Knöchel seines rechten Zeigefingers darauf. Dann zeigte auch er nach oben zu den Sternen.

»Die Kassiopeia«, sagte er, »ist Zeuge.«

Sophie ließ das Fenster offen und legte sich ins Bett. Wenn sie etwas nach unten rutschte, konnte sie das Sternbild sehen, ihre Kassiopeia. Sie fühlte Joseph ganz nah bei sich. Seit dem verhängnisvollen letzten Treffen, als er ihr das Unfassbare gestanden hatte und sie davongelaufen war, hatten sie sich nicht wieder gesehen. Sie hatte nicht gewusst, ob sie ihn überhaupt je noch einmal würde angucken oder gar anfassen können. Sie hatte Zeit gebraucht, damit fertig zu werden.

Und jetzt, jetzt war es zu spät.

Jetzt war er tot, heimtückisch ermordet. Wegen ein paar Stiefeln und ein paar läppischen Centimes, wie Poschner vermutete, als er ihr von Josephs Tod berichtete.

Und wenn es keine Straßenräuber waren? Wenn es dieser Mensch war, den Joseph seinen Freund genannt hatte? Hatte er Joseph zum Schweigen bringen wollen, weil Joseph ihr alles gestanden hatte? War ihm das zum Verhängnis geworden?

***

Nach dem Pferdewechsel hatte die Postkutsche ihre Fahrt fortgesetzt, das Rattern der Räder war verklungen. Spitzlay stand vor dem Stadttor, das einen Namen haben mochte, den er aber nicht kannte. Er zögerte.

Viel hatte er schon von Winningen erzählen gehört. Ein schmuckes Städtchen, sagten die Leute auf dem Mayfeld mit einem Unterton in der Stimme, und wenn man wollte, konnte man eine Spur Neid heraushören.

Das Handbuch für die Landleute, Jahrgang 1808, das auch Friedensrichter von Kaysersfeld im Amt stehen hatte und in dem Spitzlay besonders am Anfang immer mal wieder geblättert hatte, um sich mit seiner neuen Umgebung vertraut zu machen, rühmte den Winninger Wein. Im Vergleich zu weiter flussaufwärts liegenden Moselorten gäbe es hier Tropfen von ausgesuchter Qualität. Spitzlay wollte nicht wissen, wie die Lehmener, Löfer oder Hatzenporter darüber dachten, deren Weine in der Beurteilung auffallend schlecht weggekommen waren. Zu Recht oder Unrecht, vermochte er nicht zu beurteilen.

Als er Kretzer am Morgen erzählt hatte, was er vorhabe, hatte dieser die Nase gekräuselt. »So, nach Winningen wollen Sie, nun ja, wenn's denn sein muss.«

Er sei nur einmal dort gewesen, als Kind. »Heute gehen wir die Blauköpp gucken«, hätte ihm seine Cowelenzer Großmutter, bei der er zu Besuch war, eines schönen Sonntags verkündet. Dann seien die Schuhe blank gewichst worden, der Rock des Großvaters ausgebürstet, die Großmutter habe ihre neue Haube aufgesetzt, und so herausgeputzt seien sie in einer eigens angemieteten Kutsche nach Winningen gefahren, Blauköpp gucken.

»Und«, hatte Spitzlay gefragt, »haben sie zwei Köpfe?«

»Nein, natürlich nicht.«

Kretzer hatte sich kleinlaut unterm Kinn gekratzt. Aber irgendwie sähen sie schon eigentümlich aus, auch heute noch.

»Wie, eigentümlich?«

Wieder hatte Kretzer sich gekratzt. Die Gesichter, die hätten so was Durchgeistigtes. Sie läsen ja auch von morgens bis abends in der Bibel. Von daher hätten viele ja wohl auch so eine hohe Stirn.

Nun denn! Spitzlay gab sich einen Ruck. Gehen wir doch auf die Suche nach den gelehrten Denkerstirnen!

Hinter der Stadtmauer stieg die Gasse an und führte auf die protestantische Kirche zu. Im Licht des trüben Nachmittags wirkten die Gehöfte mit den dunklen Bruchsteinwänden und den verschlossenen Porten kalt und abweisend. Nur einmal fand er ein Tor halb geöffnet, inmitten des engen Hofs prangte der

Dungplatz, dahinter an der rückwärtigen Wand war das Feuerholz aufgeschichtet.

Am Kirchplatz bog er rechts ab, und als ob der lutherische Gott sich im besten Licht zeigen wollte, riss überraschend die graue Wolkendecke auf, mit einem Mal prunkte das schmucke Fachwerk der Obergeschosse. Die Holzbalken bildeten einen auffälligen Kontrast zu dem Weiß der getünchten Gefache. Hier und da kletterten Weinreben an Hauseingängen und vorkragenden Erkern empor und bildeten über die schmalen Straßen hinweg grüne Torbogen, unter denen es sich angenehm flanieren ließ.

Spitzlay öffnete die Knöpfe seines Rocks. Er war entschlossen, sich Zeit zu nehmen, um zu begreifen, warum sich die altgläubigen Nachbarn allzu gern über den kleinen Ort ereiferten. Auf den ersten Blick, so schien es ihm, war dieses Winningen nicht anders als die katholischen Moseldörfer, die er kannte. Allenfalls die Bekleidung, vor allem die der Frauen, mochte sich unterscheiden, wusste er doch von Mutter und Schwester, dass die Weibsleute immer stolz die kleinen Besonderheiten ihrer Trachten betonten. Für ihn aber sahen sie alle gleich aus.

Auch die beiden Frauen, die er hinter einer Ecke in einer Einfahrt stehen und sich unterhalten sah, die eine mit einem fröhlich hopsenden Kleinkind auf dem Arm, könnten seiner Meinung nach genauso gut in Münstermayfeld, Moselsürsch oder in Catenes stehen. Aber natürlich würde er sich hüten, dies laut zu sagen, schließlich wollte er es sich mit niemandem verderben.

Er grüßte. Ob sie denn ein Wirtshaus wüssten, wo er übernachten könne?

Aber ja doch! Im »Bachhof« oder in der »Glocke«. Der Bub könne mit ihm gehen, um ihm die beiden Häuser zu zeigen.

Das sei nicht nötig, wollte Spitzlay sagen, wenn sie ihm nur erklärten, wie er zu gehen habe.

Aber die ältere der beiden Frauen schrie schon ins Haus hinein: »Christian!«, und gleich darauf hörte er Kinderfüße eine Treppe herabpoltern.

Der zur Straße hin im Erdgeschoss weiß gekalkte »Bachhof«,

ein kleines Haus mit einem schön verzierten Fachwerkgeschoss darüber, strahlte etwas Gemütliches aus. Unterm weinüberwucherten Torbogen putzte sich ausgiebig eine Katze. In einer Ecke döste der Hofhund. Als Spitzlay zum Eingang der Gaststube ging, spitzte er das linke Ohr und öffnete das rechte Auge, als überlege er, ob es sich lohne zu bellen. Aber der stellvertretende Friedensrichter schien ihm vertrauenerweckend, er schloss das Auge wieder, das linke Ohr fiel schlaff zur Seite.

Drinnen glänzte der Speiseraum wie frisch gescheuert. Wenn die Gästezimmer ebenso sauber waren, konnte er zufrieden sein. Als die Wirtin noch verriet, dass es am Abend Wildschwein in Wacholderbeerfond gäbe, entschied er sich. Für das Wildschwein. In Münstermayfeld bekam er nichts als Kartoffelsuppe mit gelben Rüben oder Erbseneintopf mit Speck. Dieser Abend würde eine Abwechslung vom Einerlei bedeuten, und mit einem Mal fand er es gar nicht mehr so schlecht, dass von Kaysersfeld in Bad Ems weilte. Spitzlay richtete sich kerzengerade auf, ruckte energisch die Schultern nach hinten und das Kinn nach vorn.

»Ich bleibe über Nacht, und zum Abendessen nehme ich das Schwein.«

Christian stand unter der Eingangstür und wartete, ob er dem Fremden noch den zweiten Gasthof zeigen sollte oder ob er entlassen wäre.

»Es ist gut, du kannst gehen«, dankte ihm Spitzlay, dann kam ihm eine Idee. »Kennst du jemanden namens Poschner, einen Fuhrmann?«, fragte er den Jungen.

»Aber ja. Die Poschners wohnen hinter der Kirche. Soll ich Euch den Weg zeigen?«

»Nein, das musst du nicht. Aber wenn du dorthin laufen könntest und fragen, ob Poschner zu Hause ist und … nein, warte, ich gebe dir eine Nachricht für ihn mit, du gibst sie dort ab und bringst mir die Antwort zurück.«

Auf einem Stehpult im Vorraum des Gasthofs fand Spitzlay Briefbogen und Tinte, überlegte kurz und schrieb dann, ohne abzusetzen. Als er fertig war, wedelte er mit dem Papier in der Luft, bis die Tinte trocken war, faltete das Blatt und reichte es

Christian. In der Tasche suchte er nach etwas Geld, aber der Junge winkte ab.

»Ich will nichts. Danke, der Herr«, und weg war er.

Spitzlay trat hinaus auf den Hof. Mit Macht hatte sich die Abendsonne durchgesetzt und auch die letzten Regenwolken vertrieben. Jetzt könnte er noch einmal eine Runde drehen und vielleicht Ausschau nach seiner angeblichen Cousine halten. Aber sofort verwarf Spitzlay den Gedanken wieder. Er würde Poschners Retourschreiben abwarten, und dann musste er ja diesen berühmten Winninger Wein kosten.

So seltsam fand er die Winninger bislang gar nicht. Ohne Ausnahme waren sie alle freundlich gewesen. Auch eine besonders hohe Stirn war ihm noch nicht aufgefallen, wobei er nicht einmal wusste, ob ein solches Merkmal den Lutherischen nun als Makel oder zum Vorteil anzurechnen wäre. Allerdings hatte er es bis jetzt, sah man einmal von dem zehnjährigen Christian ab, nur mit weiblichen Vertretern der Einwohnerschaft zu tun gehabt. Wahrscheinlich galt die studierte Stirn nicht für diese.

Er war nicht der einzige Gast. Mehrere altehrwürdige Herren, ihrem Gebaren nach gut situierte Städter, hatten zwischenzeitlich eine Laube neben der Port in Beschlag genommen und ließen den Weinkrug kreisen. Das feste Schuhwerk und die feuchten, verknitterten Röcke, die geröteten Gesichter und die dröhnende Unterhaltung deuteten darauf hin, dass sie sich, dem misslichen Regenwetter am Vormittag zum Trotz, einen vergnüglichen Tag in den Weinbergen gegönnt hatten. An der Hauswand lehnten, mit Rebblättern, Trauben und Wiesenblumen geschmückt, die knotigen Wanderstöcke.

Als jetzt die Wirtin und das Mädchen mit Schüsseln voll dampfender Kartoffeln, Kraut und dem Wildschweinbraten aus der Küche kamen, brachen die Männer in lautes Hallo aus.

»Und noch mal Wein, süß und fein, sauber und rein, so muss das Leben sein«, dichtete einer, während seine Wanderbrüder mit flacher Hand den Takt dazu auf die Tischplatte klopften. »Kommen Sie, junger Mann«, riefen sie Spitzlay zu, »setzen Sie sich zu uns!«

Um nicht unhöflich zu erscheinen, kam er der Aufforderung

nach. Wenigstens hatte er von da, wo er nun saß, den Eingang im Blick und würde sehen, wenn Christian zurückkäme.

»Auf das Wohl der Herren«, sagte er und prostete den lustigen Naturfreunden zu.

Schon beim ersten Schluck verstand er sie, es war ein erlesenes Tröpfchen, das die Bachhof-Wirtin aus dem Keller geholt hatte, und er wünschte sich, dass Poschner gar nicht im Lande, sondern irgendwo unterwegs wäre.

Aber er hatte Pech. Das ist er, dachte er, als ein kräftiger Mann mit hoher Stirn auf den Hof trat. Ein wahrlich docterisches Haupt, sinnierte Spitzlay und schaute bedauernd in sein nur zur Hälfte geleertes Glas. Vorsichtig, weil er noch keinen Bissen zu sich genommen hatte, erhob er sich, dankte der Herrenmannschaft und empfahl sich, was diese nur unter Protest und erst nach einer zweiten wortreichen Entschuldigung akzeptierte.

»Ich nehme an, Sie sind's, der mich sprechen will?« Poschner war auf ihn zugekommen, und Spitzlay fühlte sich von Kopf bis Fuß gemustert. Bevor er rot werden konnte, drehte er sich zur Seite und zeigte auf das Wirtshaus. »Ich habe drinnen einen Tisch für uns reservieren lassen«, sagte er mit so viel Nachdruck wie möglich. Und tatsächlich, der Fuhrmann folgte ihm nach drinnen, ohne weitere Fragen zu stellen. Spitzlay atmete auf. Kein Glas Wein mehr, bevor ich nicht dieses Gespräch überstanden habe, dachte er, als er sich setzte.

Der Mann ihm gegenüber mochte die fünfzig gerade überschritten haben. Der Lehmener Wirt hatte ihn gut beschrieben. Rundes Gesicht, hohe Stirn, um nicht zu sagen, Glatze. Nur über den Ohren und vermutlich am Hinterkopf, aber das konnte Spitzlay nur ahnen, ein schütterer aschweißer Haarkranz, blässliche, aber neugierige Augen unter buschigen Augenbrauen. Das linke Lid hing etwas herunter und verlieh Poschners Gesicht etwas Lauerndes, ebenso der breite, spöttisch verzogene Mund. Über dem weißen Hemdkragen mit dem schwarzen Binder wölbte sich ein Doppelkinn, und auch sonst war der Mann gut genährt.

»Poschner«, stellte sich Poschner noch einmal vor. »Sie wollen wissen, ob ich etwas zu Josephs Tod sagen kann. Leider muss ich

Sie enttäuschen. Der junge Brachtendorf und ich kannten uns seit Längerem. Kurz bevor er sich auf den Heimweg machte, kam er noch zu mir, wir unterhielten uns kurz, und danach bin ich schlafen gegangen. Wenn es spät ist, bleibe ich beim Kornbrenner, er hat drei oder vier Kammern für Gelegenheitsgäste wie mich. Am nächsten Morgen bin ich weiter nach Cochem mit einer Fuhre Eichenfässer. Auf dem Rückweg am Mittwoch habe ich dann wie immer beim Kornbrenner vorbeigeschaut. Und so erfahren, was passiert ist.«

Das nennt man den Stier bei den Hörnern packen, dachte Spitzlay. Das hat er runtergerasselt, ohne Punkt und Beistrich, als ob er es sich zurechtgelegt hätte. Er neigte den Kopf nach links, eine Haltung, die er zwar korrigierte, wenn er sie bemerkte, aber meistens fiel sie ihm erst auf, wenn ihm schon der Hals wehtat, und schaute Poschner direkt in die hellen Augen.

»Um wie viel Uhr sind Sie schlafen gegangen?«

»Ich weiß es nicht mehr. Acht? Halb neun? Es war noch nicht ganz dunkel.«

»So früh? Gingen Sie allein zu Bett, oder hatten Sie einen Zimmergenossen oder eine …«, er wusste nicht, wie er sich ausdrücken sollte, kam einen Atemzug lang aus dem Konzept, fing sich aber gottlob wieder, bevor Poschner ihm ins Wort fallen konnte.

»… also, was ich sagen wollte: Bestimmt war jemand bei Ihnen, der bezeugen kann, dass Sie zu keinem Zeitpunkt den Raum oder gar den Gasthof verlassen haben, um hinter Joseph Brachtendorf herzuschleichen und ihn meuchlings zu ermorden. Liege ich damit richtig?«

Poschner hatte Spitzlays schiefem Blick standgehalten. Jetzt verzog er seinen spöttischen Mund noch mehr.

»Auch hierin muss ich Sie enttäuschen. Ich bedauere sehr, Ihnen so viel Gedankenarbeit zu verursachen. Ich habe allein geschlafen, sogar selig, auch wenn ich zugebe, dass ich mir in jungen Jahren das Leben schon mal hin und wieder mit einer hübschen Magd oder einem munteren Haustöchterchen versüßt habe, wenn ich so entlang der Mosel unterwegs war. Aber seit ich verheiratet bin, und das nun schon seit bald fünfundzwanzig Jahren, bin ich meiner Frau, ob Sie es mir glauben oder nicht, treu. Und dass ich mich schlafen lege, wenn der Himmel draußen noch hell ist, hat einfach mit meinem anstrengenden Tagwerk zu tun und mit der Tatsache, dass ich ein wenig zur Bequemlichkeit neige und abendliche Ausschweifungen oder gar nächtliche Spaziergänge meide wie euer katholischer Teufel das Weihwasser.«

Mit dem letzten Satz hatte Poschner sich etwas zurückgelehnt und strich sich jetzt über seinen stattlichen Leib, wobei er gleichzeitig das linke hängende Augenlid nach oben zog und sehr altväterlich wirkte.

Jetzt fehlt nur noch das Enkelkind auf deinem Schoß, schoss es Spitzlay durch den Kopf, und du gibst das von allen verehrte ideale Familienoberhaupt ab. Aber warte, ich krieg dich.

»Es gibt Zeugen, die gehört und gesehen haben, dass Sie wütend waren, weil ein paar junge Burschen Sie wegen Ihres protestantischen Glaubens verhöhnt haben. Und Joseph Brachtendorf habe am lautesten über Sie gelacht.«

»Ach, das meinen Sie! Jetzt verstehe ich. Warum haben Sie das nicht gleich gesagt, statt um den heißen Brei herumzureden?«

Poschner beugte sich vor, legte seine rechte Wange in seine Hand und stützte sich mit dem Ellbogen auf dem Tisch ab. Der Spott war ihm aus dem Gesicht gewichen. Nachdenklich, aber nicht unfreundlich sah er Spitzlay an.

»Sie sind noch jung und nicht aus der Gegend. Nein, unterbrechen Sie mich nicht, ich meine das nicht böse, Herr Friedensrichter. Ich will Ihnen einfach etwas erklären. Ich bin geborener Winninger, und als solcher lernt man mit den dummen Sprüchen, Anzüglichkeiten und dem Misstrauen der katholischen Nachbarn umzugehen. Ganz besonders jemand wie ich, der als Fuhrmann viel herumfährt und mit allen gut auskommen muss. Ich kenne die Sprüche: Eitel seien wir und dünkten uns vernünftiger als andere, auch kannegießerisch, weil angeblich belesen und mit besserer Schulbildung.«

Jetzt blitzte doch wieder der Spott aus Poschners Augen. »Das Letztere, möchte ich mal behaupten, stimmt sogar. Wollen Sie sich unsere kleine Schule einmal anschauen? Lesen und Rechnen für Jungen und Mädchen. Lateinunterricht für die ältere männliche Jugend. Kaufmannsbriefe und Singen. Wer rundherum vom Feind umgeben ist …«, er zwinkerte Spitzlay mit einem Auge belustigt zu, »… muss besser als dieser sein, finden Sie nicht auch?«

Aber er ließ Spitzlay nicht zu Wort kommen, sondern wurde sofort wieder ernst.

»Wissen Sie, ich habe gesehen, dass Papisten, wenn sie auf ihren Kreuzwegprozessionen durch Winningen hindurchmüssen, vom Pfarrer befohlen bekommen, den Blick zu Boden zu wenden. Den Blauköpp wachsen Hörner aus der Stirn, redet er seinen Schäfchen ein. Sie wissen schon, wessen Hörner ich meine. Solche heiligen Prediger regen mich auf, Herr Friedensrichter, aber doch nicht ein paar weinselige Bauernburschen, die an einem feuchtfröhlichen Abend glauben, dumme Sprüche klopfen zu müssen. Das sind keine schlechten Kerle. Die meisten hab ich schon gekannt, als sie noch grün hinter den Ohren waren. Sollen sie doch ihr Mütchen kühlen, was kratzt's mich? Und noch etwas: Glauben Sie wirklich, dass, wenn ich mich geärgert hätte und mich rächen wollte, denn das ist es doch, worauf Sie hinauswollen, ich mich hinter Joseph eine halbe Stunde lang durch den Wald und den Berg hochquälen würde, bei meinem Leibesumfang!, um ihn dann irgendwo oben auf freiem Feld umzubringen? Das glauben Sie doch selbst nicht.«

Poschner hielt kurz inne und holte tief Luft.

Reden kann er, dachte Spitzlay, und wie zur Bestätigung machte sein Gegenüber schon wieder weiter:

»Wenn ich wirklich so etwas vorgehabt hätte, mein lieber Herr, dann hätte ich dieses unappetitliche Geschäft gleich am Ortsausgang unter den ersten Bäumen erledigt, um nur keine unnötigen Schritte tun zu müssen. Und jetzt brauch ich etwas zu trinken, der Mund ist mir ganz trocken geworden. Sie erlauben …«

Er wartete Spitzlays Antwort nicht ab. »Berthe«, rief er nach hinten in die Küche, »einen Wein und zwei Gläser. Und Hunger hab ich auch.«

Spitzlay wusste nicht, was er sagen sollte. Der Mann hatte ihm den Wind aus den Segeln genommen. Irgendwo hatte er recht. Verstohlen schaute er sich die Finger des massigen Fuhrmanns an, aber er konnte schlecht nach einem Zollstock fragen. Hatte Martini überhaupt die Größe der Abdrücke an Hals und Gurgel gemessen und vermerkt? Und die Frage war ja auch, ob man Druckstellen und echte Finger eins zu eins vergleichen konnte. Wie müsste er überhaupt den Zollstock am Finger anlegen, um richtig zu messen? Zweifellos war sein Studium der Rechte mit gewissen Mängeln behaftet gewesen.

Was Spitzlay am meisten überzeugte, war Poschners Aussage, dass es lächerlich gewesen wäre, Joseph bis hoch aufs Plateau zu folgen. Unterwegs gab es tatsächlich genügend Trampelpfade, Buschwerk und uneinsehbare Stellen, wo es entschieden leichter gewesen wäre, einen Menschen niederzuschlagen, wenn man es unbedingt wollte. Und seine Pferde und den Fuhrwagen hatte Poschner an dem Abend des Mordes nicht mehr bewegt, das hatte ihm der Lehmener Kornbrenner glaubhaft versichert.

Falls der Wirt den lutherischen Freund nicht hatte decken wollen, flüsterte ihm eine innere Stimme beschwörend zu.

Was für eine entsetzliche Tätigkeit, der er sich da verschrieben hatte. Kaum stellte er eine These auf, formulierte sich in seinem Kopf schon eine Gegenthese. Wie sollte er da je vorankommen?

Er versuchte einen neuen Ansatz, obwohl er am liebsten nur noch etwas gegessen und getrunken hätte und danach ins Bett gesunken wäre.

»Aber Sie hatten eine längere Unterredung mit Joseph.«

»Ja.«

Nach den langen Antworten zuvor, erwartete Spitzlay, dass Poschner weiterredete, aber der Winninger blieb stumm.

»Ich habe mir sagen lassen, Protestanten und Katholiken reden nicht viel miteinander«, probierte es Spitzlay erneut.

»Da haben Sie völlig recht.« Poschners hängendes Lid sank so tief, dass das Auge fast vollständig bedeckt war. »Wir Winninger reden nicht mit jedem. Wo kämen wir denn da hin? Unsere feine wohlgezogene Gemein muss sich vor Einflüssen von außen schützen.« Seine Stimme troff vor Spott.

»Was hatten Sie mit Joseph zu besprechen?«

Das Essen, das eben kam, erlaubte Poschner, nicht antworten zu müssen. Genügend Zeit, um sich irgendeine Geschichte auszudenken, ärgerte sich Spitzlay. Aber nach den ersten Bissen Fleisch, vorzüglich! wirklich ganz vorzüglich!, entspannte er sich. Jetzt erst merkte er, wie hungrig er war. Eine wohlige Wärme breitete sich in seinem Körper aus, und er genehmigte sich einen Schluck Wein.

»Sie haben vorhin schon einmal gesagt, dass Sie Joseph bereits seit Längerem kannten. Ist das eine geschäftliche oder eine private Verbindung gewesen?«

Poschner deutete auf seinen vollen Mund, kaute genüsslich, schluckte mit Bedacht, trank ein halbes Glas Wein und ging dann erst auf Spitzlays Frage ein.

So eindeutig ließe sich das nicht beantworten. Geschäftlich ja, gewissermaßen, und privat auch, weil sich da doch im Laufe der Zeit eine Art freundschaftliche Relation entwickelt habe.

Ob er das näher erläutern könne? Spitzlay insistierte, während er eine Kartoffel im Wacholdersud zerdrückte.

Nein, meinte Poschner, das wolle er eigentlich nicht, weil aus dem Geschäftlichen aus bekannten Gründen ja nun nichts mehr werden würde und sich die Sache somit erledigt habe. Und weil damit auch die private Freundschaft zum Erliegen gekommen sei. Bedauerlicherweise.

Poschner griff erneut zum Wein und schaute an Spitzlay vorbei, während er das Glas leerte. Er wirkte erschöpft und traurig. Oder er war ein guter Schauspieler, so gut wie der Kraushaarige mit der schiefen Nase von der Wanderbühne.

Sie schwiegen, bis die Teller leer gegessen waren und das Mädchen abgeräumt hatte.

»Noch einen Schluck?«, fragte Poschner und schenkte Spitzlay schon nach. »Glauben Sie mir, Herr Friedensrichter, ich wollte, Joseph würde noch leben. Ich hätte gern mit ihm zusammengearbeitet, das kann ich Ihnen versichern. Vielleicht wäre er eines Tages mein Teilhaber geworden.«

Spitzlay hob erstaunt den Kopf. »Ein lutherisch-papistisches Unternehmen?«

»Warum nicht?« Jetzt konnte Poschner wieder grinsen. »Vielleicht hätten er und ich eines Tages religiöse Grenzen überwunden und wären Vorreiter in einer guten Sache geworden.«

»Nur noch eine Frage, Herr Poschner, tragen Sie bei Ihrer Arbeit ebensolche Kittel wie die Ackersleute vom Mayfeld?«

Die Verwunderung des Winninger Fuhrmanns über diese Frage schien Spitzlay echt zu sein.

»Die Kittel, ja, die gleichen sich. Mal sind sie bläulicher, mal grünlicher. Sie sind praktisch, man zieht sie einfach über den Kopf.«

»Gibt es sie auch mit Knöpfen?«

»Seltener. Aber es gibt schon welche, die seitlich oder auch mittig mit Knöpfen geschlossen werden. Warum fragen Sie?«

»Haben Sie am Montagabend auch einen solchen Kittel getragen?«

»Nein, sobald ich mit meiner Arbeit fertig bin, ziehe ich mich um. Vielleicht stimmt es ja doch, dass wir Winninger gern etwas Besonderes sein wollen. Das meine ich jetzt ganz ohne Spott. In sauberer Kleidung schmeckt mir das Essen nun einmal besser, und einen Rock, Hemden und Binder zum Wechseln habe ich auf meinen Fahrten immer mit dabei. Fragen Sie Kornbrenner, es belustigt ihn, und er nennt mich einen eitlen Pfau. Aber so bin ich nun mal.«

»Und diese Kittel, haben sie alle dieselben Knöpfe?«

»Du lieber Himmel, Sie wollen's aber genau wissen! Nein, natürlich nicht. Es gibt in der Gegend mehrere Knopffabriken, die darum wetteifern, wer die schönsten macht. Sie können aus Holz sein oder aus Horn, stoffüberzogen oder aus Metall. Das kommt darauf an, was Sie bezahlen wollen.«

Eigentlich hatte Spitzlay keine andere Antwort erwartet, und er schämte sich für seine naive Fragerei.

»Gibt es sonst noch etwas, was Sie von mir wissen wollen?« Poschner hatte wieder sein spöttisches Gesicht aufgesetzt. »Ich würde mich gern langsam verabschieden. Der Tag morgen beginnt früh.«

O ja, ich würde gern noch sehr viel mehr wissen, mein Lieber, denn irgendetwas verschweigst du mir.

»Vielleicht gibt es etwas, das Sie mir sagen wollen.« Spitzlay mühte sich, munter zu klingen.

Poschner lachte. »Ich? Nein, gar nichts. Aber wenn Sie wollen, bringe ich Ihnen alle meine Arbeitskittel.«

Als Spitzlay später unter dem weichen Federbett des Gasthofs lag und das Gespräch mit dem Fuhrunternehmer rekapitulierte, wurde ihm heiß. Er stieß die Decke von sich, stand auf, füllte sich kaltes Wasser aus dem Krug in die Waschschüssel und tunkte die Handgelenke ein. Dann öffnete er weit das Fenster. Warum war er nicht Sternenforscher geworden? Das hätte ihm manche Blamage heute Abend erspart.

Er schaute hinauf in den blinkenden Himmel. Außer dem Großen Wagen konnte er nichts erkennen.

Ziemlich ungeschickt hatte er sich in dem Gespräch mit Poschner angestellt. Mitnichten achtunggebietend, wie er es sich vorgenommen hatte. Der dicke Winninger war eindeutig der Gewitztere gewesen. Kannegießerisch und docterisch.

SIEBEN

Sonntag, den 21ten August 1814

Glock ein Uhr schlug es von der Stiftskirche. Der stellvertretende Friedensrichter hob den Türklopfer an Dr. Martinis Haustür. Mit einem dumpfen Pochen fiel die eiserne Faust zurück auf den metallenen Sockel. Schweiß perlte Spitzlay von der Stirn, doch es lag nicht an der schon wieder drückenden Schwüle. Er schaute an sich hinunter. Sein Aufzug war beklagenswert, der Hut in seiner Hand staubig, und die Schuhe hätten poliert werden müssen, aber dazu war keine Zeit mehr gewesen.

Am Morgen in Winningen hatte er sich noch glücklich geschätzt, dass er die frühe Postkutsche erwischt hatte. Die dann kurz vor Gondorf einen Achsbruch erlitt, bei dem er aus dem Wagen geschleudert wurde.

Gottlob schien er sich nichts gebrochen zu haben. Nur ein paar Schrammen im Gesicht, Kratzer an den Armen und einen wund geschlagenen Knöchel. Selbst den Hut hatte er retten können, bevor dieser über die Böschung hinunter in die Mosel gerollt wäre. Der Rock aber hatte vorn einen unschönen Riss abbekommen. Es nützte nichts, dass er versuchte, die Hand darüberzuhalten.

Spitzlay hatte den Gondorfer Bürgermeister um einen Wagen ersuchen wollen, damit dieser ihn nach Hause brächte und er sich waschen und umziehen könne, bevor er zu den Martinis ging. Doch leider hatte der Maire darauf beharrt, alles über den Fall Brachtendorf zu erfahren, was, wie Spitzlay zugeben musste, sein gutes Recht war.

»Mein Fehler, Herr Bürgermeister, mein Fehler. Es hätte schon längst geschehen sollen. Bitte vielmals um Entschuldigung«, hatte er zerknirscht gestammelt und sich zweimal verbeugt. Aber »untertänigst« um Entschuldigung bitten würde er nicht. Die Zeit der Untertanen war vorbei. Er hatte an Caspar Leven denken müssen, an dessen Begeisterung für die Ideen des Franzosenkaisers. Jawohl, der Mann hatte recht.

Erst nach über einer Stunde, der Knöchel war inzwischen

dick angeschwollen und klopfte und pochte unerträglich, hatte Bürgermeister Seegmüller einen Knecht gerufen, der Spitzlay mit einer Karre nach Münster fuhr. Damit er überhaupt noch pünktlich zum Essen im Haus des Doktors sein würde, hatte Spitzlay den Kutschknecht gebeten, ihn direkt vor Martinis Haus abzusetzen. Das Trinkgeld, zu dem er sich verpflichtet fühlte, schmerzte ihn fast mehr als der heiße Fuß.

Beim Anblick seines derangierten Äußeren verzog das Mädchen, das Spitzlay aufmachte, keine Miene, Frau Doktor aber, die herbeigeeilt kam, erschrak. Doch dann hatte sie die Situation erfasst und rief ihren Mann.

»Haben Sie sich geprügelt?« Martini amüsierte sich sichtlich, während er Spitzlay unterm Arm packte und ihm in den Salon half. Stöhnend ließ der sich auf den von Frau Doktor eiligst hingeschobenen Stuhl fallen.

»Heute ist wohl nicht mein Tag«, murmelte er und verzog sein Gesicht zu einer hilflosen Grimasse.

»Lassen Sie mich mal sehen«, sagte Martini, begutachtete die Hautabschürfungen, zog Schuh und Strumpf von Spitzlays Fuß und begann das verletzte Gelenk abzutasten. »Ich denke, Sie werden nicht daran sterben«, verkündete er dann zuversichtlich. »Eine Zeit lang werden Sie allerdings nicht groß herumreisen können. Fuß hoch und Schreibtischarbeit.«

»Madda«, rief Martini dann in den Flur, »bring eine Schüssel mit warmem Wasser und Tücher und einen Eimer kaltes Wasser. Und Sie krempeln sich schon mal das Hosenbein hoch.«

»Bitte, machen Sie sich doch keine Umstände, das wird schon wieder.«

Der Trubel um seine Person war Spitzlay unangenehm. Das Essen würde kalt werden wegen ihm, und womöglich stieße er den Wassereimer um, den das Mädchen eben brachte und in den er seinen nackten Fuß eintauchen sollte. Die Kälte fuhr ihm bis unter die Kopfhaut, unwillkürlich zog er den Kopf zwischen die Schultern.

»Lassen Sie wohl Ihren Fuß da drin!«, befahl sein Leibarzt, als Spitzlay ihn gleich wieder herausholen wollte.

Ausgerechnet in diesem Augenblick musste Martinis Tochter

zur Tür hereinkommen. Spitzlays Gesicht überzog sich dunkelrot.

»Meine Tochter Bettine«, stellte der Hausherr das junge Mädchen unnötigerweise vor, und Spitzlay erhob sich schwerfällig, das verletzte Bein im Wassereimer.

Mit einer Hand hielt er sich am Tisch fest. Ganz ohne Frage, Mademoiselle war eine Schönheit. Und sie prustete ungeniert los, als sie den Gast in dieser kläglichen Stellung sah. Um ihre Augen herum bildeten sich unzählige Fältchen.

Der Nachmittag verlief vergnüglicher, als Spitzlay nach dem misslichen Auftakt befürchtet hatte. Frau Doktor und Tochter besaßen, wie er feststellte, denselben Witz und Humor wie der Hausherr, und nach zwei Gläsern Wein ertappte sich Spitzlay dabei, wie er nicht nur über sein Unglück lachen, sondern auch mit Verve und komischer Dramatik den Unfall schildern konnte. Er hatte nicht geahnt, was für ein großartiger Erzähler er war, er schwelgte in Worten.

Hatte er in der Nacht zuvor noch Astronom sein wollen, um unbehelligt und weltabgeschieden im stillen Kämmerchen vor sich hin forschen zu können, dachte er jetzt, dass vielleicht sogar ein Schauspieler an ihm verloren gegangen sei, dem die Welt oder wenigstens das Münstermayfelder Publikum zujubeln würde.

Es musste an Mademoiselle Bettines Lachfältchen liegen, vielleicht auch am Riesling oder am Fieber, das trotz des Fußes im kalten Wasser langsam in ihm hochkroch, dass sich die Anspannung der letzten Tage in ihm löste und er aufgekratzt von seinem Ausflug nach Winningen und der umstürzenden Kutsche berichtete.

Als sich in seiner Schilderung der Postwagen im Schneckentempo zu neigen begann, die Pferde erschrocken aufwieherten und der Schwager einen noch erschrockeneren Schrei ausstieß, riss Bettine, die schon die ganze Zeit gebannt an seinen Lippen hing, ihre blauen Augen weit auf.

»Mein Gott, Sie hätten tot sein können. Bitte, nehmen Sie doch noch mal Dessert!« Und sie hielt ihm die Platte mit den vorzüglichen gefüllten Äpfeln hin.

Eigentlich konnte Spitzlay nicht mehr, aber er wollte sie nicht enttäuschen und nahm einen zweiten Bratapfel.

***

Nach dem Gottesdienst und dem Mittagessen hatte sich Sophie in den Wingert gerettet. Sie konnte das Geplapper, das Singen und Kreischen der jüngeren Geschwister nicht ertragen. Unter der Woche war es gegangen. Da waren die einen in der Schule, die anderen halfen auf der Wiese oder im Wingert, doch jetzt am Sonntag, wo die Arbeit ruhte, tobten sie durchs Haus. »Komm, spiel mit uns, Sophie!« Aber Sophie wollte nicht. Konnte nicht. Die Mutter nickte ihr zu: Geh nur.

Sophie wanderte den steil ansteigenden Weinbergpfad hinauf, vorbei an den Rebhängen der Nachbarn, sie hatte es nicht eilig. Unter ihren Schuhen knirschten Sand und feine Steinchen. Aufgescheucht von ihren Schritten, huschte eine Eidechse in eine Felsritze. Grillen zirpten. Sie liebte diese Musik.

»Guck nach den Loden«, hatte der Vater ihr nachgerufen, »ob sie geschdömpt werden müssen.« Ja, es war tatsächlich höchste Zeit, die Sommertriebe waren geschossen, in der nächsten Woche würde es ihnen nicht an Arbeit mangeln.

Langsam kletterte Sophie den Hang hoch, pflückte eine Traube, obwohl sie längst noch nicht reif war. Die letztjährige Lese war enttäuschend gewesen, nicht nur in Winningen, überall entlang der Mosel, und die Winzer befürchteten, dass die diesjährige ebenso mager ausfallen würde. Es kommen auch wieder bessere Zeiten, hatte die Mutter sie getröstet, als ihr der Vater das neue Kleid verwehrte, das sie so gern gehabt hätte.

Auf der letzten Terrasse angekommen, setzte sie sich auf einen Felsvorsprung. Nur der Fuhrweg lag noch über ihr. Drunten im Tal mäanderte der Fluss um Sandbänke, vorbei an Büschen und Ufergras. Am dem gegenüberliegenden Ufer spiegelte sich eine einsame Trauerweide im Wasser. Schön wäre es, sich jetzt darunter verstecken zu können.

Der Himmel hatte sich grau bezogen, aber die Luft war warm, schwül fast, wahrscheinlich regnete es schon bald wieder. Sophie wischte sich übers erhitzte Gesicht, strich die Haare aus der Stirn.

Wo war die Locke geblieben, die Joseph abgeschnitten hatte? Ob die Gendarmen oder der Amtsarzt das Büchschen seiner Mutter gegeben hatten, zusammen mit der Kleidung? Oder hatten die Täter, wer immer sie waren, Joseph ausgeraubt und dabei das Halsband mitgenommen, weil sie glaubten, der kleine Behälter enthielte etwas Wertvolles? Vielleicht hatten sie es dann verärgert weggeschmissen, als sie nichts als eine braune Strähne entdeckten. Aber für sie war der Inhalt wertvoll. Es war ihr Haar, es gehörte nicht in fremde Hände, sie wollte es wiederhaben.

Als Poschner ihr sagte, was geschehen war, hatte sie nicht weinen können. Aber jetzt brach es aus ihr heraus. Die Tränen rannen ihr über Wangen und Kinn, sie schmeckte das salzige Nass auf ihren Lippen.

Ich geh zum Kergeshof – trotzig wischte sie sich das Gesicht mit der Schürze ab – und frag seine Mutter nach dem Kästchen. Sophie schnäuzte sich. Sie muss es mir geben. Es ist meins, es gehört Joseph und mir, nicht ihr. Dann wird sie es eben erfahren. Dass wir uns versprochen waren, Joseph und ich. Dass er für Poschner hätte arbeiten können. Dass der Fuhrmann sogar bereit gewesen war, ihm das Bürgereinzugsgeld vorzustrecken.

Wobei sie ja vielleicht sogar Glück gehabt hätten, denn zurzeit wurden die zehn Franken von Zuzugswilligen gar nicht erhoben. Wegen der politischen Ungewissheit. Kommen die Preußen, kommen sie nicht, wann kommen sie? Und wer wusste, was für neue Gesetze und Verordnungen sie demnächst erwarteten? Aber sie waren beide froh gewesen, dass Poschner auf jeden Fall hinter ihnen stand.

»Und noch etwas, Frau Brachtendorf«, murmelte sie halblaut. »Er wollte den Glauben wechseln. Ja, Ihr habt richtig gehört, er wollte lutherisch werden, mir zuliebe. Hättet Ihr ihn wirklich totgeschlagen und dem Hund zum Fraß vorgeworfen? Hättet Ihr ihn angeschrien, dass er nicht mehr Euer Sohn wäre? Ihn verstoßen und enterbt, wenn er keine Papische heiratet?«

Oder, Sophie stockte der Atem, hat er es Euch gesagt, und … und Ihr habt ihn deshalb umgebracht … oder umbringen lassen?

Der Gedanke war ungeheuerlich, so ungeheuerlich, dass ihr schwindlig wurde. Da packte sie jemand am Arm.

***

Vor fünf Tagen hatten sie ihn gefunden, und seine Mörder waren immer noch nicht gefasst. Was tat dieser Richter eigentlich den ganzen Tag in seinem Bureau in Münstermayfeld?

Wütend schasste Kath die Henne vom Nest, um die Eier aufzusammeln. Das Tier schlug erregt mit den Flügeln und gackerte vorwurfsvoll. Kath scherte sich nicht darum. Am liebsten hätte sie auf alle Hühner eingehauen, auf die Schweine und die Katze, die auf Samtpfoten lautlos durch den Stall schlich. Auch wenn etwas in ihr flüsterte, dass die armen Viecher doch nichts dafür konnten. Sie wollte nicht auf diese Stimme hören. Dieser Mensch tut nichts. Tut nichts. Tut nichts. Aber kommt zur Beerdigung. Als warteten die Mörder dort freiwillig auf ihn.

Als sich die Nachricht vom Überfall auf die Lochsmühle verbreitete, hatte sie es mit der Angst zu tun bekommen. Auch der Kergeshof lag abseits, noch viel einsamer als die Mühlen in den Tälern, leichte Beute für Diebe und Halsabschneider. Die nächsten Nachbarn eine gute Viertelstunde entfernt, sie würden nichts hören und nichts sehen, wenn Bösewichte hier auftauchten. Was würden solche Räuber mit ihr machen? Sie schlagen? Mit dem Messer bedrohen? Sie schänden? Könnten der Vater und die Brüder oder Jab sie beschützen?

Als sie klein war, hatte sie Joseph gefragt, ob es denn Diebe gäbe. Der Dunn hätte es behauptet. »Die kommen in der Nacht die Treppe hoch«, habe der Dunn gesagt. »Die nehmen die Teller und die Löffel mit und Vaters Geld und Mutters Wäsche. Und wenn du dich wehrst, schlagen sie dir einen Knüppel über den Kopf«, und er hatte ihr eine Kopfnuss verpasst. Sie hatte zu weinen angefangen und ihre Puppe an sich gepresst, die Puppe, die Joseph ihr aus Holunderästen gebastelt und für die Mechthild ein Kleidchen geschneidert hatte.

»Und deine Puppe stehlen sie auch.« Der Dunn hatte hämisch gelacht.

Sie hatte sich zu Joseph geflüchtet, der sie auf seinen Schoß gezogen und den Arm um sie und die Puppe gelegt hatte.

»Es gibt keine Diebe«, hatte er gesagt. »Keine Diebe, die dir die Puppe wegnehmen.«

Und sie hatte ihm geglaubt. Bis sie wusste, dass Anton natürlich doch recht gehabt hatte. Und jetzt gab es Joseph nicht mehr, der sie beschützen könnte.

Sie leerte alle Nester und stellte den Eierkorb auf einen Holzklotz neben der Stalltür. Dann begann sie das Stroh auszumisten. Die Arbeit tat gut, half ihr, den Kopf wieder klar zu bekommen. Denn ein Gutes hatte die Sache immerhin, auch wenn es schlimm war, so etwas überhaupt zu denken: Die Räuber von der Lochsmühle mussten dieselben sein, die auch Joseph erschlagen hatten. Anders konnte es gar nicht sein. Wer sonst würde so etwas Fürchterliches machen? So sehr es ihr leidtat um die Leute von der Schromber Mühle, so erleichtert war sie auch, dass damit weder der Dunn noch Caspar am Tod von Joseph schuld waren.

Der Verdacht, der ihr in der Nacht des großen Gewitters gekommen war, hatte wie ein Nachtmahr auf ihr gelastet. Heilige Mutter Maria, hatte sie Stunde um Stunde gebetet, bitte mach, dass nicht mein Bruder dahintersteckt. Und nicht sein Freund. Warum dauerte es nur so lange, bis die Feldschützen diese Verbrecherbande verhafteten?

Er hatte schöne Hände gehabt, dieser junge Friedensrichter. Wie hieß er gleich noch mal? Lange schmale Finger hatte er, weiß die Haut und die Nägel sauber geschnitten, nicht so abgearbeitete Pranken, wie ihr Vater welche hatte. Sie hörte zu schaufeln auf und prüfte ihre eigenen Fingernägel, unter denen sich dicke schwarze Ränder zeigten.

Nachdem Kath mit der Arbeit fertig war, stellte sie die Mistgabel an ihren Platz und hängte die Schürze über den Nagel in der Stalltür. Sie nahm den Korb mit den Eiern, um ihn ins Haus zu bringen, besann sich aber und ging zum Brunnen, um die Hände zu schrubben. Wieder und wieder rubbelte sie die Fingerspitzen an der Bürste und versuchte, mit einem Holzstäbchen den Dreck unter den Nägeln hervorzupulen. Sie war nicht zufrieden mit dem Ergebnis, doch besser bekam sie es nicht hin. Rot und rau war die Haut und um die Kuppen herum zerschunden.

Joseph waren ihre Hände egal gewesen, wenn er auf der Kirmes mit ihr getanzt hatte, zumindest hatte er nie etwas gesagt. Aber der Friedensrichter würde solche Finger bestimmt nicht anfassen wollen. Spitzlay! Genau, Spitzlay hatte er geheißen.

Sie nahm die Eier und brachte sie in die Küche. Im Haus war es still. Quälend still.

Sie hatte es immer geliebt, wenn et Ann früher, als sie noch nicht nach Sürsch geheiratet hatte, in der Küche saß, Bohnen schnibbelte oder Wäsche bügelte und dabei sang und die Mutter und Mechthild, egal, wo im Haus sie sich gerade befanden oder was sie taten, mit eingefallen waren. Mechthild mehr summend und fiepend und meistens falsch. Aber schön war es doch. Oder der Dunn und Johann, als sie Buben waren, unter großem Geschrei Kreisel spielten. Zwar wollte Anton sie nie mitspielen lassen, aber sie hatte sich durchzusetzen gewusst. Mit Kratzen und Beißen. Und wenn alles nichts half, war sie ihm auf den Rücken gesprungen und hatte ihn an den Haaren gezogen, bis Johann gutmütig »Lass sie doch!« sagte.

Dann hatte sie triumphierend die dicke Holzscheibe gepackt, den dünnen herausstehenden Stab zwischen Daumen, Zeige- und Mittelfinger gepackt, das Spielzeug auf den Dielenboden aufgesetzt, dem Dunn ein letztes Mal die Zunge rausgestreckt und mit einem kräftigen Dreher den Klotz in Bewegung gesetzt. Eins, zwei, drei, vier … wessen Kreisel sich bis zehn drehte, war König. Nur dass der Dunn bei ihr immer ganz langsam zählte, und der Kreisel schon bei der Zahl vier oder fünf ins Trudeln kam, kippte und liegen blieb. Und erneut hatte sie sich, grimmig vor Zorn, auf ihn geworfen und ihn verkloppt.

Jetzt war es tot im Haus. Die beiden mittleren Brüder mussten mit Jab und Mechthild bei der Getreideernte sein, Hennes war zum Onkel auf den Betzemer Hof gegangen, um ihm beim Bau des neuen Schuppens zu helfen. Sie lauschte, nichts. Grabesstille.

Bis plötzlich doch ein Geräusch kam, die Stimme der Mutter aus der Wohnstube nebenan, verhalten im Ton, aber erregt.

Jemand, wohl der Vater, obwohl er so leise redete, dass Kath ihn am Anfang kaum erkannte, musste sie unterbrochen haben, denn die Mutter schwieg unvermutet, ihr letztes Wort schien noch in der Luft zu schweben. Kath schlich sich an die Tür.

»Warum gibst du es nicht zu?«, fing die Mutter wieder an.

»Was soll ich zugeben, dass du mich endlich damit in Frieden lässt?« Der Vater klang gereizt, so kannte Kath ihn. Aber auch erschöpft. Das war neu.

»Du wolltest nie, dass einer der Söhne deines Bruders den Hof bekommt.«

»Das hast du immer falsch verstanden, Maria. Außerdem hat Hennes schon früh gesagt, dass er darauf verzichtet.«

»Weil du ihn vergrault hast. Wie du auch Joseph versucht hast, zu vergraulen.«

»Das hab ich nicht. Wir hätten uns irgendwie geeinigt.«

»Irgendwie geeinigt …« Die Mutter lachte bitter. »Anton und Joseph wären sich nie im Leben einig geworden, das weißt du so gut wie ich.«

»Weil du immer Joseph bevorzugt hast.« Jetzt war Vaters Stimme hart geworden. »Der Dunn hat die gleiche Mutterliebe verdient wie dein Augenstern. Und nicht nur der, auch meine beiden anderen Kinder, Johann un et Kathrinche. Es sind schließlich auch deine.«

Den letzten Satz hatte der Vater wieder so leise hinzugefügt, dass Kath ihn mehr ahnte, als wirklich hörte.

»Wage nicht, mir Vorwürfe zu machen!«, fuhr die Mutter auf. »Ich liebe deine Kinder mehr als du die Kinder deines Bruders. Sie sind und waren dir immer nur unnütze Esser.«

Kath vor der Tür hörte ihr Herz so laut klopfen, dass sie dachte, es müsste bis zu ihren Eltern schallen.

»Und weißt du, was ich glaube«, die Mutter senkte die Stimme, »… du hast Joseph aus dem Schlafzimmer geschmissen, als er noch klein war. Weil du eifersüchtig warst. Eifersüchtig auf Heinrich, obwohl der längst unter der Erde lag. Und du hast auch Joseph auf dem Gewissen, weil du ihn loshaben wolltest. Du wusstest genau, dass du es mit ihm nicht so leicht haben würdest wie mit dem Hennes und em Ann. Warum ist denn der

Jab in jener Nacht so spät nach Haus gekommen von Lehmen? Ich sag dir, warum. Weil du ihn dir gekauft hast.«

Die Mutter verstummte. Kath war eiskalt geworden. Lieber Gott, mach, dass das nicht wahr ist! Und dann hörte sie noch einmal die Stimme des Vaters, leise.

»Maria, du redest dir was ein. Du weißt, dass das nicht stimmt, was du da sagst. Aber du willst es glauben, weil es für dich nie jemand anderen gegeben hat als Heinrich. Am Anfang hab ich noch gedacht, das wird sich ändern, dass du mich ja vielleicht auch irgendwann ein bisschen lieb haben kannst. Aber die Wahrheit ist, ich habe dir nie etwas bedeutet. Und die Kinder, wahrscheinlich ist dir immer nur an Heinrichs Kindern gelegen.«

Kath an ihrem Horchplatz bewegte die Lippen, aber es kam kein Ton heraus. Auch die Mutter drinnen war verstummt, hatte keine Antwort gegeben.

Warum widerspricht sie nicht? Versichert dem Vater, dass sie alle ihre Kinder, jedes einzelne, Ann, Hennes, den toten Philipp, den armen Joseph, de Dunn, Johann und sie, Katharina, liebt, mit jeder Faser ihres Herzens?

Aber nichts kam. Kein Ton. Kein Aufseufzen. Kein »Ach, Jakob«. Die Mutter blieb stumm wie ein Grab.

Kath schlich sich auf Zehenspitzen aus dem Flur, hinaus in den Hof, um die Ecke herum zum Hinterausgang, wo sie durchgingen, wenn sie zu Onkel und Tante Lellmann auf den Betzemer Hof wollten. Als die Katze ihr über den Weg lief, packte sie sie im Nacken, das Tierchen miaute, ließ sich aber auf den Arm und mitnehmen hinter die Rotbuchenhecke, wo Kath sich auf den Boden gleiten ließ.

Anton und Joseph wären sich nie im Leben einig geworden.

Kath streichelte die Schwarze mit der weißen Pfote vorsichtig am Bauch. Die Katze streckte alle viere von sich und schnurrte behaglich.

Die Kinder deines Bruders waren dir nur unnütze Esser.

Die Katze drehte sich, wollte sich aus Kaths Umklammerung befreien. Sie hielt sie fest. Klemmte sie ein zwischen Arme, Bauch und Oberschenkel.

Du wolltest Joseph loshaben.

Für dich hat es immer nur Heinrich gegeben.

Kath packte die Katze am Hals, suchte mit den Fingern die Kehle.

Du redest dir was ein.

Du hast dir Jab gekauft.

Kath drückte zu. Die Katze maunzte. Zappelte. Kath drückte fester. Schloss die Augen. Drückte. Und ließ mit einem Mal das Tier fahren, laut fauchend hatte es seine Krallen tief in ihren Oberarm gehauen. Als wachte sie aus einer Ohnmacht auf, schaute Kath dem schwarzen Teufel hinterher. Wie ein Blitz sauste er über die Wiese und verkroch sich zwischen dem Winterholz. Blut tropfte auf Kaths Schürze. Mit Blättern versuchte sie, es abzuwischen.

In der Küche roch es nach Lauch und Pastinaken. Über den Herd gebeugt, rührte die Mutter im großen Suppentopf.

»Bist du zurück?«, fragte sie, ohne aufzusehen.

»Ich bin zurück.« Kath blieb in der Mitte des Raums stehen. Beobachtete die Mutter, sah, wie ihre Hand angespannt den Kochlöffel umklammert hielt und unablässig rührte, als gelte es, die Welt zu drehen. Sonst verriet nichts ihre Erregung.

Für dich hat es immer nur Heinrich gegeben.

»Habt Ihr die Kinder von Onkel Heinrich lieber als Anton, Johann und mich?«

Plötzlich war der Satz gesagt. Sie wollte davonrennen, aber sie konnte nicht. Sie verharrte wie festgenagelt am Boden.

Langsam richtete die Mutter sich auf, drehte sich um, starrte sie an. Kath wich keinen Zoll. Da tat die Mutter einen Schritt nach vorn und hob die Hand, die Ohrfeige klatschte ihr ins Gesicht, so fest, dass sie das Gleichgewicht verlor und gegen die Tischkante flog.

»Wasch dich, zieh dich um und deck den Tisch!«

***

»Findest du nicht, dass du genug hast?«

»Was geht's dich an, ob ich genug hab.«

Kornbrenner hob gleichgültig die Schultern und drehte sich um.

»Du bringst mir noch ein Maß, sonst hol ich's mir«, schrie ihm Caspar hinterher. Er verkreuzte die Arme vor sich auf dem Wirtshaustisch und legte den Kopf darauf. Der lange Fußmarsch, das Bier. Er war hundemüde.

Sie hatte sich geweigert! Hatte ihm nichts gesagt, kein Wort. Ein stures Weib! Dabei hatte er es ihr angesehen, dass sie etwas wusste, sie hatte Angst vor ihm gehabt. Er lachte auf. Angst.

Es gab einen einzigen Menschen, von dem er wollte, dass er jemals Angst vor ihm gehabt hätte. Sein Vater. Aber genau umgekehrt war es gewesen. Er hatte Angst vor ihm gehabt. Immer. Bis auf dieses eine Mal. Als der Vater der Mutter den Topf mit dem kochenden Wasser ins Gesicht geschleudert und dann die Peitsche gepackt hatte. Die Peitsche, mit der er die Ochsen auf dem Feld antrieb.

Da hatte Caspar die Angst nicht mehr gefühlt, denn größer als die Angst war die Wut gewesen, und größer als die Wut die Verzweiflung, und sein Kopf war schwarze Leere und blinder Zorn, und da stand der Schürhaken in der Ecke, mit dem er ausholte und traf, einen Schrei hörte, ein tierisches Gebrüll, und er schlug weiter, immer weiter – bis ihm jemand in den Arm fiel, die Mutter, ihn an sich zog an ihre völlig durchnässte Schürze, ihn umschlang, umklammerte, bis er kaum noch Luft bekam. Ihre Hand auf seinem Kopf, warm und weich, er ließ sich fallen, fiel in ein Loch, versank darin wie in dem Schlammloch hinterm Haus, wenn es zu lange geregnet und er nicht aufgepasst hatte.

Irgendwann, vielleicht nach einem Tag, vielleicht auch nur nach drei Atmern, kam er wieder zu sich, tauchte auf aus zähem Sumpf, schälte sich aus der Umarmung, steif, schwerfällig, die Beine trugen ihn kaum, aber er verließ die Küche, das Haus, ging zur Straße und lief, ohne zurückzuschauen. Lief und lief und hielt erst an, als es dunkel war, am Brunnen neben der Bleiche in Meensder. Er hatte Hunger und Durst. Den Durst konnte er löschen, der Hunger blieb. Er legte sich in eine Nische der Stadtmauer und schlief ein.

Der alte Grenitscher fand ihn am nächsten Morgen und nahm

ihn mit. Der alte Grenitscher, sagten die Leute in den Dörfern auf dem Mayfeld, sei wirr im Kopf, ein Närrischer. Caspar hatte es auch gehört, aber es war ihm egal. Der alte Grenitscher fragte nichts, der alte Grenitscher gab ihm Brot und Bier und einen Strohsack, und drei Wochen später sah Caspar zu, wie der struppige Mann mit seinem dreckigen weißen Bart, der ihm bis zum Gürtel reichte, erst zu röcheln anfing, dann mit seinen Händen fahrig in der Luft herumzappelte, als suche er nach etwas zum Festhalten, sich kurz aufbäumte, heftig stöhnte und mit einem Mal zu atmen aufhörte. Als ob jemand mit dem Messer den Lebensfaden durchgeschnitten hätte. Neun war er damals gewesen und hatte nicht gewusst, ob der Vater daheim in Lasserg tot oder lebendig war, und wollte es nicht wissen, war der doch selbst schuld, nach dem, was er der Mutter angetan hatte.

Caspar nahm den Bierkrug und trank. Tropfen liefen ihm aus dem Mund und auf den Tisch. Nur am Nebentisch saßen noch späte Gäste. Er kannte sie nicht.

Seit er aus dem Krieg zurück war, hatte er Geld, er hatte sogar ein Feld, er wollte ein Haus bauen. Bald könnte er die Mutter holen.

Wieder hob er das Maß und leerte es bis auf den letzten Tropfen.

»Noch einen«, herrschte er Kornbrenners Magd an, die begonnen hatte, die Tische abzuwischen.

Irgendwann hatte er erfahren, dass der Vater noch lebte. Sollte er doch. Er scherte sich nicht darum.

Das Mädchen brachte ein neues Bier, der Schaum lief über den Rand des Krugs auf die Tischplatte und bildete dort eine dunkle Lache. Caspar stierte angestrengt darauf, hob das Bier dann an die Lippen und wischte, während er trank, mit dem Ärmel seines Kittels den braunen Fleck trocken.

Ganz allein hatte sie im Wingert gesessen, und sie hatte Angst gehabt, er hatte es ihr angesehen. Er hatte sich noch gewundert, dass sie ihn nicht hatte kommen hören, er hatte gar nichts getan, um besonders leise zu sein. Aber als er sie am Arm packte, war sie erschrocken herumgefahren wie ein verwundetes Tier.

»Du weißt, wer ich bin.«

Sie hatte ihn lange angeschaut, dann hatte sie den Kopf geschüttelt. Er glaubte ihr nicht.

»Joseph? Kennst du ihn?«

Sie hatte nicht geantwortet.

»Joseph hat dir doch bestimmt von mir erzählt.«

Wieder hatte sie nichts gesagt, die Augen noch immer voller Angst. Aber da lag auch etwas Kaltes, Glitzerndes darin. Oder waren es Tränen?

Er rüttelte sie. »Was hat er dir gesagt?«

»Ich weiß nicht, wovon du redest.«

Wusste sie wirklich nichts?

»Wie heißt du?«

»Sophie.«

Er stieß sie von sich. Stapfte missmutig den Hang hoch zum Weg, in den die Räder der Winzerkarren tiefe Rillen eingegraben hatten. Er drehte sich nicht mehr nach ihr um.

Warum musste Joseph ausgerechnet dieses Mädchen kennenlernen? Sophie. Was hatte er an ihr gefunden? An diesem verhuschten Ding. Viel zu dünn. Das Gesicht zu schmal. Der Mund zu breit. Es hätte ihm ja egal sein können, in wen Joseph sich verguckte. Aber ausgerechnet sie!

Caspar stützte den Kopf in beide Hände, rutschte mit einem Ellbogen ab, merkte nicht, wie er gegen den Bierkrug stieß, der krachend zu Boden fiel.

Irgendjemand – vielleicht Kornbrenner? – beförderte ihn vor das Hoftor. Er rappelte sich hoch, schaffte es noch bis zur Eiche hinterm letzten Lehmener Haus, wo die Straße in den Wald eintauchte und zum Mayfeld anstieg, versuchte noch, auf allen vieren weiterzukrabbeln, und blieb dann in der Böschung liegen.

ACHT

Montag, den 22ten August 1814

Die Sonne weckte Spitzlay am nächsten Morgen. Der helle Strahl hüpfte und tanzte vor seinen geschlossenen Lidern. Bettine, dachte er und war mit einem Schlag hellwach.

Der Vorhang war nicht ganz geschlossen, durch den Spalt blitzte das wässrige Blau des Himmels.

Spitzlay stellte sich vor, dass sich die Tür öffnete und Martinis Tochter mit einer Tasse heißen Kaffees hereinkäme. Um ihre Augen die vielen lustigen Fältchen, die sich bildeten, wenn sie lachte. Vorsichtig bewegte er den linken großen Zeh, dann alle Zehen gleichzeitig und danach, sehr behutsam, den ganzen malträtierten Fuß. Hob und senkte ihn, so weit es ging, er verspürte kaum noch Schmerzen.

Martini hatte es sich nicht nehmen lassen, ihn gestern Abend persönlich nach Hause zu begleiten. Auf den Arm des Arztes gestützt, war er die Straße entlanggehumpelt. Viermal länger als sonst hatten sie für die kurze Strecke gebraucht. Witwe Froehlich war kreidebleich geworden, als sie, von den Stimmen an der Haustür aufgeschreckt, ihnen im Flur entgegenkam. Aber Martini hatte der betagten Dame mit einem verschwörerischen Blick einen Tiegel Salbe in die Hand gedrückt, ihr Anweisungen gegeben, wie sie den lädierten Knöchel ihres Untermieters doch bitte zur Nacht behandeln sollte.

»Und morgen lassen Sie sich von Ihrer freundlichen Krankenpflegerin noch einmal verwöhnen«, hatte er seinem Patienten befohlen.

Die freundliche Krankenpflegerin hatte freudig genickt, ihrem Untermieter einen triumphierenden Blick zugeworfen und dann in ihrer alten Aussteuertruhe nach sauberen Leintüchern gesucht, die sie in schmale Streifen riss. Ungeduldig hatte sie darauf gewartet, dass Martini sich verabschiedete, damit sie dem bemitleidenswerten Jungmann den verletzten Fuß versorgen könne.

Das Tageslicht lockte. Spitzlay setzte sich auf, streifte den

Verband vom Fuß und betrachtete das Gelenk. Martinis Paste hatte Wunder gewirkt. Zwar schillerte die verletzte Stelle noch immer in allen Regenbogenfarben, doch die Schwellung war merklich zurückgegangen. Er wollte aufstehen und zum Tisch gehen, aber der Arzt hatte wohl gewusst, warum er ihm noch einen Tag länger Bettruhe verordnet hatte. Schon beim ersten Schritt spürte Spitzlay einen heftigen Schmerz. Er würde sich mit Geduld wappnen müssen.

Es klopfte an der Tür. Auf sein »Herein« hin streckte zwar nicht Bettine den Kopf durch die Tür, aber doch immerhin eine gute Fee mit duftendem Kaffee und Weißbrot, nur dass die Fee nicht gerade eben freundlich blickte, als sie ihn neben dem Bett stehen sah.

»Wollen Sie wohl liegen bleiben!«, schnarrte Frau Froehlich und setzte das Tablett mit Schwung auf dem Tisch ab. »Sie wissen doch, was der Herr Doktor gesagt hat. Dass die Jugend aber auch immer mit dem Kopf durch die Wand will.«

Gebieterisch drückte sie ihn zurück auf die Bettkante, nahm sich seinen kranken Fuß vor, cremte ihn erneut ein, umwickelte ihn straff mit den Leinenbändern und schob zuletzt einen Beistelltisch heran, um ihm, jetzt wieder mit einem gütigen Lächeln im faltigen Gesicht, sein Frühstück zu servieren.

»Ich schick den kleinen Jodok von nebenan zur Dekanei. Damit Kretzer weiß, dass Sie heute nicht kommen.«

Spitzlay blieb nichts anderes übrig, als sich zu fügen. Ganz unglücklich war er nicht darüber. Die letzten Tage waren aufregend genug gewesen. Er würde die Zeit nutzen, um über seinen verzwickten Fall nachzudenken.

Die Standuhr im Flur schlug halb neun. Zufrieden tunkte er einen Brocken Weißbrot in den Kaffee und schob ihn sich in den Mund. Dann holte er die Papiere, die noch in dem Reisegepäck steckten, das er in Winningen dabeigehabt hatte, und begann, das Gespräch mit Poschner aus dem Gedächtnis aufzuzeichnen. Glatt wie Seife war der Mann gewesen, er hatte ihn nicht zu fassen gekriegt. Täter oder nicht Täter?

Seine Gedanken schweiften ab. Einmal schrieb er »Bettine« in die Ecke eines Papierschnitzels und betrachtete lange den Namen, während ihm gleichzeitig Mademoiselle im Spitzenkragen erschien, ihr geheimnisvolles Gesicht, das sich ihm zugewendet hatte, als die Kutsche aus dem Kornbrenner'schen Gasthof hinausrollte.

Ob sie in Coblenz wohnte?

Doch schon drängte sich Martinis Tochter wieder ins Bild, munter, witznäsig. Er versuchte, sich ihr Köpfchen von einem Spitzenkragen umrahmt vorzustellen, ihr Antlitz still und rätselhaft wie das jener Unbekannten, aber es gelang ihm nicht. Martinis Tochter lachte laut und ausgelassen. Der Haarpfeil in den Zöpfen lugte schräg hinter den Ohren hervor, rutschte ständig in den Nacken so wie gestern, als sie ihn immer wieder an die Stelle zurückschieben musste, wo er anstandshalber hingehörte.

Spitzlay seufzte. Da hatte Joseph es besser gehabt. Er hatte wenigstens einmal mit einem Mädchen an der Mosel gesessen. Energisch strich er Bettines Namen auf dem Zettel durch, riss das Papier in winzige Fetzen und warf sie in den Papierkorb. Konzentrier dich, Friedensrichter, stellvertretender!

Joseph hatte also ein Mädchen geliebt. Wahrscheinlich.

Er glaubte nicht, dass es ihn in der Sache weiterbringen würde, wenn er wüsste, um wen es sich handelte. Schaden aber würde es auch nicht. Caspar sollte ihm Auskunft geben können, er war sein Freund gewesen. Sobald dieser vermaledeite Fuß nicht mehr schmerzte, musste er nach Sürsch, um mit ihm zu sprechen.

Als die Uhr zehn schlug, war er mit seinen Aufzeichnungen fertig, las sich das Geschriebene noch einmal durch und stellte fest, dass er nicht schlauer war als zuvor. Die Verdächtigen, der Winninger Poschner, Jakob Brachtendorf und Söhne und das Heer der Räuber, schienen hohnlachend an ihm vorüberzudefilieren. Jeden Einzelnen musterte er, prüfte, verwarf, zweifelte.

Eine Stunde später hatte er seine Notizen so oft gelesen, dass er sie hätte auswendig herunterleiern können, wenn er danach gefragt worden wäre. Alle seine Mutmaßungen und Theorien gingen ins Leere. Die Sache ging nicht voran, er hing in der Luft, und von Kaysersfeld saß vergnügt in Bad Ems und genoss bestimmt gerade ein Glas Heilquelle.

Nun gut, ob der Geschmack des Emser Wassers ein Genuss war, blieb dahingestellt, aber bestimmt weidete sich der altgediente Friedensrichter am Anblick der eleganten Damenwelt und badete in der lauen Luft an der Uferpromenade der Lahn. Er dürfte sich am mittäglichen Braten ergötzen und an der nachmittäglichen Kuchentheke, an den abendlichen Debatten der Herren im Rauchersalon des Kurhauses, und nicht zuletzt dürfte er sich diebisch darüber freuen, seinem Suppléant die ganze Arbeit überlassen zu haben.

Dabei fiel Spitzlay ein, dass er für heute Brachtendorf und Söhne einbestellt hatte und Kretzer, nachdem er Jodoks Nachricht erhalten hatte, bestimmt nach Hause gegangen war. Er würde also später doch aufs Amt müssen, ganz gleich, wie sehr der Fuß ihn schmerzte.

Spitzlay legte sich noch einmal aufs Bett, angespannt. Was könnte er jetzt nicht alles tun, wenn ihm nicht dieser Unfall passiert wäre!

Er musste wohl noch einmal eingeschlummert sein, denn als es im Flur zwölf schlug und kurz darauf auch die Glocken des Münsters ertönten, fuhr er aus einem wirren Traum hoch. Schmerzhaft laut hämmerte ihm das Kirchengeläut ins Ohr.

Aber dann vernahm er noch etwas, ein drängendes Klopfen an der Haustür, das nicht enden wollte. Er lauschte, ob seine Wirtin nicht aufmachte, aber im Haus rührte sich nichts, Witwe Froehlich schien fortgegangen zu sein. Vielleicht machte sie Einkäufe. Jetzt brüllte jemand laut seinen Namen, die Stimme kannte er nicht.

»Ich komme, bin schon da«, rief er, ohne zu wissen, ob die Person drunten auf der Straße ihn überhaupt hören konnte.

Beim Auftreten tat ihm der Fuß weh, doch mannhaft ignorierte er den Schmerz, holperte, so schnell es ging, die Treppe hinunter ins Erdgeschoss, rutschte einmal mit der Ferse ab, konnte sich aber noch am Geländer festhalten. Das hätte ihm jetzt noch zu seinem Glück gefehlt, dass er hingeschlagen, womöglich aufs Steißbein gefallen oder, schlimmer noch, mit dem Hinterkopf auf die Kanten der Stufen geknallt wäre.

»Sie hätten tot sein können!«

Bettines erschütterter Aufschrei gestern am Mittagstisch fiel ihm wieder ein. Er hatte sich ob ihrer Anteilnahme geschmeichelt gefühlt. Aber vielleicht sollte er doch besser etwas vorsichtiger sein.

Spitzlay riss die Tür auf.

Ein Feldschütze salutierte. »Wir haben Reding und seine Bande aufgespürt.«

***

»Du putzt die Fenster, schrubbst die Böden, reinigst den Abtritt! Dann Krombiere schelle, Äppelkomboot koche un de Männer et Meadachäasse fier et Fäald richte!«

Die Mutter fand immer neue Aufgaben, die Kath erledigen sollte.

»Aber …«, versuchte das Mädchen einzuwerfen, doch die Mutter stellte sich taub.

»Bette afzehje, de Backes anmache, de Keh mäalke!«

Kath warf Mechthild einen hilfesuchenden Blick zu, die Alte kniff kurz das linke Auge zu, ein fast unmerkliches Drehen mit dem Kopf, eine beschwichtigende Handbewegung: Ich helf dir. Dann packte die Mutter Kitzel und Korb und eilte zur Tür hinaus.

»Was hast du angestellt?«, versuchte Mechthild, sie zu necken, aber Kath schüttelte den Kopf.

Ihr war nicht zum Lachen zumute. Sie band sich die Schürze um und machte sich schweigsam an die Arbeit. Riss die Leintücher von den Matratzen, die Bezüge von Kissen und Federdecken, stopfte alles in die beiden großen Zuber, schüttete Wasser und Seife darüber, drückte und knetete die Wäsche unter die Lauge, ihren Zorn mit dazu, bis der Kopf zu denken aufhörte.

Als sie Mechthild mit dem Putzeimer zur Latrine gehen sah, atmete sie erleichtert auf. Für ein paar Minuten setzte sie sich auf die Stufen zum Wohnhaus und blinzelte in den Himmel. Doch die Gedanken ließen sich nicht vertreiben, hingen an ihr wie Kletten am Rocksaum.

Was, wenn die Mutter recht hätte? Wenn Jab tatsächlich …?

Müsste sie Spitzlay nicht von ihrem Verdacht erzählen? Immerhin ging es um ihren toten Bruder.

Aber es ging auch um die anderen, um Anton vor allem und um den Vater. Durfte man seine Familie verraten? Sie anschwärzen?

Kath sprang auf. Hör auf zu denken! Alle Fenster dieses Hauses würde sie putzen und die des Gesindehauses noch dazu. Nur nicht denken müssen! Aber nach den Küchen- und Stubenfenstern ließ sie den Lappen ins Wasser fallen und suchte Mechthild.

»Ich geh nach Sürsch zur Ann. Vielleicht bleib ich über Nacht. Soll sie mich doch schlagen.«

Die Alte strich ihr übers Haar. »Mach dir keine Sorgen, deine Mutter beruhigt sich wieder. Ich kenn sie länger als du.«

Nur raus aus dem Haus, fort vom Hof. Hoffentlich würde die Mutter nicht gerade jetzt aus dem Garten zurückkommen und sie sehen. Bis hoch zur Straße rannte sie fast. Wenn sie genügend weit weg wäre, könnte sie so tun, als höre sie die Mutter dann nicht mehr rufen. Falls sie rufen würde.

Kath lauschte zurück, drehte sich aber nicht um. Alles blieb still hinter ihr. Auch ringsherum war keine Menschenseele. Sie eilte am ersten Wegekreuz vorbei, am zweiten. Jetzt, wo sie weit genug weg war vom Hof, nahm sie sich Zeit, sich davor zu bekreuzigen, dann schlug sie den Weg nach Sürsch ein.

Ann begrüßte sie überrascht, aber auch sichtlich froh. »Du kommst gerade recht.«

Wenigstens eine, die sie nicht verwünschte, dachte Kath. Plötzlich schossen ihr Tränen in die Augen.

»Was ist los? Schickt dich Mutter?« Ann klang besorgt.

Sie sah schlecht aus, viel zu dünn für eine stillende Mutter, und auch Josephs Tod dürfte nicht spurlos an ihr vorübergegangen sein. Kath wischte sich mit dem Ärmel übers Gesicht.

»Nein, aber ich muss mit dir reden. Bist du allein?«

»Wenn du Kewes noch nicht als volle Person zählst, dann ja.«

Ann schob sie in die Küche. Während das Kaffeewasser auf dem Herd zu sieden begann, holte sie die frisch gewaschene Bettwäsche herbei.

»Hilf mir mal!«

Ohne es zu wollen, musste Kath kichern.

»Heute scheint Bettwäschetag zu sein.«

Dann packte sie das erste Laken bei seinen Zipfeln, wartete, dass die Schwester die vom anderen Ende in der Hand hatte, und gemeinsam begannen sie, jede auf ihrer Seite, das große Tuch in Form zu ziehen. Stück für Stück streckten, zippelten und schlugen sie die Linnen, bis sie schön rechteckig waren und sie sie zusammenfalten konnten.

»Und jetzt erzähl!«, sagte Ann, nachdem sie den Kaffee aufgebrüht und Zuckerbrot aus einer Blechdose geholt hatte.

Schon wieder kamen Kath die Tränen, sie wusste nicht, wie sie anfangen sollte.

»Wie geht es dir denn?«, wich sie aus.

»Besser, auch wenn man's nicht sieht.« Die Schwester warf einen raschen Blick in den Spiegel neben der Tür und rieb ihre Lippen mit dem Zeigefinger, den sie mit der Zunge befeuchtet hatte. »Ich bild mir ein, dass sie dann röter sind.«

Sie schenkte Kaffee ein und setzte sich zu Kath auf die Bank.

»Aber mit dir ist was nicht in Ordnung. Komm, sag schon.«

Da sprudelte es aus Kath heraus …

Als sie fertig war, fühlte sie sich zum ersten Mal seit Tagen wieder zuversichtlich. Sie war nicht mehr allein mit der ganzen Last. Ohne dass sie es merkte, hatte sie drei Zuckerbrotschnitten hintereinander gegessen.

Ann nahm sie in den Arm und streichelte sie gedankenverloren.

»Mutter kann meinen Vater, ihren ersten Mann, nicht vergessen«, sagte sie nach einer Weile. »Ein einziges Mal hat sie mit mir über ihn gesprochen. Das war letztes Jahr, genau eine Woche nach meiner Hochzeit. Kommst du mit nach Löf zur Kirche?, hat sie mich gefragt. Ich will eine Kerze für deinen Vater aufstellen, es ist auf den Tag zwanzig Jahre her, dass er gestorben ist. Und ich bin mit ihr gegangen.«

Kath hatte zu kauen aufgehört.

»Aber es ist doch normal, dass man eine Kerze für einen Toten aufstellt.«

»Du hast recht, das ist normal, aber auf dem Nachhauseweg

sagte sie plötzlich, dass sie es sich bis heute nicht verzeiht, dass sie Onkel Jakob geheiratet hat. Ann, hat sie zu mir gesagt, ich habe euren Vater mit seinem eigenen Bruder betrogen.«

»Aber Onkel Heinrich war doch tot.«

»Das habe ich auch gesagt, aber sie ließ es nicht gelten. Ja, er war tot, meinte sie, aber ich hatte mir geschworen, nur ihn und nie einen anderen zu lieben, bis zu meinem Lebensende. Doch dann hat sie sich mit Onkel Jakob eingelassen. Ein einziges Mal nur sei sie schwach geworden. Ein einziges Mal. Ich sei ja jetzt eine verheiratete Frau, hat sie gesagt, da könne ich es ja vielleicht verstehen. Aber ich glaub, nachher hat sie es bereut, dass sie mit mir darüber geredet hat.«

Kewes war aufgewacht und begann leise knatschend, dann immer lauter und fordernder, sich bemerkbar zu machen. Ann nahm das Kind aus der Wiege, ging mit ihm ein paarmal auf und ab, schaukelte es ein wenig und summte dabei, aber Kewes hörte erst auf zu plärren, als Ann sich setzte und ihm die Brust gab.

»Und dann?«, fragte Kath.

»Wurde sie schwanger mit Anton.«

»Sie hasst meinen Vater.«

»Sie hasst nicht deinen Vater, sie ist böse auf sich. Sie ist sogar zweimal böse auf sich.«

»Das versteh ich nicht.«

»Weil sie glaubt, ihren Mann betrogen zu haben, und weil sie Onkel Jakob nicht so lieben kann, wie eine Frau einen Mann lieben soll.«

»Du meinst, sie glaubt, sie betrügt zwei Männer?«

»So ungefähr.«

»Ann?«

»Ja?«

»Magst du … meinen Vater?«

»Ja, ich mag deinen Vater, er war immer gut zu mir, auch wenn ich mir gewünscht hätte, dass mein Vater noch leben würde und mein Kind sehen könnte.«

Das verstand Kath.

»Aber, Ann, Joseph und de Dunn … also, glaubst du, dass der den Joseph … oder dass mein Vater und der Jab?«

Die Schwester beugte sich vor, vorsichtig, um Kewes nicht beim Trinken zu stören, und streichelte Kath über die widerspenstigen Locken, die heute nicht hochgesteckt waren.

»Glauben ist eine Sache, Kleines, wissen eine andere, und wissen tun wir nichts. Möglich ist vieles. Aber glauben, nein, glauben kann ich es nicht. Geschwister streiten sich, Geschwister schlagen sich. Joseph und de Dunn haben sich immer geprügelt. Vielleicht verstehst du jetzt auch, warum. Nur – soviel ich weiß, wollte Joseph den Hof gar nicht übernehmen …«

»Wollte er nicht?« Kath blickte erstaunt die Schwester an. »Aber Mutter meinte doch –«

»Ich weiß nur, dass er mir einmal, ich glaube, das war so einen Monat vor seinem Tod, gesagt hat, er würde bald weggehen vom Kergeshof.«

»Er war verliebt«, platzte Kath heraus.

Ann lachte leise.

»Das hat er mir auch gebeichtet. Ich weiß nur nicht, wer die Glückliche ist.« Sie schlug sich auf den Mund. »… war.«

»Magda?«

»Nein, nicht Magda.«

»Woher weißt du das?«

»Von Magda und ihm selbst. Das ist schon ein paar Wochen her. Da kam er mich besuchen, als Magda gerade hier war. Seine Ohren brannten. Du hättest ihn sehen sollen.«

Über Anns Gesicht flog ein Schatten, als sie daran dachte.

»Er war sehr, sehr glücklich, aber mehr haben wir nicht aus ihm herausbekommen.«

»Aber warum hat er so heimlich getan? Als dein Mann dir den Hof gemacht hat, haben wir es doch alle mitbekommen. Und auch als Jakob Daum um deine Schwägerin, ums Kätche, gefreit hat, wusste es jeder im Dorf. Ist doch auch nichts Schlimmes. Warum also Josephs Geheimniskrämerei?«

»Ich wollt, ich könnte es dir sagen.«

Kewes war eingeschlafen, Kath küsste sein Ohrläppchen.

Der Weg zurück nach Hause wurde ihr schwer. Manchmal blieb Kath stehen, lauschte dem Gesang der Feldlerchen, dem einsamen Ruf eines Bussards.

»Du und ich, wir sind doch richtige Schwestern?«, hatte sie ängstlich die Ältere gefragt, als sie sich verabschiedete.

»Wir werden immer richtige Schwestern sein, Kleines, du musst keine Angst haben.«

Ann hatte sie in den Arm genommen und an sich gedrückt, sodass ihr leicht ums Herz geworden war. Aber je näher sie jetzt dem Hof kam, desto mehr befielen sie wieder Zweifel, übermannten sie die alten Ängste.

Vor dem Haus saß die Mutter. Als hätte sie auf sie gewartet.

»Wie geht es Ann?«, fragte sie, als Kath an ihr vorbeigehen wollte.

»Sie hat Krebbelcher gebacken.«

»Für uns?«, fragte die Mutter.

Kath reichte der Mutter den dicken Packen mit den in mehrere Lagen Tuch eingeschlagenen Kartoffelpuffern.

»Isch hann de Krombiere iriewe.«

»Ja denn …«, sagte die Mutter. »Geh'n wir Kompott kochen.«

***

Erst als sie schon Polch hinter sich hatten, fiel Spitzlay wieder ein, dass er Jakob Brachtendorf und seine Söhne für den Nachmittag nach Münstermayfeld bestellt hatte.

Nun würde niemand dort sein. Sie würden vor verschlossener Tür stehen und ihn verfluchen. Zu Recht. Ein langer Weg umsonst, mitten in der Erntezeit. Er hätte daran denken müssen und den Nachbarjungen oder wen auch immer auf den Hof schicken sollen. Doch als der junge Schütze ihm Theis Engels' Nachricht überbrachte und zur Eile mahnte, hatte er nur noch an die Reding-Bande gedacht.

Man sollte immer an alles denken!

Er würde sich bei den Kergeshöfern entschuldigen müssen. Er würde es umso lieber tun, als er, während sie jetzt unterwegs waren, mehr und mehr zu der Überzeugung gelangte, dass er in kürzester Zeit zwei abscheuliche Verbrechen aufgeklärt haben würde.

Er las schon den Artikel im Amtsblatt: »In bewunderswerter Weise hat der junge stellvertretende Friedensrichter von Münstermayfeld, Nikolaus Anton Spitzlay, am Montag, dem 22. August, eine Bande von Ausbrechern festgesetzt und sie ihrer gerechten Strafe zugeführt. Die gefährlichen Subjekte haben sowohl den Überfall auf die Lochsmühle im Schrumpftal zu verantworten, bei dem der bedauernswerte Sohn der Müllerfamilie zu Tode gekommen ist, als auch den Totschlag an dem ehr- und tugendsamen Ackersmann vom Kergeshof.«

Stolz hob Spitzlay den Kopf und blickte über die weiten Felder rechts und links der Chaussee.

Nun ja, genau genommen gebührte Theis Engels und seinen Männern diese Ehre. Vorausgesetzt, alles ginge gut. Denn noch waren diese Gesellen nicht in Leibsverhaft genommen, wie er zunächst geglaubt hatte. Lediglich ihr Versteck hatten sie ausfindig gemacht, wie ihm der Feldschütze berichtete, kaum dass sie losgefahren waren, ein Wirtshaus in einem Wäldchen vor Trimbs, ungefähr dort, wo die Straße in einer kühnen Kurve zur Nette hinunterführte.

Aber, redete sich Spitzlay ein, Theis Engels wusste, was er tat. Warum sonst hätte er ihn kommen lassen?

Die Straße vor ihnen lag im freundlichen Sonnenlicht, Feld reihte sich an Feld, Roggen, Hafer, Rüben, Kartoffeln, dazwischen Wiesen und Brachflächen. Die Bauern hoben die Köpfe, wenn sie vorbeifuhren, Kinder winkten.

Spitzlay atmete tief ein und gestattete sich ein breites Lächeln. Theis Engels hin, Theis Engels her, die Schmerzen an seinem Fuß waren auszuhalten, und die Belobigung stand ihm zu, weil er der zuständige Richter war, wenn auch nur stellvertretender. Aber vielleicht erhielte er ja schon im nächsten Jahr seine Bestallung zum Friedensrichter nach Coblenz. Bei der feierlichen Einführung in sein neues Amt stünde die künftige Madame Spitzlay im schmalen beige-blauen Kleid mit zierlich gefälteltem Spitzenkragen neben ihm, er fühlte ihren bewundernden Blick …

… als der Wagen in ein Schlagloch krachte und die Pferde mit einem Ruck zum Stehen kamen.

»Merde alors!«, fluchte der Feldschütze, und, verdammt, dachte Spitzlay. Aus der schöne Traum.

Sofort fing auch der angeschlagene Knöchel wieder zu pochen an, er getraute sich nicht, vom Wagen zu springen, aus Angst, den Fuß zu belasten. Doch es blieb ihm keine Wahl. Er biss die Zähne zusammen, und gemeinsam mit seinem Begleiter bugsierte er das Gefährt aus dem verhängnisvollen Loch.

Unter Lezay-Marnésia hätte es das nicht gegeben. Unter Lezay-Marnésia wären sofort die Wartungstruppen aufmarschiert, um solch todbringende Gefahrenstellen zu beseitigen. Ah, oui, maintenance! C'est ça qu'il faut. Doch kaum war Napoleon besiegt, machte sich der alte Schlendrian wieder bemerkbar.

Verstohlen blinzelte Spitzlay hinüber zu dem Schützen, dem das französische Unwort so leicht über die Lippen gekommen war. Aber der Gesichtsausdruck des jungen Burschen verriet nicht, was er dachte. Ob er vor wenigen Monaten noch pro oder kontra Napoleon gewesen war. Ganz abgesehen davon, dass sich »merde« auch einfach eleganter anhörte als das deutsche Pendant.

Sie waren noch einmal mit dem Schrecken davongekommen.

»Es ist nicht mehr weit«, brummte der Schütze und rieb sich den Arm, den er sich bei dem Fast-Unglück am Geländer des Bocks angeschlagen hatte. »Auf geht's. Hotta!« Langsam fuhr er an, lauschte auf die Fahrgeräusche, schien nichts Ungewöhnliches zu bemerken und knallte mit der Peitsche. Die Pferde legten sich ins Zeug.

Wo die Felder endeten und der Wald anfing, zügelte der Fahrer die Tiere. Die Straße neigte sich ins Tal, schattiges Laub umfing sie, es herrschte unwirkliche Stille. Kein Vogel ließ sich vernehmen. Auch Spitzlay presste unwillkürlich die Lippen aufeinander. Nach wenigen Metres kreuzte ein tief von Pferdehufen und Karrenrädern ausgetretener Pfad den Hauptweg. Der Feldschütze hielt das Gespann an.

»Dort finden Sie Theis Engels.«

Flüsternd zeigte er auf eine Holzfällerhütte hinter hohen Weißdornbüschen. Dann wendete er den Wagen. »Die Burschen müssen ja nicht wissen, dass sie erwartet werden.«

»Gut, dass Sie kommen konnten«, begrüßte ihn Theis Engels, auch er sprach leise.

Spitzlay bemerkte drei weitere Männer, die sich in der Nähe postiert hatten. Das Gelände vor ihnen fiel leicht ab in eine dunkle Senke, die nach Westen zu in ein schmales Seitental einmündete.

Jetzt entdeckte Spitzlay zwischen Bäumen und Gebüsch auch das Wirtshaus, ein strohgedecktes Bruchsteingebäude. »Zur Wolfsscheer« verrieten die verblassten Buchstaben auf dem Holzbrett über dem Eingang. Zwei Stufen führten zur Tür hinauf, rechter Hand lag ein schmales Sprossenfenster, links zwei.

»Die Schankstube«, erklärte der Gendarm, der Spitzlays Blick gefolgt war. »Im Obergeschoss gibt es drei kleine Kammern, in der einen wohnt die Wirtsfamilie, ein gewisser Horn und seine Frau. Der Sohn soll nicht ganz richtig im Kopf sein. Ich weiß es nicht, hab ihn bisher nicht gesehen. Die Räume daneben sind für Gäste reserviert oder sagen wir besser für Gesindel und Diebesbeute. Dahinter, das können Sie von hier nicht sehen, liegen ein Pferdestall und die Räucherkammer, für eine einzige Familie eine ziemlich große Räucherkammer.« Theis Engels gluckste spöttisch. »Es ist bekannt, dass Horn eigentlich einem anderen Gewerbe nachgeht.«

Spitzlay zog fragend die Augenbrauen hoch.

»Neben der Hehlerei betreibt er leidenschaftlich Wilderei, aber er muss wohl sehr geschickt sein. Die Polcher Gendarmerie hat ihn noch nie auf frischer Tat erwischt.«

»Aber wir sind nicht deshalb hier?«

»Nein. Allerdings soll der gute Mann es in letzter Zeit etwas toll getrieben haben, und nun glaubt er wohl, seine Haut retten zu können, wenn er den Bezirksjägern noch schlimmere Spitzbuben, als er einer ist, ausliefert. ›Mit Mördern mach ich keine Geschäfte‹, soll er gesagt haben und hat den Gendarmen einen Wink gegeben. Aber wer weiß, vielleicht hat er auch mit Reding noch eine offene Rechnung zu begleichen.«

Vor dem Haus scharrten Hühner im Sand, ein Hund, den Kopf auf den Vorderpfoten, schlief im Schatten der Hundehütte. Spitzlay konnte sich nicht vorstellen, dass dieses friedliche, wenn auch ein wenig armselige Anwesen ein Räubernest sein sollte.

»Und sind sie schon da?«, wollte er wissen. In seinem Magen grummelte es verdächtig. Bitte nicht jetzt, dachte er.

Theis Engels schaute in die Wipfel der Bäume, durch die ein paar zarte Sonnenstrahlen fielen.

»Schätzungsweise seit einer Stunde«, meinte er dann.

»Aber wie wollen Sie …?«

»Sie sehen niemanden?« Der Gendarm freute sich. »Das Haus ist umstellt. Von allen Seiten. Meine Männer sind überall. Dort links in den Hütten der Arbeiter der Schiefergruben. Und sehen Sie dahinten die Eiche? Da sitzen Schützen in einem Erdloch … Psst!«

Engels duckte sich, kroch in die Hütte hinein und zog Spitzlay mit sich. Jetzt hörte auch der Friedensrichter, der stellvertretende, den Hufschlag eines Pferdes.

»Mäusepitter. Kaufmann und Hehler. Auf den haben wir noch gewartet«, hauchte ihm der Gendarm ins Ohr.

Spitzlay wagte keine weiteren Fragen mehr zu stellen. Sein Herz klopfte beklommen. Was, zum Henker, hatte ihn veranlasst, die Juristerei zu studieren? Warum war er nicht Lehrer oder Pfarrer geworden? Dass er einmal auf Verbrecherjagd gehen und dabei auf dem Boden einer Holzfällerhütte herumkriechen würde, hatte er sich nicht träumen lassen. Seine Kleidung dürfte im Eimer sein. Als der Gendarm seine Pistole zog, ergab sich Spitzlay seinem Schicksal.

Zwar hörte er das Käuzchen, aber es war der Gendarm, der ihn erschreckte. Beim Ruf des Vogels war dieser in einer Geschwindigkeit aufgesprungen, die ihm Spitzlay angesichts seines Leibesumfangs nicht zugetraut hatte. Er selbst brauchte ungleich länger, um hochzukommen.

»Bleiben Sie hinter mir!« Engels' Stimme klang freudig erregt, und Spitzlay hegte den Verdacht, dass der Mann schon lange nur auf ein solches Abenteuer gewartet hatte, das Abwechslung in seinen betulichen Alltag brächte. Er selbst könnte gut und gern darauf verzichten.

Da hörte er lautes Singen aus dem Wirtshaus nach draußen

dringen, eigentlich war es mehr ein unmelodiöses Jodeln, in das sich nun aufgebrachte Stimmen mischten, die dem unseligen Sänger Einhalt geboten.

»Halt dein Rand!«, rief jemand.

Ein Schuss fiel. Und als sei dies ein Signal, tauchten, fast unhörbar, die Schützen und Jäger aus ihren Verstecken auf und begannen das Gebäude einzukreisen, immer darauf bedacht, hinter Bäumen Deckung zu suchen.

Wahrscheinlich, überlegte Spitzlay, hatten sie am frühen Morgen ihre Vorgehensweise besprochen, sodass Theis Engels jetzt nur noch mit ein paar sparsamen Handbewegungen letzte Anweisungen geben musste.

Als ein zweiter Pistolenschuss krachte, sprang Engels an die Eingangstür, während alle Mann zum Haus huschten, sich unter den Fenstern verbargen, neben der Tür Stellung nahmen und, wie Spitzlay vermutete, bestimmt auch die Rückseite besetzten.

Die musikalische Vorstellung drinnen im Haus hörte nicht auf, im Gegenteil, sie steigerte sich zu einem wüsten Lallen, während die übrigen Männer in der Wirtschaft versuchten, den besoffenen Kumpanen zu überbrüllen. Aber je lauter Reding und seine Leute tobten, desto mehr schien sich der begnadete Künstler angespornt zu fühlen.

»Wenn der Wein … an der Mosel …«, hörte Spitzlay mit einem Mal deutlich aus dem Jaulen heraus.

Bei dem Wörtchen »Mosel« fasste der Gendarm nach der Klinke, bedeutete Spitzlay, hinter ihm zu bleiben, was dieser sich nicht zweimal sagen ließ, versetzte der Tür einen kräftigen Fußtritt und drang mit gezogener Pistole in den Gastraum ein.

Schlagartig stockte der Sänger, ein dürrer langhaariger Geselle, dessen Gesicht Spitzlay schon einmal irgendwo gesehen hatte, aber er vermochte sich in dem Durcheinander nicht zu erinnern, wo. Auch die wütende Männerbande war verstummt und glotzte verdutzt dem bewaffneten Theis Engels entgegen. Obwohl sich Spitzlay hinter dessen breitem Rücken verborgen hielt, fühlte er sich der Räuberschar hilflos ausgeliefert.

»Hände nach oben!«, brüllte der Dürre, die Köpfe der Reding-Bande schnellten zu ihm herum, und da wusste Spitzlay, wo er dem Menschen schon einmal begegnet war. In Münster auf der Polizeiwache, dort allerdings in Uniform und nicht in dieser dreckigen, verschlissenen Aufmachung eines betrunkenen Holzarbeiters.

Jetzt preschten auch die Schützen von draußen an ihm und Theis Engels vorbei und stürmten auf die Halsabschneider zu. Gut zwei Dutzend Gendarmen zählte Spitzlay, obwohl er angesichts der wütenden Rangeleien schon bald keinen Überblick mehr hatte. Alles ging schnell, nur einmal kam es zu einem Schusswechsel, bei dem zwar niemand verletzt wurde, aber die Mutter Gottes in der Wandnische getroffen wurde, ihren Halt verlor, kopfüber auf den Fußboden prallte und in tausend Stücke sprang. Spitzlay vermerkte erstaunt, wie sich einer der Schurken ängstlich bekreuzigte. Zwei weitere Kugeln drangen in Deckenbalken, blieben dort stecken, und dann war der Spuk auch schon vorbei.

»Überraschung gelungen, meine Herren«, verkündete Theis Engels vergnügt und rieb sich die Hände.

Vor ihm auf dem Fußboden lagen, an Händen und Füßen gefesselt, Reding und der schwarzhaarige Wallet mit seinen goldenen Ohrringen, daneben, mit sauertöpfischer Miene, ihre drei ehrenwerten Konsorten. Einem davon, einem kleinen drahtigen Mann mit abstehenden Ohren, tropfte Blut aus der Nase. Unschwer identifizierte Spitzlay ihn als denjenigen, der laut Aussage des Lochsmüllers dessen Sohn an das Treppengeländer gebunden hatte. Der Kerl fluchte lauthals, zerrte an seinen Fesseln und spuckte in Theis Engels' Richtung. Erst als einer der Jäger ihm mit dem Gewehrkolben eins überzog, muckste er nicht mehr auf.

An der gegenüberliegenden Wand der Wirtsstube kauerten, ebenfalls gefesselt, zwei weitere Männer auf dem Boden.

»Mäusepitter und Horn«, klärte Theis Engels den Friedensrichter auf.

Neben dem Wirt hockte, hin- und herwippend, ein Junge mit rundem Gesicht, dessen Alter schlecht zu schätzen war, aber der Schrecken stand ihm im Gesicht. Die schräg geschnittenen Augen des Jungen waren weit geöffnet, die Augäpfel schienen ihm aus den Höhlen zu quellen. Unablässig streichelte er dem Gefesselten über Gesicht und Arme oder legte seinen eigenen schweren Kopf gegen die Brust des Mannes, der besänftigend auf ihn einredete. Spitzlay konnte nicht hören, was er sagte, sah nur, wie sich dessen Lippen bewegten. Fragend wendete er sich nach Theis Engels um.

»Wahrscheinlich der Sohn. Ich habe noch nie jemanden mit so einer Krankheit gesehen.«

»Ich doch«, gab Spitzlay zurück.

Er erinnerte sich an einen Jungen zu Hause in Simmern, der drei oder vier Jahre jünger als er gewesen war, Sohn einer Tagelöhnerin, ein liebes, anhängliches Kind. Als der Bub mit fünf oder sechs starb, war die Mutter untröstlich gewesen und ein Jahr später freiwillig aus dem Leben geschieden. Begriffen hatte das damals niemand, die Frau hätte doch froh sein müssen, so einen Idioten loszuhaben, hatten die Leute geraunt.

Noch während Spitzlay überlegte, warum Theis Engels den Wolfsscheerer hatte fesseln lassen, wo dieser doch zur Verhaftung der Verbrecher entscheidend beigetragen hatte, hörte er den Gendarmen nach dessen Frau rufen. Verängstigt kam sie aus der Küche, blieb aber an der Stubentür stehen, suchte mit den Augen ihren Mann und den Sohn und nickte folgsam, als Engels sie darum bat, für den Friedensrichter die kleine Nebenstube zu öffnen, damit dieser seine Verhöre beginnen könne.

Stellvertretender Friedensrichter, widersprach Spitzlay bei sich, nur stellvertretender. Und wenn er so weitermachte und ein Gendarm ihm sagen musste, wie er weiter vorzugehen habe, dann würde er auch die nächsten zehn Jahre noch nur stellvertretender Richter bleiben. Er lief puterrot an, stotterte.

»Sie bleiben bei mir, Engels«, ordnete er schließlich an und zwang sich, seiner Stimme einen Befehlston zu verleihen. »Dazu ein zweiter Mann. Falls einer der Halunken glaubt, er müsse Sperenzchen machen.«

Theis Engels ließ sich nicht anmerken, was er dachte, ob er überhaupt Spitzlays Unsicherheit wahrgenommen hatte. Spitzlay gab sich einen Ruck.

»Außerdem einen Tisch, Stühle, Papier und Feder!«, kommandierte er, und während die Hornsch herumrannte, um das Gewünschte zusammenzusuchen, fing er sich wieder.

»Sie haben das hervorragend gemacht, Engels. Danke«, belobigte er den Gendarmen, der neben ihm in der kleinen Kammer Platz genommen hatte. Theis Engels faltete zufrieden seine Hände über dem runden Bauch.

»Ich hoffe, Sie nehmen mir meine Bemerkung nicht übel, Herr Friedensrichter. Aber ich muss feststellen, Sie haben während dieses Unternehmens einen bewundernswerten Mut bewiesen. Was macht Ihr Fuß?«

Der Fuß. Stimmt. Woher wusste Theis Engels …?

»Der Schütze, der Sie von zu Hause abgeholt hat.«

»Ich spür ihn gar nicht mehr.«

»Sehen Sie, Bewegung ist alles.«

Theis Engels wippte aufreizend gewagt mit dem Stuhl vor und zurück. Dann wurde der erste Gefangene gebracht, einer der Polcher Gendarmen blieb neben ihm stehen, ein anderer stellte sich am Türrahmen in Positur, und Engels hörte zu kippeln auf. Ganz leise begann Spitzlay mit den Fingern seiner linken Hand auf die Tischplatte zu trommeln und beäugte den Hereingeführten erwartungsvoll.

***

»Bläst sich ganz schön auf, dieser Academicus.«

Der junge Frenz knibbelte ein Stück Borke von der Linde ab, auf deren Stamm er saß, und pulte sich dann mit dem kleinen Finger im Ohr. Vor drei Monaten hatten sie den Baum fällen müssen, weil er umzustürzen drohte. Nun lag er in der Mitte des Dorfs, gegenüber der Kirche, dem Gottesacker und der Bank der Frauen, und tagsüber kletterten die Kinder mit Gebrüll und Geschrei auf ihm herum. Wenn aber am späten Nachmittag die Landarbeit geschafft war, reklamierten die Männer den Platz für sich.

»Wer bläst sich auf?«, wollte Brück wissen, der neben Frenz hockte.

»Er meint den neuen Friedensrichter in Münster. Den hat er

gefressen, weil er ihm Anfang des Jahres einen Franken abgeknöpft hat.« Anton Schnieder lachte hämisch und beugte sich etwas vor, um Frenz ins Gesicht sehen zu können. »Geschieht dir ganz recht, wenn du glaubst, Leute bescheißen zu müssen.«

»Was heißt hier bescheißen?« Frenz tat gelassen. »Konnt ich wissen, dass der Hahn beschlossen hat zu sterben, kaum dass ich ihn verkauft hab? Käuferpech.«

»Nur dass sich die Süsterhenn damit nicht zufriedengeben wollte. Recht hat sie gehabt, dich anzuzeigen. Aber ich hab's ja schon immer gesagt: De Appel fällt net weit vom Stamm.«

Der junge Frenz fuhr hoch. »Pass auf, was du sagst, Schnieder!«

»Willst du mir Angst einjagen? Dass ich nicht lache. Ich sag nur: Schindermähre. 1792. Wär ich damals Schöffe gewesen, ich hätt dein Vadder auspeitschen lassen.«

»Verfluchter Hund, willst du mich beleidigen?« Frenz war aufgesprungen, packte Schnieder am Kragen und prügelte auf ihn ein. Der schlug zurück. Unter allgemeinem Gelächter fielen sie beide hintüber in den Staub.

»Hört auf!« Jakob Daum versuchte, die Streithähne zu trennen, aber die Kontrahenten ließen erst voneinander ab, als sich auch Brück und Schäfermatthes einmischten.

»Ich werd's dir schon noch zeigen.« Frenz' Augen funkelten Schnieder böse an.

»Du wirst gar nichts.« Jakob zog ihn weg und drückte ihn zurück auf seinen Platz. »Du reißt dich jetzt zusammen.«

»Wer hat denn angefangen? Der doch! Dass dem nur nicht irgendwann mal der Schuppen brennt.«

»Jetzt langt's aber, Frenz. Das will ich nicht gehört haben.«

Nur allmählich glätteten sich die Wogen, Schnieder an dem einen Ende des Baumstamms vernehmlich schnaubend, Frenz auf der anderen Seite grimmig vor sich hin starrend.

»Er ist ein Schwätzer, aber er wird's schon noch lernen«, bemerkte Schäfermatthes leise zu Jakob und stieß ihm seinen Ellbogen in die Seite. Der schwieg, er traute dem jungen Frenz nicht.

»Jetzt hab ich aber immer noch nicht verstanden, warum der

Friedensrichter sich aufblasen tut.« Der alte Wirtz stand auf. Um sich die Beine zu vertreten, wie er sagte. »Die schlafen mir immer ein, wenn ich zu lang sitzen tu«, erklärte er und rieb sich beim Hin- und Hergehen die Oberschenkel. Die Männer verdrehten die Augen. Der alte Wirtz erklärte das jedem, der ihm begegnete, dreimal am Tag.

»Weil der Friedensrichter doch die Brachtendorfmänner nach Meensder aufs Amt zitiert hat.«

Jakob tat der Greis leid. Wer weiß, was sie alle mal für Zipperlein haben würden, wenn sie in die Jahre kämen. Der eine würde nicht mehr wissen, was er gerade eben noch gesagt hatte. Der Nächste vielleicht aus dem Mund sabbern oder gar von der Frau oder der Magd mit dem Löffel gefüttert werden müssen. Entsetzlich. Jakob hatte Angst vor dem Altwerden.

Sein Neffe kauerte vor ihm auf der Erde, spielte in sich versunken mit Holzstöckchen und Murmeln, die er in einem Säckchen aufbewahrte, das er immer bei sich trug. Das Kind achtete nicht auf das Gerede der Männer. Noch mal so jung sein wie der Pitter hier und alles vor sich haben, dachte Jakob. Wäre nicht schlecht. Alle dreißig, na, sagen wir alle vierzig Jahre noch mal von vorn anfangen dürfen. Ob man dann jedes Mal klüger wird oder immer wieder dieselben Fehler macht?

»Haben die Brachtendorfs denn was mit dem Mord an dem Joseph zu tun?« Der alte Wirtz stapfte von dem Lindenstamm bis zu dem Mäuerchen, das den kleinen Friedhof begrenzte, und wieder zurück.

»Der Friedensrichter wird schon seine Gründe haben«, warf einer ein.

»Jakob glaubt ja, dass es diese Vagabunden waren«, bemerkte der lange Jost.

»Die hab ich auch gesehen«, bestätigte Eschers Will, der nur selten den Mund auftat, »... sahen aus wie Strauchdiebe.«

Mehr und mehr ergingen sie sich in Verdächtigungen. Landstreicher seien es gewesen, die Joseph umgebracht haben. Zwielichtiges Schaustellerpack. Umherziehende Veteranen aus dem Russlandfeldzug, die kein Zuhause hatten. Alles war möglich. Aber genauso gut könnten es Josephs Halbbrüder gewesen sein, man wüsste doch Bescheid, wie die Verhältnisse auf dem Kergeshof waren.

»Oder die Krücke aus Münster«, brüllte Frenz dazwischen, seine Wut schien verflogen.

»Mach dich nicht lächerlich«, gab Jakob zurück, »der Mann kann sich kaum auf den Beinen halten.«

»Vielleicht tut er nur so.«

»Wo ist eigentlich der Caspar?« Seidels Bruno hatte gar nicht laut gesprochen, und doch hörten sie alle auf zu reden.

»Ja, wo ist der Caspar? Jakob, du musst das doch wissen.« Schäfermatthes schaute seinen Nachbarn an.

»Der ist schon immer ein bisschen komisch gewesen, der Caspar«, stänkerte der junge Frenz. »Wisst ihr eigentlich, warum der von Lasserg weggegangen ist? Sein Vater ist doch ein reicher Humme. Hätt er nicht dort auf dem Hof arbeiten können? Borim hei in Siasch?«

»Es heißt, Vadder und Sohn hätten sich nicht verstanden.«

»Ich hab mal gehört, die Mutter hätt was mit einem anderen gehabt. Der Caspar wär gar nicht von dem Alten.«

Jakob runzelte die Stirn, er hasste solches Geschwätz. Es brachte doch auch nichts, selbst wenn an der Geschichte etwas Wahres dran sein sollte. Zwar würde es manches erklären, was der Vater ihm erzählt hatte, über Caspar und warum er ihn auf den Hof geholt hatte, aber eigentlich wollte er es nicht wissen, war einfach nur froh, dass der Mann, der mit den Jahren ein Freund geworden war, ihm zur Seite stand. Er hätte den Hof nach dem Tod des Vaters allein nie so gut bewirtschaften können.

»Bestimmt hat sich der Caspar mit dem Joseph wegen einem Mädel gestritten. Das wär net das erste Mal, dass es deswegen zwischen zwei Burschen zum Streit kommt.« Brück rieb sich das Kinn. »Hat's alles schon gegeben.«

»Et Magda«, brüllte Frenz schon wieder. »Bestimmt wegen 'em Magda. Hat doch jeder gemerkt, dass zwischen ihr und Joseph was gelaufen ist.« Er grinste genüsslich.

Jetzt reichte es Jakob.

»Hör auf mit deinem Gewäsch. Caspar und Joseph waren

Freunde, die besten, die man sich vorstellen konnte. Da nimmt man sich nicht gegenseitig die Frau weg.«

»Och, so was soll's geben. Ich hab mal gehört von einem Mann in Mayen –«

Seidels Bruno setzte zu einer längeren Rede an, aber der lange Jost fuhr ihm über den Mund:

»Jakob hat recht. Noch am Montagabend, ihr wisst schon, bevor Joseph umkam, hat Joseph den Caspar ans Herz gedrückt und ihn geküsst, weil er merkte, wie aufgebracht der war.«

»Was war denn passiert?«, fragte Schäfermatthes.

»Na, der Caspar war wütend. Wir haben ihn ein bisschen verspottet.« Der lange Jost grinste unverhohlen. »Und ihr wisst ja, wie der Leven ist, wenn er sich aufs Pfötchen getreten fühlt. Dann ist er schnell beleidigt. Und als sogar der Joseph lachen musste, ist er richtig hitzköpfig geworden. Aber der Brachtendorf hat ihn auch wieder besänftigen können. Eine Umarmung, ein Kuss, und Caspar hat sich wieder beruhigt.«

Von der Straße am Backes kam Jupp Martin heraufgeschlurft, grüßte und verschwand in der Kirche. Schäfermatthes erhob sich.

»Sechs Uhr, bis morgen«, verabschiedete er sich. Kurz darauf erklang zögernd der erste Glockenschlag.

»Eins«, zählte der kleine Peter. »zwei, drei, vier«, und streckte vier Finger seiner linken Hand in die Höhe, »fünf, sechs.«

Mit dem letzten Ton quetschte er sich zwischen den langen Jost und seinen Onkel auf den Baumstamm. Nach und nach zerstreute sich die Gesellschaft, auch Jost verabschiedete sich, Jakob blieb mit dem Buben allein zurück.

»Wollt Ihr mal meine Schätze sehen?« Peter holte das Säckchen unter dem Kittel hervor.

»Ein andermal, Pitter, nicht jetzt.«

Jakob war in Gedanken noch bei ihrer Debatte. Er konnte Seidel nicht besonders leiden, der Mann war ein wenig beschränkt im Kopf, aber an seiner Frage: Wo ist der Caspar? war was dran, er selbst sah Caspar kaum noch. Der Freund verkroch sich, redete mit niemandem mehr, und wenn er doch mal den Mund aufmachte, brüllte er ohne Grund. Kätche ging ihm aus dem Weg, Magda litt, und gestern hatte er sogar den Pitter angeschnauzt, weil der angeblich das Holz nicht richtig hackte. So kannte er Caspar nicht.

Oder doch?

Hin und wieder konnte der schon aufbrausen. Wenn er sich angegriffen fühlte. Wenn man ihn nach seiner Familie fragte. Nach seiner Zeit in der Grande Armée. Caspar sprach selten darüber und noch seltener über sich, nur einmal hatte er Jakob erzählt, dass er schwer verletzt gewesen war und der Tod ihr ständiger Begleiter. Und jetzt hatte Freund Hein den Joseph erwischt.

Peter klimperte mit seinen Schätzen im Sack. »Ich habe zwei blaue Federn, fünf Murmeln, Kirschkerne, Kastanien und einen –«

»Komm, Junge, deine Tante wird schon mit dem Abendessen warten.«

»Krieg ich wieder Honig in meine Milch?«

Jakob lachte. »Das sollst du haben, aber würdest du mir den Gefallen tun und vielleicht mal ein Stück Brot dazu essen?«

Peter schüttelte den Kopf. »Nur Honig. Aber vielleicht probier ich eine Kirsche. Von denen, die die Tante neulich eingekocht hat.«

***

»Name?«

»Schulzerhannes.«

»Aus?«

»Echternach.«

»Alter?«

»Dreißig.«

Spitzlay musterte den Gefangenen kurz. »Dreißig? Hm …«

Da der Mann schwieg, kritzelte er die Zahl auf das Papier vor sich. Sieht aus wie vierzig, schrieb er dahinter. Im Grunde genommen war es egal. Der Mann würde hängen, ob er nun dreißig oder vierzig Jahre alt war.

»Wo warst du in der Nacht von Donnerstag auf Freitag?«

Schulzerhannes schwieg.

»Wie lange, glaubst du, dass wir auf deine Antwort warten?«

Der Mann wippte unruhig mit den Knien auf und ab.

Spitzlay blickte auffordernd zu Theis Engels, der gab dem Schützen an der Tür ein Zeichen. Kurz darauf kam dieser mit einem Kameraden zurück, gemeinsam schleppten sie einen Sack herein, in dem es leise klirrte.

»Danke«, sagte Spitzlay. »Ich glaube, das reicht vorerst.« Dann wendete er sich wieder Schulzerhannes zu. »Also, wo warst du in der Nacht von Donnerstag auf Freitag?«

»Sie haben mich gezwungen mitzumachen.«

»Bei was?«

Der Echternacher biss sich auf die Lippen. Spitzlay konnte sich vorstellen, was in dem Mann vorging. Wahrscheinlich überlegte er, ob er mit mildernden Umständen rechnen könne, wenn er die Wahrheit sagte.

»Ich wollte das nicht. Wallet hat mir gedroht, er würde mich verpfeifen, wenn ich nicht mitmache.«

»Wegen was wollte er dich verpfeifen?«

»Na, wegen der Sache mit dem Pferd.«

»Aha«, sagte Spitzlay und tat, als ob er im Bilde wäre. »Und damit er dich nicht verpfeift, hast du bei dem Überfall auf die Mühle in der Schrumpf mitgemacht?«

Schulzerhannes ließ den Kopf sinken.

»Ich hab dich nicht verstanden, sprich lauter!«, herrschte Spitzlay den Mann an. »Und pass auf, dass ich nicht die Geduld verliere.«

»Ja, bei der Mühle … mitgemacht.«

Spitzlay bemerkte den zufriedenen Blick des Gendarmen, stolz beugte er sich über den Papierbogen und schrieb das Geständnis nieder.

»Und den Wink mit der Mühle im Schrumpftal hat euch der Knecht des Müllers gegeben.«

»Davon weiß ich nichts. Wallet hat gesagt, dass Reding den Lochsmüller beobachtet hat, wie der in Hatzenport ein paar Tage vorher ein gutes Geschäft abgeschlossen hat. In der Mühle muss Geld sein, hat er gesagt.«

Die Aussage deckte sich mit der Versicherung des Lochsmühlenknechts, der beteuert hatte, unschuldig zu sein. Wieder kritzelte Spitzlay aufs Papier, füllte fast eine halbe Seite und ließ Schulzerhannes zappeln. Aus den Augenwinkeln heraus beobachtete er, wie der Strauchdieb noch nervöser wurde, als er ohnehin schon war.

»Der Sohn des Müllers ist tot. Du weißt, was das bedeutet?«, fragte er endlich mit einem lauernden Unterton, und jetzt heulte Schulzerhannes vor Angst. »Damit hab ich nichts zu tun, das waren Reding und der Töller. Und der Wallet hat mich gezwungen.«

»Und er hat dich auch gezwungen, ein paar Tage vorher einen einsamen Heimkehrer auf dem Mayfeld zu überfallen und auszurauben.«

»Auf dem Mayfeld? Nein, dort war ich nicht.«

»Du warst am letzten Montag auf dem Mayfeld. Gib es zu!«

»Nein, ich schwör's bei der Heiligen Muttergottes.«

Schulzerhannes blieb dabei. Beim Überfall auf die Müllerfamilie habe er mitgemacht, ja, und auch das Pferd habe er dem Cochemer Amtmann abgeluchst, indem er den Mann mit Branntwein abgefüllt habe. In seinen Augen blitzte Triumph auf, als er den gelungenen Coup erwähnte. Aber mit irgendwas auf dem Mayfeld habe er nichts zu tun. Er wisse ja nicht mal, was da geschehen sein sollte.

Auch von dem Hunsrücker August Töller, dem Dieblicher Matthes Großlieb und dem schwarzhaarigen Wallet war nicht mehr herauszubekommen. Sie alle schoben Reding die Schuld an dem Verbrechen im Schrumpftal in die Schuhe. Reding habe sie in der Hand gehabt, Reding habe ihnen befohlen, für ihn zu stehlen, rauben und zu morden. Reding sei der Teufel in Person und sie arme Bauersleut, schwer schuftende Ziegelbäcker, am Hungertuch nagende Kieferburschen und Tagelöhner, deren Weiber und Kinder betteln gehen müssten.

»Mir kommen die Tränen«, bemerkte Spitzlay zu Theis Engels, nachdem Wallet abgeführt worden war und sie sich eine Verschnaufpause gönnten.

Dann war Reding an der Reihe. Ein betont höfliches Lächeln

umspielte seinen Mund, als er hereingebracht wurde. Spitzlay hatte zwischenzeitlich einige der Effekten aus der Diebesbeute, die die Bande dabeigehabt hatte, um sie an ihre Mittelsmänner, Horn und Mäusepitter, zu verschachern, auf dem Tisch ausgebreitet. Zwei Halsketten, ein paar Ringe, Besteck, Stoffe. Die Geldschatulle war leer.

»Habt ihr das Geld versoffen oder vergraben?« Spitzlay gefiel die Überrumpelungsmethode. Sie hatte bei den ersten vier Halunken gewirkt, bestimmt würde sie auch bei Reding klappen.

Aber Reding zeigte sich unbeeindruckt.

»Ich kenn das Ding nicht«, behauptete er.

Seine grauen Augen blickten unschuldig vom Friedensrichter zum Gendarmen und wieder zurück.

»Was immer diese Gauner Ihnen erzählt haben, meine Herren, glauben Sie kein Wort. Ich bin Handelsmann. Hatte hier ein Treffen mit dem armen Mann vereinbart, den Sie in Ihrer großartigen Polizeiaktion ebenfalls überwältigt haben und der noch immer, und überraschend geduldig, wie ich meine, in der Wirtsstube auf sein Verhör wartet. Die vier sauberen Brüder, mit denen Sie eben was auch immer beredet haben, waren bereits hier, als ich ankam. Zufällig. Sie müssten mir schon das Gegenteil beweisen. Und wenn Sie mir einen Diebstahl unterschieben wollen, bei dem ich diesen wertlosen Schmuck da ergaunert hätte, da kann ich nur lachen. Ich denke, Sie sind sich nicht bewusst, in wessen Haus Sie sich befinden. Der durchtriebene Wolfsscheerer mit seiner Frau – für den idiotischen Sohn kann er nun mal nichts, obwohl, auch das weiß man ja nicht, vielleicht hat Gott da schon vorausschauend für Gerechtigkeit gesorgt, lassen Sie sich von diesen rührenden Szenen, die wir da eben im Gastraum zu verfolgen die Ehre hatten, nur nicht einlullen –, dieser Halunke von Wirt und Hehler ist der größte Gauner im ganzen Kanton. Schauen Sie genau nach, was der noch so alles in Säcken und Kisten in seinem Haus stehen hat, um es Stück für Stück an fahrende Händler, Zigeuner, Juden und schaustellerndes Gelichter zu verhökern. Ich habe damit auf jeden Fall nichts zu tun, ich bin ein anständiger Händler, ebenso wie mein Kompagnon dort draußen, der ehrbare Peter Gappenach, und jetzt bitte ich Sie höflich, mich von meinen Fesseln zu befreien und mich meines Wegs ziehen zu lassen.«

Spitzlay, den der Schwall der Wörter, er gab es zu, verunsicherte, rettete sich in Schweigen. Dann stand er auf, besprach sich leise mit einem der Wache stehenden Schützen und setzte sich wieder Reding gegenüber.

»Wenn Sie den Wirt dieses Gasthofs als den größten Gauner der Umgebung bezeichnen, warum wollten Sie sich dann unbedingt hier mit Ihrem Handelspartner treffen?«

»Sie haben völlig recht, Herr Richter, das zu fragen. Völlig recht. Aber wissen Sie, ich hatte mit dem Wolfsscheerer noch etwas zu besprechen, eine rein familiäre Angelegenheit, rein familiär, wir sind entfernt verwandt. Daher habe ich Peter Gappenach hierherbestellt, das war das Einfachste.«

Theis Engels unterbrach ihn: »Ganz zufällig ist aber der ehrbare Peter Gappenach, Mäusepitter genannt, dafür berüchtigt, dass er gemauste Ware versetzt. Übrigens sehr erfolgreich. Nur jetzt ist es aus mit seiner Glückssträhne, und Sie haben einen Geschäftsgenossen weniger.«

Redings Mundwinkel zuckten. »Was sagen Sie da, Herr Gendarm, das habe ich nicht gewusst. Ich bin erschüttert. Dann hat dieser Mann mir die ganzen Jahre seine wahre Identität verschwiegen. Das müssen Sie mir glauben, meine Herren.«

»Wir werden sehen, ob wir Ihnen glauben«, bemerkte Spitzlay. »Kommen wir zurück zu Ihrer Person. Sie heißen Reding, Johann Reding.« Im Kopf ging Spitzlay noch einmal den Steckbrief durch, der auf seinem Münstermayfelder Schreibtisch lag. Er kannte den Text auswendig.

»Ja, ich heiße Reding …« Redings Augen flackerten. »Es gibt viele Redings dort, wo ich herkomme. Vielleicht verwechseln Sie mich. Schauen Sie, mein Vater und mein Großvater hießen auch schon Johann, ebenso mein –«

Das Quietschen der Tür unterbrach den Redefluss des Beschuldigten. Der Schütze, mit dem Spitzlay zuvor gesprochen hatte, kam herein und legte einen Hirschfänger sowie ein doppelläufiges Jagdgewehr auf den Tisch zwischen Friedensrichter und Gefangenen.

»Eine ungewöhnlich schöne Waffe.« Spitzlay griff nach dem Hirschfänger, wog ihn bewundernd in einer Hand, fuhr mit der anderen vorsichtig über Griff und Klinge. »Wo haben Sie sie gefunden?«, fragte er den Schützen.

»Unterm Stuhl, auf dem dieser Mensch hier saß, als wir die Bande festnahmen.«

»Dann dürfte es Ihre sein, Herr Reding? Sie haben einen ausgezeichneten Geschmack.«

»O ja«, Spitzlay sah, wie Johann Reding aufatmete, »ein altes Erbstück. In meiner Familie, Herr Richter, legte man seit jeher größten Wert auf gute Klingen.«

»Das glaube ich Ihnen gern, Herr Reding. Darf ich Ihnen aus einer Amtsacte zitieren?«

Spitzlay wartete eine Antwort nicht ab, nahm vielmehr eines der Blätter zur Hand, die er bei den Verhören zuvor vollgeschrieben hatte, und begann scheinbar vorzulesen:

»Aus dem Gefängnis zu Bitburg sind entsprungen Johann Reding, sechsunddreißig Jahr alt, fünf Fuß groß, rote Haare und Augenbrauen, graue Augen, kleiner Mund, längliches Gesicht mit Sommerflecken, war zuletzt Revierförster in Bettenfeld, ist eines vorsätzlichen Totschlags beschuldigt, zieht nun mit einem doppelten Jagdgewehr und einem Hirschfänger umher und soll sich von Straßenraub ernähren.«

Spitzlay ließ das Blatt Papier sinken, rieb sich die Augen und musterte den Gefesselten ungeniert.

»Ich habe selten einen Menschen mit so herrlich roten Haaren und so vielen Sommerflecken im Gesicht gesehen, wie Sie sie haben, lieber Herr Reding.« Spitzlays Mund verzog sich leicht. Man konnte die Luft im Raum flirren hören.

»Sie werden mir bestimmt erklären wollen, woher Sie diese wunderschöne Waffe haben? Denn es dürfte sich ja wohl kaum um Ihre alte Dienstwaffe handeln«, hob Spitzlay wieder an.

»Ein Graf hat sie mir gegeben.« Reding klang zum ersten Mal kleinlaut.

»Wohl nicht ganz freiwillig.«

»Sie könnten recht haben.«

Spitzlay biss sich auf die Lippen.

»Dann erzählen Sie mir jetzt doch mal von der Nacht im Schrumpftal.«

Und Reding begann stockend zu gestehen.

»Aber das Feuer, Herr Richter, das Feuer hab ich nicht gelegt, das war der Wallet. Und der Schulzerhannes hat den Müllerssohn ans Treppengeländer gefesselt.«

»Ich danke Ihnen, Herr Reding, dass Sie so offen waren. Und nun hätten Sie vielleicht auch noch die Güte, mir zu erzählen, was sich an dem Montag zuvor abgespielt hat?«

»Ach, Herr Richter, das sollte ein Scherz sein.«

»Ein Scherz?«

»Wir haben dem Kerl nur ein bisschen Angst einjagen wollen.«

»Nur ein bisschen Angst. Ja, danach sah es auch aus. Erzählen Sie weiter!«

»Das Dumme war, dass der Kerl sich gewehrt hat. Dass er dann vom Pferd gefallen ist, na, dafür können wir doch nichts. Aber das Pferd war gut, ein Rassegaul, glauben Sie mir. Ich habe selten ein so schönes Tier gesehen wie das von diesem Franzmann. Wir haben ihn dann in die Büsche gejagt, leider ist er in einen Steinbruch geraten, was uns sehr leidtat. Konnte ja keiner ahnen, dass dort ein Abhang war. Andererseits, es war ja nur ein Franzose. Wollen Sie das Pferd sehen, Herr Richter? Es steht hier hinterm Haus im Stall, ein erstklassiges Militärpferd. Wenn Sie sich mit Pferden auskennen, werden Sie verstehen, was ich meine. Mein Vater sagte immer –«

»Einen Moment, Herr Reding. Sie behaupten, Sie haben am Montagabend auf dem Mayfeld einen französischen Bürger überfallen und ihm das Pferd abgenommen?«

»Sag ich doch. Montag, den 15. August, Napoleons Geburtstag. Sollte ein Scherz sein. Aber nicht auf dem Mayfeld. Wer behauptet das? Nein, das war in der Nähe von Bell.«

»Sie haben nicht am Montag, den 15. August, an Kaisers Geburtstag, auf dem Mayfeld einen Jungbauern erschlagen und ihm seine Stiefel gestohlen?«

»Herr Richter, Sie beleidigen mich. Mit ein paar billigen Stiefeln würde ich mich nie abgeben. Die müssten schon aus reinem Gold sein. Schauen Sie sich das Pferd im Stall an, dann verstehen Sie mich.«

Spitzlay verschlug es die Sprache, aber er bekam sich schnell wieder in den Griff.

»Ich glaube Ihnen, Herr Reding. Aber Sie dürfen mir auch etwas glauben: Ich werde dafür sorgen, dass Sie am Galgen enden. Abführen!«

»Gratuliere, Herr Friedensrichter. Wie haben Sie das gemacht?«, lobte Theis Engels, als sie allein im Verhörzimmer zurückblieben. Spitzlay errötete, aber dieses Mal schämte er sich nicht.

»Wissen Sie«, sagte er, »ein Freund meiner Familie, Friedensrichter und Sicherheitsbeamter in Simmern, ein gewisser Johann Nikolaus Becker, erzählte mir einmal von einem Fall, wo der Verhaftete eine bestimmte Tat zunächst leugnete, aber sofort alles gestand, nachdem Becker ihn mit Lobsprüchen auf die Stärke und Schönheit des von ihm geraubten Pferdes zum Reden gebracht hat. Er machte sich die Eitelkeit von Menschen und insbesondere von Räubern und Mordbuben zunutze.«

Spitzlay fühlte den Blick des Gendarmen auf sich. Er schien die Feuertaufe bestanden zu haben. Selbst war ihm nicht ganz wohl zumute. Zwar hatten sie den Überfall auf die Lochsmühle aufgeklärt, aber seine Überzeugung, dass er damit auch die Mörder von Joseph Brachtendorf gefasst hätte, erwies sich als eine Fehleinschätzung. Er würde wieder bei null anfangen müssen. Müde streckte er die Beine von sich.

»Die Sache mit dem armen Franzosen bei Bell muss untersucht werden, Engels, und auch der Diebstahl des Pferds aus Cochem. Vielleicht steht es ja ebenfalls hier im Stall.«

Der Gendarm salutierte. »Ich werde mich darum kümmern, Herr Friedensrichter, mit dem größten Vergnügen. Aber meinen Sie nicht, dass wir vorher die Frau des Wirts fragen sollten, ob sie uns einen winzig kleinen Rehbraten zubereitet? Eine Stärkung vor der Heimfahrt dürfte uns und den Männern guttun.«

Spitzlay konnte sich ein Lachen nicht verkneifen.

»Wenn Sie meinen, dass sich das mit Ihren polizeilichen

Anweisungen vereinbaren lässt, habe ich nichts dagegen einzuwenden.«

Er schob die Papiere zusammen, rollte sie ein und humpelte hinter Engels her in die Gaststube, wo die Wirtin und der Sohn mit den seltsamen Augen dabei waren, aufzuräumen. Der Knöchel hatte urplötzlich wieder zu klopfen angefangen.

»Was passiert mit Horn?«, fragte Spitzlay.

»Wir halten ihn formaliter fest, damit Reding und Konsorten nicht auf den Gedanken kommen, sie seien von dem Mann verraten worden. Er hat uns hoch und heilig und beim Leben seines Sohnes versprochen, dass er von nun an ein ehrlicher Mann werden will. Warten wir es ab.«

NEUN

Dienstag, den 23ten August 1814

»Kann ich mitkommen, Caspar?«

Peter kam aus dem Hof seiner Eltern geschossen, als er ihn mit dem Gespann vorbeifahren sah.

Eigentlich wollte Caspar nicht, aber der Junge rannte hinter ihm her bis zum Ortsausgang, sodass er ihn schließlich aufsteigen ließ. Peter sprang auf den Karren, kletterte über die Säcke mit Zwiebeln, Kartoffeln und Äpfeln, die Deckelkörbe schlingerten, als er versehentlich dagegenstieß. Drinnen gackerte es aufgeregt.

»Ich helf dir auch, ich pass diesmal auch auf, bestimmt.«

»Schon gut«, brummte Caspar. Es hatte den Kleinen neulich beim Holzhacken nicht so harsch anfahren wollen. Bist auch nicht besser als der Mann, den du Vater nennen musstest.

Bis zum Ackermann'schen Kreuz unterm Ahornbaum schwieg Peter, dann getraute er sich, wieder den Mund aufzumachen. »Ich hab bei der Tant drei eingemachte Kirschen gegessen.«

»Hm.«

»Dir ist das egal?«

»Du kannst essen, was du willst.«

»Der Mutter ist es nicht egal.«

»Die will, dass du stark wirst.«

»Ich bin stark.«

Wieder schwiegen sie. Als sie am Ende des Feldwegs auf die Heerstraße einbogen, reizte es Caspar doch. »Haben sie dir denn geschmeckt?«

»Es geht so. Ein bisschen.«

»Ich hab viel Käse gegessen, als ich so alt war wie du.«

»Hm.«

»Es gab Brot dazu.«

»Meinst du, ich soll das mal probieren?«

»Wenn du willst.«

Du hast gar nichts zu wollen!

Der Vater schlägt ihm mit dem Stock auf die Finger.

Nur noch einen einzigen Löffel Birnenmus, bitte.

Schon hat er sich eine Ohrfeige gefangen. Der Topf mit dem Eingemachten rutscht ihm aus der Hand, der braune Fruchtbrei spritzt über Tisch und Fußboden bis zur Wand, dafür setzt es gleich noch mal eine Maulschelle.

Du hast hier gar nichts zu wollen!

Das mit dem Schüreisen hatte er auch nicht gewollt, aber als es passiert war, war es gut. Alles kam in ihm hoch, er war machtlos dagegen. Die Hände, die die Zügel hielten, zitterten. Er vergaß den Jungen, der neben ihm saß.

Münster war in Aufruhr, als sie auf dem Marktplatz ankamen.

»Hast du's schon gehört, Caspar? Sie haben sie verhaftet.«

Die Bäuerin, die dabei war, Zwiebeln auf dem wackeligen Holztisch aufzuhäufen, unterbrach ihre Arbeit.

»Wen haben sie verhaftet?«

»Die Schromber-Mörder. Fünf an der Zahl. Eine ganze Bande.«

»Die Schinderhannesbande.« Die kleine Magd vom Nachbarstand flüsterte vor Angst.

»Reed ka Stuss! De Schinderhannes es offihange wuure.«

»Un wenn er offerstanne eas?«

Die Bäuerin schüttelte ärgerlich den Kopf. »Jieh, mach dich an dej Orwet!«

»Das Pack hat auch deinen Freund auf dem Gewissen, das ist so sicher wie das Amen in der Kirche«, mischte sich vom Nebenstand eine zweite Frau ein.

Caspar hielt die Luft an. Wenn das stimmte …

»Haben sie gestanden?«

»Ja, doch.«

Peter zupfte ihn am Ärmel. Er fuhr herum.

»Herrgott, was ist denn?«

»Wird dann jetzt alles gut, Caspar?«

Gereizt guckte er auf den Jungen, dann besann er sich, strich ihm gedankenverloren über den Kopf.

Er wollte, er könne glauben, was die Leute erzählten. Er brauchte Gewissheit, vorher fände er keine Ruhe.

Von der Stiftskirche schlug es halb neun, zu früh, um zum Friedensrichter zu gehen. Unter normalen Umständen mied er Kontakte mit der Obrigkeit, aber jetzt musste es sein. Caspar verkaufte ein Huhn und hätte hinterher nicht sagen können, ob die Käuferin jung oder alt gewesen war, dick oder dünn, hübsch oder hässlich. Peter packte einer Hausfrau Äpfel in den Korb und gab ihm das Geld, er rechnete nicht nach.

Bei Trimbs hätte man sie erwischt, die Mörder, hörte er die Leute erzählen. Mit eigenen Händen habe der neue Richter den Räuberhauptmann gefesselt. Mit eigenen Händen? Doch, ja, der Metzger hat's gesagt. Und dabei sei der junge Richter selbst verletzt worden. Bei der Schießerei. Ein Streifschuss. Am Fuß.

Was für ein feiner Mann, zwitscherte ein Stimmchen aufgeregt dazwischen.

Gegen elf hielt Caspar es nicht länger aus.

»Ich geh zum Gericht«, erklärte er Peter. »Du bleibst hier!«

»Ich will mit.«

»Das geht nicht, einer muss auf die Sachen aufpassen.«

»Aber ich kenn den Friedensrichter, er ist mein Freund.«

Irgendetwas in dem Gesicht des Jungen, vielleicht die bestimmt blickenden Augen, der energische Mund, stimmte Caspar um.

»Also gut, hilf mir, den Rest der Sachen auf den Karren zu packen. Es ist Gott sei Dank nicht mehr viel.«

Obwohl es vom Wochenmarkt bis zum Gericht nur ein paar Schritte waren, nahm Caspar das Gespann mit und band es hinterm Dekaneigebäude an. Hoffentlich würde sich kein Lump daran vergreifen. Misstrauisch sah er zu dem holzbeinigen Krüppel hinüber, der, gegen die Kirchwand gelehnt, auf dem hubbeligen Pflaster saß. Oder womöglich die mit Blücher verbündeten Kosakenhunde, die noch im Städtchen lagen. Grobe Kerle. Ein Jammer, dass der Kaiser vor dieser Soldateska weichen musste. Aber Napoleon ist noch nicht am Ende. Bestimmt nicht. Er würde zurückkommen, eines Tages, und dann … Caspar schwor sich, bereitzustehen.

Kretzer machte ihnen auf.

»Wartet, ich frag, ob der Herr Friedensrichter Zeit hat«, sagte er mit einem unsicheren Blick auf Peter und verschwand hinter einer schweren Eichentür.

Spitzlay hatte Zeit. Er kam ihnen sogar entgegen.

***

Im Stillen hatte er gehofft, dass der Moselsürscher kommen würde, sobald er von der Festnahme der Reding-Bande gehört hätte. Das ersparte ihm den Weg, den er schon längst hätte machen sollen. Dass sich die Nachricht allerdings so schnell verbreitete, hatte er nicht erwartet.

»Setzen Sie sich!«, bat er seinen Besucher. »Und, Peter, Milch für dich?«

»Siehst du, er ist mein Freund«, hörte Spitzlay ihn Caspar Leven zuraunen. Es klang triumphierend. Der Knirps gefiel ihm. Wenn er jemals einen Sohn haben sollte … Spitzlay rief sich zur Ordnung. Nikolaus Anton, ich glaube, du hast jetzt größere Sorgen.

Er öffnete die Tür und rief nach Justina.

»Sofort, Herr Spitzlay«, kam ihre Antwort von oben zurück.

Seit sie von den gestrigen Geschehnissen gehört hatte, war sie weich wie Butter, ihre Stimme wie Samt und Seide. Er hoffte, dass der Zustand anhielt. Dann wendete er sich wieder Caspar Leven zu und wartete, dass dieser zu reden anfing. Immerhin war der Ackerer zu ihm gekommen, also wollte er ihm das erste Wort überlassen. Aber Leven schwieg und sah Peter zu, wie dieser seine Milch schlürfte.

Erst nach einer Weile räusperte der Mann sich.

»Sie haben sie gestern festgenommen?«

Die Stimme klang zweifelnd, als habe der Sürscher Angst vor der Antwort. Spitzlay konnte ihn verstehen. Auch er hatte gehofft, dass sie mit der Bande um Reding und Wallet die Mörder von Joseph gefasst hätten.

»Sie waren es nicht.«

Levens Gesicht wurde grau. Er sackte auf seinem Stuhl zusammen.

Man wird mit einem Verlust erst dann fertig, wenn man weiß, was wirklich passiert ist, dachte Spitzlay. Irgendeiner seiner Lehrer hatte ihm das einmal gesagt, als er noch in Göttingen studierte. Jetzt wurde ihm die Bedeutung des Satzes klar.

»Es tut mir leid, Herr Leven, dass ich Ihnen nichts anderes sagen kann.«

Der Ackerer suchte mit einer Hand Halt am Stuhl, schien sich wieder zu fangen, Farbe kehrte in sein Gesicht zurück.

»Gibt es denn …« Das Sprechen fiel ihm hörbar schwer. »Haben Sie denn sonst einen Verdacht, wer es gewesen sein könnte. Der Poschner vielleicht?«, setzte er hoffnungsvoll hinzu.

»Wenn ich das wüsste. Der Mann bestreitet, sich mit Joseph gestritten zu haben.«

»Mir war's aber so vorgekommen.«

»Wir gehen dieser Frage noch nach. Der Überfall auf die Lochsmühle hatte jetzt erst einmal Vorrang.«

Leven schaute zum Fenster hinaus, als berührte ihn das Schicksal der Mühlenbewohner gar nicht. Teilnahmslos stierten seine Augen, die bei der Erwähnung Poschners kurz aufgeleuchtet hatten, über den Kirchplatz.

Spitzlay wurde nicht schlau aus diesem Mann. Leven litt, das war offensichtlich. Der Tod seines Freundes machte ihm zu schaffen. Doch gerade deswegen hätte der Friedensrichter erwartet, dass Leven mehr fragen, vermehrt Mutmaßungen anstellen würde, wer die Täter sein könnten. Nur Poschner war ein bisschen wenig. Stattdessen verkroch sich der Sürscher in sein Schneckenhaus.

Menschen trauern verschieden, dachte Spitzlay. Auch darüber sollte an der Universität gesprochen werden. Müsste man nicht das ganze Studium der Jurisprudenz reformieren?

»Ich hätte noch eine Frage, Herr Leven. Wissen Sie, wer das Mädchen war, mit dem sich Joseph Brachtendorf hin und wieder getroffen hat?«

Die Antwort dauerte. Als das »Nein, weiß ich nicht« kam, klang es hart.

Also doch Magda?

Spitzlays Blick ging zu Peter, der seine Milch zu Ende getrunken hatte. Der Junge bemerkte ihn und schien zu verstehen, was der Friedensrichter dachte, denn er drehte sich zu Leven.

»Ich hab ihn mit einem Mädchen gesehen, an der Mosel.«

»Was hast du?« Der Ackerer fuhr hoch. »Red kein dummes Zeug, du bist noch viel zu klein, um das hier zu verstehen.«

»Ich hab ihn aber gesehen.« Säße er nicht auf dem Stuhl, der Junge hätte mit dem Fuß aufgestampft. Spitzlay verfolgte wortlos die kleine Auseinandersetzung zwischen dem Erwachsenen und dem Kind.

»Und wer bitte soll das gewesen sein?«

»Weiß ich nicht.«

»Hast du sie nicht erkannt?«

»Nein.«

Leven schnaubte, sagte aber nichts mehr. Unschlüssig kratzte er sich im Nacken, dann schien ihm eine Idee zu kommen.

»Haben Sie mit den Brachtendorfs geredet?«, fragte er Spitzlay.

»Ja, Sie hatten schon einmal erwähnt, dass Josephs Verhältnis zu einigen Familienmitgliedern nicht reibungslos war.«

»Joseph hat mir oft erzählt, dass es Streit gegeben hat. Um das Hoferbe.«

»Wir sind dabei, in diese Richtung zu ermitteln. Trotzdem muss ich noch mal auf die Frage nach dem Mädchen zurückkommen.«

Spitzlay öffnete die Schreibtischschublade, holte die Schachtel mit den Fundgegenständen heraus und öffnete sie auf seinen Knien. Peter war aufgesprungen.

»Was ist das, darf ich mal sehen?«

Spitzlay lachte. »Meine Schatzkiste, du Naseweis. Darin verwahre ich Dinge, die wichtig sind.«

»Der rostige Nagel soll wichtig sein?«

»Vielleicht. Aber jetzt setz dich wieder.« Dann zog er die kleine Büchse mit der zerrissenen Schnur hervor. »Kennen Sie das hier, Herr Leven?«

Der Sürscher schüttelte den Kopf. »Was ist das?«

»Ich weiß es nicht. Aber haben Sie vielleicht gesehen, ob Joseph es getragen hat? Und kann es sein, dass Joseph sich in jener Nacht, nachdem er noch einmal ohne Sie zurück nach

Lehmen gegangen ist, mit einer weiblichen Person getroffen hat? Hat er Ihnen diesbezüglich etwas erwähnt?«

»Nein. Und das Ding da kenn ich auch nicht. Hab's nie bei Joseph gesehen.«

»Und diese Haare hier, Leven, könnten das die Haare Ihrer Frau sein?«

Wenn es einen Grund für Eifersucht gab, würde der Ackerer sich spätestens jetzt verraten.

Für einen Augenblick verdunkelte sich Levens Blick. »Wieso Haare von meiner Frau?«, fragte er, dann lachte er kurz auf. Nein, das seien nicht Magdas Haare, Magdas Haare seien heller. Wieso überhaupt Magda? Wie käme der Herr Richter darauf?

Peter machte Spitzlay ein Zeichen.

»Das Mädchen am Fluss …«, wisperte er. »Das Mädchen am Fluss hatte dunkle Haare.«

Natürlich, dachte Spitzlay, als seine Besucher zur Tür hinaus waren, das war des Rätsels Lösung. Warum war er nicht schon vorher darauf gekommen?

Kein Mädchen, auch keine Frau hatte Joseph am Montagabend begleitet. Der Kergeshöfer Jungmann hatte die Haare seiner Verlobten, oder was auch immer sie war, in dem Kästchen um den Hals getragen. Unter der Kleidung wahrscheinlich, damit es keiner sehen konnte. Nicht einmal der Freund. Und beim Kampf am Montagabend war der Deckel aufgesprungen und die Schnur entzweigegangen. Oder umgekehrt.

Jetzt bräuchte er eigentlich nur mit der braunen Haarsträhne übers Mayfeld und durch alle Moseldörfer zu wandern und die Haare der Mädchen mit dieser Locke zu vergleichen. Dann hätte er Joseph Brachtendorfs Angebetete. Das würde schätzungsweise eine halbe Ewigkeit dauern. Und was würde es bringen, wenn er am Ende tatsächlich Erfolg haben sollte? Nichts, rein gar nichts. Die Haarsträhne war eine Haarsträhne, eine romantische Erinnerung, ein Liebesbeweis, vielleicht ein Eheversprechen.

Aber warum nur hatte Joseph mit niemandem über seine Gefühle und möglicherweise über Zukunftspläne gesprochen? Was war der Grund für diese Heimlichtuerei?

Behutsam strich er über die weiche Lockensträhne und verstaute dann das Beweisstück wieder in der Schreibtischschublade. Was für eine Haarfarbe hatte Mademoiselle im Spitzenkragen gehabt? Schwarz, braun oder dunkelblond? Es erschreckte ihn, dass er sich nicht mehr daran erinnerte.

Draußen vor der Amtsstube fuhr Caspar Leven mit Peter Puth vorbei. Spitzlays Blick folgte den beiden, wie sie mit ihrer Karre über den Kirchplatz zurück zur Hauptstraße rumpelten. Auch der Napoleonveteran schaute ihnen nach. Und spuckte dem Gespann hinterher.

***

»Da wird heute noch ganz schön was runterkommen.«

Caspar warf einen besorgten Blick hinter sich, kein Blatt regte sich an den Bäumen entlang der Heerstraße, über den Eyfeler Bergen stand regungslos eine schwarzlila Wolkenbank. Über ihnen der Himmel schimmerte noch blau, aber es war nicht mehr das strahlende Azur vom Vormittag, sondern ein schweres, bleiernes Graublau, unter dem sich die Luft staute. Allein der Hunsrück lag im klaren Licht, und die vielen Grüntöne des bewaldeten Höhenzugs sahen aus wie mit schnellen Pinselstrichen hingemalt.

Peter schien nicht gehört zu haben. »Findest du, dass ein rostiger Nagel in eine Schatzkiste gehört?«, fragte er.

»Wovon redest du?«

Das Kind störte ihn, das nächste Mal würde er es nicht mehr mitnehmen, und wenn es noch so viel bettelte.

»Na, von dem Nagel in der Schachtel, in dem auch das Haar lag, das der Friedensrichter dir gezeigt hat.«

»Ich hab keine Ahnung, ich hab da nicht reingeschaut.«

»Es waren auch Knöpfe drin.«

Caspar achtete nicht auf das Geplapper des Kleinen, hing seinen eigenen Gedanken nach.

Sollte er noch einmal versuchen, dieses Mädchen zu finden, diese Sophie aus Winningen? Ob sie ihm wirklich die Wahrheit gesagt hatte, dass sie nicht wüsste, wer er sei? Dann wäre es nicht klug, noch einmal mit ihr zu reden. Dann sollte er lieber die Finger davon lassen, bevor ihr irgendein Verdacht kommen könnte. Vielleicht hatte Joseph seinen, Caspars, Namen ihr gegenüber gar nicht erwähnt, ihr vielleicht von der leidigen Sache doch noch nichts erzählt gehabt, obwohl er es behauptet hatte? Vielleicht hatte er Joseph ja missverstanden.

»Ich hab auch einen Schatz.«

Caspar knirschte mit den Zähnen. Warum konnte der Junge nicht still sein! Er musste an sich halten, um ihn nicht anzubrüllen.

»Willst du ihn sehen?«

Peter nestelte an seinem Hosengurt herum und zog ein Leinensäckchen hervor.

»Nägel sammel ich nicht, aber Murmeln, Kugeln, Kirschkerne, die reib ich ganz sauber. Und, guck mal, ich hab auch so Knöpfe wie der Richter. Drei aus Holz, dann einen bestickten und einen silbernen, den hat mir ein Krämer in Löf geschenkt. Beim letzten Gesindemarkt. Weil ihm der Tragriemen des Bauchladens gerissen war und alle seine Sachen auf die Straße gefallen sind. Ich hab ihm geholfen, sie wieder einzusammeln. Dafür hat er mir den Knopf geschenkt. Er ist aus echtem Silber.«

Caspar warf einen flüchtigen Blick auf Peters Schätze, mürrisch, er musste auf die Straße aufpassen, das halbe Mayfeld schien auf den Beinen zu sein. Von Lehmen kommend, näherte sich rasch der Postwagen, die Schwager waren bekannt dafür, dass sie immer waghalsig fuhren und die Gespanne sich oft genug in schlechtem Zustand befanden.

»Was war das für ein Knopf, der blau-weiße?«, fragte er, als die Straße wieder frei war.

»Der?«

Peter öffnete noch einmal das Säckchen, das er schon wieder zugebunden hatte, und holte den mit blauem Garn bestickten Knopf heraus.

»Den hab ich in Wymars Feld gefunden.«

Vor ihnen trottete ein Eselskarren, den Caspar nicht überholen konnte, weil ein paar Weiber, Körbe mit Gemüse auf den Köpfen, sich ausgerechnet die Straßenmitte ausgesucht hatten, um zu palavern. Dann drängte sich auch noch eine bucklige Alte an der Gruppe vorbei, Caspar bemerkte sie erst, als er die Frau fast schon angerempelt hätte. Vor Schreck herrschte er sie an und schimpfte auf die Tratschweiber ein, die kreischend auseinanderstoben. Herrgott noch mal, was war nur los heute? Keiner passte auf, jeder lief kopflos über die Straße, es musste an der Luft liegen, an dieser aufgeladenen Gewitterschwüle.

Auch Caspar spürte die Spannung in der Luft. In seinem Kopf hämmerte es, als wolle er zerplatzen.

Erst nach einer ganzen Weile konnte er dem Pferd die Zügel geben. Er atmete auf. Rechts blinkten schon zwischen den Feldern der kleine geschwungene Giebel des Sürscher Kirchturms und die ersten Dächer des Dorfs. Peter hatte den Beutel wieder an der Schnur befestigt, die seine Hose hielt.

»Gib mir den Knopf mal, den du mir eben gezeigt hast, den bestickten!«

»Nein, den geb ich nicht her, das ist mein Schatz.«

Peter umklammerte das Säckchen mit der Hand, als müsse er sein Hab und Gut vor Dieben und Hehlern beschützen.

»Warum gehst du dann mit deinem Schatz hausieren, wenn ich ihn mir nicht mal anschauen darf? Ich würd ihn dir schon nicht wegnehmen.«

Caspar lachte spöttisch auf und trieb das Pferd weiter an. Es hätte nicht viel gefehlt, und der Junge wäre bei dem plötzlichen Ruck, mit dem das Tier in Galopp fiel, vom Wagen geschleudert worden.

***

Die schwarze Gewitterwand schob sich vor die Sonne, schlagartig wurde es kalt.

Kath schlang den dünnen Umhang enger um den Körper, auf den Wetterwechsel war sie nicht vorbereitet gewesen. Als sie vom Kergeshof aufbrach, um in Löf Mutters Bas beim Brotbacken zu helfen, hatte nichts darauf hingedeutet.

Wind kam auf, fuhr fauchend in die Bäume, spielte heulend zwischen Blättern und Zweigen, wirbelte sie wild auf und ab.

Hoffentlich würde sie heil im Tal ankommen. Vorletztes Jahr war Josepha Brück auf dem Weg zu ihrer kranken Schwiegermutter bei einem solchen Unwetter von einem männerarmdicken Knüttel am Kopf getroffen worden. Die Frau war sofort tot gewesen.

Über ihr ächzte es in den Baumwipfeln, knarrend rieben Äste aneinander. Wie das Wimmern eines Tieres. Kath raffte ihren Rock und hastete weiter den Berg hinunter. Nur nicht stehen bleiben. Raus aus dem Wald. Als sie die offenen Rebterrassen erreichte, den Fluss unter sich liegen sah, die Häuser von Löf, atmete sie auf. Hier würde nichts mehr passieren, auch wenn der Wind jetzt, wo sie den Hang erreicht hatte, ihr mit Macht ins Gesicht peitschte. Über dem spitzen Turm von Sankt Luzia jagten Wolken wie Ungeheuer.

Eine dunkel gekleidete Gestalt stand auf dem Kirchhof vor Josephs Grab. Es sah aus, als betete sie.

Kath blieb stehen. Von hier oben war es ihr unmöglich zu erkennen, wer es sein könnte, vielleicht jemand aus der Löfer-Familie. Sie beeilte sich, hinunterzukommen, und betrat den Gottesacker durch den oberen Eingang. Und in diesem Moment wusste sie es. Die Person am Grab ihres Bruders war niemand aus der Familie, es war eine Fremde, das Mädchen, das Joseph lieb gehabt hatte. Sie hielt den Kopf gesenkt, ihr Tuch verdeckte das Gesicht.

Wieder blieb Kath stehen, aber jetzt aus Scheu und aus Argwohn. Was war mit ihr, dass Joseph nicht von ihr gesprochen hatte? Es musste einen Grund dafür geben. War sie hässlich und verkrüppelt? Konnte sie nicht sprechen, oder war sie blind? Oder war es doch nur eine flüchtige Liebelei gewesen? Aber dann wäre das Mädchen jetzt nicht hier am Grab.

Zuerst langsam, fast beschaulich begann es zu hageln. Erst als Kath von einem der harten Geschosse schmerzhaft am Ohr getroffen wurde, flüchtete sie sich unter das Kirchenportal. Und dann prasselten auch schon die Körner herab, dicht an dicht, walnussgroß, fielen klirrend auf den Boden, überzogen die Gräber mit einem weißen Eisteppich, die Stufen hinunter zum Dorf, den Weg in die Weinberge. Das fremde Mädchen war vom Grab zurückgetreten, schaute sich um, suchte, während sie ihr Tuch fester um sich wickelte, nach einem Unterschlupf.

Kath rührte sich nicht. Ich will nicht, dass sie hierherkommt.

Sie sah, wie auch die Fremde zögerte, aber als die Schloßen immer dichter fielen, blieb dieser keine andere Wahl. Sie schlug nicht einmal mehr das Kreuz, als sie sich von Josephs Grab löste, sondern rannte ebenfalls zum Eingang der Kirche. Kath hörte sie etwas murmeln, als sie neben sie trat, einen Gruß bestimmt, der aber unterging im Grummeln von Donner.

Verstohlen musterte sie das Mädchen von der Seite, wie es den Umhang ausschüttelte, die nassen braunen Haare aus der Stirn wischte, fröstelnd das Tuch wieder über den Kopf legte, den Rock glatt strich. Sie war nicht missgestaltet und anscheinend auch nicht blind, hatte keine ekelhaften Leberflecken oder Feuermale im Gesicht. Wahrscheinlich war sie vier oder fünf Jahre älter als sie selbst. Einmal ging der Blick der Unbekannten zu ihr, stahl sich ein kurzes Leuchten in ihre Augen, das aber sofort wieder erlosch. Danach blickte sie hinaus in das dunkle Wetter, das keine Anstalten machte, sich zu beruhigen.

Kath rang mit sich. Sie wollte das Mädchen nicht mögen. Es hatte ihr den Bruder genommen, das Vertrauen zerstört, das zwischen Joseph und ihr geherrscht hatte. Wegen ihr war er schweigsam geworden. Ein Eigenbrötler. Geheimniskrämer. Sie hasste sie dafür. Soll sie sich doch zu Tode frieren!

Ob sie geweint hatte?

Kath suchte unauffällig im Gesicht der Fremden zu lesen.

Bestimmt hatte sie geweint. Die Lider waren rot, die Haut der Wangen verschmiert, von grauen Streifen überzogen. Schon füllten sich die Augen des Mädchens wieder, perlten neue Tränen über ihr Gesicht, tropften auf ihre Hände, die das Tuch festhielten.

Ich hab kein Mitleid mit ihr. Wir sind seine Familie. Nur wir haben das Recht, um Joseph zu weinen. Nicht sie. »Ich lieb ein Mädchen«, hatte er gesagt, und ihr hatte es einen Stich gegeben. Wenn er fortginge von zu Hause, würde er sie zurücklassen, hätte sie niemanden mehr, der mit ihr tanzte, wenn Jab fidelte, oder sie gegen Antons Sticheleien verteidigte. Sie wollte ihn nicht verlieren.

Nie hatte sie sich vorstellen können, dass er eines Tages die Familie verlassen würde, um anderswo eine neue zu gründen. Als sie es ihm gesagt hatte, hatte er nur gelacht und ihr über den Kopf gestrichen. »Et Ann hat doch och noo Siasch ihäiroot.«

Das war etwas Seltsames mit dem Erwachsenwerden, dass man wegen einer wildfremden Person die eigene Familie verlassen würde. Das behagte ihr nicht. Spitzlay fiel ihr ein, das Kribbeln im Bauch, wenn er vor ihr stand. Unwirsch schüttelte sie den Kopf.

Und jetzt war Joseph doch fort. Nicht zu einem Liebchen, sondern tot, erschlagen, erdrosselt. Wegen ein paar Stiefeln und einem bisschen Geld. Oder wegen des elterlichen Hofs, aber diesen Gedanken verdrängte sie sofort wieder. Sie wusste nur eins, dass sie nie mehr mit Joseph abends unterm Kastanienbaum sitzen würde, um dem Gesang der Grillen zu lauschen. Sie hatte ihn verloren, für immer.

So wie auch die Fremde neben ihr.

Der Hagel war in einen böigen Eisregen übergegangen. Der schmale Eingang zur Kirche bot kaum noch Schutz, und das Portal hinter ihnen war verschlossen. Kath bibberte vor Kälte. Mit einer Handbewegung bedeutete sie dem Mädchen, ihr zu folgen, in der Hoffnung, dass die kleine Seitenpforte zum Hang hin offen wäre.

Dicht an die Kirchmauer gedrückt, schlich sie voraus, im Nu waren die Schuhe durchweicht, die linke, dem Unwetter zugewandte Schulter klatschnass. Sie drückte die Klinke, und, gottlob, die Tür ließ sich öffnen. Kath tunkte die Finger ins Weihwasserbecken und bekreuzigte sich.

Die Unbekannte, die nachgekommen war, schloss die Tür, blieb aber an der rückwärtigen Kirchenwand stehen, während Kath sich in eine Bank setzte und versuchte, so gut es ging, Gesicht, Arme und Haare mit der Schürze trocken zu reiben. Dann hörte sie die Schritte der anderen hinter sich.

»Das hast du verloren.«

Das Mädchen sprach leise, bang. Seine Stimme hallte in dem leeren Gotteshaus wider, vibrierte und verklang.

Sie hatte nicht bemerkt, dass sich der Haarpfeil aus ihren

Zöpfen gelöst hatte. Unwillkürlich fasste sich Kath an den Hinterkopf, aber natürlich, da war nichts mehr.

»Danke«, sagte sie, nahm die Nadel und rückte in der Kirchenbank ein wenig nach innen, um dem Mädchen Platz zu machen. »Ich bin Josephs Schwester, dich kenn ich nicht.«

Die Frage, die in dem Satz lag, war unüberhörbar, aber sie schaute die Unbekannte dabei nicht an, sondern hielt den Blick starr nach vorn gerichtet auf die heilige Luzia, die, auf ihrem hölzernen Wandgestell in halber Höhe, über die Betenden wachte. Eine Luzia, so zart und schön, wie sie es selbst gern wäre, in das schönste Gewand gekleidet, das sie sich vorstellen konnte, den Palmwedel in der Rechten, aber das scharfe Schwert im Nacken, als würde die arme Heilige jetzt sofort, auf der Stelle, enthauptet werden, eine Vorstellung, die Kath seit Kindertagen Angst einjagte.

»Ich kannte ihn«, murmelte da das Mädchen.

»Du bist nicht von hier?«

»Nein.«

Kath drängte nicht, obwohl sie ihre Ungeduld kaum bezähmen konnte.

Noch ungeübt, begann sie, sich die Haarnadel wieder in ihre Frisur zu stecken, sie brauchte lange dafür, viel länger als am Morgen vor dem Spiegel. Es verschaffte ihr Zeit zum Nachdenken.

Dann aber war es die Fremde, die als Erste wieder sprach: »Du musst also Katharina sein?«

»Er hat dir von mir erzählt?«

Sie konnte es kaum glauben und wusste nicht, ob sie stolz darauf sein sollte.

»Du hättest immer euren Bruder Anton verhauen, als ihr noch klein wart.« Das Mädchen versuchte sich an einem vorsichtigen Lächeln.

Als wenn sie Angst hätte, dachte Kath. Wovor hatte sie Angst? Aber sie fragte nicht.

»O ja«, sagte sie stattdessen. »Und wenn de Dunn zurückgeschlagen hat, hat Joseph mich verteidigt. Wie ein Ritter.«

Unvermittelt schossen ihr Tränen aus den Augen, sie lachte

und weinte gleichzeitig, wischte sich mit dem regennassen Tuch über das verheulte Gesicht.

»Du und Joseph, ihr hattet euch lieb?«

Sie sprach sehr leise, unsicher, ob sie sich nicht doch getäuscht haben könnte.

Das Mädchen schluckte, guckte zu Boden, dann aber nickte sie. »Ich bin Sophie.«

Der Regen klatschte gegen die Fenster. In einer Ecke raschelte es. Vielleicht eine Maus. Vielleicht trockene Blätter, die der Wind hereingeweht hatte, heute oder bei der letzten Messe. Eine alte Frau in dunkler Schürze über dem schwarzen Kleid trat aus der Sakristei in den Altarraum, näherte sich schlurfend der Mitte der Kirche, knickste, schlug undeutlich das Kreuz und begann, die verwelkten Blumen einzusammeln, die wer weiß wie lange schon herumstanden.

Kath rutschte auf ihrem Platz nach vorn und drehte sich dann nach Sophie um.

»Ich hab dich bei der Beerdigung nicht gesehen.«

»Aber ich dich. Es waren viele Leute da, und ich bin bald schon wieder fortgegangen.«

»Warum?«

»Ich hab einen weiten Weg.«

»Von woher stammst du?«

Sie sah, dass Sophie den Stoff ihres Rocks zwischen den Händen zerknüllte.

»Joseph hat dir nicht gesagt, von woher ich bin?«

»Er hat mir nur verraten, dass er ein Mädchen liebt. Ich hab nicht verstanden, warum er uns nie gesagt hat, wer du bist.«

Sophies Gesicht färbte sich hellrot.

»Er hatte Angst.«

»Vor was?«

»Vor eurer Mutter.«

»Vor unserer Mutter? Das kann ich nicht glauben. Er war ihr Ein und Alles. Immer schon.«

»Ich komm aus Winningen, ich bin Protestantin.«

Scheppernd fiel vorn im Altarraum eine kupferne Blumenvase um.

»Siehst du, selbst die Frau dort erschreckt sich darüber.«

Sophie schaute sie herausfordernd an, dann schweifte ihr Blick durch das Kirchenschiff. Kath war sprachlos.

Sophie war nicht katholisch!

Das war also der Grund gewesen. Von daher Josephs Schweigen, seine Verschlossenheit. Jetzt konnte sie sich erklären, warum der Bruder so oft weg gewesen war und so lange. Nach Winningen ging es sich nicht eben mal in einer Stunde, selbst wenn Sophie ihm auf halbem Weg entgegengekommen sein sollte.

»Die Alte hat dich nicht gehört, sie ist taub.«

Als die Frau die Wasserlache aufwischen wollte, fiel ihr auch noch das Kehrblech aus der Hand, der Krach erfüllte das ganze Gotteshaus. Sophie schaute Kath an. Ohne ein Wort zu wechseln, gingen sie gemeinsam nach vorn, um der Küsterin zu helfen. Nachher setzten sie sich in die vorderste Bank und warteten, bis es wieder still und sie erneut die Einzigen im Raum waren. Nirgends raschelte es mehr, selbst der Regen draußen schien aufgehört zu haben, unbeweglich glimmte das ewige Licht.

Nie hätte Joseph Mutter das sagen können, auch Vater nicht, obwohl der es mit der Religion nicht so genau nahm. Aber katholisch war nun mal katholisch, kein Brachtendorf hatte das Recht, dagegen zu verstoßen. Und gar einen Blaukopp auf den Hof bringen! Unmöglich, nur über Mutters Leiche, dachte Kath.

»Und er wollte dich heiraten?«

Sie schubste mit den Füßen ein Steinchen unter die Bank, das sich von den Sohlen ihrer Schuhe gelöst haben mochte. Vielleicht hatte es aber auch schon die ganze Zeit über hier auf den Steinfliesen gelegen.

»Wir wollten heiraten. Lutherisch …«

»Das hätte Mutter nie zugelassen.«

Ob die Eltern es geahnt hatten?

Manchmal schien die Mutter einen siebten Sinn zu haben. Damals hatte sie es ihr an der Nasenspitze angesehen, dass sie den Rest des Osterkringels aufgegessen hatte, obwohl sie sich doch Gesicht und Hände gewaschen und den Mund ausgespült hatte. Und als Hennes die kleine Trudis aus Dreckenach freite, war

Mutter dazwischengefahren wie ein Höllenhund, noch bevor der Große überhaupt den Mund aufmachen konnte. »Die nie und nimmer«, hatte Mutter geschnaubt, »illegitim und mager das Mensch. Das kommt mir nicht über die Schwelle.«

Und obwohl Kath noch klein war, hatte sie sich aufgeregt, dass der große Bruder nicht auf den Tisch gehauen hatte. Schon damals hatte sie sich geschworen, dass sie nie, nie im Leben einen Mann nehmen würde, den sie nicht zumindest ein bisschen gernhätte. Lieber würde sie gar nicht heiraten. Ob Josephs Liebe zu einer Lutherischen der Grund war, dass Mutter in den letzten Wochen oft so hart zu ihm gewesen war? Ungerechterweise, wie sie fand.

Einmal, es war noch gar nicht so lange her, war ein Winninger Fuhrmann bei ihnen gewesen. Er habe eine Abkürzung nehmen wollen und sich dann verfahren. Jetzt wisse er den Weg wieder, aber ob er etwas zu trinken haben dürfe. Das Wasser sei ihm ausgegangen und die Chaussee so ganz ohne Baum und Schatten. Sie hatte ihn mit in die Küche nehmen wollen, aber die Mutter hatte ihr den Weg verstellt.

»Der kommt mir nicht ins Haus. Siehst du nicht, dass er kein Unsriger ist?«

Sie hatte es nicht gesehen, woran hätte sie es denn merken sollen?

»Guck dir seinen Rock an, sein Gesicht, dieses runde Kinn, den geschwätzigen Mund«, hatte die Mutter gezischt. »Das ist ein Blaukopp, mit Blauköpp will ich nichts zu tun haben.«

Kath hatte nichts Besonderes erkennen können, aber die Mutter war hart geblieben.

»Er kann sich Wasser aus dem Brunnen holen und dort trinken.«

Später hatte sich Joseph zu dem Mann gesetzt, eine lange Zeit saßen die beiden nebeneinander, manchmal hatte sie sie reden sehen. Auch die Mutter hatte sie misstrauisch durchs Küchenfenster beobachtet. Als der Mann weitergefahren war, schalt sie Joseph. Aber Mutters Worte waren an ihm abgeperlt wie Wasser an fettigem Papier.

»Da war einmal ein Fuhrmann bei uns auf dem Hof gewesen, ein Mann aus Winningen …«

»Poschner.«

»Poschner?«

»Ich hab ihm immer Nachrichten für Joseph mitgeben können.«

»Und Joseph für dich?«

»Ja.«

»Warum hat er sterben müssen?«

Wieder fing Kath zu weinen an. Sophie antwortete nicht. Irgendwann stahl sich ein Sonnenstrahl durch das schmale Fenster an der Westseite der Kirche, irgendwann hatten sie sich an den Händen gefasst, von irgendwoher hörten sie jemanden singen. Eine zage, gebrochene Stimme, vielleicht die der tauben Alten, die vielleicht noch immer in der Sakristei fegte und wischte.

»Kath?« Sophie löste ihre Hand aus der ihren. »Weißt du, ob die Gendarmerie deiner Mutter Josephs Kleidung zurückgegeben hat? Es muss ein Kästchen dabei gewesen sein, eine kleine Büchse an einer Schnur, mit einer Haarsträhne von mir.«

Es war Sophie sichtlich peinlich, davon anzufangen.

Aber Kath legte ihre Hand auf Sophies Arm.

»Ich werde es finden«, versprach sie.

ZEHN

Mittwoch, den 24ten August 1814

Er wusste nicht, was er von von Kaysersfelds Brief halten sollte, der am Morgen mit der Frühpost aus Coblenz gekommen war.

Spitzlay, so zunächst die dringliche Bitte des Vorgesetzten, möge doch den Angehörigen des Joseph Brachtendorf sein aufrichtiges Beileid aussprechen. Er fühle mit der Familie und beklage den Tod des jungen Mannes außerordentlich. In diesem Zusammenhang sehe er sich nun aber auch verpflichtet, seinem Stellvertreter von einem Vorfall zu berichten, bei dem das bedauernswerte Opfer ihn übel beleidigt habe. Er, von Kaysersfeld, habe daraufhin dem Burschen mit bitterbösen Konsequenzen gedroht, wenn er sich nicht umgehend entschuldige, was aber nie erfolgt sei. Allerdings, führte von Kaysersfeld in seinem Schreiben weiter aus, entsinne er sich nicht mehr genau, welcher Art die Beleidigung gewesen sei. Ob Joseph B. damals »Ameisenfurz« oder »Ziegenkacker« hinter ihm hergerufen habe, als er auf einer ausgedehnten Wanderung übers Mayfeld am Hof der Familie Brachtendorf vorüberkam.

»Ach, diese Vergesslichkeit, lieber Spitzlay, das Alter fordert seinen Tribut!« Man könne ja nun versucht sein, zu argumentieren, dass er damit einen Grund zur Rache gehabt habe. Er hätte gar einen Bösewicht heuern können, die Tat für ihn zu besorgen. Aber, und das beeile er sich hiermit zu seiner eigenen Entlastung hinzuzufügen, seine Drohung liege nun schon viele Jahre zurück, der arme Joseph B. sei damals ein Bengel von vielleicht sechs oder sieben Jahren gewesen. Er entsinne sich noch gut der Schar lebhafter Buben, vielleicht Brüder oder Nachbarskinder des jugendlichen Delinquenten, die sich, als er an ihnen vorbeimarschierte, gegenseitig anstachelten, die artigsten Schimpfwörter zu erfinden und ihre Wirkung an lebenden Objekten zu erproben. Eine ganze Kanonade von mehr oder weniger geistreichen Injurien sei auf ihn eingeprasselt, für die Kinder ein wahrhaft lustvoller Zeitvertreib, und auch er habe, selbstverständlich ohne es der kleinen Saubande zu zeigen, schmunzeln müssen. Er hoffe also, dass Spitzlay ihn nicht in Verbindung mit dem tragischen Ableben des Jünglings brächte, falls er von diesem lang zurückliegenden Geschehen zufälligerweise Kenntnis bekäme. Im Übrigen könne er sich heute, leider, leider, nur noch an die zwei erwähnten Wörter erinnern.

Dabei habe ihm Ziegenkacker eindeutig besser gefallen als Ameisenfurz, und er habe diese Beleidigung bei passender Gelegenheit und mit vollem Bewusstsein dem Glaser Hingsheim ins Gesicht geschleudert, als dieser ihn verdächtigt hatte, seine an eine Hauswand gelehnten Glasscheiben umgestoßen zu haben, und eine Entschädigung von ihm forderte, wo er doch mit eigenen Augen gesehen habe, dass der Glaser selbst dagegengestoßen sei. Ob mit Absicht oder ohne, das sei nicht zu erkennen gewesen. Als ihm der lautstarke Worthader zu bunt geworden sei, habe er ihn mit besagtem verächtlich ausgespucktem Wort zu beenden versucht, worauf Hingsheim in der Tat perplex verstummt sei.

Spitzlay runzelte die Stirn, während er sich durch den schwungvoll geschriebenen Brief las. Machte der Friedensrichter sich lustig über ihn? Kein Wort des Trosts, keine Zeile des Mitleids, dass von Kaysersfeld seinem Stellvertreter in dieser schwierigen Zeit nicht helfend zur Seite stand. Weder Lob noch Anerkennung dafür, dass Spitzlay bisher gewissenhaft, geradezu todesmutig seinen Pflichten nachgekommen war. Nahm der Mann ihn überhaupt ernst?

Irritiert fuhr Spitzlay in der Lektüre fort.

Von Kaysersfeld schilderte noch wortreich die angenehm verlaufende Sommerfrische an der Lahn, spintisierte über den Zusammenhang zwischen dem Verhalten der Flussfischer und den Formationen der über das Wasser hinwegziehenden Wolkengebilde, berichtete von den zahlreichen Heiratskandidaten, die seine Töchter umschwirrten wie die Fliegen das Licht, schrieb weiterhin, dass Betti, das Familienhündchen, welche Tragödie!, fast sein Leben unter Pferdehufen ausgehaucht und er und seine Frau ein bezauberndes Ehepaar mit einem noch bezaubernderen Töchterchen kennengelernt hätten. Er habe ihnen zu verstehen gegeben, dass ihm selbst zwar keine Söhne vergönnt gewesen seien, dass ihm aber ein verheißungsvoller junger und beflissener Suppléant zur Seite stünde. Er habe es sich daher erlaubt, die reizenden Herrschaften nach Münstermayfeld einzuladen.

Zum Schluss erbat er sich noch genaue Mitteilung über das horrible Geschehen im Schrumpftal und wollte anfragen, ob seine Anwesenheit vor Ort gebraucht würde. Wenn Spitzlay befehle, käme er selbstverständlich umgehend zurück.

Nein, Spitzlay wusste wirklich nicht, was er von diesem Erguss halten sollte, von den grillichten Ausführungen und launigen Bemerkungen seines Vorgesetzten. Und was meinte dieser mit »beflissener Suppléant«? Hatte er dies als Ausdruck der Wertschätzung zu verstehen, oder war es ein Ameisenfurz?

Und auch den letzten Satz konnte sich Spitzlay nicht erklären. Suchte von Kaysersfeld nach einem Vorwand, um die Familie in Bad Ems zurücklassen, um an seinen Schreibtisch zurückkehren zu können, je schneller, desto lieber? War ihm seine Kur an der Lahn längst langweilig geworden, obgleich er sie doch in den höchsten Tönen lobte?

Spitzlay rieb mit dem Zeigefinger seinen Nasenrücken. Einerseits hatte er die Abwesenheit des älteren und erfahreneren Kollegen in den letzten Tagen oft beklagt, andererseits begann er gerade, sich auf seinem einsamen Posten im Münstermayfelder Dekaneigebäude wohlzufühlen. Sogar das Dienstmädchen gehorchte ihm ohne Verzug, seit ihm die Verhaftung der Reding-Bande gelungen war.

»Justina«, rief er durch den Hausflur zum oberen Stockwerk hinauf, »Justina, bring mir Wein und ein Glas Wasser.«

»Jawohl, Herr Friedensrichter, ich komme, ich eile, ich bin schon da.«

Und dann ein Ehepaar mit »Töchterchen«!

Er, Nikolaus Anton Spitzlay, Friedensrichter, pardon!, zurzeit noch stellvertretender, brauchte nicht die Hilfe Dritter, wenn es um die holde Weiblichkeit ging. Überhaupt, was verstand von Kaysersfeld unter »bezaubernd«? Wenn er sich die verheiratete Madame von Kaysersfeld betrachtete, musste er befürchten, dass das, was der Friedensrichter für reizend hielt, ohnehin nicht seiner Vorstellung von einer reizenden Mademoiselle entsprach.

Aber wer weiß, wie Madame in jungen Jahren ausgesehen haben mochte, und im Übrigen stimmte es ja: Die Auswahl an potenziellen Heiratskandidatinnen in dieser Gegend war armselig, und die junge Dame im Spitzenkragen wiederzutreffen dürfte leider ein Wunschtraum bleiben. Warum sich also das Töchterchen nicht einmal anschauen, wenn die Herrschaften von Kaysersfelds Einladung Folge leisten sollten? Spitzlay griff zum Schreibzeug.

Nach Schilderung der Sachlage informierte er seinen Vorgesetzten in gebotener Ergebenheit über die bisherigen Maßnahmen, verhehlte nicht seine Leistungen und skizzierte kurz die Schritte, die er in den nächsten Tagen zu tun gedachte, wobei er es nicht verabsäumte, Theis Engels' Unterstützung mit blumigen Worten zu loben. Er wollte sich nicht nachsagen lassen, dass er den Einsatz seiner Helfer nicht zu würdigen wüsste.

Auch den Kutschunfall und Dr. Martinis heilende Fürsorge erwähnte er, verschwieg aber die Einladung des Arztes zum Essen. Und selbstredend überließ er am Ende dem ehrenwerten Richter die Entscheidung, ob dieser den lange ersehnten, wohlverdienten Sommerurlaub wirklich abbrechen wolle.

»... da Sie aufgrund Ihrer langjährigen Erfahrung im Amt besser, als es meine Person vermag, einzuschätzen in der Lage sind, wie viel juristisch gebildete Personen es braucht, diesen noch ausstehenden traurigen Fall abzuschließen. Und verbleibe ich mit den besten Grüßen an Ihre werte Frau Gemahlin nebst Mesdemoiselles. Auch Betti sei nicht vergessen, sie hat einen Extraknochen verdient. Nicht auszudenken, dass das arme Tierchen hätte tot sein können.«

Wobei es dann wenigstens still wäre im Hause von Kaysersfeld, dachte Spitzlay, faltete den Bogen und steckte ihn in das bereits adressierte Couvert, bevor er genießerisch am Wein nippte, den Justina ihm gebracht hatte. Knicksend, mit einem Bitteschön auf den Lippen und ohne ihn schamlos auszufragen oder ihm ungebührlich über die Schultern auf seine Arbeit zu gucken.

Er nahm einen zweiten Schluck und ging dann zum Wasser über; Justina und der Brief an den Friedensrichter waren eine Sache, eine andere, wie er nun weiter vorgehen sollte.

Wenn er ehrlich war: Er hatte keine Ahnung. Die Zeit saß

ihm im Nacken, bis zur Kindstaufe in Simmern hatte er den oder die Täter eigentlich überführen wollen. Stolz hätte er vor seinen Vater treten können, die Mutter hätte ihm gerührt die Hand gedrückt, ihn gar in die Arme genommen. Aber es sah nicht danach aus, dass ihm bis dahin noch Erfolg beschieden sein würde. Er hatte nichts in den Händen: die unselige Schauspielertruppe, eine freche Bagage, aber leider unschuldig. Poschner, glatt wie Seife, nicht zu packen. Der schwermütige Freund des Opfers, der ihm keinerlei Hilfe war. Und er selbst viel zu langsam in seinem Procedere und ohne zündende Einfälle.

Wieder war er gestern nicht zum Kergeshof gekommen, um die Brachtendorfs zu verhören. War nach Caspar Levens Besuch untätig in seinem Amtsstuhl kleben geblieben, Ausflüchte suchend, um sich vor dem langen Weg zu drücken. Und tatsächlich hatte sich auf seinem Schreibtisch ein dicker Haufen Bürgerklagen angesammelt, der der Bearbeitung harrte.

Da war erneut Wäsche, weißes Linnen und Hemden, von der Bleiche verschwunden, und die Hausfrau, der die Stücke gehörten, kochte vor Wut. Begreiflicherweise. Wer tat nur so etwas? Zigeuner, Schausteller, Juden, Kesselflicker, durchreisende Kramhändler?

Auch der Hutmacher hatte sich beschwert, dass er ihn mit seiner Klage gegen Glasermeister Hingsheim hängen ließ. Aber das würde er bestimmt nicht. Hingsheim eins reinzuwürgen wäre ihm schlicht ein Vergnügen. Er schämte sich nicht dieses unchristlichen Gedankens.

Und doch müsste er dringend zum Kergeshof. Müsste den Männern der Familie auf die Füße treten, um sie weichzukochen.

Warum nur tat er sich so schwer mit dem Gang dorthin? Was hielt ihn davon ab? War es die kindliche Vorstellung vom anheimelnden Herd, von der traulichen Eintracht der Familie? »Und der Vater mit frohem Blick / Von des Hauses weitschauendem Giebel / Überzählet sein blühend Glück / …« Er hörte noch die Stimme seines Vaters, der Abend für Abend nach dem Vesperbrot mit stolz geschwellter Brust der Mutter und ihm und den Geschwistern Verse dieses Schiller deklamierte. Mutter wiegte den Jüngsten auf dem Schoß, die Augen auf den Gatten und Vater gerichtet. Mit Bewunderung, redete er sich ein, aber eigentlich, das wusste er heute, verriet ihr Gesicht nichts, weder Zustimmung noch Ablehnung. Seine ältere Schwester dagegen scharrte jedes Mal muffig mit den Füßen unterm Tisch. So ein Quark! Er aber liebte das Gleichmaß der Reime, ihren Rhythmus. »Und reget ohn Ende / Die fleißigen Hände / Und mehrt den Gewinn/Mit ordnendem Sinn ...«, der Inhalt blieb dabei auf der Strecke. Die Teller waren zusammengestellt, das Licht knisterte im Leuchter, und er träumte vor sich hin, den Kopf auf die verschränkten Arme auf den Tisch gelegt.

Dabei wusste er es spätestens seit seinem Studium doch besser, und nachdem seine anfängliche Überzeugung, nein, seine Hoffnung, dass Joseph einem Raubmord zum Opfer gefallen sei, wie ein Kartenhaus zusammengefallen war, kam er nicht mehr umhin, die Angehörigen des Toten als Hauptverdächtige einzustufen.

Missgunst zwischen Halbgeschwistern, Streit um den Besitz, Rancune des Hofbauern Jakob B. gegen seinen verstorbenen Bruder Heinrich, dessen Kinder – noch vor den eigenen? – ein Anrecht auf seinen Hof hatten und die er obendrein noch durchfüttern musste.

Wie war die Gesetzeslage? Wer erbte was? Wer musste abgefunden werden? Er sollte sich mit dem Erbrecht auf dem Mayfeld befassen. Stand darüber etwas im Code Napoléon? Oder hatte sich die Gesetzeslage bereits wieder geändert, seit der französische Kaiser auf Elba festsaß? Von Kaysersfeld könnte ihm wahrscheinlich die Antwort geben. Aber er würde einen Teufel tun und einen zweiten Brief schreiben, nachdem er den Umschlag gerade erst verschlossen hatte. Irgendwo würde er hier im Amt die entsprechenden Paragrafenbücher finden. Und wenn nicht, müsste er sie eben von Coblenz anfordern.

Zwischen den Eheleuten Brachtendorf hatte Spannung geherrscht, als er auf den Hof gekommen war, das war nicht zu übersehen gewesen, auch wenn die Trauer um den Sohn echt schien. Oder waren es alle gute Schauspieler?

Fragen. Mutmaßungen. Zweifel. Immer wieder Zweifel. Das

Zickzackdenken machte Spitzlay verrückt. Durfte man wirklich niemandem trauen? Musste man bei allem und jedem Böses argwöhnen? Er sperrte sich dagegen, und doch hatten da Hass und Misstrauen in der Luft gelegen. Hatte er einen Riss zwischen den Eheleuten, zwischen Kindern und Eltern und innerhalb der Geschwister gespürt. Oder interpretierte er zu viel?

Aber die Sprachlosigkeit und Bedrückung im Haus waren offensichtlich, die trotzige Einsilbigkeit der Frauen bei seiner ersten Befragung. Oder ging es vielleicht gar nicht ums Erbe, sondern um etwas anderes?

Vielleicht um Eifersucht?

Josef Brachtendorf hatte ein Mädchen geliebt, das womöglich auch sein Bruder Anton oder einer der beiden Johanns, Hennes der Ältere oder der jüngere Johann, liebten. Warum wollte denn angeblich niemand dieses Mädchen kennen? Um den Totschläger zu schützen?

Spitzlay grübelte. Was für ein Problem wäre mit der Beseitigung Josephs vorgeblich gelöst? Gegen jede Vernunft widerstrebte es ihm, eine ganze Familie des Mordes an einem ihrer Angehörigen zu verdächtigen. Obwohl er natürlich wusste, dass alles möglich war. Mehr als einmal hatte sein Vater ihn vor die Tür geschickt, damit er nicht mitbekäme, wie dieser sich mit Nachbar Becker über verschiedene Fälle unterhielt, die nach Meinung der Erwachsenen nichts für Kinderohren waren. Er aber hatte sich unters offene Fenster geschlichen oder hinter der Tür gelauscht und von Eifersuchtsdramen und dieser und jener Kindstötung gehört, die ihm die Haare zu Berge stehen ließen.

So hatte er auch von diesem unsagbaren Meuchelmord von Wallhausen 1804, genau vom zweiten Thermidor Jahr zwölf, erfahren, als eine Ehefrau und Mutter den Mann und Vater ihrer Kinder mit Vorbedacht die Treppe hinuntergestoßen hatte, dreizehn Stufen aus Tannen- und Buchenholz, einfach und allein deshalb, weil sie einen Geliebten hatte und des Gatten überdrüssig war. Sogar die Tochter hatte sie in die Geschichte mit hineingezogen. Noch heute, als studierter Jurist, schüttelte Spitzlay den Kopf, wenn er daran dachte. Nein, eine Familie war nicht unbedingt ein Hort der Glückseligkeit. Vielleicht sollte er besser nicht heiraten.

Ein Poltern und gleich darauf wütendes Geschrei im Hausflur rissen ihn aus seinen Erinnerungen. Die Bureautür flog auf, und Barbara Schweitzer, die Frau des Tuchmachers aus der Hintergasse, stürzte herein, rote Flecken im Gesicht, verrutschte Haube, die Haare aufgelöst.

»Diese unverschämte Person, diese diebische Elster! Herr Friedensrichter …«

»Madame …«

»Nehmen Sie sie fest! Sperren Sie sie ein!«

Die Frau sank erschöpft auf einen Stuhl und wedelte sich mit beiden Händen Luft zu. »Und sie will es nicht mal zugeben, diese … diese … scheinheilige Betschwester, diese Saufdrossel …«

Hinter der Schweitzerin war ein Polizeidiener erschienen. Er warf Spitzlay einen vieldeutigen Blick zu, während er sich unauffällig an die Schläfe tippte. Aber die Tuchmacherin hatte es gesehen. Wie eine Furie schoss sie hoch.

»Sie ungehobelter Klotz, Sie. Ich werde Sie wegen Beleidigung verklagen. Mein Mann wird dafür sorgen, dass Sie versetzt werden. In den hintersten Winkel des Landes.«

»Er glaubt mir nicht«, wendete sie sich wieder Spitzlay zu. »Der Mensch hat mir von Anfang an nicht geglaubt, aber ich habe recht. Dieses Weib dort …«, sie zeigte anklagend mit dem Finger auf die jüngere Frau, die mit bleichem Gesicht, aber nicht weniger erregt im Türrahmen stehen geblieben war. Eine frische blutige Kratzspur zog sich über ihre linke Wange. »Dieses Weib …«

»Sie reden, wenn Sie gefragt werden«, befahl Spitzlay und war über seinen eigenen gebieterischen Ton überrascht. Dann bat er die junge Frau einzutreten und den Gendarmen, die Tür zu schließen. Er wunderte sich über sich selbst: Sein Machtwort hatte die zeternde Anklägerin zum Schweigen gebracht. Dass ihm das auf Anhieb gelungen war, erfüllte ihn mit Triumph. Er setzte sich kerzengerade auf und streckte das Kinn nach vorn.

»Was ist geschehen?«, fragte er den Ordnungshüter und bemerkte, dass Madame Schweitzer schon wieder empört den Mund öffnete, sich aber erst mal geschlagen gab. Nur ein lautes Schnaufen verriet, dass sie mit Spitzlays Vorgehensweise in keinster Weise zufrieden war.

»Es geht um die gestohlenen Wäschestücke von der Bleichwiese«, begann der Polizeidiener und legte ein weißes Betttuch auf den Schreibtisch. Spitzlay begutachtete ein paar Anstandsminuten lang das Linnen, rückte, um Zeit zu gewinnen, mit seinem Stuhl ein wenig nach hinten, schlug das rechte Bein über das linke und rieb sich den Nasenrücken.

»Die Tuchmacherin glaubt …«, fing der Gendarm wieder an.

»Glaubt! Eine Frechheit«, brauste die Schweitzerin entrüstet auf, verstummte aber sofort wieder, als Spitzlay ihr mit einer Handbewegung Einhalt gebot.

Sie glaube also, fuhr der Polizist ungerührt fort, ihre gestohlenen Leintücher bei dieser Frau hier, Weib eines erst kürzlich von Neustadt zugezogenen Seilers und wohnhaft im zweiten Haus an der Mauer, gesehen zu haben.

»Pardon, Sie heißen?«, unterbrach ihn Spitzlay und blickte zu der jungen Frau.

»Wenningsberger, Eva Wenningsberger.«

Die Neustädterin, so der Gendarm weiter, habe ihre Wäsche zum Lüften ins Fenster gelegt, und die Tuchmacherin meinte, diese erkannt zu haben. Zwischen den beiden Frauen sei es dann zu einem heftigen Streit gekommen …

»Zu einem handgreiflichen, wollten Sie sagen?«, unterbrach ihn Spitzlay.

»So kann man es nennen«, bestätigte der Gendarm.

Die Nachbarn hätten ihn gerufen, und er habe mit Gewalt dazwischenfahren müssen, da beide Damen – er zog bei dem Wort »Damen« seine Augenbrauen vielsagend nach oben – nicht gewillt gewesen seien, freiwillig ihre Auseinandersetzung zu beenden.

Spitzlay fuhr sich mit dem Finger zwischen Hals und Kragen und versuchte, den Binder zu lockern. Nie und nimmer würde er heiraten! Lieber verzichtete er auf liebevoll zubereitete Tassen Kaffees mit weißem Brot zum Tunken am frühen Morgen. Es reichte, dass er oft genug mit sich selbst haderte. Es musste nicht sein, dass er auch noch die Streithändel seiner Frau zu schlichten hätte. Obwohl er sich nicht vorstellen konnte, dass so ein liebliches Wesen wie Mademoiselle aus der Kutsche derartig zänkisch sein könnte. Aber er hatte sich ja auch von der Schönheit der Schauspielerin blenden lassen.

»Und wie soll ich nun wissen, wem die Wäsche tatsächlich gehört?«

»Das eingestickte Monogramm, Herr Richter.« Die Tuchmacherin nutzte die Gelegenheit, mäßigte sich aber im Ton.

»Ich habe die Wäsche mit in die Ehe gebracht. Es sind die Anfangsbuchstaben meines Mädchennamens. BK, Barbara Knoops.«

»BK steht für den Namen meiner Mutter, die mir ihr Linnen vermacht hat. BK wie Berta Kahlau«, wendete die Neustädterin ein.

»Da steht Aussage gegen Aussage.« Spitzlay befürchtete Verwicklungen. »Wir müssen uns das Corpus Delicti wohl oder übel näher anschauen. Gehe ich recht in der Annahme, dass Sie noch mehr Wäsche mit demselben Monogramm besitzen, meine Damen? Kommen Sie gegen vier Uhr zurück und bringen Sie einige Stücke mit. Und wenn ich Sie jetzt vorläufig entlasse, gehen Sie am besten getrennte Wege nach Hause.«

Nun würde er heute wieder nicht zum Kergeshof kommen. Er hätte besser daran getan, diese leidige Wäscheangelegenheit auf einen der nächsten Tage zu verschieben.

***

»Und wie ist die Geschichte ausgegangen?«

Martini trank von seinem Bier. Als er das Glas absetzte, zierte weißer Schaum seine Oberlippe und den gepflegten Schnäuzer. Mit der Serviette tupfte er Mund und Bärtchen sauber, eine eingeübte Geste, der Spitzlay fasziniert mit den Augen folgte.

Auffallend viele Männer trugen derzeit Schnäuzer, die neben oder über den Mundwinkeln in mehr oder weniger spitzen Enden ausliefen. Als hätten sie alle bei der Rheinüberquerung am 1. Januar an der Seite Blüchers ihren Mann gestanden. Spitzlay zögerte noch, ob er sich auch einen Schnauzbart wachsen lassen sollte. Er war wankelmütig, was die leidige Politik betraf. Und wie stand es um Martinis Einstellung? Oder folgte dieser nur der neuen Mode?

Spitzlay erwischte sich dabei, dass er mit dem Zeigefinger die Stelle über der Oberlippe befühlte, beschämt ließ er die Hand sinken. Hätte er frühmorgens überhaupt die Geduld, ihn so sorgfältig zu stutzen und zu zwirbeln, wie es der Arzt vermutlich tat? Würde ihm ein Bärtchen überhaupt zu Gesicht stehen? Dr. Martini sah ausgesprochen gut damit aus. Die kleine Kellnerin der Rathausstube wirbelte ständig um ihren Tisch herum, Herr Dokta hier, Herr Dokta da, man könnte fast neidisch werden. Wobei ihm die Wirtstochter, die ihn neulich bedient hatte, mit ihrem sehnsüchtigen Lächeln besser gefallen hatte.

Also kein Bart. Napoleon Bonaparte hatte auch keinen getragen.

Man sollte zu seinen Überzeugungen stehen, auch wenn der Franzose passé war.

Spitzlay besann sich, der Arzt wartete noch immer auf eine Antwort.

»Wie die Geschichte ausgegangen ist? Als die beiden Frauen am Nachmittag zurückkamen, jede mit einem Berg von Wäsche auf dem Arm, musste die Tuchmacherin zugeben, dass sie sich getäuscht hatte. Die Buchstaben waren ähnlich, aber nicht gleich. Auch waren Stoff und Garn verschieden. Ich konnte die Dame insofern besänftigen, dass die Wäsche der Neustädterin, mit Verlaub zu sagen, Billigware war, kein Vergleich zur Qualität der Wäsche, die die Schweitzerin besitzt.«

Martini lachte. »Sie haben das hoffentlich etwas eleganter ausgedrückt, der jungen Frau zuliebe.«

»Aber selbstverständlich, für wen halten Sie mich?«

Die Rathausstube hatte sich gefüllt. Immer wieder kamen Gäste an ihren Tisch, um Spitzlay zu seinem polizeilichen Erfolg im Trimbser Wald zu beglückwünschen.

»Nicht doch, nicht doch«, winkte er dann bescheiden ab, wuchs aber jedes Mal um mindestens einen Zoll. »Das ist allein

Theis Engels' Verdienst. Aber ich danke Ihnen, meine Herren, danke.«

Erfreut stellte er fest, dass er die Lobhuldigungen der städtischen Honoratioren ohne Erröten genießen konnte. Er würde die freundlichen Worte großzügig an den Gendarmen weitergeben, damit vergäbe er sich nichts.

»Es wäre dennoch schön gewesen, wenn die Bande um Reding und Wallet auch die Täter von Moselsürsch gewesen wären«, sagte er zu Martini, nachdem auch der Bürgermeister ihm gratuliert hatte.

»Ein hehrer Wunsch«, spöttelte der Arzt.

»Aber es hätte ja sein können.«

Lustlos stocherte er auf seinem Teller herum. Martini hatte bereits zu Hause gespeist, und dem Doktor etwas vorzuessen, missfiel ihm. Obwohl die Leberklöße fast so vorzüglich waren wie die von seiner Mutter.

»Und könnten es nicht doch diese beiden Männer gewesen sein, von denen Jakob Daum erzählt hatte?« Spitzlay tunkte ein Stück Brot in die Soße und schob es sich in den Mund. Er wollte einfach, dass es ein Raubüberfall war.

»Das glauben Sie doch selbst nicht.«

Spitzlay kaute. Es ersparte ihm die Antwort.

»Nein, Spitzlay, schlagen Sie sich das aus dem Sinn! Die Leichenstarre hat gezeigt, dass der junge Brachtendorf am Abend zuvor ums Leben gekommen ist. Irgendwann zwischen acht und elf oder auch zwölf Uhr, genauer kann ich es Ihnen nicht sagen. Hätten die beiden Unbekannten ihn umgebracht, hätten sie dann wirklich bis zum frühen Morgen gewartet, um im nächsten Dorf Bescheid zu geben? Das halte ich für abwegig.«

»Aber die Stiefel? Und die Geldkatze?«

»Wenn sie der Grund für den Überfall waren, haben der oder die Täter sie bereits in der Nacht mitgehen lassen. Dann verdächtigen Sie die beiden Landstreicher fälschlicherweise. Wenn es denn Landstreicher waren! Sie wissen es doch gar nicht, vielleicht waren es Wandergesellen, Tagelöhner auf der Suche nach Arbeit, Naturforscher, Sonnenanbeter, weiß der Kuckuck, was. Was jedoch nicht heißt, dass sie nicht einfach zugegriffen haben, als sie am Morgen den Leichnam dort haben liegen sehen. Sie wissen ja, Gelegenheit macht Diebe.«

»Aber die Leichenstarre?«

»Kann man zur Not brechen. Unter Umständen konnten sie die Schuhe auch so vom Fuß ziehen.«

Spitzlay schwieg, auf seiner Stirn erschien eine tiefe Falte, während er mit dem Brot den Teller auswischte. Die Leberklöße waren wirklich ausgezeichnet gewesen. Und erst die Soße.

»Die Sache mit der Leichenstarre muss ich Ihnen glauben. Sie sind der Arzt und haben die entsprechende Erfahrung. Ich stimme Ihnen auch zu, dass ein Mörder wohl kaum bis zum Morgengrauen wartet, um herumzuposaunen, dass er angeblich eine Leiche gefunden hat. Was ich aber nicht verstehe: Warum klaut einer die Stiefel eines Toten – und vielleicht auch den Geldsack, falls Joseph einen bei sich gehabt hatte – und erzählt ein paar Minuten später einem Mann, der ihm zufällig über den Weg läuft, von dem Leichnam? Das erscheint mir auch nicht logisch.«

»Menschen sind nur selten logisch in dem, was sie tun.«

»Das reicht mir nicht als Antwort.«

»Aus Nächstenliebe? Dass man einen erschlagenen Menschen nicht einfach liegen lässt? Denken Sie auch an die Hitze, die geherrscht hat, an die Fliegen und den Gestank! Oder um von sich abzulenken, um einen genügend großen Vorsprung zu haben? Ich weiß es nicht, Spitzlay. Ich bin mir nur ziemlich sicher, dass die beiden unbekannten Gesellen nicht die Mörder waren. Gibt es denn niemanden sonst, den Sie im Verdacht haben?«

»Ja, ja, das schon. Aber …«

»Lassen Sie mich raten. Die liebe Familie? Aber das behagt Ihnen nicht. Sie sind ein Idealist, Spitzlay, glauben an das Gute im Menschen.«

»Sie meinen, das sollte ich in meinem Beruf besser nicht tun.«

»Es macht Sie sympathisch.«

Sie schwiegen. Martini, weil er Ausschau nach der Bedienung hielt, und Spitzlay, weil er sich ärgerte. Über sich, über den Arzt und über von Kaysersfeld, der ihn im Stich gelassen hatte. Hingsheim schaute von seinem Tisch verächtlich zu ihnen herüber, gegrüßt hatte er nicht. »Was uns egal sein kann«, hatte Martini kommentiert.

Die kleine Kellnerin kam und stellte ihnen zwei Schoppen Wein hin. Mit ihrer Hand streifte sie Martinis Arm. Als ob das Mädchen ihn berührt hätte, schrak Spitzlay zusammen. Es war ihm peinlich, dass er unfreiwillig zum Beobachter der anzüglichen Szene geworden war. Martini aber fühlte sich geschmeichelt.

»Wie finden Sie das, mein Bester, ich könnte ihr Großvater sein. Fast. Aber gut tut es doch, so ein bisschen weibliche Sanftherzigkeit. Übrigens, meine beiden Damen erwarten Sie am Samstag wieder zum Mittagessen. Dürfen wir mit Ihnen rechnen?« Er hob sein Glas.

»Ich werde nicht im Lande sein. Kindstaufe«, entschuldigte sich Spitzlay und fragte sich, ob er es bedauerte, Bettine nicht zu sehen.

Der Arzt zog eine Augenbraue nach oben. »Wessen Kind, wenn ich fragen darf?«

Irrte sich Spitzlay, oder war da ein Hauch von Enttäuschung in Martinis Stimme?

»Das meiner Schwester«, beeilte er sich zu versichern. »Ich soll Pate sein, sie hat mich darum gebeten, da kann man nicht Nein sagen. Ich muss fahren, trotz des Falls.«

»Ja, natürlich, da kann man nicht Nein sagen. Selbstverständlich werden Sie fahren.«

Er musste sich verhört haben. Der Arzt klang so munter und fröhlich, wie er es schon den ganzen Abend über gewesen war.

»Auf das Wohl des neuen Erdenbürgers. Junge oder Mädchen?«, fragte er.

»Ein Mädchen.«

»Wundervoll, ganz wundervoll. Frauen sind das Beste, was der Herrgott erschaffen hat. Männer bersten vor Imponiergehabe, bringen sich gegenseitig um und hauen sich in Kriegen und sonst wo die Köpfe ein. Und dann verlangen sie von uns Ärzten, dass wir sie wieder zusammenflicken.«

Sie stießen miteinander an, langsam ließ Spitzlay den kühlen Wein durch die Kehle rinnen. Eigentlich hatte ihm Bettines Grübchen in der Wange zugesagt. Aber ihre spöttische Zunge verunsicherte ihn. Die hatte sie von ihrem Vater. Er setzte das Glas ab.

»Apropos Köpfe. Sind viele Köpfe gerollt, als Münstermayfeld französisch wurde?«

»›Köpfe gerollt‹ klingt blutig. So schlimm war es nicht. In der Verwaltung hat es ein paar Veränderungen gegeben, aber wirklich neue Gesichter waren mit den neuen Herrschern nicht nach oben gekommen. Die Pöstchen blieben alle in der Hand von Mayfeldern. In Coblenz mag das anders gewesen sein. Etwas Aufregung gab es dennoch. Ein paar ganz Eifrige glaubten, die Säkularisierung beschleunigen zu müssen, indem sie Akten und Urkunden des Stifts zerfledderten und auf dem Kirchplatz verbrannten. Übrigens erinnere ich mich, dass dieser Caspar Leven, der Freund Ihres Toten, damals tüchtig mitgeworfen hat.«

Spitzlay wunderte sich nicht. »Er war von den Ideen der Französischen Revolution überzeugt.«

»Mein Gott, wer war das nicht? Wir haben doch alle gehofft, dass das Leben mit Napoleon besser wird. Ich gestehe Ihnen etwas, Spitzlay, ich habe zu denen gehört, die am 9. April 1798 den Freiheitsbaum auf dem Stiftsplatz aufgerichtet haben. Auch ich habe die Hände gereckt, habe Freiheit und Brüderlichkeit gebrüllt und bin bei der feierlichen Einsetzung der neuen Munizipalverwaltung gleich hinter der Tricolore marschiert. Meine Frau gehörte dem Damenchor an, der Freiheitslieder sang, und sogar Bettinchen, obwohl noch nicht mal in der ersten Klasse, bettelte, mit den Schulkindern mitlaufen zu dürfen. Sie haben Fahnen und Plakate mit Sprüchen wie ›Hoffnung der Freiheit‹ und ›Verteidigung der Freiheit‹ getragen. Ich habe es ihr erlaubt, und ich sage ihnen, das Kind war eine Augenweide.«

Der Arzt schaute zum Fenster der Rathausstube hinaus. Draußen hatte sich die Dunkelheit über den Platz gelegt, in den Fenstern des Gebäudes gegenüber flackerte ein einzelnes Licht.

»Wir waren doch alle elektrisiert. Aber waren wir wirklich überzeugte Anhänger Napoleons?«, fragte er mehr sich selbst als Spitzlay und wartete eine Antwort nicht ab.

»Oder waren wir einfach der jahrhundertealten Tyrannei

müde, der Herrschaft der Fürsten und der Kirche, die Europa im Griff hatten wie das Tellereisen des Wilderers den Fuchs? Was, wenn es einen teutschen Napoleon Bonaparte gegeben hätte? Einen Müller-Maier-Schulze, der das Volk mitgerissen hätte, wie es der Franzose getan hat? Dann wären wir Müller-Maier-Schulze hinterhergelaufen. Der Franzose stand für alles, was wir uns herbeisehnten. Deshalb wurde er gefeiert, deshalb zogen die jungen Männer mit ihm, nein, für ihn, in den Krieg, überzeugt, das Richtige zu tun. Caspar Leven war so einer und auch der Gülsenmichel. Nur dass der sich jetzt durchs Leben betteln muss. Wie so viele. Und Zehntausende sind gar nicht mehr heimgekehrt.«

»Ich wusste nicht, wie er heißt.«

»Der Gülsenmichel? Stammt aus Metternich. Die Eltern sind tot. Er wohnt jetzt bei seinem Bruder, einem Tagelöhner mit neun Kindern. Keines hat Schuhe, dafür aber Tuberkulose und die Krätze. Sieht so die Befreiung aus, für die der Mann gekämpft hat?«

»Er ist noch immer stolz, dabei gewesen zu sein.«

»Das ist er, das lässt er sich nicht nehmen, das kann er sich nicht nehmen lassen, sonst wäre sein ganzes armseliges Leben umsonst gewesen. Wissen Sie, was es für einen Menschen bedeutet, erkennen zu müssen, dass das, wofür er gekämpft hat, keinen Bestand mehr hat? Dass die Geschichte darüber hinwegtrampelt wie Blüchers Soldaten über das Pflaster von Münstermayfeld? Das zieht Ihnen den Boden unter den Füßen weg. Um halbwegs Ihre Würde zu behalten, versuchen Sie verzweifelt, an der Richtigkeit der alten Ideale festzuhalten, auch wenn Sie spüren, dass sich jeder schon mit der neuen Zeit arrangiert. Und mit den neuen Machthabern.«

»Sie meinen mit den Preußen?«

»Mit den Preußen. Die werden kommen wie das Amen in der Kirche. Zweifeln Sie daran?«

»Ich habe nicht darüber nachgedacht.«

»Das sollten Sie aber, Spitzlay. In ein paar Jahren, ach, was sage ich, wahrscheinlich schon nächstes Jahr wird die politische Landkarte Europas anders aussehen, und was das für uns bedeutet, wissen wir noch nicht. Ich befürchte aber, wir kommen vom Regen in die Traufe. Ich wünsche mir, dass wir uns ein ganz klein wenig Freiheit, Gleichheit und Brüderlichkeit bewahren könnten.«

»Haben Sie einmal überlegt, in die Politik zu gehen?«

»Sie haben einen Blick für Menschen, Spitzlay. Ich weiß nicht, ob Sie das so sympathisch macht wie Ihre gute Seele. Aber in Anbetracht Ihrer richterlichen Tätigkeit ist es eine beneidenswerte Gabe.«

Spitzlay fuhr sich mit dem Finger über die Nase und setzte ein schräges Lächeln auf.

»Ich erlaube mir, Herr Martini, Ihre Bemerkung als Kompliment zu betrachten. Aber meine Frage haben Sie damit noch nicht beantwortet.«

Der Arzt grinste zurück. »Was beweisen würde, dass ich mich als Politiker wacker schlagen würde. Aber ich hänge an meinen Patienten und meine liebe Frau an diesem Fleckchen Erde. Ich könnte sie nie dazu bewegen, mit mir nach Coblenz zu ziehen oder gar nach Mainz, Frankfurt oder Berlin.«

»Also hiesige Verwaltung.«

»Wir werden sehen, lieber Spitzlay, wir werden sehen.«

Laue Abendluft schlug ihnen entgegen, als sie eine halbe Stunde später auf die Straße traten. Spitzlay atmete auf, der Zigarrenqualm in der Gaststube und der süßliche Geruch des Pfeifentabaks machten ihm jedes Mal, wenn er hier einkehrte, zu schaffen. Seine Augen tränten, er war sich bewusst, dass sein ständiges Husten von der verpesteten Luft kam. Aber er hatte auch keine Lust, Abend für Abend zu Hause in seiner Kammer zu sitzen, mit sich allein schale Selbstgespräche haltend. Zwar bot ihm Frau Froehlich stets ihre Gesellschaft an, aber das war nun nicht die Weiblichkeit, nach der er sich sehnte, sosehr er die alte Dame auch schätzte. Dann doch lieber das verräucherte Wirtshaus. Wenigstens waren es die Rathausstuben, eine anständige Lokalität und keine Kaschemme.

Neben dem Eingang lehnte Gülsenmichel an der Hauswand und schaute Spitzlay und Martini erwartungsvoll an. Spitzlay kramte in seinen Taschen nach einem Pfennig.

»Du kennst Caspar Leven?«, fragte er und legte dem Veteran das Geld in die ausgestreckte Hand.

»Wir waren im selben Lazarett, in Kulm.«

Der Veteran schnaubte und zog Spucke durch die Zähne. Das Zischen klang auf dem stillen Platz wie das Schwirren eines Säbels.

»Er war im Lazarett? Das hab ich nicht gewusst. War er schwer verletzt?«

»Der Leven?« Gülsenmichel lachte auf. Umständlich steckte er die Münze in die Tasche seines verschlissenen Rocks.

Spitzlay suchte nach mehr Geld in seinem Beutel.

»Lassen Sie's gut sein, Herr Richter. So einer bin ich nicht. Schwer verletzt? Der? Behauptete, dass er den Kopf nicht mehr drehen konnte. Spielte es so gut, dass sie ihn entlassen mussten. Mit einem gelähmten Soldaten lässt sich kein Krieg gewinnen. So einfach ist das.«

»Aber …«

»Mir brauchen Sie nichts zu sagen. Sie müssen ihn sich nur anschauen. Hat der Mann einen steifen Hals? Hat er nicht, der Lügensack. Wie sagen die Franzosen? Malade imaginaire.«

Gülsenmichels französische Aussprache ließ zu wünschen übrig, aber Spitzlay hatte verstanden.

»Gibt es das?«, fragte er Martini, während er ihn noch ein Stück die Oberstraße hinauf begleitete.

»Eingebildete Kranke? Mehr als genug.«

»Das meine ich nicht. Kann es Lähmungserscheinungen geben, die später wieder völlig verschwinden?«

»Wissen Sie, ob sie völlig verschwunden sind? Haben Sie ihn so genau beobachtet, dass Sie ausschließen können, dass nicht doch ein Rest der Erkrankung noch vorhanden ist oder zumindest hin und wieder auftritt und ihn behindert?«

»Nein.«

»Sehen Sie. Im Übrigen, die Medizin hat noch lange nicht alles erforscht, was im menschlichen Körper geschieht, wie der Körper in bestimmten Situationen reagiert. Eine Schlacht, Spitzlay, ist kein Kinderspiel. Können wir in die Seele des Menschen schauen? Wissen wir, wo sie ihren Sitz hat und was in ihr vor sich geht? Wussten Sie, dass vor über hundert Jahren ein Arzt aus Basel, Hofer hieß er, Johannes Hofer, festgestellt hat, dass Soldaten, die fern der Heimat lagen, scheinbar grundlos krank werden konnten, Fieber bekamen, abmagerten und sogar starben? Sie litten, man mag es kaum glauben, an Nostalgie, an unsäglicher, nicht zu ertragender Sehnsucht nach ihrer Heimat. Gestandene Männer!«

»Sie meinen also, Leven könnte tatsächlich Lähmungserscheinungen gehabt haben?«

»Er könnte, er könnte nicht. Ist das wichtig?«

»Ich weiß es nicht.«

***

Er musste schon eine Weile geschlafen haben, als seine Frau ihn wachrüttelte.

»Da schreit jemand.«

Jetzt hörte Jakob es auch. Es kam von der Straße. Erregte Stimmen, Leute, die durcheinanderriefen. Dann hämmerte jemand mit den Fäusten an die Haustür.

»Daum!«

Jakob sprang aus dem Bett, stieß in der Dunkelheit an einen Stuhl, tappte über seine Schuhe. Mit nackigen Füßen polterte er die Treppe hinunter ins Parterre. Kätche folgte ihm, ängstlich, ein Tuch um Schultern und Oberkörper geworfen. Hinter ihr im Schlafzimmer fing Elsje an zu wimmern. Oben wurde die Tür der Mansarde aufgerissen.

»Was ist los?«, rief Caspar herunter. »Wart, ich komm.«

Aber Jakob hatte Johann Puths tiefen Bass erkannt und öffnete schon die Tür zum Hof.

»De Pitter ees net haamkumme.« Peters Vater verhaspelte sich, aus seinen Augen sprach die Angst. »Das hat een noch nie imach. Wir haben das ganze Haus abgesucht. Keine Spur von ihm. Die Frau kann net mehr.«

Puths Cathrein lehnte weinend am Pfosten des Hoftors, Ackermanns Frau hielt sie im Arm, Margarethe, Anni und andere Nachbarn standen drum herum.

»Der Pitter war doch am Nachmittag noch mit dir unterwegs, seid ihr nicht zusammen zurückgekommen, Caspar?« Jakob drehte sich dem Freund zu, der neben ihn auf den Hof getreten war. Der schüttelte den Kopf.

»Nee, an der Bach hat er kehrtgemacht, er wollt heim.«

»Und du hast ihn gehen lassen?«

»Er ist doch kein Kleinkind mehr, Jakob. Er kennt doch jeden Baum und Strauch.«

»Caspar hat recht«, unterbrach Johann Puth die beiden. »Und trotzdem, es muss ihm was passiert sein, der Pitter ist kein Rumtreiber. Wir müssen ihn suchen.«

»Ich zieh mich an, bin gleich bei dir. Trommel die Männer zusammen. Und Fackeln, wir brauchen Fackeln. Komm, Caspar!«

Jakob rannte die Treppe nach oben, wo Kätche, den jammernden Säugling im Arm, angsterfüllt am Geländer stand.

»Musst du auch an den Juseff denken?«, flüsterte sie.

Jakob küsste sie flüchtig.

»Bet für ihn!«, sagte er. »Bet für den Pitter!«

Es ging gegen Mitternacht, als sie sich auf den Weg machten. Wer von den Ackerern gut zu Fuß war, hatte sich bereit erklärt, mitzukommen, sogar Heinrich Wymar, der sich sonst vor gemeinschaftlichen Arbeiten im Dorf gern drückte. Jakob ging mit Peters Vater und Caspar vorneweg. In kleinen Grüppchen folgten die Übrigen, der junge Frenz schwang große Worte.

»Der kann ja nicht weit sein. Ich sag euch, in einer Stunde haben wir ihn.«

Zurück blieb nur der alte Wirtz.

»Die Frauen brauchen jemanden, der bei ihnen bleibt«, hatte Jakob versucht, ihn zu trösten, und der Alte hatte resigniert genickt.

»Warum muss man so alt werden, wenn man zu nix mehr nütze ist?«

Schweigend marschierten sie durch die Dunkelheit. Einem schwarzen Riesenköter gleich duckte sich der Hunsrück vor ihnen, lag lauernd in der Nacht, als wolle er jeden Augenblick aufspringen und seiner Beute den Garaus machen. In dem niedrigen Gestrüpp entlang der Ackerraine raunte es. Rief da nicht jemand? Still.

Sie blieben stehen, lauschten.

»Pitter?«

Der Vater hatte die Hände wie einen Trichter um den Mund gelegt und schrie den Namen des Jungen in die Finsternis hinaus. Aber der Ruf blieb ohne Antwort.

Der Mond beleuchtete schwach den Weg, manchmal schoben sich Wolkenstreifen davor, die das bleiche Licht in abertausend Fetzen zersplitterten. Als Joseph starb, war es stockdunkel gewesen. Neumond. Jakob erinnerte sich daran, weil er noch einmal in den Stall gegangen war, um nach der Kuh zu gucken, er hatte die Hand nicht vor den Augen sehen können. Vielleicht hatten Josephs Mörder sich bewusst diese Nacht ausgesucht.

Am Wäldchen teilten sie sich. Eine Gruppe begann, das Gehölz bachaufwärts zu durchforsten, die zweite folgte der Böschung abwärts in Richtung Mosel. Jakob ging mit Peters Vater und Caspar bis zu der Stelle, wo der Junge sich von Letzterem getrennt hatte.

»Eigentlich wollte er mit mir mitkommen, gucken, ob der Hafer schon reif ist. Ihr kennt ihn ja, will überall mit, und dann fällt ihm wieder was Neues ein.«

Sie hatten die mitgebrachten Fackeln und Laternen entzündet, gespenstisch schwebten die Lichter durch den Busch, immer wieder riefen sie Peters Namen, von Mal zu Mal mit weniger Hoffnung.

Unter dem dichten Blätterdach konnte Jakob wenig erkennen. Er arbeitete sich am Wasser entlang, Johann Puth fünf Schritte vor ihm auf der anderen Seite des Rinnsals, dahinter mit etwas Abstand Caspar. Äste schlugen Jakob ins Gesicht, sein Kittel verhedderte sich in einem Strauch. Einmal rutschte er über eine feuchte Wurzel und verlor den Halt.

»Warum wollte er denn nicht mehr mit dir weitergehen? Hat er denn nichts gesagt?«, fragte er, als Caspar ihm aufhalf.

»Ich hab keine Ahnung. Wir haben noch rumgespielt hier am Wasser, haben gelacht und gealbert. Als ich ihn dann gemahnt hab, dass es spät ist und wir weitermüssen, wollte er nicht mehr mit. ›Ich geh zurück‹, hat er gesagt. Ich bin dann allein zu meinem Feld.«

Wieder wollte Jakob ihm Vorwürfe machen. Er tat es nicht. Alle Kinder, auch er, als er so alt wie Pitter gewesen war, durchstromerten das Wäldchen, kannten es so genau wie zu Hause den Hof und die Stallungen. Er konnte sich nicht erinnern, dass jemals irgendetwas passiert war.

»Schon gut«, lenkte er ein und hangelte sich vorsichtig weiter.

»Dort liegt was.« Puth unterdrückte einen Aufschrei.

Jakob und Caspar rannten zu Peters Vater. Beim Durchwaten der Bach blieb Jakob mit den Schuhen im Schlamm stecken. Er zerrte, zog das Bein mit einem Ruck nach oben und hastete weiter. In seinen Stiefeln quatschte das Wasser. Wortlos zeigte Puth auf ein dunkles Etwas wenige Metres vor ihnen im Unterholz.

»Pitter?«

Puth zögerte noch immer, dann stürmte er vorwärts, so schnell es die Dunkelheit und der unebene Boden erlaubten, riss den Stoff hoch, ein großes schwarzes Umschlagtuch mit Fransen, wie es Frauen trugen, feucht und verdreckt, es musste schon lange da über dem Felsbrocken gelegen haben. Puth sackte in die Knie. Hilflos stand Jakob neben ihm, fand keine Worte. Pitters Vater weinte.

»Ich such weiter«, murmelte Caspar.

Jakob hörte, wie der Freund sich entfernte, das Rascheln seiner Schritte klang noch durch die Nacht, als er selbst schon nicht mehr zu sehen war. Und auch seine Stimme.

»Pitter, wo bist du? Antworte!«

Wie zum Hohn krächzte ein Käuzchen.

»Komm, Johann! Hier sitzen bringt auch nichts.«

Jakob zog Puth hoch. Erschöpft humpelten sie weiter. In der Nähe der Schiefergrube trafen sie auf Schäfermatthes und den jungen Frenz.

»Und?«

»Nichts.«

»Wo sind die anderen?«

»Ein paar suchen in den Wingerten. Der Wymar ist mit dem Ackermann hier den Hang runter.«

Jakob starrte in die schwarze Schlucht. Selbst bei Tag war der Abstieg in den zerklüfteten Felsengraben gefährlich. Er wagte nicht, weiterzudenken.

»Wir können nichts finden.«

Von tief unten schallte Wymars heisere Stimme zu ihnen hoch. »Wir bleiben hier unten, versuchen, von hier auf den Lehmener Wingertsweg zu kommen.«

»Die Lichter sind runtergebrannt, wir sehen fast nichts«, bruttelte der junge Frenz unwirsch. »Vielleicht sind wir längst an ihm vorbeigelaufen. Wir sollten warten, dass es Tag wird.«

»Halt dein Mund.«

Und Frenz schwieg.

Wenn er jetzt beleidigt ist, kann ich's auch nicht ändern. Jakob stapfte verbissen vorwärts. Im Stillen gab er dem Großmaul recht. Er selbst konnte sich kaum noch auf den Beinen halten, die Stelle, auf die er zuvor gefallen war, schmerzte. Verstohlen schaute er sich nach Puth um, der mit hängendem Kopf vor sich hin schlurfte. Manchmal hörte er den Mann noch sein verzweifeltes »Pitter« rufen, aber die Stimme war schwach geworden. Gib nicht auf, wollte er ihm sagen, aber er hatte selbst fast alle Hoffnung verloren.

Wo die Reben anfingen, trafen sie den einen Teil des Suchtrupps wieder. Erschöpft schleppten die Männer sich den schmalen Weinbergsteg hoch, stießen auf dem Plateau mit den Männern zusammen, die in entgegengesetzter Richtung gesucht hatten, auch sie erfolglos. Schweigend wanderten sie zum Dorf zurück, ein Haufen verdreckter Gestalten, blass und übernächtigt, die Gesichter zerkratzt. Einer hinkte und musste von seinem Nachbarn gestützt werden.

»Wir brauchen mehr Männer. Ich geh zur Gendarmerie«, verkündete Caspar, bevor sie sich an der Kirche trennten, damit jeder etwas schlafen und wieder zu Kräften kommen konnte.

Jakob hielt Caspar zurück. »Ob Peters Verschwinden mit Josephs Tod zusammenhängt? Was meinst du?«

Caspars Augen zogen sich zu schmalen schwarzen Schlitzen zusammen, wie sie es immer taten, wenn er müde war. »Was hat das eine mit dem anderen zu tun?«, fauchte er.

»Ich mein ja nur.« Jakob war selbst viel zu müde, um jetzt noch über seine Befürchtungen reden zu können. Und wahrscheinlich hatte Caspar recht. Wahrscheinlich war die Sache mit Peter reiner Zufall.

»Ich geh jetzt.« Caspar schüttelte Jakobs Arm ab, und, ohne noch etwas zu trinken oder zu essen, machte er sich auf den Weg nach Münster.

Jakob überlegte, ob er mitgehen sollte. Aber auf Caspar war Verlass. Es wäre besser, er bliebe bei Peters Vater.

Über dem Hunsrück graute der Morgen.

ELF

Donnerstag, den 25ten August 1814

Spitzlay wachte mit Kopfschmerzen auf, er verspürte nicht die geringste Lust aufzustehen. Hatte er gestern Abend zu viel getrunken? Ein Glas Wein zu den Leberknödeln. Nein, zwei. Oder? Auf jeden Fall aber noch das eine, das Martini bestellt hatte, nur damit die kleine Kellnerin zu ihnen an den Tisch käme.

Ein Charmeur, dieser Distriktarzt, aber ein liebenswürdiger. Ob er ihm die Erlaubnis gäbe, das Fräulein Tochter zu einem Kutschausflug einzuladen? Aber wohin sollte er Bettine ausführen? Hinunter an die Mosel, in eines der Winzerdörfer? Und was sollten sie dort? Coblenz mit seiner Geschäftigkeit wäre für eine junge Dame sicher aufregender. Aber die Fahrt in die Stadt brauchte Stunden, und zurück müssten sie auch wieder. Das war an einem Tag nicht zu schaffen. Er schob den Gedanken von sich.

Das Gespräch mit dem Krüppel, mit Gülsenmichel, am Abend zuvor war ihm noch lange durch den Kopf gegangen, auch was Martini gesagt hatte über die Seele und die Schweizer Soldaten mit ihrem Heimweh. Hatte auch Caspar Leven daran gelitten? Die Leute erzählten, er sei bis Moskau gekommen.

Wie wäre es ihm selbst ergangen, wenn er nicht als untauglich aussortiert worden wäre? Hätte er die Strapazen ausgehalten? War es einer Sache dienlich, wenn Zehntausende, vielleicht Hunderttausende dafür ihr Leben lassen mussten? Aber wo stünden sie heute ohne die Französische Revolution? Gab es ein Weiterkommen der Menschheit ohne Opfer? Rechtfertigte der Zweck die Mittel? Er war über diese Fragen in einen rastlosen, von Träumen unterbrochenen Schlaf gefallen.

Sie hatten ihn vor eine Kanone gebunden und Vive l'empereur rufen lassen. Lauter, noch lauter! Vive l'empereur! Aus irgendeinem Grund hatte er keine Hose an, nur einen roten Soldatenrock, und er schämte sich seiner Blöße. Um ihn herum brannten die Äcker. Seltsamerweise dehnten die Flammen sich nicht aus, im Gegenteil, sie zogen sich zurück, retirierten wie ein geschlagenes Feldbataillon, dann marschierten die Brachtendorfs auf, im Gleichschritt marsch, Bettine an ihrer Spitze, mit Lachgrübchen im Gesicht und eine Fahne schwingend, aber er konnte nicht sehen, was für eine Fahne es war.

Als die Frau »Feuer« schrie, war es nicht mehr Bettine, sondern eine andere weibliche Person, von der er wusste, dass er sie ebenfalls kannte. Da zündete Vater Brachtendorf die Lunte an, und gerade als er dachte, jetzt zerreißt es ihn, war er aufgewacht, schweißgebadet, froh, dass er weich gebettet in seinen Kissen lag. Er überlegte, wer die Frau gewesen war, die den Feuerbefehl gegeben hatte, aber er konnte noch so sehr nachdenken, es fiel ihm nicht ein. Kein Wunder, dass er Kopfschmerzen hatte.

Kretzers kaum verhehltes Grienen, mit dem dieser ihn eine Stunde später im Amt begrüßte, trug nicht zur Verbesserung seiner Laune bei. Hatte der Mann ihn am Abend zuvor in der Gaststube oder auf dem Nachhauseweg beobachtet? War er nicht mehr gerade gelaufen? Spitzlay wollte dem Blick des Gerichtsschreibers ausweichen, als dieser, höflich hüstelnd, auf seinen Rock deutete, und er bemerkte, dass der oberste Knopf im zweiten Knopfloch steckte und dementsprechend alle anderen Knöpfe ebenso falsch geschlossen waren. Und so war er über den Markt gelaufen! Das war nicht sein Tag heute. Und dabei musste er Kretzer noch dankbar sein, dass er ihn nicht vor Justina der Lächerlichkeit preisgegeben hatte.

Spitzlay öffnete das Fenster der Amtsstube, um frische Luft hereinzulassen. Gülsenmichel war noch nirgendwo zu sehen. Armer Kerl. Im Vergleich zu ihm war Leven von den Göttern begünstigt, ganz gleich, wie dreckig es ihm zwischendurch ergangen sein mochte. Er schüttelte den Kopf, das war jetzt nicht wichtig. Wichtig waren die Planung und Vorbereitung des heutigen Tags, Besuch des Kergeshofs, Befragung aller Männer der Familie, notfalls den ganzen Tag dort verbringen, damit ihm keiner durch die Lappen ging, einen Vorwand suchen, um noch einmal mit Katharina zu sprechen. Er wünschte, er würde sie antreffen, wenn er dorthin käme. Er bat den Gerichtsboten, nach Adam Klein und dem Gespann zu rufen.

Sein Begleiter in Amtssachen sei leider nicht aufzutreiben gewesen, verkündete der Büttel, als er wenig später zurückkam. Fast die ganze Gendamerie sei ausgeflogen, auf der Suche nach einer vermissten Person. Nicht schon wieder Ungemach, dachte Spitzlay und begnügte sich mit einer alten Karre. Der sie lenkte, war das genaue Gegenteil seines angenehm schweigsamen Riesen. Ein schmächtiges Männchen mit zerknautschtem Gesicht und einer kalten Pfeife im Mund. Aber Schweigen konnte er glücklicherweise auch. Manche Schwager quatschten, dass einem die Wörter zu den Ohren heraustropften.

***

Als die Mutter nach dem Frühstück das Haus verlassen hatte, um in den Garten zu gehen, stahl sich Katharina in die Bügelkammer. Seit Josephs Beerdigung hatte sie sie nicht mehr betreten. Ohne dass auch nur einmal darüber gesprochen wurde, war sie Mutters Reich geworden, Mutter vergrub sich darin. Zwar verriegelte sie nie den Raum – Kath wusste nicht, ob es überhaupt einen Schlüssel dafür gab –, aber sie schloss die Tür auf eine bestimmte Weise, mit einem so nachhaltigen Klacken, dass jeder im Haus verstand.

Noch gestern Abend hatte Kath den Vater gesehen, wie er, sich unbeobachtet wähnend, leise, fast auf Zehenspitzen, zu Mutters Kammer hingeschlichen war, an der Tür lauschte, fast schon auf die Klinke drücken wollte und es dann doch unterließ.

Sie hatte sich hinter den großen Dielenschrank geduckt und die Luft angehalten, damit er sie nicht bemerkte. Danach war sie in den Stall gelaufen, hatte ihr Gesicht in das Fell des neuen Kälbchens gedrückt und geweint. Wenn sie doch nur mit jemandem sprechen könnte. Ann. Aber zu Ann war es weit, und die Schwester hatte eigene Sorgen. Auch Joseph hätte ihr zugehört und verstanden. Joseph hatte sie immer verstanden. Für die anderen Brüder war sie nur die Kleine, das Dummerchen.

Plötzlich sehnte sie sich danach, Sophie wiederzusehen. Ob sie ihr eine Freundin sein könnte? Aber Mutter würde sie nie nach Winningen zu den Lutherischen gehen lassen. Sie würde sie heimlich treffen müssen. Wie Joseph es getan und sich einen Verbündeten gesucht hatte. Poschner.

Poschner musste auch ihr helfen. Wo könnte sie ihn finden?

Sie hatte die Tür zur Kammer leise geschlossen und Mutters Nachttisch davorgeschoben. Einen Augenblick lauschte sie, aber im Haus war alles still. Links an der Wand, wo bisher die Wäschekommode gewesen war, befand sich nun Mutters neue Bettstatt, die Jab aus alten Brettern zusammengezimmert hatte. Das Kopfkissen lag so, dass Mutter, wenn sie aufwachte, durch das Fenster hindurch in den Nussbaum blicken konnte. Kath strich über das glatt gezogene weiße Linnen, steckte die Nase hinein, roch Mutters Geruch. Über dem Bett an der Wand hing ein Kruzifix.

Gott, steh uns bei!

Dann schaute sie sich um. In der Ecke gegenüber dem Bett hatte Mutter – oder Jab – ihren Kleiderschrank geschoben, daneben standen die Wäschekommode, davor, fast mitten in der Stube, der Bügeltisch und unterm Fenster die Truhe mit der Flickwäsche. Kath öffnete den Deckel. Alte Stoffe kamen zum Vorschein, fleckige Tischtücher, brüchige Kopfkissen, Hemden mit Löchern. Sie schloss das Möbel und suchte weiter.

Im obersten Fach des Kleiderschranks entdeckte sie, wonach sie gesucht hatte, Josephs Beinkleider, die wollenen Strümpfe, den blauleinenen Kittel. Die Mutter hatte alles sorgsam gefaltet. Die Stiefel, Josephs ganzer Stolz, und sein Hut fehlten.

Vorsichtig nahm Kath die einzelnen Teile heraus und breitete sie auf dem Boden aus. Dreckig waren sie, voller Erde und Grasflecken, der Ärmel des Kittels zerrissen, nichts hatte die Mutter gereinigt oder wieder in Ordnung gebracht. Josephs Tod auf immer und ewig. Sie konnte nicht mehr an sich halten, die Tränen rannen ihr übers Gesicht. Trotzdem tastete sie die Kleidungsstücke ab, suchte nach Taschen, wo das Büchschen mit Sophies Haaren versteckt sein könnte. Sie fand nichts.

Draußen hallten Schritte durch den Hausflur. War Mutter schon zurück? Hastig packte Kath die Kleider zusammen und verstaute sie wieder in den Schrank. Hoffentlich hatte sie alles richtig zusammengelegt, damit Mutter nichts merkte. Dann schob sie das Nachttischchen an seine alte Stelle und öffnete vorsichtig die Tür. Sie sah gerade noch, wie Mechthild in der Küche verschwand. Kath atmete auf. Schnell huschte sie über den Hof in den Stall.

Was sie nicht verstand, war, dass Sophie nicht ein einziges Mal hinterfragt hatte, wer Joseph umgebracht haben könnte. Und nicht nur das. Sie war auch mit keiner Silbe auf Kaths Frage eingegangen. Interessierte es sie nicht? Oder …? Sie ließ sich auf einen Strohhaufen sinken.

Oder hatte Sophie einen Verdacht und wagte ihr gegenüber nicht, ihn auszusprechen? Warum? Um sie zu schützen? Das aber würde bedeuten, dass auch Josephs Verlobte jemanden aus ihrer Familie verdächtigte. Vielleicht hatte sie sogar Beweise und getraute sich nicht, offen mit ihr zu reden. Kaths Magen rebellierte, alles kam ihr hoch. Sie rannte aus dem Stall, hinters Haus, dorthin, wo die Katze sie gekratzt hatte, sie würgte. Die Erbsensuppe vom Frühstück drängte die Kehle hoch, der bittere Schwall schwappte aus ihr heraus.

Heilige Santa Luzia! Bitte nicht, bitte nicht!

Sie blieb lange unter den Johannisbeersträuchern sitzen. Versuchte, an nichts zu denken. Als sie endlich aufstand, zitterten ihr die Knie, die Reste des Erbrochenen im Mund ekelten sie. Am Brunnen wusch sie sich, gurgelte, wieder und wieder, doch der beißende Geschmack blieb. Sie schrubbte die Hände, bis sie das Gefühl hatte, die Haut löse sich von den Fingern. Ihre Brüder Mörder. Ihr Vater ein Totschläger. Die Mutter Mitwisserin, vielleicht gar Anzettlerin. Und alles nur, weil Sophie eine Lutherische war. Nein! Nein! Nein!

»Guten Morgen«, sagte eine Stimme hinter ihr.

Sie fuhr herum. Der Wassereimer glitt ihr aus der Hand, schlug krachend auf den Boden. Sie hatte ihn nicht kommen hören, auch nicht in den Hof treten sehen.

»Entschuldigung, ich wollte dich nicht erschrecken.«

Der junge Friedensrichter bückte sich, hob den blechernen Eimer auf und hängte ihn an seinen Haken. »Geht es dir nicht gut?« Seine Hand fasste ihren Arm, sie spürte seine Finger, warm und beruhigend. Er führte sie auf die Bank an der Haustür, bat sie, sich zu setzen. Blieb bei ihr. Sie hätte sich gern an ihn gelehnt.

Doch dann erschrak sie. Warum war er gekommen? Um die Brüder oder den Vater festzunehmen?

»Es ist niemand hier«, stammelte sie. »Nur Mechthild. Wollen Sie, dass ich sie rufe?«

»Nein, bleib!«

Sie fühlte, dass er sie von der Seite ansah, und blickte zu Boden, auf seine weißen Strümpfe und die schwarzen, sauber geputzten Schuhe. Ob er ihren sauren Atem roch? Sie wendete ihr Gesicht ab.

»Dein Vater ist nicht da?«

»Nein.« Sie schüttelte heftig den Kopf. »Niemand ist da. Was wollen Sie von ihm?«

»Ich hätte da noch einige Fragen.«

Sie presste die Lippen fest aufeinander, so fest, dass es wehtat. Er schien sie noch immer zu beobachten. Guck mich nicht an!

»Es ist dir unangenehm, mit mir zu reden.«

Sie schwieg.

»Katharina, vielleicht weißt du etwas, was mir hilft, die Mörder deines Bruders zu finden. Willst du denn nicht auch wissen, wer es war?«

Nein, dachte sie. Ich will es nicht wissen. Sie verknotete ihre Finger, vermied seinen Blick. Die Hühner scharrten unbekümmert im Hof. Warum öffnete sich kein Loch, in dem sie verschwinden konnte? Sie musste ihn abwimmeln, bevor die Brüder zum Mittagessen zurückkämen.

»Ich weiß jetzt, wer das Mädchen ist, das er geliebt hat.«

»Du weißt es? Seit wann?«

Die Überraschung war gelungen.

»Sie hätte gern die Locke zurück, die sie ihm geschenkt hat. Er hat sie in einer Art Büchse an einer Schnur um den Hals getragen. Haben Sie sie bei ihm gefunden?«

Als keine Antwort kam, hob sie den Kopf. Hatte er sie nicht gehört? Aber er blickte sie aufmerksam an, spitzte seinen Mund, legte seinen Kopf zur Seite. Was überlegte er nur?

»Wie hast du es herausbekommen?«

»Haben Sie das Haar?«

»Du lässt nicht locker?«

»Also haben Sie es?«

Er fuhr sich mit dem Zeigefinger über die Nase. Sie war noch nie einem Menschen begegnet, der so schöne lange Finger hatte.

»Ich habe tatsächlich bei Joseph eine Haarlocke gefunden. Aber um herauszufinden, ob es die von seiner Verlobten war, muss ich wissen, wer sie ist.«

»Sie heißt Sophie und lebt in Winningen.«

»In Winningen!«

Überrascht griff der Friedensrichter nach ihrem Handgelenk, besann sich aber. Dabei hätte sie alles darum gegeben, seine Finger auf ihrer Haut zu spüren.

»Es gibt dort einen Mann, der Poschner heißt. Er kann Ihnen sagen, wo Sie sie finden.«

Der Friedensrichter war aufgestanden. »Danke, Kath, ich wusste, dass du mir helfen würdest. Vielleicht kann ich auch einmal etwas für dich tun?«

Er zögerte, als wollte er noch etwas sagen. Aber dann ging er doch. Am Hoftor drehte er sich noch einmal um und winkte ihr zu. Kath winkte zurück. Und dann fiel ihr etwas ein. Warum hatte sie nicht schon vorher daran gedacht?

***

Spitzlays schlechte Laune war wie weggeblasen. Die Lerchen sangen, die Luft war angenehm weich, das Gerumple des baufälligen Karrens, das ihn am Morgen noch nervös gemacht hatte, hörte er gar nicht mehr, und Katharina hatte entzückend ausgesehen in ihrem Eifer, von ihrer Familie abzulenken. Ihre ganze Haltung, ihre Augen, die fahrigen Hände, alles verriet, dass sie einen der Ihren deckte. Nur wen?

Er hatte sich auf ihr Spiel eingelassen. Vielleicht könnte er mit der Zeit ihr Vertrauen gewinnen, mit Barschheit würde er sie nur verschrecken. Jetzt, wo er ohnehin am Wochenende wegen der Taufe seines Patenkinds nicht vor Ort wäre, musste er auch nichts überstürzen. Eile mit Weile. Sie hatte ihn loshaben wollen.

Je schneller, desto besser. Also waren die Männer auf dem Hof, oder sie erwartete sie jederzeit zurück. Hätten sie sich abgesetzt, wäre das Mädchen gelassener gewesen. Er würde Theis Engels bitten, den Hof zu umstellen, unauffällig natürlich, damit ihm keiner der Brachtendorfs entwischte.

Wo könnte der Gendarm die Schützen postieren? Er sah sich um. Es gab kaum Bäume und Büsche in der Umgebung des Hofs. Aber es war nicht seine Aufgabe, geeignete Verstecke ausfindig zu machen. Das war Engels' Angelegenheit, und der Mann beherrschte sein Metier. Tatsächlich schien er in seinem Element zu sein, je größer die Anforderungen waren, die man an ihn stellte. Hinter wem mochten seine Leute jetzt schon wieder herlaufen? Vielleicht wurde ein alter Mensch vermisst, der wirr im Kopf war.

Joseph hatte also eine Verlobte aus Winningen, einen Blaukopp.

Wenn das Kretzer wüsste! Spitzlay grinste innerlich.

Eine Verlobte aus Winningen bedeutete, dass sich das Liebespaar höchstwahrscheinlich heimlich hatte treffen müssen, damit die Familien nichts davon erfuhren. Und Poschner war ihr Verbindungsmann gewesen. Und damit höchstwahrscheinlich unschuldig. Aber warum hatte Poschner bei ihrem Gespräch im Bachhof nichts davon erwähnt? Er würde ihn das fragen müssen.

Und wie würde sich diese Sophie ihm gegenüber verhalten? Warum war sie nicht längst zu ihm gekommen? Wusste sie, mit welchen Leuten Joseph in den letzten Wochen und Monaten verkehrte? War es übel beleumdetes Gesindel? War sie womöglich selbst nicht ganz koscher? Es kam gar nicht so selten vor, dass auch Frauen bei zwielichtigen Geschäften mitspielten. Oder hatte es Streit gegeben zwischen ihr und Joseph, und sie selbst …? Oder doch Poschner, für sie …? Dann aber wären die Brachtendorfs rehabilitiert, nur dass dies Katharinas Verhalten widerspräche.

Langsam, Spitzlay, ganz langsam. Bist schon wieder dabei, neue Verdachtskonstruktionen anzustellen. Mach einen Schritt nach dem anderen.

Verwundert über seine unerwartete Gelassenheit, lehnte er

sich zurück und genoss die Fahrt. Was für ein schöner Tag, was für ein liebes Mädel, diese Kath. Wie ein Habichtweibchen verteidigte sie ihre Familie. Es gefiel ihm. Schade, dass sie so jung war. Ein Kind ja noch. Hatte er wirklich am Morgen Kopfschmerzen gehabt und keine Lust zum Arbeiten? Er rieb sich die Hände.

»Eisenkopp, wir fahren nach Winningen«, verkündete er entschlossen und tippte dem Männchen mit dem zerknautschten Gesicht an die Schulter. »Und zwar jetzt sofort.«

Etwas in ihm sagte, dass er auf dem richtigen Weg war.

Rechts und links dehnten sich Stoppelfelder, dazwischen Kartoffeln, Hafer, Rüben. Obstbäume dicht an dicht. Kurz vor Mörz erreichten sie den Abzweig nach Sürsch, von wo sie, am Fundort von Josephs Leichnam vorbei, nach Lehmen und weiter nach Winningen gelangen würden.

»Heißen Sie wirklich Eisenkopp?« Die Frage bewegte ihn schon seit dem Morgen.

»Eisenkopp. Engelbrecht Eisenkopp.«

Eisenkopps Kopf sah aus wie ein verschrumpelter Apfel. Manchmal passten die Dinge einfach nicht zusammen. Als er merkte, dass er sich über seine spitze Nase fuhr, ließ er verdrießlich die Hand sinken. Manches passte eben doch. Dummerweise.

Eine Schar Reiter kam ihnen entgegen. Die Truppe ritt langsam, wirkte abgekämpft. Dann erkannte er Engels, unübersehbar aufrecht im Sattel sitzend, stolzer Befehlshaber seiner kleinen Kompanie, den Achtung gebietenden Bauch wie eine Trommel vor sich hertragend. Mit Spitzlays Beschaulichkeit war es vorbei. Wie pflegte seine Mutter zu sagen? Du sollst den Tag nicht vor dem Abend loben. Aber Engels begrüßte ihn aufgeräumt.

»Nur ein bisschen Aufregung um einen Lausbuben. Hat sich rumgetrieben, der Bursche, wie Kinder das so machen. Ist dabei gestürzt und hat sich ein Bein oder den Fuß oder beides gebrochen. Wir bringen ihn zu Martini. Unter uns gesagt, ich halte das für übertrieben. Als wir Kinder waren, wurde nicht so viel Aufhebens um uns gemacht, und wir sind auch groß geworden. Ich sage Bein hoch, das wird der Doktor auch verordnen. Aber nun ja, von mir aus …«

Jetzt bemerkte Spitzlay auch den Leiterwagen, der von einem Ackergaul gezogen wurde. Der Mann, der das Tier führte, war ihm unbekannt.

»Der Vater, Johann Puth«, erklärte Engels, bevor Spitzlay fragen konnte. »Alle hatten das Schlimmste befürchtet, als der Kleine in der Nacht nicht nach Hause gekommen war. Caspar Leven hat uns heute Morgen herausgeklopft.«

»Caspar Leven?« Spitzlay war abgestiegen und trat an das Wägelchen.

Peter Puth lag auf einer dicken Schicht Stroh, den Oberkörper und das linke Bein entblößt, und lächelte ihn scheu an, obwohl er Schmerzen haben musste. Arme und Schultern waren aufgeschürft, an den Wunden klebte schwarzes Blut. Das Bein wies eine Fehlstellung auf, die selbst Spitzlay als Knochenbruch erkannte. Am Schienbein zeichnete sich deutlich unter der Haut ein herausstehender Knochen ab.

»Warst du auf Schatzsuche?«

Peter biss sich auf die Lippen, sein Gesicht gefror.

Da war dem Jungen offensichtlich etwas quer gekommen, konstatierte Spitzlay. Hatte es mit Josephs Tod zu tun? Weil der Junge das Liebchen des jungen Kergeshöfer gesehen hatte? Gab es jemanden, dem das übel aufstieß, oder sah er Gespenster?

»Ich hab's nicht böse gemeint, Pitter. Ich dachte nur an einen Mann, der über seine Untersuchungen in Höhlen schrieb. Und ich dachte, so ein Höhlenforscher lebt gefährlich, kann stolpern und abrutschen, aber er findet auch Schätze. Ich habe ihn sehr bewundert für das, was er tat.«

»Wer war das? Erzählt Ihr mir von dem Mann?«

»Er heißt Rosenmüller. Und ich erzähl dir von ihm, wenn es dir wieder besser geht.«

»Darf ich dann auch Euren Schatz sehen, den mit den Knöpfen?«

»Den sollst du sehen. Aber jetzt lass dich erst mal von Dr. Martini wieder zusammenflicken.«

»Sonst seh ich am Ende so aus wie das Püppchen, das der Arzt auf seinem Schreibtisch liegen hat.«

Spitzlay wusste nicht, von welchem Püppchen Peter sprach,

und wollte ihn schon danach fragen, merkte aber, wie Johann Puths Gesicht sich verfinsterte und der Mann ungeduldig wurde.

»Du redest Unsinn, Junge. Halt den Mann nicht mit deinem Geschwätz auf!«

»Verzeihen Sie, Herr Puth, ich habe mich nicht vorgestellt. Spitzlay, Nikolaus Anton, aus Münstermayfeld. Friedensrichter. Peter hält mich nicht auf. Im Gegenteil. Sie haben einen sehr klugen Sohn, Herr Puth. Ich würde mich gern länger mit ihm unterhalten. Aber natürlich muss er erst mal versorgt werden. Darf ich in den nächsten Tagen bei Ihnen vorbeischauen?«

Spitzlay genoss Puths entgeisterten Gesichtsausdruck.

»Einen klugen Sohn? Ja, ja, gewiss doch.«

»Und Ihr kommt mich wirklich besuchen?« Peter versuchte, sich auf der raschelnden Unterlage aufzurichten.

»Das werd ich tun, nächste Woche, ich versprech's dir.«

Spitzlay wollte sich verabschieden, aber Pitter lag noch etwas auf der Zunge: »Ich hab gestern, als ich mit Caspar unterwegs war, beinah meinen ganzen Schatz verloren. Deshalb bin ich weggerannt, weil ich traurig war. Und den schönsten Knopf hab ich nicht wiedergefunden.«

»Wir finden einen neuen für dich, Pitter, ganz bestimmt.«

»Das hat Caspar auch gesagt. Aber so einen krieg ich nicht wieder. Der war was ganz Besonderes. Ich hab ihn in Wymars Feld gefunden, an dem Tag, an dem wir Joseph dort gefunden haben, Sie wissen schon.«

Spitzlay starrte den Jungen an. »Sag das noch mal!«

»Es war ein blau-weißer, mit Stickerei. Am Rand von Wymars Feld, nicht weit von der Stelle, wo Joseph gelegen hat.«

»Bist du dir ganz sicher, Pitter?«

»Ganz sicher.«

Theis Engels zupfte ihn verstohlen am Ärmel.

»Ich weiß, Engels, Sie wollen weiter. Nur eine Frage. Wer ist Wymar?« Er hatte leise gesprochen, damit Peters Vater ihn nicht verstehen konnte.

»Ein unberechenbarer Zeitgenosse, aufbrausend manchmal. Hat allerdings auch viel Unglück im Leben erfahren. Vier Kinder verloren. Die Frau ist in der Scheune von einem morschen

Balken getroffen worden, seither ist sie gelähmt. Und der einzige Sohn, der ihm geblieben ist, säuft mehr, als der Pfarrer erlaubt. Meinen Sie, dass der Knopf von ihm sein könnte?«

»Keine Ahnung. Es kann Zufall sein. Er kann von ihm sein, aber vielleicht hat er ihn schon Wochen vorher verloren. Was weiß ich. Auf jeden Fall sollte man der Sache nachgehen. Wenn es Pitter wieder besser geht, werde ich noch mal mit ihm reden. Nach meiner Rückkehr von der Kindstaufe. Versprechen Sie mir, dass Sie ein Auge auf den Jungen haben werden, damit ihm nicht noch mal was passiert?«

»Da können Sie sich drauf verlassen.«

***

»Ob ich eine Sophie oder Sophia kenne?« Poschner betrachtete ihn angelegentlich. »Nicht nur eine. Da wäre erstens meine Tochter, die dritte. Dann …« Der Fuhrunternehmer tat, als ob er überlegen müsste, »… Frau und Tochter des Zimmermanns vor der Hornpforte. Außerdem meiner Schwester Dienstmagd und in Coblenz …«

»Herr Poschner …« Spitzlay hippelte gereizt mit den Knien, der Stuhl, den der Fuhrmann ihm angeboten hatte, wackelte verdächtig. »Ich suche eine Sophie, die den toten Joseph Brachtendorf kannte und aller Wahrscheinlichkeit nach seine Verlobte war.«

»Ja, warum sagen Sie mir das nicht gleich?«

»Wenn Sie mir jetzt nicht umgehend antworten, und zwar vernünftig, werde ich Sie in Leibsverhaft nehmen lassen.«

»Ich bitte Sie, Herr Friedensrichter, regen Sie sich nicht auf.« Poschner lehnte sich zurück und breitete, um Versöhnung bittend, beide Arme aus. »Meinen Sie Sophie Reck, die Älteste von Karl Reck? Joseph und sie kannten sich.«

»Das wissen Sie und haben es mir nicht erzählt?«

»Sie haben nie danach gefragt.«

»Herr Poschner …«

In der Stube nebenan erklang eine Frauenstimme und unterbrach ihn. »Wir pflügen und wir streuen den Samen auf das Land …«

Ohne Worte und Melodie zu kennen, fiel ein Kind in das Lied mit ein, lalaa, lalalalaa, die Sängerin kümmerte sich nicht darum:

»… drum dankt Ihm, dankt; und hofft auf Ihn!«

Spitzlay fuhr sich mit Zeige- und Mittelfinger zwischen Hals und Kragen. Eines Tages würde er an dem Binder ersticken! Der Stuhl schwankte.

»Herrgott, haben Sie keinen anderen? Der ist ja lebensgefährlich.«

Er war hochgesprungen. Dieser Mann besaß das großartige Talent, ihn jedes Mal, wenn sie sich sahen, aus der Fassung zu bringen.

»Aber gewiss doch, Herr Friedensrichter, nehmen Sie den hier.«

Poschner war die Sanftheit in Person. Sein Hausrock hatte blaue Knöpfe. Fünf zählte Spitzlay, blau, nicht weiß mit blauer Stickerei. Er setzte sich, schaukelte probeweise, doch der neue Stuhl stand fest wie ein Klotz.

»Von Ihm sind Büsch und Blätter und Korn und Obst, von Ihm …«, tönte es vom Nebenraum.

»Mein Weib. Hat sie nicht eine bezaubernde Stimme? Die schönste in der ganzen Gemeinde.« Poschners strahlende Augen zeugten von häuslichem Glück.

»Eine bezaubernde Stimme. Ja, doch. Aber hätten Sie jetzt vielleicht die Güte …?« Spitzlay schaute Poschner fast flehentlich an. So weit war es schon gekommen!

Der Fuhrentrepreneur schien Erbarmen mit ihm zu haben, er begann zu erzählen.

»Ich war sozusagen der Liebesbote zwischen den beiden, und ich habe es gern getan. Joseph war ein lieber Mensch, hilfsbereit, gutmütig. Manchmal ein wenig schwach. Ich hab ihm immer wieder zugeredet, dass er mit seiner Familie sprechen soll. Mit der Mutter vor allem. Eine friedsame Frau, glauben Sie mir, nur …« Poschners Mundwinkel zuckten verdächtig. »… nur dass sie ihr großes Herz geschickt zu verbergen weiß.«

Nicht Angst habe Joseph davon abgehalten, mit seinem Geheimnis herauszurücken. Er habe seine Mutter ganz einfach nicht enttäuschen wollen.

Sollte er das glauben? Spitzlay schätzte Maria Brachtendorf weniger freundlich ein.

»Und Sophie hat das mitgemacht?«

»Was hätte sie tun sollen? Allerdings muss es kurz vor seinem Tod zwischen den beiden einen heftigen Streit gegeben haben. Vielleicht deshalb, keine Ahnung. Sophie wusste, dass ich an jenem Montag in Lehmen sein würde, aber sie wollte mir, anders als sonst, partout keine Nachricht an ihn mitgeben.«

Am Abend beim Kornbrenner habe er versucht, von Joseph den Grund der Missstimmung zu erfahren, doch auch der junge Brachtendorf habe nichts gesagt. Nur, dass er Sophie sehr gernhätte, er betete inständig, dass sie ihm verzieh.

»Fordern könne er es nicht, aber er beschwor mich, ihr das zu sagen. Bitte, Poschner, vergiss es nicht.«

»Und wissen Sie, was Sophie ihm verzeihen sollte?«

»Ich habe keine Ahnung. Ehrlich nicht.«

»Wie war er an diesem Abend?«

»Wie meinen Sie das?«

»Betrunken? Nüchtern? Wütend, eifersüchtig, ängstlich?«

»Nüchtern. Joseph trank selten über den Durst. Wütend, ängstlich? Nein. Bedrückt würde ich sagen. Als ob ihn etwas bekümmerte.«

»Er lässt die Sonn aufgehen, Er stellt des Mondes Lauf; Er lässt die Winde wehen …« Das Lied, das aus dem Nebenzimmer kam, ging in einem empörten Aufheulen unter, es folgte ein lauter Klatsch, ein »Willst du wohl …!«, worauf das Kind in ein lang gezogenes Geheul ausbrach. Spitzlay erstarrte zur Salzsäule, Poschner zog die Braue über seinem gesunden Auge nach oben.

»So gern man sie ja hat, die süßen Kleinen, aber manchmal …«

Spitzlay unterbrach ihn. Es ging nicht an, dass der Mann ständig versuchte, ihn abzulenken. »Warum haben Sie mir das alles nicht schon früher gesagt?«

»Weil Sophie es nicht wollte.«

Weil Sophie es nicht wollte! Spitzlay konnte es nicht fassen. Ihr müsste doch daran gelegen sein, dass die Mörder ihres Verlobten gefunden werden.

Falls sie ihn im Streit nicht selbst niedergeschlagen hatte.

Spitzlay rieb seine Nase zwischen Daumen und Zeigefinger. »Und warum haben Sie sich jetzt doch entschlossen, zu reden?«

Poschner machte eine entschuldigende Geste, im Nebenraum verebbte das Geschrei. »Weil ich denke, dass Sophie nicht recht daran tut.«

»Oder weil Sie denken, dass Sophie mit dem Mord zu tun hat.«

»Sophie? Nie im Leben. Gucken Sie sich das Persönchen doch an, ein herzensgutes Kind und ein Strohhalm im Wind. Wie hätte die einen Burschen wie Joseph zu Fall bringen können?«

»Ein Mann, der ihr half?«

»Kommen Sie schon wieder damit?« Poschner lachte. »Immer misstrauisch, Herr Friedensrichter. Hat das etwas mit Ihrem Beruf zu tun? Oder mit dem Glauben, dass man einem Lutherischen nicht über den Weg trauen kann?«

Vielleicht auch mit deiner Art, dachte Spitzlay, aber er sagte nichts. Fragte nur noch, ob Poschner, wie er im ersten Gespräch behauptet hatte, wirklich nicht wisse, wann und mit wem Joseph sich auf den Nachhauseweg gemacht hatte und wo er Sophie Reck finden würde.

»Und wenn Sie mir die Frage ein drittes Mal stellen, es ändert nichts an meiner Antwort. Ich habe tief und fest geschlafen und nicht auf das feiernde Jungmännervolk geachtet.«

Und dann erklärte Poschner dem Friedensrichter den Weg zum Haus der Familie Reck.

***

Sophie erkannte den Mann sofort, seine spitze Nase, die über der Stirn hochstehende Haarlocke, den Mund, den er anscheinend immer leicht geöffnet hielt, was ihn ein wenig gutgläubig, auch unbedarft aussehen ließ.

Sie hatte nicht erwartet, dass er nach ihr suchte, hatte ihn ohnehin vergessen, kaum dass sie aus der Kutsche gestiegen und um die Ecke gebogen war. Ihrer Meinung nach hatte sie ihm auch keinen Anlass gegeben, dass er glauben könnte, sie hätte Interesse an einer Bekanntschaft.

Vom Fenster ihrer Dachkammer aus beobachtete sie, wie er mit kleinen Schritten unschlüssig unter der Toreinfahrt hin- und herging. Als Helene Siebenreich vorbeikam, fragte er sie etwas, sie zeigte zum Haus, und der Mann betrat den Hof. Ausgerechnet jetzt waren sie alle fort, die Eltern, der Knecht, sogar die Geschwister. Abgesehen von der Katze war sie allein daheim.

Ich muss abschließen, dachte sie, aber als sie auf dem Treppenabsatz stand, hörte sie unten schon die Tür gehen.

»Verzeihung, ist da jemand?«

Sie rührte sich nicht, aber schließlich musste sie doch hinuntersteigen.

Er hatte die Klinke noch in der Hand und war im Türrahmen stehen geblieben. Als er sie hörte, schaute er zu ihr hoch.

»Sie sind das!«

Er schien erstaunt zu sein, suchte nach Worten.

»Ich hatte geklopft«, erklärte er nach kurzem Schweigen. In seiner Stimme, einer weichen, freundlichen Stimme, an die sie sich jetzt wieder erinnerte, schwang Entschuldigung mit. »Da niemand geantwortet hat, die Tür aber offen stand, habe ich mir erlaubt einzutreten.«

Sie war sich sicher, dass sie die Tür zugemacht hatte, nachdem sie die Küchenabfälle zum Kompost gebracht hatte.

»Sie wiederzusehen hatte ich nicht erwartet. Sind Sie Sophie Reck?«

Er war also nicht wegen ihrer gemeinsamen Fahrt in der Postkutsche gekommen. Aber woher kannte er ihren Namen? Sie könnte Nein sagen und ihn wegschicken. Warum tat sie es nicht?

»Was wollen Sie von mir?«

»Es geht um Joseph Brachtendorf. Gestatten Sie mir, dass ich mich vorstelle.«

Der Münstermayfelder Friedensrichter!

Die Knie wurden ihr weich.

Poschner hatte ihr erzählt, dass der Mann ihn eigens in Winningen aufgesucht hatte. »Der kommt wieder, Sophie, sprich mit ihm, wenn du was weißt.«

»Sag ihm nichts über mich und Joseph«, hatte sie ihn angefleht.

»Sophie, die Mörder von deinem Joseph müssen gefunden werden«, hatte er sie beschworen, »du musst es sagen, wenn du einen Verdacht hast!«

»Ich hab keinen Verdacht«, hatte sie geantwortet und war seinem zweifelnden Blick ausgewichen. Aber sie hätte es besser wissen müssen: Poschner war ein viel zu ehrlicher Mensch, als dass er dem Justizbeamten ihre Liebe verheimlicht hätte.

»Können wir uns irgendwo setzen? Es redet sich leichter.«

Der Mann war in die Diele getreten und hatte die Haustür hinter sich geschlossen.

»In der Küche«, schlug sie nach kurzem Zögern vor und ging ihm voraus.

Die Katze schlüpfte zwischen ihren Füßen hindurch, sprang samtpfotig auf den Tisch und von dort auf die Fensterbank, streckte sich und buckelte ausgiebig, bevor sie sich zusammenrollte und die Augen schloss. Sophie deutete auf einen Stuhl, sie selbst blieb an der Tür stehen.

»Ich kann gar nicht glauben, dass Sie Ihren Verlobten umgebracht haben.«

Sophie schnappte nach Luft. Alles hatte sie erwartet, aber das nicht. Dass er ihr das gemeinste Verbrechen unterstellte, das ein Mensch begehen konnte. Mit einer Stimme, die sie eben noch als angenehm empfunden hatte. Ihr fehlten die Worte.

»Sie geben es also zu.«

»Nein.«

Vor Empörung schossen ihr die Tränen in die Augen. »Wie kommen Sie darauf?«

»Aber setzen Sie sich doch.«

Sophie starrte ihn an. Was für ein abscheulicher Mensch, der sanftmütig wie ein Lamm die größten Bösartigkeiten sagte? Er deutete auf einen Stuhl, als sei er hier zu Hause, und, was noch viel schlimmer war, sie gehorchte.

»Sie haben vor Josephs Tod miteinander gestritten. Oder sich zerstritten?«

Sie hielt den Kopf gesenkt. Auch das musste er von Poschner haben. Niemand sonst wusste davon.

»Um was ging es?«

Sie würde nichts sagen. Er durfte nicht erfahren, was Joseph getan hatte. Keiner sollte davon wissen. Sie wollte es nicht. Schon gar nicht, seit sie Kath kennengelernt hatte. Kath würde die Wahrheit nicht ertragen.

»Wir haben am Fundort der Leiche Haare gefunden, die, wenn ich Sie mir so anschaue, von Ihnen sein könnten.«

Leiche! Wie redete er von Joseph! Sie wollte sich die Ohren zuhalten. Am Fundort der Leiche! Als wäre Joseph ein Holzklotz, ein weggeworfenes Stück Dreck.

»Das könnte bedeuten, dass Sie in der Nacht von Montag auf Dienstag mit ihm zusammen waren. Sie haben sich, wie schon die Tage zuvor, gestritten, er hat sie an den Haaren gepackt, und Sie haben ihn daraufhin zurückgestoßen. Er ist gefallen, oder Sie haben nachgeholfen ...«

»Das ist nicht wahr. Das stimmt nicht. Hören Sie auf. Ich war in der Nacht, wo der Joseph ums Leben kam ...« Sie schluchzte, wischte sich wütend die Tränen aus dem Gesicht. »... ich war hier. Hier in Winningen. Ich treib mich nicht nachts rum.«

»Beweisen Sie es mir!«

Beweisen! Sie hatte das Liebste, das sie auf der Welt gehabt hatte, verloren. Sie hatte es zweimal verloren. Zuerst, als er ihr das Unfassbare gestand und sie ihn nicht mehr neben sich ertrug. Und dann, als der Tod ihn holte. Und dieser Mensch platzte hier hierein, tat widerlich höflich mit seiner heuchlerischen Siezerei – und hielt sie gleichzeitig für eine Mörderin!

»Und warum soll ich es Ihnen beweisen?« Sie war jetzt unsagbar wütend, ihre Stimme hatte einen herausfordernden Ton bekommen. »Warum soll ich das? Wenn Sie glauben, dass ich Joseph umgebracht habe, dann beweisen Sie es mir doch. Das können Sie nicht. Ich war nämlich hier bei der Nachbarin, bei Helene Siebenreich, die Sie vorhin angesprochen haben, dort draußen auf der Straße. Sie war krank. Ich war den ganzen Nachmittag bei ihr, hab ihr Essen gemacht, sie gewaschen, neben ihr gewacht bis zum Morgen. Und jetzt beweisen Sie mir, dass ich mit Joseph zusammen gewesen bin! Beweisen Sie es mir! Bitte schön! Ich höre!«

Die ganze Zeit über hatte sie das Salzfass, das auf dem Tisch stand, aufgebracht hin- und hergeschoben. Das schabende Geräusch schreckte die Katze aus ihrem Schlaf, das Tier reckte sich, sprang auf den Fußboden und machte sich am Wassernapf neben dem Ofen zu schaffen.

»Das Tier braucht Wasser.« Sophie schnaubte, als ob es an dem Friedensrichter läge, dass der Katzentrog leer war. »Und Sie wollen Friedensrichter sein!«, setzte sie hinzu mit der Betonung auf Frieden. »Ich würde Henkersknecht sagen.«

»Mademoiselle, sagen Sie mir doch ganz einfach, warum Sie und Joseph sich gestritten haben, und ich werde nicht weiter in Sie dringen.«

Sie hatte keine Kraft mehr. Sie wollte ihn nur noch loswerden. Erschöpft ließ sie sich auf den Stuhl zurücksinken.

»Gut, wenn Sie es unbedingt wissen wollen: Er wollte das von mir, was eine Frau einem Mann erst in der Hochzeitsnacht zu geben bereit ist. Deshalb haben wir uns gestritten.«

Mit hocherhobenem Kopf stand sie auf, gab der Katze, die miauend um die leere Schale herumstrich, Wasser und schaute den Justizbeamten herausfordernd an.

»Sind Sie jetzt zufrieden?«

Als er sich anschickte zu gehen, begleitete sie ihn zur Haustür. Widerwillig. Sie rang um Gelassenheit.

»Und meine Haare? Kann ich sie wiederhaben? Und das Büchschen, in dem Joseph sie aufbewahrt hat?«

»Sobald wir die Mörder haben, spricht nichts dagegen. Alles liegt sicher verwahrt in Münstermayfeld auf dem Gericht. Ich werde Ihnen eine Nachricht zukommen lassen, sobald wir es freigeben.«

Wenn er könnte, würde er mich mit seinem Raubvogelblick durchbohren.

Aber nie im Leben würde er ihr nachweisen können, dass sie nicht die Wahrheit gesagt hatte.

ZWÖLF

Montag, den 29ten August 1814

Mit dem ersten Hahnenschrei sprang Katharina aus dem Bett. Heute würde sich alles klären.

Draußen goss es in Strömen, aber es war ihr egal. In der Küche hörte sie schon die Mutter rumoren, sie rannte die Treppe hinunter, streckte den Kopf durch die Tür, »Gude Morje!«, und hastete durch den Regen in den Stall.

»Du melkst erst die Kühe«, hatte die Mutter gestern Abend befohlen, »danach kannst du von mir aus nach Meensder gehen.«

Kath hatte sich lange den Kopf darüber zerbrochen, wie sie ihrer Mutter begreiflich machen könnte, dass sie unbedingt nach Münster musste. Freitagabend, während des Tischgebets, war ihr die Erleuchtung gekommen. Sie hatte abgewartet, bis fast jeder mit dem Essen fertig war, dann hatte sie die Eltern gebeten, zur Stiftskirche gehen zu dürfen, um dem heiligen Severus eine Kerze anzuzünden.

Der Dunn hatte gelacht, natürlich.

»Warum das denn? Suchst du einen Eheliebsten?«

Aber der Vater schnauzte ihn, zur Überraschung aller, an: »Du sei still!« Und zu Kath: »Warum?«

Sie schluckte, druckste herum. Neulich in Löf habe ihr jemand erzählt, der heilige Severus habe doch einen Toten wieder zum Leben erweckt …

Das Gesicht tief über den Teller gesenkt, war ihre Stimme fast nicht zu hören.

Und da habe sie gedacht, man könne ja nie wissen …

Wieder lachte der Dunn sein höhnisches Lachen, und wieder fuhr der Vater ihm über den Mund. Sie wolle wenigstens hingehen und eine Kerze aufstellen, damit der Heilige ihnen beistehe, schleuderte sie dem Bruder patzig entgegen.

Sie hatte gesehen, wie es in der Mutter arbeitete. Gegen ein Fürbittegebet konnte sie kaum etwas einwenden, aber es war offensichtlich, dass ihr die Vorstellung nicht behagte.

»Lass sie gehen, Maria, es wird kein Fehler sein.«

Der Vater goss der Mutter einen Becher verdünnten Viez ein und schob ihn ihr zu. Sie wird ihn nicht nehmen, dachte Kath noch, aber die Mutter nahm ihn und trank davon.

»Du kommst aber sofort wieder, trändelst nicht rum«, mahnte sie, in diesem harten, rauen Ton, in dem sie seit Josephs Tod sprach. Kath hatte ihr Glück kaum fassen können.

Doch dann am Samstagmorgen in Münster erfuhr sie, dass der Friedensrichter verreist war und erst Montag wieder im Amt sein würde. Vor Wut und Enttäuschung hatte sie geheult. Wie konnte er ihr das antun? Entweder saß er dumm in seiner Amtsstube herum und tat nichts, oder er überraschte sie hinterrücks, wenn sie nicht mit ihm rechnete, und jetzt, wo sie ihn gebraucht hätte, war er nicht da. Gleich drei Kerzen zündete sie daraufhin vor dem heiligen Severus an, und sie hätte noch mehr aufgestellt, hätte sie mehr Geld dabeigehabt. Was für eine Ausrede sollte sie sich jetzt ausdenken, um noch einmal in die Stadt gehen zu können?

Das Gebet würde nur helfen, wenn sie mehrmals hintereinander Kerzen aufstellte, an verschiedenen Tagen, heuchelte sie schließlich zu Hause der Mutter vor.

Die wollte es nicht glauben. Wer denn so einen Unsinn behauptete?

Einer der ehemaligen Stiftsgeistlichen, der sei gerade vorbeigekommen und hätte sie darauf hingewiesen.

»So, ein Geistlicher? Wirklich?« Die Mutter hatte die Möhren geschabt, als seien diese an der fragwürdigen Antwort schuld. Kath zog es vor, nicht weiter auf den Kirchenmann einzugehen.

»Nix als Geldschneiderei«, posaunte der Dunn, als die Mutter aus der Küche gegangen war, »die wollen sich an der ganzen Kerzenfrömmigkeit nur bereichern, Napoleon hat schon recht gehabt, dass er das völlerische Kirchengelump geschleift hat. Hätte das Meensder gleich mit abreißen sollen.«

»Ach, lass mich doch in Ruh«, hatte Kath ihn angefahren, sie würde sich von Anton nichts mehr gefallen lassen. Für wen log sie denn? Doch nur für ihn und die Familie, damit alles wieder gut werden würde.

Aber nach bangen Stunden des Wartens hatte die Mutter gestern Abend nachgegeben.

»Nun gut, geh. Aber zuerst die Kühe morgen früh!«

Und dann hatte sie sie nach dem Abwasch noch mal beiseitegenommen.

»Du hast doch niemanden kennengelernt, Kath, oder?«

»Nein, Mutter, bestimmt nicht.«

Obwohl ihre Lider flackerten, hatte die Mutter sich mit der Antwort zufriedengegeben, es musste an den drei Kerzen gelegen haben.

Jetzt melkte sie in aller Eile die Kühe, versorgte die warme Milch, rief ein hastiges Adieu in den Flur hinein, warf sich zwei große Tücher zum Schutz gegen den Regen über den Kopf und machte sich davon, bevor die Mutter es sich womöglich anders überlegte. Schon nach wenigen Schritten war sie bis auf die Haut durchnässt. Aber umkehren kam nicht in Frage.

Niemand begegnete ihr, kein Bauer überholte sie mit seinem Gespann, den sie hätte bitten können, sie mitzunehmen. Sie musste die ganze Strecke zu Fuß laufen. Mit aufgelösten Haaren, schlammverdreckten Schuhen und Strümpfen und einem Rock, von dem das Wasser herunterlief, klopfte sie an die Tür der alten Dekanei. Der Amtsdiener, der ihr Samstag schon geöffnet hatte, ließ sie herein.

»Jetzt ist er da, Mademoisellche. Aber bevor ich dich melde, hol ich dir vielleicht erst mal ein Handtuch.«

Und dann saß sie vor dem Friedensrichter in ihren nassen Kleidern, zitterte vor Kälte und Aufregung, aber alle Ängste und Zweifel, die sie die letzten Tage geplagt hatten, waren verflogen.

Spitzlay hatte die Feder, mit der er bei ihrem Eintreten geschrieben hatte, in den Halter gesteckt und sich kurz von seinem Sitz erhoben, um sie zu begrüßen. Dabei hatte sie so sehr gehofft, dass er ihr mit ausgestreckten Armen entgegenkommen und ihre Hand nehmen, ja die ihre vielleicht sogar mit seinen beiden Händen umfassen würde, und ein Schauer hatte sie gekitzelt, von dem sie nicht wusste, wo er herrührte.

Doch stattdessen hatte der Friedensrichter nur »bitte« gesagt, auf einen Stuhl gedeutet und saß nun abwartend da. Wenigstens schien er nicht ungehalten zu sein, dass sie gekommen war.

Auf dem Weg hierher hatte sie sich genau überlegt, wie sie anfangen wollte, doch jetzt waren die schönen Sätze wie fortgeblasen. Die Regale, bis unter die Decke mit Folianten zugestopft, die Aktenberge auf dem Schreibtisch, die Federn, das Tintenfass, Siegellackstangen und Utensilien, von denen sie nicht wusste, zu was sie dienlich waren, schüchterten sie ein. Stotternd suchte sie nach Worten.

»Halt«, unterbrach er sie. »Du wirst dir eine Erkältung holen.«

Schon war er aufgesprungen und zum Zimmer hinausgelaufen. Nach kurzer Zeit kam er mit einer Decke zurück, legte sie ihr über Rücken und Schultern mit einer Bewegung, die in ihrem Magen wieder dieses seltsame grummelige Gefühl auslöste.

»Heißer Holundersaft kommt gleich. Das wird dir guttun. Und nun erzähl!«

»Ich will ihm nichts Böses, aber ich glaube, er ist es.«

»Wer ist was?«

»Der Jab hat den Joseph umgebracht.«

Jetzt war es heraus. Das Gesicht des Juristen zeigte keine Regung.

»Wie kommst du darauf?«

An der Tür klopfte es, ein Mädchen brachte den Saft. Ihre weiße Schürze knisterte und roch nach Lavendel, das Kleid darunter war sauber und gebügelt. Kaths dagegen stank nach Mist, und vorhin hatte sie einen Milchfleck zwischen den Falten entdeckt. Bestimmt gefiel dem Friedensrichter die Magd. Sicher gefiel sie ihm. Hübsch sah sie aus mit ihrem runden Gesicht, sogar die Fingernägel waren geputzt.

Kath ließ die Mundwinkel sinken, um ihre Schuhe herum hatte sich auf dem Fußboden eine Wasserlache gebildet. Was würde der Richter nur von ihr denken? Die Hausangestellte verhehlte ihre Verachtung nicht. Am liebsten wäre Kath aufgestanden und gegangen, aber der heiße Holunderdampf kitzelte ihr in der Nase, und sie hatte eine Aussage zu machen. Vorsichtig nippte sie am Becher, es schmeckte wundervoll süß.

»Also der Jab?«

»Der Jab, ja.«

Das Dienstmädchen hatte die Tür hinter sich zugezogen. Wahrscheinlich lauschte sie jetzt draußen. Kath trank noch einmal, der warme Saft tat gut.

»Er war's.«

Es sei ja schon seit Langem so gewesen, dass der Knecht sie immer blödäugig angestiert habe. Wie der Ochs die Kuh. Immer wenn sie am Brunnen stand und Wasser schöpfte, sei er gekommen, habe sich ihr gegenüber platziert, war … Ihr fiel auf die Schnelle kein passender Ausdruck ein.

»Impertinent?«, half ihr der Friedensrichter.

»Impertinent?«

Sie kannte das Wort nicht.

»Also frech«, meinte sie dann.

Natürlich habe sie gemerkt, dass er versucht hatte, nach ihrem Busen zu schielen. Aber sie habe immer vorher schon das Tuch eng über der Brust geknotet, was ihn mächtig geärgert habe. Und auch bei Tisch habe er immer zu ihr herübergeschaut, sodass ihr zum Schluss das Essen gar nicht mehr schmecken wollte. Und einmal sei sie abends noch aus dem Stall gekommen, da muss er auf sie gewartet haben, denn plötzlich sei er hinter einem Verschlag aufgetaucht und habe versucht, sie um die Taille zu fassen, aber sie habe ihm auf die Finger geklopft, er solle seine Pfoten bei sich halten. Sie errötete, während sie von dieser Sache berichtete.

»Außer Joseph habe ich das keinem gesagt. Er war sehr aufgebracht, der Joseph. Der Jab kann was erleben, den wird er sich vorknöpfen, hat er gedroht. Der darf dir nicht nachsteigen.«

Der Friedensrichter nickte, wie um sie zu ermutigen, fortzufahren. Sie mochte es, wie er sich mit seinem Zeigefinger über die Nase fuhr und dann sein Kinn auf den Daumen stützte. Er hörte ihr aufmerksam zu.

Am Montag, Mariä Himmelfahrt, seien der Joseph und der Jab gemeinsam nach Lehmen gegangen, wollten mit den Sürschern zur Messe. »Heut red ich mit ihm«, habe der Joseph ihr gesagt, »und ich red so, dass er es nie mehr wagen wird, dir feinzutun.«

»Auf den Joseph hab ich mich immer verlassen können.«

Sie wischte sich über die Augen und trank den Becher leer. Ob sie einen zweiten bekommen könnte? Aber sie wagte nicht, darum zu bitten.

Als dann der Joseph nicht nach Hause gekommen sei in dieser Nacht, habe sie sich am Anfang gar nichts dabei gedacht. Doch neulich sei es ihr wieder eingefallen und auch, dass der Jab immer an ihr vorbeigucke und nicht mehr mit ihr redete, wie er es früher immer getan habe.

»Er beguckt mich gar nimmer. Als wenn er ein schlechtes Gewissen hätt.«

Und in jener Nacht sei der Jab ja auch stockbesoffen auf den Hof zurückgekommen, die Mutter habe gesagt, dass er am Morgen noch immer wie die Pest gestunken habe.

»Also bin ich am Samstag hierhergekommen, um mit Ihnen zu reden, aber Sie waren verreist.« Es klang vorwurfsvoll, sie hörte es, aber es war zu spät. Und sie war ja auch wirklich verschnupft gewesen.

»Es tut mir leid, dass du zweimal kommen musstest.«

Mit keinem Wort ging er auf ihre unausgesprochene Frage, wo er denn gewesen sei, ein. Sie hätte es gern gewusst.

»Du meinst also, dass Joseph den Jab zur Rede gestellt hat und beide dann aneinandergeraten sind?«

»Ja. Denn am Tag nach Josephs Beerdigung hat mir der Jab ein Haarband geschenkt.«

Ein wenig unbeholfen zog sie aus einer Tasche über ihrem Rock ein dunkelgrünes, an den Rändern mit einem glänzenden weißen Garn verziertes Mützchen hervor, ein schmales Ohreisenband. Sie hielt es sich über ihre am Hinterkopf zu zwei dicken Schnecken aufgerollten Zöpfe, in denen die Haarnadel steckte, um ihm zu zeigen, wo der Schmuck hingehörte. Dann nahm sie das Häubchen wieder herunter und legte es in ihren Schoß.

»Er wollt mir bestimmt nur schöntun damit. Hat gesagt, er hätte es für mich gekauft. Aber in Wirklichkeit war es der Joseph, der es besorgen sollte. Ich hab dem Joseph nämlich Geld mitgegeben, damit er mir in Lehmen ein neues kauft, weil ich das alte verloren hatte. Der Jab muss es dem Joseph weggenommen haben, das Band oder das Geld, nachdem er den Joseph totgeschlagen hat.«

Eine Weile sann sie über das nach, was sie gesagt hatte. Dann kamen ihr Zweifel.

»Kann denn ein Mensch, der betrunken ist, überhaupt jemanden totschlagen?«

»O ja, das kommt sogar leider sehr oft vor. Manchmal wissen sie es dann hinterher nicht einmal mehr.«

Kath atmete auf, sie fühlte sich erleichtert. Viel früher hätte sie an den Jab denken sollen! Sogar die Mutter glaubte ja, dass der Knecht den Totschlag begangen hatte, auch wenn sie den Vater als Anstifter dahinter vermutete.

Aber ihr Vater würde so etwas nie machen.

Nie.

Auch et Ann hatte gesagt, dass ihr Vater ein guter Mensch war. Wenn dieser Friedensrichter jetzt den Jab verhaftete, dann würde die Mutter ihren Irrtum einsehen, alles käme wieder in Ordnung, und die Mutter würde sie lieb haben.

»Werden Sie kommen und den Jab verhaften?«, fragte sie den Friedensrichter, als er sich erhob und um den Schreibtisch herumtrat. Ihr war heiß, als hätte sie Fieber.

Er nahm ihr die Decke ab und half ihr aufzustehen. Er musste gespürt haben, wie ihr zumute war. Für den Hauch einer Ewigkeit nahm er sie bei den Schultern, zog sie an sich, fuhr ihr übers Haar, so kurz, dass sie sich unsicher war, ob sie es sich nicht nur eingebildet hatte. Einen winzigen Augenblick lang berührte der Stoff seines Binders ihre Stirn, da ließ er sie schon wieder los.

»Du hast gut daran getan, zu kommen und dir alles von der Seele zu reden. Es ist schwer, gegen die eigenen Leute auszusagen, und ich bewundere dich, dass du es gemacht hast. Ich nehme an, dass Jab schon immer zu eurer Familie gehört hat.«

Sie schluckte, er hatte recht. »Ich kenn ihn, seit ich klein bin. Da denkt man sich doch nichts Böses.«

***

Jab, der Knecht. Jakob Kolma.

Der Mann hatte ihm keinen Verdachtsgrund gegeben. Aber die Geschichte, die Katharina erzählt hatte, klang plausibel. Sehr plausibel sogar.

Jab also.

Der Mann dürfte um die dreißig sein. In einem Alter, in dem ein Mann wegen so einem jungen Ding schon mal den Kopf verlieren konnte.

Der Geruch von Erde und Heu in ihrem feuchten Haar, als er ihr am Vormittag vom Stuhl hochgeholfen hatte. Die Glasperlchen in den Ohren, die bei jeder ihrer Bewegungen hin und her baumelten, billiges Bijouteriegehänge vom Kramwarenhändler, an ihr schön wie Geschmeide aus Gold und Diamanten. Und die Augen. Vor allem die Augen. Ängstlich und wild, eigensinnig und scheu. Ein Mädchen, das beschützt werden wollte, und Joseph, der sich dazu berufen fühlte.

Es ging auf Mitternacht, normalerweise lag er um diese Uhrzeit im Bett.

Spitzlay lehnte sich im Bureaustuhl zurück, faltete seine Hände hinter dem Kopf zur Nackenstütze und wippte träge vor und zurück. Aus halb geschlossenen Augen beobachtete er sein Gegenüber, im flackernden Schein der Öllampe war die Person kaum zu erkennen. Er stellte die Lampe auf den Stapel Akten mit den neuen Anweisungen über die »Administration und Unterhaltung der Gefängnisse und Zuchtanstalten des Rhein-Mosel-Departements«. Seit Wochen schon verstaubten sie ungelesen auf seinem Schreibtisch.

Jetzt konnte er das Gesicht des Knechts besser sehen, ein vom Wetter gezeichnetes sonnengebräuntes Gesicht, dem der Schlaf fehlte, unter der breiten Nase ein Schnäuzer, die nach hinten gestrichenen Haare reichten bis auf den Hemdkragen. Haar- und Augenfarbe waren in dem schummrigen Licht nicht zu erkennen. Hatte Jab sich zuvor, als die Schützen ihn an Händen und Füßen gefesselt hereinführten, noch aufgebracht gezeigt, schien er jetzt, zumindest nach außen hin, seinen Widerstand aufgegeben zu haben. Gleichmütig hockte er mit zusammengesunkenem Oberkörper auf dem Stuhl, den Spitzlay ihm zugewiesen hatte. Fast könnte man meinen, der Kerl schliefe.

Spitzlay ließ sich Zeit, überlegte, wie er das Verhör angehen sollte. Noch einmal durfte er es sich nicht erlauben, einen Verhafteten mangels Beweisen freilassen zu müssen, wie es bei Wymar der Fall gewesen war. Aber die Durchsuchung dessen Hofs hatte sich als Fehlrechnung erwiesen, nirgendwo hatten Theis Engels' Männer auch nur die Spur eines Hinweises auf einen bestickten Stoffknopf entdeckt. Übrigens auch heute Abend nicht auf dem Kergeshof. Vielleicht jagte er mit dem Knopf einer Schimäre nach, und Peters »Schatz« hatte nicht mehr Bedeutung als der rostige Nagel, den er am Tatort gefunden, der dort aber gut und gern schon wochen-, wenn nicht gar monatelang gelegen haben mochte.

»Du grübelst zu viel um die Ecke herum, mein Junge«, hatte der Vater gesagt, als er ihm nach der Taufe am Wochenende von dem Fall erzählt hatte. »Wahrscheinlich ist die Lösung ganz einfach. Streit um ein Mädchen, Beleidigung im Suff oder etwas, das seit Langem schwelt und plötzlich wie ein Vulkan zum Ausbruch kommt.«

Wie früher der verstorbene Johann Nikolaus Becker hatte jetzt er am Kopfende des Tisches neben dem Vater gesessen, und wie dieser und der juristisch versierte Nachbar damals hatten sie gemeinsam den Totschlag an dem jungen Brachtendorf erörtert. Am Ende des Abends war er mit dem Gefühl aufgestanden, alles falsch gemacht zu haben in der letzten Woche, dafür war ihm sein Vater um zehn Jahre jünger erschienen, so sehr hatte ihn das Gespräch angeregt.

»Schade, dass man sein Leben nicht noch einmal von vorn beginnen darf, dann würde ich heute auch die Rechte studieren«, hatte er gesagt und seinen Sohn in den Arm genommen, eine unerwartete Geste von Sentimentalität, die Nikolaus Anton Spitzlay in Verlegenheit gebracht und gleichzeitig mit Stolz erfüllt hatte.

Der Vater hatte recht gehabt. Die Lösung war einfach, so einfach, dass er überhaupt nicht darauf gekommen war. Kath. Kath war Ursache und Anlass der Tat. Ein wenig fuchste es ihn, dass sie ihm den Schlüssel dazu hatte liefern müssen und er nicht selbst dahintergekommen war. Dass ein junges Ding mit Locken auf dem Kopf und kornblumenblauen Augen ihn mit der Nase drauf stupsen musste. Er nahm die Hände vom Kopf, beugte sich vor und fixierte Jab.

»Dann erzählen Sie doch mal, was Sie an Mariä Himmelfahrt gemacht haben!«

Der Knecht glotzte ihn an, als hätte er ihn nicht verstanden.

»Himmelfahrt?«

»Mariä Himmelfahrt!«

»Was soll ich da gemacht haben?«

Der Mann wollte ihn hinhalten. Begreiflich, aber nicht mit ihm. »Sie sind mit Joseph Brachtendorf nach Lehmen gegangen.«

»Zur Hillich, ja. Zur Hillich von Sibille. Sie ist meiner Mutters Schwester Tochter. Der Vater ist aus Brodenbach.«

Das tut jetzt nichts zur Sache, wollte er dazwischenfahren, aber er zügelte seine Unbeherrschtheit.

»Von mir aus aus Brodenbach. Und war der Joseph auch bei der Hillich mit dabei?«

Ja, das sei er gewesen, der Joseph, die Lehmener, die Sürscher. Alle eben. Aber er verstehe nicht, was das mit ihm zu tun habe und warum man ihn vorhin aus dem Schlaf gerissen und nach Meensder gebracht habe. Morgen müsse er früh raus. Um fünf Uhr. Der Kergeshöfer würde ungehalten werden, wenn er nicht pünktlich zur Arbeit erscheine.

Wie denn der Abend weitergegangen sei, wollte Spitzlay wissen, ohne auf Jabs Einwände einzugehen.

Ja, wie immer. Sie seien danach zum Kornbrenner gegangen.

Wer denn alles dabei gewesen sei?

Alle.

Ob er Namen nennen könne?

Namen? Na, der Jost und Peter Winter, Karl, Siebeners Hennes, der junge Etzkorn, der Sisterhenn …

»Und Joseph?«

Spitzlay verstand Jabs Antwort kaum, so leise sprach dieser: »Ja, der Joseph auch. Das war das letzte Mal, wo ich ihn lebend gesehen hab. Dort beim Kornbrenner. Und dann erst wieder im Hof auf dem Brett.«

Spitzlay wartete, dass der Mann weiterredete. Aber Jab bewegte nur die Lippen, ohne dass ein Ton kam.

Und dann sei er mit Joseph nach Hause gegangen, wann das gewesen sei, um wie viel Uhr?, wollte Spitzlay wissen. »War es noch hell oder schon dunkel?«

»Das weiß ich nicht mehr. Ich hab keine Ahnung, wann und wie ich zum Hof zurückgekommen bin.«

»Joseph ist mit Ihnen gegangen. Und unterwegs hat er Sie zur Rede gestellt, weil Sie seiner Schwester in verwerflicher Weise zu nahegetreten sind. Sie haben ihn ausgelacht. Haben gesagt, Sie machen, was Sie wollen, und dass Kath das möchte, dass man sie in den Arm nimmt, sie küsst und …«

Spitzlay schwieg abrupt. Was redete er da? Er schloss die Augen und fuhr sich mit beiden Händen über den Mund.

»Also, ich meine … Es ist zum Streit gekommen, Joseph hat auf Sie eingeschlagen, weil Sie seine Schwester beleidigt haben, und da haben Sie zurückgeschlagen.«

Das Licht warf tanzende Schatten an die Wand. Jab starrte ihn an, das Weiße in seinen Augen funkelte gespenstisch. Fühlte der Knecht sich ertappt, oder konnte er nicht glauben, was er eben gehört hatte?

»Ich soll den Joseph umgebracht haben? Wer sagt das?«

Fast tat Spitzlay der Mann leid, der Knecht saß vor ihm wie ein Häufchen Elend, aber Mitleid war das Letzte, was sich Spitzlay jetzt erlauben konnte. Er straffte den Rücken und rieb sich die Augen. Sie waren alle beide müde, auch die zwei Schützen rechts und links der Tür sahen aus, als kippten sie gleich um. Aber es half nichts, er musste weitermachen. Seine Taschenuhr zeigte halb eins.

»Bis zu welchem Augenblick können Sie sich erinnern?«

Jab hob den Kopf.

»Warten Sie! Also …«

Also da sei die Hillich gewesen, dann seien sie zum Kornbrenner gegangen, dann hätten sie Bier bestellt, er habe einen Hefebrand dazu getrunken, vielleicht auch zwei oder drei. Dann habe es Streit gegeben, aber er habe sich da rausgehalten.

»Warum?«

»Weil die Leute vom Kergeshof weder nach Lehmen noch nach Sürsch gehören. Warum soll ich mich dann einmischen?«

»Um was ging es? Und hat sich Joseph auch rausgehalten?«

»Nee, der Joseph nicht. Ich glaub, der hat sich wegen dem Leven immer ein bisschen wie ein Sürscher gefühlt.«

»Ich frag Sie noch mal: Um was ging es? Um Caspar Levens junge Frau?«

»Magda? Nee!«

Jab schien langsam wieder munter zu werden, während er selbst immer größere Schwierigkeiten hatte, wach zu bleiben. Er trank einen Schluck Wasser.

»Wollen Sie auch?« Aber Jab schüttelte den Kopf.

»Es war irgendwas wegen diesem geschassten französischen Kaiser. Aber das ist Politik, das geht mich nichts an. Die da oben machen sowieso, was sie wollen, und wir sind die Dummen.«

»Und dann?«

»Dann haben sie sich wieder versöhnt, der Caspar und der Joseph. Eigentlich ist es immer der Caspar gewesen, der aufgebraust ist, und Joseph, der eingelenkt hat. Der Joseph war ein guter Junge. Ich glaub, es tat ihm weh, wenn er mit seinem Freund Streit gehabt hat.«

»Und an dem Abend war es auch so?«

»'s war genauso. Es gab Krach, Caspar ist aufgebraust, Joseph hat die Wogen geglättet, hat den Arm um ihn gelegt, ihn geküsst. Komm, Mann, hat er gesagt, reg dich nicht auf!«

»So gut können Sie sich erinnern? Aber wie Sie nach Hause gekommen sind, wollen Sie nicht mehr wissen?«

Jab schwieg. Er schien nach einer Erklärung zu suchen.

»Ich bin schon oft besoffen nach Hause gegangen. Das ist wie bei Hunden, die kennen auch ihren Weg. Ich geh immer geradeaus, und irgendwann bin ich in meinem Bett.«

Konnte er ihm das abnehmen? Spitzlay kratzte sich an der Nase. Geradeaus war immerhin ein Weg von gut über einer Stunde. Den Hang hoch, über die Felder, und das mitten in der Nacht. Bei Neumond.

»Und wie war das mit der Geschichte mit dem Ohreisenband für Mademoiselle Katharina? Sie haben, nachdem Sie Joseph niedergeschlagen haben, es ihm entwendet und es ihr überreicht, als sei es ein Geschenk von Ihnen.«

»Sagt das die Kath? Das stimmt nicht. Nicht so. Also, ich hab's schon gekauft, weil Joseph noch was mit dem Winninger zu erledigen hatte, was Geschäftliches, hat er gesagt, daher hat er mich gebeten, dass ich das Haarband kaufe. Beim Kramhändler. Ich hab das gern gemacht, die Kath ist eine Hübsche.«

Jetzt hatte er ihn.

»Sie haben ihr also den Hof gemacht? Haben ihr aufgelauert?«

»Nein, hab ich nicht. Und wenn ich sag, sie is 'ne Hübsche, na dann mein ich halt, dass sie … dass ihr so ein Mützchen gut steht.«

»Sie haben sie schon sehr genau angeschaut, die Tochter Ihres Brotherrn.«

»Ich versteh nicht, was Sie meinen. Ich kenn dat Kath doch schon, seit sie in die Windeln gemacht hat.«

Spitzlay biss sich auf die Lippen. Er musste aufpassen, wie er was sagte.

»Von welchem Geld haben Sie das Ohreisen gekauft?«

»Von Josephs Geld, er hat es mir gegeben …«

»Es war Kaths Geld.«

»Kaths Geld? Das hat er mir nicht gesagt. Er hat mir einfach nur Geld gegeben, ich dachte, es ist seins. Ich hab das Band gekauft. Grün mit Weiß, ich dachte, das passt zu ihr, und hab's dann vergessen, dem Joseph zu geben. Erst später hab ich wieder dran gedacht. Ich hab's ihr dann gegeben, hab gedacht, ich mach ihr 'ne Freude damit. Sie war doch immer traurig wegen ihrem Bruder.«

»Und ihr gesagt, es sei von Ihnen.« Spitzlay insistierte.

»Ich weiß nicht mehr, was ich gesagt habe.«

»Sie haben Joseph das Geld gestohlen, um Kath mit einem Geschenk süßzutun.«

Spitzlay zog eine Schublade des Schreibtisches auf, holte einen Beutel daraus hervor und nahm das Licht, um den Gegenstand besser zu beleuchten.

»Wissen Sie, was das ist?«

»Josephs alte Geldkatze.«

»Sieh da, Sie erkennen sie. Wir haben sie in Ihrer Stube in der Kommode zwischen den beiden untersten Kitteln gefunden.«

Jab öffnete den Mund.

»Nee«, sagte er, »das ist unmöglich.«

»Als wir sie gefunden haben, war kein Geld darin. Aber Sie haben ein Haarband gekauft, grün mit weißen Spitzen, haben es Kath geschenkt und ihr gesagt, es sei von Ihnen.«

»Das hab ich doch nur so gesagt … das hab ich doch nicht so gemeint.«

»Wie kommt Josephs Geldkatze zwischen Ihre Sachen, wieso haben Sie sie versteckt?«

Jab sackte in sich zusammen.

»Sie haben Joseph getötet und ihm danach sein Geld gestohlen.«

Spitzlay winkte den beiden Schützen.

»Ab in den Turm mit ihm.«

DREIZEHN

Dienstag, den 30ten August 1814

Caspar wusste nicht, wer die Nachricht ins Dorf gebracht hatte, aber sie verbreitete sich wie ein Lauffeuer. Der Jab? Verhaftet?

»Das glaub ich nicht, das kann nicht sein«, sagten die einen. Andere widersprachen rechthaberisch.

»Warum nicht? Guckt ihn euch doch an, wie der aussieht, die breite Nas, ich hab ihm nie über den Weg getraut. Wissen wir, ob das stimmt, dass der aus Welling ist, wie er immer behauptet hat? Ich kenn keinen in Welling, der Kolma heißt. Und erinnert ihr euch noch? Kurz nachdem der Kolma auf den Kergeshof kam, da ist doch die Kuh bei Henrici verschwunden und kurz darauf das Pferd. Einfach weg, mitten in der Nacht. Die Sach es nie offiklärt wuure. Des war der bestimmt.«

»Hast du's schon gehört?«

Jakob war neben Caspar getreten und half ihm, die Äpfel auf den Wagen zu laden.

Der antwortete nicht sofort, verstaute die Körbe, holte die Schnüre, sagte dann erst: »Die haben die Schromber-Bande verdächtigt, danach den Wymar, und jetzt soll's der Jab sein? Hat er denn gestanden?«

Mit geübtem Griff schlang Caspar die Seile durch die Henkel der Körbe und um die Ladung, zurrte sie fest, rüttelte ein wenig daran, um zu prüfen, dass nichts umkippen konnte.

»Und selbst wenn er gestehen würde, was würde das helfen? Es würde den Joseph auch nicht wieder lebendig machen.« Er schirrte das Pferd an, packte den Zügel. »Ich geh jetzt. Ho!«

Seit Mariä Himmelfahrt nahm er nicht mehr den direkten Weg nach Lehmen, an Wymars Feld und dem Gehölz vorbei, in dem Joseph gelegen hatte. Stattdessen bog er am Osterkreuz, wo die Obstwiesen anfingen, nach links ab, um von dort auf die Heerstraße zu gelangen. Den Umweg nahm er in Kauf. Er war ohnehin nicht groß.

Die Luft hatte abgekühlt, die letzte Nacht war frisch gewesen, vielleicht bekämen sie einen frühen Herbst. Der diesige Morgen drückte auf die braunstoppeligen Felder, die Eyfeler Vulkanberge verbargen sich hinter einem milchigen Schleier.

Egal, ob einer gestand oder nicht, keiner kam mehr zurück, wenn er erst mal ins Gras gebissen hatte.

Er hatte Unzählige ins Gras beißen sehen. Mit zersplitterten Köpfen, zertrümmerten Gliedmaßen, herausquellenden Gedärmen lagen sie im Kot. Da halfen kein Jammern und kein Wehklagen. Wenn es passiert war, war es passiert.

Als er das Rehkitz gefunden und nach Hause getragen hatte, um es aufzupäppeln, hatte der Vater ihm eins hinter die Löffel gegeben, dem Tierchen den Hals umgedreht und es geschlachtet. Und als er dann bei Tisch das Fleisch nicht hinunterbekam und alles wieder herauswürgte, bekam er gleich noch mal eine gescheuert. Damit du lernst, das Essen zu ehren, das der Herrgott uns beschert, merk dir das! Das Bussardjunge später hatte er gar nicht erst aufgehoben, obwohl er sich kaum vorstellen konnte, dass es sich lohnte, so ein kleines Vogeletwas zu braten.

Ein paar Tage später hatte er an der Stelle, wo das Viech aus dem Nest gefallen war, nur noch ein paar Federn und Knöchelchen gefunden. Selbst schuld, wenn es nicht im Nest hocken bleibt.

Als er im Tal angekommen war, begann sich der Dunst zu heben. Die Wellen des Flusses kräuselten sich leise, moselabwärts standen Frauen bis zu den Knien im Fluss und wuschen. Direkt vor ihm tanzte ein Stöckchen auf der Wasseroberfläche, verharrte auf der Stelle, schaukelte und trudelte und wurde dann, vielleicht von einer verborgenen Strömung oder einem kaum wahrnehmbaren Lufthauch, erfasst. Zwischen zwei Sandbänken trieb es gemächlich flussaufwärts, so als fließe der Fluss Richtung Trier und nicht Richtung Coblenz.

Caspars Knie gaben nach, er musste sich setzen.

Still glitt das Holz weiter, wie von einem unsichtbaren Band gezogen. Caspar wollte nicht hinsehen und konnte doch die Augen nicht davon lassen. Steh auf, befahl er sich, steh auf, die Schiffer warten nicht ewig auf deine Äpfel. Aber als er sich erheben wollte, durchzuckte ihn ein Schmerz in Nacken und Schultern, so heftig, dass er nicht hochkam. Er schloss die Augen und hörte Joseph, Josephs helle Bubenstimme, ganz nah an seinem Ohr.

»Der Onkel sagt, die Mosel fließt an Kobern vorbei und weiter nach Cowelenz.«

Joseph lässt einen flachen Stein übers Wasser springen. Zweimal klatscht er auf und versinkt.

»Du musst flacher werfen! So!«

Er hat es ihm schon hundertmal gezeigt, immer wieder macht Joseph es falsch. Sechs Mal titscht sein eigener Stein über die Wellen.

»Hast du's gesehen, wie ich's gemacht hab?«

»Ja, hab ich. Aber guck, Caspar, was der Onkel sagt, stimmt nicht.«

Joseph deutet auf das sanft kräuselige Wasser, das flussaufwärts rollt.

»Guck, die Mosel fließt nach oben.«

»Dummkopp«, schnauzt er den Freund an.

»Selber Dummkopp.«

Caspars Schläfen begannen zu pochen, neun musste Joseph gewesen sein. Und er hatte recht haben wollen, der Dickkopf. Bis er den Kleinen vom Ufer weggezerrt hatte.

»Komm schon, die Schiffer warten nicht den ganzen Tag auf unsere Kirschen.«

Er öffnete die Augen. Ein Kormoran flog dicht über der Wasseroberfläche hinweg, was interessierte es ihn, wohin die Wellen trieben, nach Trier oder nach Cowelenz.

Das Licht blendete Caspar, er blinzelte. Kalter Schweiß stand ihm auf der Stirn. Er fühlte sich steif wie eine Vogelscheuche. Nur mit Mühe kam er auf die Füße, musste sich an einem Baumstamm festhalten. Es war, als umklammerte eine unsichtbare Hand seinen Hals. Unmöglich, den Kopf nach rechts oder links zu drehen. So wie schon einmal vor einem Jahr. Genau vor einem Jahr, auf den Tag genau. Am 30. August war der Angriff gewesen.

Heute war wieder der 30. August.

Unendlich lang hatte er gelähmt dagelegen. Tage, Wochen, in denen die Kameraden neben ihm stöhnten und schrien. Wie Kinder nach der Mutter greinten. Napoleon und seine Kriege verfluchten. Und krepierten.

Auch er glaubte, dass das Ende gekommen sei, als das Blut über seine Schulter lief und er in den Dreck sank. Wer ihn ins Lazarett gebracht hatte, konnte er nie in Erfahrung bringen. Jemand legte ihm einen Verband an, die Schulter schmerzte, der Kopf, der Nacken, alles tat ihm weh, und dennoch stöhnte und schrie er nicht wie die Kameraden um ihn herum. Als ob es ihm besser ginge. Dabei hatte er doch gesehen, dass er verletzt worden war. Und dann konnte er eines Morgens die Schulter nicht mehr bewegen.

Später versteiften sich die Arme, der Hals, der Rücken, die Beine, für den Rest seines Lebens würde er auf einem Schragen liegen, in einem Rollstuhl sitzen und gefüttert werden müssen. Wie ein Säugling. Er hatte sich geschämt. Hatte sich gesagt, dass es besser gewesen wäre, auf dem Schlachtfeld zu verrecken. Aber die junge Krankenschwester, die ihm beim Essen und Trinken half und ihm längst den Verband abgenommen hatte, unter dem frische rosa Haut zum Vorschein gekommen war, munterte ihn auf.

Manchmal schlich sie sich nachts heimlich zu ihm in den Krankensaal, rieb ihm seine Beine, seinen Körper und seine Arme mit Branntwein ein, dem sie Kräuter zugesetzt hatte, presste sich an ihn, und sie wärmten sich gegenseitig, denn es war Herbst geworden.

Als sie ihn aus der Grande Armée entließen, weil er in diesem Zustand zu nichts mehr zu gebrauchen war, wollte er verzweifeln. Wie sollte er weiterleben, so, wie es um ihn stand?

Wieder war es die kleine Pflegerin, die ihm Mut machte.

Sie nahm ihn bei sich auf, bürstete sanft seine Haut, knetete die Muskulatur, streichelte ihn. Und eines Tages, sie war schon seit einer Stunde aus dem Haus gegangen, stand er auf, bewegte sich verwundert, stolperte in kleinen tapsigen Schritten durch die Kammer des Mädchens, betastete vorsichtig seinen Körper, drehte den Kopf in alle Richtungen, bestaunte sein Gesicht im

Spiegel, ein hageres Gesicht mit tief eingefallenen Augenhöhlen unter kurz geschnittenen dunkelbraunen Haaren, fuhr sich mit dem Zeigefinger übers Kinn, die Lippen, über die Stirn, fühlte die Narbe, die auf seiner Schulter zurückgeblieben war, eine dünne Linie, die sich krümmte wie ein Regenwurm im Acker nach einem Regenschauer. Er begann zu träumen, Pläne zu schmieden. Ein Kartoffelacker, ein Roggenfeld, ein paar Rüben. Vielleicht auch ein Pferd. Und später ein Wingert.

Von Tag zu Tag wurde er rastloser. Als spürte sie es, rückte das Mädchen in der Nacht noch enger an ihn, verwöhnte und herzte ihn. Aber hier, wo das Mädchen wohnte, wuchs kein Wein. Hier war das Klima rau und unbeständig. Er verstand die Sprache der Leute nicht, und sie verstanden ihn nicht. Es wäre besser, das Mädchen fände einen Mann von hier und er ginge dorthin zurück, wo Krombiere Krombiere hießen und Hotzele Hotzele.

Er lief in der Stube auf und ab, sechs Schritte von einer Wand zur anderen, fünf Schritte vom Fenster zur Tür, dass es so etwas wie Heimweh gab, hatte er bisher nicht gewusst.

Er öffnete die Haustür, der Himmel war grau, die Bäume hatten ihr Laub verloren, der Wind kam vom Osten. Wie sollte er jemals hier einen Wingert bestellen? Zu Hause hingegen, mit den paar Napoléons, die er bei der Entlassung aus der Grande Armée ausgezahlt bekommen hatte, könnte er einen Morgen Acker erwerben und vielleicht einen kleinen Weinberg und dann …

Dann würde er die Mutter holen.

Er zog den dicken Fellmantel über, den das Mädchen ihm besorgt hatte, packte Brot in einen Sack, ein Messer, ein Stück Trockenfleisch und ließ der kleinen Pflegerin etwas Geld zurück. Er würde den Geruch ihrer Haare vermissen, ihren warmen, weichen Körper und ihre Hände vor allem, die ihn liebkost hatten. Ginge er aber nicht, würde er die weiche Luft über der Mosel vermissen, den Blick auf Burg Thurant, auf die Silhouette des Münsters vom Mayfeld, und das war schlimmer. Dabei hatte er immer gedacht, er bräuchte das nicht. Er hatte gedacht, er hätte einen Schlussstrich unter sein bisheriges Leben gezogen.

Auf seinem Weg durch Böhmen und Sachsen und die vielen deutschen Fürstentümer und Grafschaften fiel ihm Magda ein, an die er lange nicht mehr gedacht hatte. Ende November erreichte er Moselsürsch. Mit Brennholz auf dem Rücken stand sie am Ortseingang, und es sah aus, als hätte sie die ganze Zeit über hier gestanden und auf ihn gewartet. Ob sie jetzt verheiratet sei, fragte er sie. Sie schüttelte den Kopf. Ob sie ihn denn nehmen würde, wollte er am nächsten Tag wissen, und sie sagte Ja. Am vorletzten Tag des Januarmonats 1814 heirateten sie in der Pfarrkirche in Lehmen. Seit dreißig Tagen hatten die Preußen das Kommando im Departement.

»Und wie ist das jetzt für dich, dass Napoleon geschlagen wurde?«, hatte Joseph ihn nach der Hochzeit gefragt. Auch die Narbe auf seiner Schulter wollte er sehen.

»Rückschläge lassen sich nicht vermeiden, am Ende wird die Revolution siegen, du wirst schon sehen«, hatte er geantwortet und die Hände zur Faust geballt.

Joseph fragte nicht weiter, auch Magda bedrängte ihn nicht. Kaum, dass er ihnen von dem erzählte, was er erlebt hatte, vom Tod Elfers und den Beinen seines Sergeant-Majors, die durch die Luft geflogen kamen, vom Hunger, der die Gedärme zerbiss, und von der dicken Mamsell, die ihnen einen ganzen Sack Kartoffeln gekocht hatte. Krombiere mit Butter, stellt euch das nur vor! Das war es ihm wert, dass sie davon wussten.

Nie aber redete er von den Männern, die von seinen Kugeln getroffen, von seinem Bajonett durchstochen wurden. Von dem Kommandanten, dem das Gehirn aus dem Kopf spritzte, von dem Kind, das neben der toten Mutter saß und sich durch nichts auf der Welt bewegen ließ, ins Dorf zurückzukehren. Und nie erwähnte er das Mädchen, das ihn nachts geliebt und seinen gelähmten Gliedern wieder Leben eingehaucht hatte.

Fragen ertrug er nicht, und wenn Leute doch versuchten, ihn auszuquetschen, wurde er ungehalten. Er sah ihnen ja an, dass sie ihm seine Verletzungen nicht glaubten, dass sie ihn verdächtigten, simuliert zu haben. Aber waren sie dem Tod von der Schippe gesprungen oder er? Eben!

Er lehnte noch immer an der Pappel am Fluss. Ein Entenpaar schaukelte vorüber. Auf den Wellen schwammen Holzstückchen, kreiselten unentschlossen, bevor sie von den Wellen erfasst wurden und mit den Wassern weiter in Richtung Kobern und Coblenz schwammen. Als wäre der aufwärtstreibende Ast zuvor ein Trugbild gewesen, eine Fata Morgana, die ihn genarrt hatte. Mit einem Ruck stieß er sich vom Baum ab, rieb sich die Arme, den verspannten Nacken.

»Mach zu, Caspar, die Schiffer warten nicht ewig auf deine Äpfel.«

***

Die frische Luft und die Bewegung taten gut. Spitzlay hatte den Wind im Rücken und lief leicht. Am Abzweig nach Mörz überlegte er sich, ob er diesem folgen oder die Heerstraße nach Moselsürsch nehmen sollte. Er entschied sich für die große Chaussee. Hier war der Blick übers Land noch eindrucksvoller, die Eyfel und der Hunsrück noch näher, der Himmel noch höher.

Im ersten Moment war er enttäuscht gewesen, dass in ganz Münstermayfeld kein Wagen für ihn aufzufinden war. Jetzt war er froh darüber. Die Nacht nach dem Verhör war kurz gewesen, viel zu kurz, erst gegen Morgen war er in einen abgrundtiefen Schlaf gefallen. Frau Froehlich hatte mehrere Male an seine Zimmertür klopfen müssen, und bis er sich dann frisch gemacht und angekleidet hatte, war der Kaffee kalt geworden, was ihm einen vorwurfsvollen Blick der Witwe einbrachte.

»Sie sind gestern Nacht spät nach Hause gekommen«, hatte sie indigniert bemerkt.

Er hatte den Kopf eingezogen, eine unverständliche Entschuldigung genuschelt und sich aus dem Staub gemacht. Für eine Erklärung war er noch zu müde gewesen. Aber er kannte seine Hauswirtin. Lange würde sie ihm ob seines kurz angebundenen Benehmens nicht böse sein.

Er schritt rasch aus. Vor ihm drehten sich Lerchen in die Höhe. Spatzen stritten um einen Brotkanten, den wer weiß wer verloren hatte. Bei seinem Herankommen flogen sie unwillig auf, doch kaum war er vorüber, machten sie sich sogleich wieder über ihre Beute her.

Er war stehen geblieben und hatte sich umgedreht, um dem Federkrieg zuzuschauen. Keiner der Piepmätze schien seinem Nachbarn auch nur eine Krume zu gönnen. Ob sich auch Vögel aus Habgier gegenseitig umbrachten? Oder war dies eine Besonderheit der menschlichen Rasse? Er sollte bei Gelegenheit dieser Frage nachgehen. Sicher hatte sich längst ein Naturforscher damit beschäftigt und ein kluges Buch darüber geschrieben.

Während er weiterging, überholte ihn die Postkutsche, kurz darauf kreuzte mit wehender Tracht eine Nonne seinen Weg.

»Gottes Segen und einen guten Tag.«

»Ebenfalls, ebenfalls«, gab Spitzlay, den Hut lüpfend und eine leichte Verbeugung andeutend, zurück.

Was so ein bisschen Freundlichkeit doch ausmachte. Ein nettes Wort, ein artiger Gruß, mit jedem Metre wurde Spitzlay munterer. Hätte Jab gestanden, ginge es ihm noch besser, aber das Gegenteil war der Fall gewesen. Dabei hätte er schwören können, dass der Mann nach einer Nacht im Turm die Tat zugeben würde. Aber nein, den Gefallen hatte der Kerl ihm nicht getan.

Schon von draußen hatte er den Gefangenen schimpfen hören, als er nach dem Genuss des kalten Frühstückskaffees an die Turmpforte klopfte. Und als die Gendarmen Jakob Kolma in die Wachstube brachten, ließ dieser den Friedensrichter gar nicht erst zu Wort kommen: Das Ganze müsse ein Irrtum sein, er verstünde die Welt nicht mehr, er sei ein ehrbarer Mensch, der noch nie einer Fliege etwas zuleid getan habe. Irgendjemand, er könne sich nicht vorstellen, wer, müsse ihm einen Streich gespielt und ihn mit Vorbedacht betrunken gemacht haben, dieser Jemand müsse ihm auch Josephs Geldkatze untergejubelt haben, er könne sich sonst nicht erklären, wie die in seine Knechtstube gekommen sei. Er sei kein Mörder und kein Totschläger, und Joseph habe er geliebt wie einen Bruder, und er wolle jetzt sofort und auf der Stelle freigelassen werden.

Spitzlay, der hinter einem leeren wackeligen Tisch auf einem ebenso wackeligen Stuhl gesessen hatte, von dem der Wächter zuvor noch diensteifrig den Staub abgewischt hatte, ließ Kolma reden. Er rieb sich abwechselnd die Hände, faltete und knetete sie, fuhr sich über die Nase und kratzte sich hinterm Ohr, während er mit leerem Blick durch den Mann hindurch die Rückwand des Raums fixierte. Bis er Kolma so weit hatte, dass dieser mitten im Satz abbrach und zu weinen begann. Jetzt, triumphierte Spitzlay, jetzt gesteht er.

Aber Jakob Kolma hatte nicht gestanden.

»Ich war's nicht, Sie müssen es mir glauben.« Die Schultern des Mannes bebten. »Ich war's wirklich nicht. Und im Übrigen hatte Joseph an dem Abend beim Kornbrenner die Geldkatze gar nicht bei sich, die die Gendarmen in meiner Kommode gefunden haben wollen. Joseph hat einen schwarzen Geldgürtel dabeigehabt, einen aus Leder, keinen aus Stoff. Ich hab's mit eigenen Augen gesehen. Fragen Sie den Wirt oder wen auch immer.«

Doch Spitzlay ließ sich von Kolmas wortgewaltiger Rede, seinem theatralischen Augenrollen und den Ausflüchten nicht beirren.

»Wir bringen Sie morgen nach Coblenz, die haben dort weitaus bessere Methoden, Leute Ihres Schlags zu überführen.«

Er hatte es ruhig gesagt, obwohl er verärgert gewesen war. Verärgert und unzufrieden. Da hatte er den Mörder, und der weigerte sich schlichtweg, die Tat zuzugeben. Spitzlay fühlte sich persönlich beleidigt.

Auch jetzt noch, auf dem Weg nach Sürsch, schmerzte ihn die Niederlage. So konnte, so wollte er die Acte nicht schließen. Am meisten wurmte es ihn, dass ein anderer, ein blasierter Präsident am Assisenhof, der den Fall gar nicht kannte, oder ein aufgeblasener Criminal-Staats-Prokurator, der womöglich schon von den Preußen eingesetzt worden war und die französische Zeit nicht erlebt hatte, dem verstockten Beschuldigten das Geständnis entlocken würde. Sein eigener Name nichts als eine Fußnote in den Commentaren zum Urteil.

Er hatte vielleicht noch fünf Minuten zu gehen, er konnte

schon das Gegacker der Hühner in den Höfen hören, als er unvermittelt stehen blieb. Als hätte ihn der Blitz getroffen. Die Geldkatze aus blauem Tuch! Von Anfang an hatte ihn etwas an ihr irritiert, aber er hätte nicht sagen können, was es war. Jetzt wusste er es: Sie war schäbig und abgewetzt, an der Seite hatte sie sogar ein Loch. Kein Mensch würde mit einem Beutel herumlaufen, aus dem die Münzen herausfielen.

Stimmte es also, was Kolma gesagt hatte, als er das Ding identifizierte? Dass das Josephs »alte« Geldkatze gewesen sei? Dass er eine neue bei sich gehabt habe an dem Abend, als er erschlagen wurde? Die Kolma trotz allem geraubt haben könnte, schlussfolgerte Spitzlay. Aber jeder andere auch. Mit einem Schlag war seine gute Laune dahin. Entweder Kolma hielt ihn zum Narren, oder er hatte sich wieder einmal verrannt.

Die alte Frau am Ortseingang, die das winzige Blumenbeet harkte, das eine fromme Seele um das Schöpflöffelkreuz herum angelegt hatte, zeigte Spitzlay das Puth'sche Haus.

»Gleich dort, der zweite Hof links. Aber der Johann ist nicht da, der Johann ist auf dem Feld.«

»Ich will nicht zu Herrn Puth, ich will den Pitter besuchen. Seine Mutter ist doch sicher da, oder?«

»Dat Cathrein? Aber ja. Die ist da. Was wollen Sie denn von dem Pitter? Sind Sie der Lehrer?«

»Nein, der bin ich nicht.« Spitzlay überlegte, was er antworten sollte. »Aber ich soll ihm Grüße von ihm bestellen.«

»Weil er jetzt in die Winterschule soll?«

»Ja, deshalb.«

»Ob er das schafft mit der Schule? Wo er doch nichts essen tut.«

»Ich hab gehört, dass er nur Milch trinkt. Wissen Sie, warum?«

»Das weiß keiner. Aber ich glaub, es ist, weil das nächste Kind so schnell kam. Nur zehn Monate später. Das ist nicht gut, nicht für die Mutter und nicht fürs Kind. Aber manche Männer verstehn das nicht, die sind zu ungeduldig.«

Sie schaute ihn forschend an. Ob er denn auch verheiratet sei und Kinder hätte?

Nein, das sei er nicht, noch nicht. Vielleicht später einmal.

»Pff«, machte die Alte, und Spitzlay war sich nicht klar, ob sich ihre zweifelhafte Bemerkung darauf bezog, dass er keine Frau hatte oder dass er irgendwann einmal zu heiraten gedachte.

»Dat Cathrein wollte dem Pitter Brei füttern«, fuhr sie fort, »aber der wollte nicht, der schrie so laut, dass man's in ganz Sürsch hören konnte. Ich hab immer gesagt, der Pitter glaubt, die ganze Muttermilch gehört ihm allein. Das konnt er ja noch nicht verstehen, dass er dem Nächsten hätt Platz machen müssen. Am Ende hatte die Cathrein immer zwei Kinder an der Brust, eins rechts, eins links, den Pitter sogar noch mit vier Jahren. Der wollt sie gar nicht mehr loslassen, der hat sie völlig ausgesaugt. Das ist doch nicht normal, oder was meinen Sie?«

»Ich weiß nicht, ich bin kein Arzt. Ich kann nichts dazu sagen.«

Er wollte das Gespräch beenden, aber die Frau hielt ihn fest, wollte von ihm dieses und jenes wissen und was er von den Preußen halte, die jetzt das Land überrannten.

»Wissen Sie, es war ja nicht einfach am Anfang mit den Franzosen, und dass sie aus den Kirchen Schweineställe und Bordelle gemacht haben, ist eine Sünde.«

»Bordelle?« Spitzlay wurde rot. Das war ihm schon lange nicht mehr passiert, er musste gucken, dass er von dem geschwätzigen Weib loskäme.

»Ja, Bordelle. Sagen Sie nur, Sie haben das nicht gewusst!«

»Nein, bestimmt nicht.«

Er sah ihr an, dass sie ihm nicht glaubte. Vermutlich verdächtigte sie ihn sogar, derartige unmoralische Etablissements zu besuchen.

»Aber die Zeiten sind ja jetzt vorbei«, versuchte er, sie abzulenken. »Mit den Preußen kommt Ordnung ins Land.«

Es klang halbherzig, aber die Frau schien es nicht zu merken.

»Die Preußen …«, fuhr sie ihm über den Mund. »Gott sei's geklagt. Das sind doch alles Ungläubige, die beten keinen Rosenkranz, kennen keine Beichte, verehren weder die Muttergottes noch die Heiligen, das sind doch keine Menschen.«

Spitzlay schaute die Alte betreten an.

»Sie werden schon jedem seinen Glauben lassen …«

»Das sagen Sie, junger Mann. Aber wissen Sie's genau? Der Franzmann war wenigstens noch katholisch. Auch wenn er viele Kirchen dem Erdboden gleichgemacht hat.«

Sie hob den leeren Wasserkrug und ihre Harke vom Boden auf.

»Aber ich will Sie nicht länger aufhalten, Sie haben sicher noch zu tun«, setzte sie dann in vorwurfsvollem Ton hinzu, so als habe Spitzlay sie von ihrer Arbeit abgehalten und nicht umgekehrt.

Verärgert drehte er sich um. Zuerst stahl sie ihm seine Zeit, und dann machte sie ihm auch noch Vorwürfe!

Die misstrauische Miene der großen hageren Frau, die ihm wenig später die Haustür öffnete, verhagelte ihm seine Stimmung endgültig.

»Frau Puth?«, fragte er. »Ich bin Spitzlay aus Münstermayfeld, ich wollte Peter besuchen.«

Nicht, dass die Bäuerin nach dieser Ankündigung freundlicher geworden wäre, aber sie ließ ihn eintreten.

»Er ist in der Küche«, und sie wies durch den finsteren Flur nach hinten. Spitzlay folgte dem Geruch von Zwiebeln und ausgelassenem Speck.

Das verletzte Bein geschient und hochgelegt, saß Peter auf der Bank unterm Fenster, von wo er auf die Straße blicken konnte.

»Ich hab Euch kommen sehen.«

Er schob die Schüssel mit Kartoffeln zur Seite, auch die Reibe.

»Ich soll Krombiere reiben wie ein Mädchen.« Er kicherte, schien die Zumutung mit Gelassenheit hinzunehmen.

»Was hat Dr. Martini gesagt?«

»Dass es nicht so schlimm ist. Dass ich bald wieder gehen kann. Bis die Schule anfängt, ist alles wieder gut.«

»Sagt er?«

»Ja. Er will mich zwischendurch besuchen.«

»Du musst Angst gehabt haben, als du da in der Nacht so ganz allein im Gebüsch gelegen hast.«

Peter schüttelte den Kopf, dann hielt er inne. »Na ja, ein bisschen schon. Aber verratet es nicht dem Vadder!«

Spitzlay versprach es und wollte sich eben nach dem verloren gegangenen Knopf erkundigen, als Peters Mutter hereinkam, um nach dem Essen zu schauen. Und um ein Auge auf den ungebetenen Besucher zu haben, dachte Spitzlay. Man konnte ja nie wissen. In Anwesenheit der Frau fühlte er sich unbehaglich, nicht einmal einen Schluck Wasser hatte sie ihm zu trinken angeboten. Er unterdrückte die Frage, die ihm auf der Zunge gelegen hatte.

»Ihr wolltet mir von dem Höhlenforscher und den Schätzen erzählen, die er gefunden hat.«

Dankbar nahm Spitzlay den Faden auf. »Rosenmüller hieß der Mann. Ein mutiger Mann. Er hat ein Buch geschrieben, wie er eine Höhle gefunden hat.«

Spitzlay hatte das Buch selbst nicht gelesen und wusste nur das, was Bekannte ihm erzählt hatten. Viel war das nicht, aber er wollte Peter nicht enttäuschen, nachdem er ihm unüberlegt den Mund wässrig gemacht hatte.

»Wo ist die Höhle?«

»Hm, viele Tage entfernt von hier, immer nach Osten.«

»Wo die Sonne aufgeht.«

»In die Richtung, ja.«

»Und was hat er in der Höhle gefunden?«

Peter würde erwarten, dass er ihm jetzt von einem Schatz erzählte, vielleicht von Gold und Silber, Perlen und Edelsteinen. Er fuhr sich unschlüssig über die Nase.

»Es hieß, dass Bewohner des nahen Dorfs, Muggendorf, in Kriegszeiten darin ihren Kirchenschatz vor den Feinden versteckt haben.«

»Dann war er ja gar nicht der Erste, der in der Höhle war!«

Spitzlay biss sich auf die Lippen. »Nein, eigentlich nicht. Aber die Leute haben vergessen, dass es sie gab. Zusammen mit ein paar mutigen Männern ist Rosenmüller dann in die Höhle hineingestiegen. Sie mussten sich abseilen, weil es steil in die Tiefe ging, und niemand wusste, wie tief.«

Peter hörte mit offenem Mund zu.

»Um sehen zu können, hatten sie Lichter und Pechkränze dabei.«

»Und haben sie den Kirchenschatz gefunden?«

Peters Mutter warf Spitzlay einen scheelen Blick zu, als halte sie seine Erzählung für ein Ammenmärchen.

»Mach voran mit de Krombiere, Pitter, wenn ich vom Melken zurückkomm, will ich, dass du fertig bist.«

»Ja, Mutter.« Peter angelte sich wieder den Topf mit den Kartoffeln und blinzelte dem Friedensrichter verschwörerisch zu.

»Wie ging's dann weiter?«, fragte er, als die Mutter draußen war.

Jetzt aber schnell, dachte Spitzlay, bevor die Frau zurück wäre.

»Sie haben ihn gefunden und der Kirche zurückgegeben.«

Er hatte keine Ahnung, ob das stimmte, aber das war jetzt egal, er musste zum Knopf kommen.

»Sie haben auch wundersame Gesteinsformationen gefunden, Felsen, die von oben herunterwachsen und aus der Tiefe nach oben, und Knochen, Menschenknochen, die viele hundert Jahre alt waren, auch kleine Wirbelknochen von Tieren.«

Er fuhr Peter mit den Fingern über den Rücken, das Rückgrat entlang, damit der Junge wusste, von welcher Stelle des Tiers die Knochen stammten.

»Bei kleinen Tieren sind die so groß wie deine Schatzknöpfe.«

»Aber nicht so rund.«

»Nein, nicht so rund, aber es gibt ja auch längliche und eckige Knöpfe. Gerade auch aus Knochen. Ich hab dir einen mitgebracht.«

Spitzlay zog einen konisch geschnitzten Knopf aus seiner Rocktasche, in dessen Mitte zwei Löcher gebohrt waren. Er hatte ihn, als er zu Hause in Simmern gewesen war, seiner Mutter abgeschwatzt. In einem Anflug kindlicher Freude hatte er sie zum Dank auf die Wange geküsst, was diese mit einem jungmädchenhaften Kickeln zuließ.

»Der ist schön.« Peter drehte das gute Stück andächtig nach allen Seiten.

»Vielleicht nicht ganz so schön wie dein bestickter Knopf, aber immerhin. Wo, sagst du, hattest du den gefunden? In Wymars Feld?«

»Gegenüber von der Stelle, wo Joseph gelegen hatte.«

»Kannst du es mir zeigen?«

Spitzlay entfaltete ein Stück Papier, das er im Amt vorbereitet hatte, und hielt es Peter hin.

»Die Kringel sind das Gebüsch, in dem wir Joseph gefunden haben. Das hier, die Striche, sind die Ähren von Wymars Feld. Das ist Moselsürsch, und die Häuschen da sind die Lehmerhöfe. Dazwischen verläuft der Weg. Kannst du es dir vorstellen?«

Der Junge runzelte die Stirn, betrachtete die Zeichnung von allen Seiten, fuhr auch mit dem Finger die Linien entlang, sagte aber nichts.

Das war keine gute Idee gewesen. Spitzlay überlegte sich, wie er sonst noch herausbekommen könnte, wo genau Peter den Knopf gefunden hatte.

Da nahm ihm der Junge den Stift aus der Hand, malte ein Männchen in die Baumgruppe, liegend mit ausgestreckten Beinen, den Kopf ungefähr dort, wo sich der Kopf des Toten befunden hatte. Malte dann die Birke, unter der er gesessen hatte, während Spitzlay, der Gendarm und der Doktor den Leichnam untersucht hatten, und daneben den umgestürzten Baumstamm.

»Und hier hab ich den Knopf gefunden.«

Er drückte die Crayonspitze fest aufs Papier.

»Gegenüber von Josephs Füßen, neben dem Weg, zwischen den ersten Roggenhalmen.«

Er hielt das Papier ein wenig von sich weg, betrachtete den schwarzen Punkt im Wymar'schen Kornfeld. »Ja, genau dort.«

Spitzlay konnte nicht umhin, über den Jungen zu staunen. Erst neun Jahre alt, ein Fliegengewicht, aber hellwach im Kopf.

»Beschreib mir den Knopf! War er alt, dreckig, grau vom Regen?«

»Nein, er war ganz sauber.« Peter schaute Spitzlay erschrocken an und bedeckte seinen Mund mit beiden Händen.

»Er sah aus, als ob er nicht lang da gelegen hat«, lispelte er zwischen den Fingern hindurch und hielt sich dann wieder fest den Mund zu, als hätte er Angst, etwas Falsches gesagt zu haben.

»Hast du so einen Knopf – blaue Stickerei auf weißem Grund, hattest du gesagt, nicht wahr? – schon mal bei irgendjemandem gesehen?«

Stumm schüttelte Peter den Kopf.

»Hast du diesen Knopf irgendjemandem gezeigt?«

Der Junge überlegte. »Caspar«, sagte er dann. »Nur dem Caspar.«

»Und an dem Tag, wo du dir das Bein gebrochen hast, warst du mit Caspar unterwegs.«

Der Junge nickte.

»Warum?«

»Er wollte zu seinem Feld, nach seinem Hafer gucken. Ob der schon reif ist. Er hat mich gefragt, ob ich mitkommen will.«

»Und du bist mitgegangen, und er hat dir den Knopf weggenommen. Deshalb bist du weggerannt.«

»Nein, wir haben gekämpft.«

»Gekämpft? Um den Knopf?«

»Nein, zum Spaß. Wir haben Franzosen und Preußen gespielt. An der Sürscher Bach, wo das Wäldchen ist. Wir haben uns mit Kienäppeln beschossen, auch mit kleinen Steinchen. Und wir haben gerungen und sind fast in die Bach gerollt. Einmal, da hat er mich richtig fest im Schwitzkasten gehabt, aber ich hab mich befreien können. Ich war Blücher und hab Napoleon besiegt.«

Peter klang stolz, als er es erzählte, aber sein Gesicht blieb ohne Regung.

»Und dann ist die Schnur von meinem Beutel aufgegangen, und ich hab's nicht gemerkt. Ich hab's erst später gemerkt. Wir haben dann gesucht, und Caspar hat das Säckchen wieder entdeckt, es lag im Wasser. Alles war rausgefallen, die Federn, die Kirschkerne, die Knöpfe …«

»Und ihr habt nichts mehr gefunden?«

»Doch, fast alles haben wir wiedergefunden, auch den silbernen Knopf vom Löfer Krämer, nur nicht den bestickten.«

»Und warum bist du abgehauen?«

»Weil ich wütend war und traurig. Der Knopf, das war doch was ganz Besonderes, weil ich ihn gefunden hab, wo der Joseph umgekommen ist. So was krieg ich nie wieder.«

Unvermittelt brach Peter ab, seine Blicke irrten zwischen Spitzlay, Küche und Straße hin und her, bis er nicht mehr an sich halten konnte.

»Meint Ihr, dass der Knopf … dass er von Josephs Mörder ist?«

»Ich weiß es nicht, aber seltsam ist es schon, dass er am Tatort gelegen hat. Sag, ist der Caspar dir gefolgt, als du weggerannt bist?«

»Nein. Wär ich nicht umgeknackst und ausgerutscht, wär ich auch heil nach Hause gekommen.«

»Du bist wirklich tapfer gewesen.«

»Wenn ich wieder gehen kann, darf ich Euch dann im Gericht besuchen?«

»Ich lass dich abholen, ich versprech es dir.«

»Ist es schwer, Richter zu werden?«

»Du kannst es schaffen, wenn du in der Schule gut lernst.«

Als er wieder auf der Straße stand, schaute sich Spitzlay unschlüssig um. Sein Magen meldete sich, aber er hatte jetzt Dringenderes zu tun, als an Essen zu denken. Er wüsste nicht einmal, wo er hier im Ort etwas bekäme.

Er zog die Uhr aus der Tasche. Halb zwei. Am Abend war er mit Martini in den Rathausstuben verabredet.

Es schien zur Gewohnheit, zu einer angenehmen Gewohnheit, zu werden, dass sie sich einmal in der Woche trafen, wenn auch nicht immer am gleichen Tag. Unausgesprochen wollte keiner von ihnen aus ihrer kleinen Männerrunde eine Pflichtlast machen. Das letzte Mal hatte der Arzt ihm eine Nachricht zukommen lassen, heute früh war er es gewesen, der den Amtsboten mit einem Zettel zu Martinis Haus geschickt hatte, und kurz bevor er nach Moselsürsch aufgebrochen war, hatte er schon die zustimmende Antwort erhalten.

Bis zum Schoppen blieb ihm noch genügend Zeit. Er könnte einige Besuche erledigen, die ihm nach dem, was er von Pitter erfahren hatte, jetzt dringend geboten erschienen.

Die Sürscher Hauptstraße war menschenleer. In der Ferne hörte er das Rattern einer Karre, Kühe muhten, aber er konnte nicht ausmachen, von woher das Gebrüll kam. Seine Schuhe knirschten im Sand, es störte ihn, er wollte, er könnte lautlos auftreten.

Kurz bevor er am Nachbarhof ankam, hielt er noch einmal an, schaute sich nach allen Seiten um, ob ihn jemand beobachtete, dann nestelte er am obersten Knopf seines Rocks, riss ihn plötzlich mit einem Ruck ab und ließ ihn in der Tiefe seiner Tasche verschwinden. Noch einmal blickte er nach rechts und links. Es war niemand zu sehen.

Als er auf den Daum'schen Hof trat, schoss kläffend ein Hund aus seiner Hütte. Erschrocken wich Spitzlay zurück – er würde nie ein wirklicher Held werden – und atmete auf, als er merkte, dass der schwarze Zerberus von einer Kette zurückgehalten wurde.

Jakob Daums Frau hatte er kurz gesehen, als sie ihren Mann nach der ersten Untersuchung des Leichnams vor seinem Haus abgesetzt hatten und sie ihm mit einem Säugling auf dem Arm entgegengekommen war. Die Frau, die ihm jetzt die Tür öffnete, kannte er nicht. Es musste Magda Leven sein. Er hatte gehofft, dass sie ihm aufmachen würde, und nahm es als gutes Omen.

»Sie sind der Friedensrichter aus Münster?«, wollte sie wissen, und als er bejahte, entspannte sich ihr Gesicht.

»Kommen Sie herein. Mein Mann ist nicht da, aber Sie können gern auf ihn warten. Er wird bald zurück sein.«

Sie führte ihn in die Küche, schob die Teller, Schüsseln, das Gemüse und was sonst noch auf dem Tisch stand, zur Seite und bat ihn, Platz zu nehmen. Mit einem feuchten Lappen wischte sie ein paar Flecken weg und fuhr noch einmal mit einem trockenen Tuch hinterher. Wieder rumorte sein Magen, aber er verkniff es sich, sie um etwas Brot oder Suppe zu bitten.

»Sie sind bestimmt gekommen, um Caspar zu sagen, dass der Jab gestanden hat.«

Magda Leven setzte sich Spitzlay erwartungsvoll gegenüber.

»Er wird froh sein. Der Tod von Joseph bedrückt uns alle, aber ihn ganz besonders.«

Das Reden fiel der Frau nicht leicht. Sie verhaspelte sich, suchte nach Worten. Es war ihr anzumerken, dass sie sich dem Friedensrichter gegenüber gewählt auszudrücken versuchte. Spitzlay bekam ein schlechtes Gewissen. Wenn die gute Magda wüsste, was in seinem Kopf vorging! Ihre Augen glänzten, wenn sie von ihrem Mann sprach.

»Wie standen Sie zu Joseph?«, fragte er ausweichend.

»Wir sind zusammen groß geworden, das verbindet.«

Eine Weile saßen sie schweigend da, er schaute sich verstohlen in der Küche um. Es war kein reicher Haushalt, aber auch kein armer. Alles war vorhanden, was eine mehrköpfige Bauernfamilie brauchte, Schüsseln, Töpfe, reichlich Schöpflöffel an einer Stange über dem Herd, auf einem Regal das Salzfass. In einem flachen Weidenkorb auf dem Boden sah er Zwetschgen, vielleicht die ersten dieses Jahres. Über der Küchentür hing ein Kruzifix, darunter ein Kranz getrockneter Blumen.

»Ich glaube, ich gehe jetzt besser, ich habe noch anderweitig Gespräche zu führen. Ich komm noch einmal wieder.«

Seine Stimme klang gekünstelt, so gekünstelt wie die ganze förmliche Ausrede. Er stand auf. Dann besann er sich plötzlich.

»Entschuldigen Sie, mir ist vorhin ein kleines Missgeschick passiert. Ich habe den obersten Knopf an meinem Rock verloren. Es ist mir peinlich, so zu Leuten zu gehen. Hätten Sie vielleicht einen Knopf, den Sie mir freundlicherweise annähen könnten?«

Magda Leven lächelte verständnisvoll. »Ich hab es schon gesehen. Warten Sie, ich hol das Nähsach, es wird bestimmt was Passendes dabei sein.«

Der Metallkasten, mit dem sie zurückkam, erinnerte Spitzlay an den seiner Mutter. Der gleiche verbeulte Deckel, der gleiche, vom vielen Öffnen und Schließen blank gewetzte Verschluss. Randvoll war Mutters Behälter mit Knöpfen gefüllt gewesen, mit säuberlich gerollten Bändern, Litzen und Schnallen. Wie oft hatte er ihr als Kind zugeschaut, wenn sie von Kleidungs- oder Wäschestücken, die trotz ständiger Ausbesserung und Runderneuerung am Ende doch zu nichts mehr zu gebrauchen waren als nur zum Putzen, die Knöpfe und Bändel abtrennte, um sie, in Kistchen und Kartons, in Beuteln und Säckchen nach Größe und Farbe getrennt, im großen Kasten aufzubewahren. Mit einem Mal konnte er Peter und dessen Leidenschaft für seine Schätze verstehen.

Gebannt nahm er die Knöpfe in Augenschein, die Magda Leven vor ihm auf dem Tisch ausgebreitet hatte. Weißwäscheknöpfe, gewöhnliche Holzknöpfe, manche größer, manche kleiner, ein paar aus Horn, sogar zwei aus Perlmutt.

»Das ist ein hübscher Knopf«, stellte er fest und griff nach einem runden, mit einem groben weißen Stoff überzogenen Stück. Auf der Oberseite war es mit winzigen Kreuzstichen aus dunkelblauem Garn bestickt.

»Ja, aber er würde nicht passen. Der hier ist besser.«

Caspars Frau fischte einen hellbraunen Holzknopf mit vier Löchern aus dem Haufen heraus und hielt ihn gegen seinen Rock, um Form und Farbe zu vergleichen.

»Schade.« Spitzlay nahm den bestickten Knopf in die Hand und begutachtete ihn neugierig.

»Meine Mutter hatte an ihrer Kleidung so ähnliche Knöpfe, als Kind fand ich sie besonders schön.«

Er hatte seinen Rock ausgezogen und sah zu, wie Magda begann, den Behelfsknopf anzunähen. »Aber es ist natürlich ein Knopf für Frauenkleider.«

»Nein, nicht unbedingt. Meine Tante, Gott hab sie selig, hat, als sie ein junges Mädchen war, diese Art von Knöpfen selbst gemacht, später hatte sie keine Zeit mehr dafür. Nach ihrer Heirat hat sie sie dann für die blauen Arbeitskittel ihres Mannes genommen, es muss ja nicht immer Holz sein, hat sie gefunden. Als die Kittel verschlissen waren, hab ich die Knöpfe abgetrennt. Jetzt nehm ich sie, wie's gerade kommt.«

»Ich wusste nicht, dass die Kittel der Männer geknöpft werden.«

»Die meisten werden auch nur einfach über den Kopf gezogen, aber es gibt welche, die seitlich eine Knopfleiste haben oder vorn. Caspar, also mein Mann, hat so einen, am Hals wird er mit einem Knopf verschlossen. Aber die Knopfkittel sind unpraktisch. Die Männer sind zu faul, sie ordentlich auf- und zuzumachen, die Knöpfe reißen ständig ab und gehen verloren. Ich hatte Caspar auch so einen bestickten Knopf an seinen Kittel genäht, der blaue Stoff und die blaue Stickerei, es sah hübsch aus. Aber jetzt ist der auch schon wieder verschwunden.

Das ist an dem Kittel schon der dritte Knopf, den er verloren hat.«

Interessiert hatte Spitzlay zugesehen, wie Magda mit schnellen Nadelstichen das braune Ersatzstück an seinen Rock annähte. Jetzt umwickelte sie die Fäden, die sie zwischen Tuch und Knopf etwas länger hatte stehen lassen, mit demselben Faden, sodass ein kleiner Steg entstand, der genug Platz für den Rockstoff dazwischen ließ. Dann verknotete sie den Faden und biss ihn mit den Zähnen ab.

»Das wär's, Monsieur«, sagte sie und lachte verlegen.

»Merci, Madame, sehr freundlich.«

Spitzlay erhob sich. Er hielt den blauen Kreuzstichknopf zwischen Daumen und Zeigefinger hoch und betrachtete ihn ein wenig wehmütig.

»Dürfte ich den behalten? Ich würde ihn gern meiner Mutter schenken, zur Erinnerung an alte Zeiten.«

Ihr »Aber bitte« ging im freudigen Jaulen des Hofhunds unter.

»Hören Sie's? Da kommt Caspar. Mein Mann. Ich hab's ja gesagt, er wird bald da sein.«

Die Knöpfe lagen noch auf dem Tisch, als Leven die Küche betrat. Spitzlay sah seinen überraschten Blick, die Frage darin. Auch Verunsicherung? Angst? Wurde der Ackerer nicht eine Spur blass? Oder täuschte er sich? Der Raum war nicht sehr hell, hier kam nur Morgensonne herein, jetzt hatten sie schon Nachmittag, und Leven stand überdies im Schatten der offenen Tür.

»Ihre Frau war so freundlich, mir einen Knopf anzunähen, den ich verloren habe.«

Spitzlay deutete auf das neue Stück, das ein wenig heller im Ton war als die übrigen vier an seinem Rock.

»Ein neuer Knopf?«

»Den alten habe ich verloren, ich hatte gar nicht gemerkt, dass er locker war.«

Dieses Mal täuschte sich Spitzlay bestimmt nicht, Leven glaubte ihm nicht. Er stand am Tisch, hatte beide Hände aufgestützt und beugte sich leicht vor. Seine Augen fuhren suchend über die Knopfsammlung. Die Lider flackerten. Magda begann, das Nähsach einzusammeln und wieder zu verstauen.

»Der Richter wollte dir von Jabs Verhaftung berichten«, erklärte sie.

»Deshalb sind Sie gekommen?«

»Ich dachte, Sie sind sein Freund und wollen wissen, was Jakob Kolma sagt …«

»Waren Sie denn schon auf dem Kergeshof?«

Spitzlay suchte nach einer unverfänglichen Antwort. Ihm fiel nichts ein. Nichts, was logisch wäre.

»Ich war gerade auf dem Weg dorthin, da passierte mir das Malheur mit dem Knopf, und ich dachte, ich komme besser hierher. Ich wollte auf dem Rückweg von den Brachtendorfs ja ohnehin zu Ihnen kommen.«

Seine Ausrede war miserabel, aber Leven bohrte nicht weiter.

»Und? Was sagt der Jab? Hat er gestanden?«

Darauf wartet er, dachte Spitzlay, das will er hören. Er lauert geradezu darauf.

Aber da drehte Leven ihm den Rücken zu, als läge ihm nichts an der Antwort, goss sich Wasser in einen der Becher auf dem Tisch, schaute in den Topf auf dem Herd, in dem es die ganze Zeit über schon leise geköchelt hatte.

»Ich nehme an, Sie wollen nicht mit uns mitessen«, sagte er plötzlich, ohne sich umzuschauen.

»Nein, das hatte ich nicht vor.« Spitzlay setzte sich den Hut auf und ging zur Tür.

»Und was ist jetzt mit Jab?«

»Noch hat er nicht gestanden, aber wir verhören ihn ohne Unterbrechung. Er widerspricht sich ständig. Ich denke, wir werden ihn bald so weit haben.«

Leven stopfte sich ein Stück Speck, das auf einem Brettchen neben dem Kochtopf lag, in den Mund, dann zog er einen Hocker unterm Tisch hervor und setzte sich.

»Und Sie sind sich ganz sicher, dass er es war?«, fragte er kauend.

Wieder zuckten seine Wimpern, Spitzlay studierte sein Gesicht. Es konnte eine wunderliche Gewohnheit sein, das Zucken.

»Sagen Sie mir, wenn Sie jemand anderen im Verdacht haben«, ersuchte er ihn, aber Leven antwortete nicht, schenkte sich Wasser nach und streckte die Beine weit von sich.

»Hilgers aus Lehmen ist gestorben«, erzählte er Magda, mit einem Gesichtsausdruck, als sei der Friedensrichter nicht im Raum, »und Kornbrenners Tochter heiratet nach Trier, auch einen Gastwirt.«

»Etwas könnten Sie mir vielleicht noch sagen«, machte sich Spitzlay wieder bemerkbar, obwohl er schon die Klinke in der Hand hatte. »Der Geldgürtel, den Ihr Freund an jenem Montagabend beim Kornbrenner dabeigehabt hat, wie sah der aus? Können Sie ihn mir beschreiben?«

»Wie soll er schon ausgesehen haben? Wie so Geldgürtel eben aussehen.«

»Stoff? Leder? Welche Farbe?«

»Ich glaub Leder, schwarz, so genau weiß ich es nicht. Er hatte ihn noch nicht lang. Aber mehr kann ich Ihnen nicht sagen, tut mir leid …«

Leven stand nicht auf, um ihn hinauszubegleiten. Der Hund beobachtete ihn aus wachen Augen, blieb aber vor seiner Hütte liegen, als er an ihm vorbei auf die Straße trat.

Im ersten Augenblick fiel es Spitzlay schwer, sich zu orientieren. Sonst hatte er einen Kutscher bei sich gehabt, der die Gegend kannte. Aber dann fand er nur wenige Schritte hinter dem Schöpflöffelkreuz, um das sich die bigotte Alte gekümmert hatte, den Abzweig zum Kergeshof. Wenn er sich beeilte, könnte er in einer halben Stunde dort sein, Katharina zur Rede stellen und danach rechtzeitig zum Schoppen in die Rathausstuben kommen.

Warum hatte die kleine Brachtendorf ihn angelogen? Nicht nur angelogen, sie hatte ihn bewusst in die Irre geführt. Hatte sie sich an dem Knecht rächen wollen, weil er sie belästigt hatte? Vielleicht stimmte nicht einmal das. Oder wollte sie den Täter schützen? Liebte sie womöglich Caspar?

Die Frage versetzte ihm einen Stich in die Brust, aber er musste sie stellen. Nur, wenn es so wäre, warum sollte Leven dann seinen Freund erschlagen haben? Weil es diesem missfiel, dass sein Freund vielleicht ein Auge auf die kleine Schwester geworfen hatte?

Wieder einmal geriet Spitzlay ins Grübeln. Er achtete nicht auf den Weg und stolperte über eine unebene Stelle auf dem Boden.

War da ein Geräusch gewesen? Er drehte sich um und blickte den Weg zurück. Nichts.

Der Wind strich übers Roggenfeld. Müsste es nicht schon längst abgeerntet sein?

Spitzlay ging weiter. Noch zweimal schaute er sich um, aber weit und breit war keine Menschenseele zu sehen, nur die Hausdächer und die zierlich geschwungene Kirchturmspitze von Sürsch, das wogende Korn, ein Mäuschen, das am Feldrain entlanghuschte und so schnell, wie es aufgetaucht, wieder in einem Erdloch verschwunden war. Nach ein paar Schritten machte der Pfad eine leichte Kurve, das Dorf verschwand hinter dichten Weißdornsträuchern.

Da traf ihn etwas am Kopf. Spitzlay torkelte, dieses Mal konnte er sich nicht mehr halten. Um ihn herum wurde es dunkel.

***

Er hatte sie angeschrien. Sie hatte ihn verständnislos angeglotzt.

Aber wie hätte sie's auch verstehen sollen? Dass dieser verfluchte Knopf ihn noch an den Galgen bringen würde. Er hatte es gleich gesagt. Viel zu auffällig, nimm einen schwarzen oder braunen. Aber nein, sie fand diesen schön, er passt zum Kittel. Was hätte er machen sollen? Nähwerk war Frauenwerk.

Das war kein Zufall gewesen, dass dieser Mensch hier hereingeschneit war. Er musste Pitter besucht haben. Und Pitter hatte gequatscht.

Pitter. Dieser Plagegeist.

Ein kleiner, fast runder Kiefernzapfen, der an Caspars Stiefeln vorbeigeschossen kommt. Er hat das Geschoss zu fassen bekommen, es wieder zurückgefeuert zu dem Jungen, hin und her geht es, den Abhang hoch und runter, mal hat er den Kienappel vor den Füßen, mal der Kleine, das Sürscher Wäldchen hallt wider von ihrem Gejuchze.

Dann rutscht er aus auf dem glitschnassen Boden an der Bach, und Pitter stürzt sich mit Gebrüll auf ihn.

»Ich bin Blücher, ich besieg dich.«

Caspar ließ den Hut am Haken, nur die Jacke nahm er mit.

Das Kerlchen hatte auf seiner Brust gehockt wie auf einem Pferd und auf ihn eingetrommelt. Eine Weile hatte er es geschehen lassen, dann hatte er den Jungen unter den Achseln gepackt und in den Schwitzkasten genommen.

Pitter hatte gestrampelt wie ein wütender Berserker. Dass die Schnur riss, mit der sein geliebter Beutel am Gürtel festgebunden war, hatte der Kleine zuerst nicht gemerkt, dann aber hatte er losgeheult wie ein Mädchen. Dabei hatten sie doch später das meiste wiedergefunden.

Der Mensch marschierte ein gutes Stück vor ihm. Für einen Studierten hatte er einen strammen Schritt drauf, aber hinter Wirtz' Feld würde er ihn eingeholt haben.

Es war nicht seine Schuld, dass der Pitter danach weggelaufen und an der Felswand zur Schiefergrube abgestürzt war. Wer nicht aufpasste, hatte die Konsequenzen zu tragen. Pitter war alt genug, das zu wissen. Im Krieg hatte man auch kein großes Bohei um solche Vorfälle gemacht. Niemand wurde gesucht, wenn er nicht mehr im Lager auftauchte. Verreckte einfach. Glück hatte nur, wer zufällig gefunden wurde.

Als der Mensch am Boden lag, zerrte er ihn unter eine Hecke und durchwühlte seine Taschen. Wie er vermutet hatte, fand er die Knöpfe, den, den der Jurist angeblich verloren hatte, und den blau-weißen, der ihm zum Verhängnis werden könnte. Vom nächsten Feld klaubte er Garben zusammen und bedeckte damit den Körper. Von Weitem würde man kaum erkennen, was dort lag.

Dennoch spürte Caspar keine Erleichterung. Die Alpträume der Nacht marterten ihn, waren auch jetzt wieder da.

»Du hast mich geschlagen, während du schliefst«, hatte Magda ihm heute Morgen erzählt und über seine schweißnasse Stirn gestrichen. Er hatte sie an sich gezogen. »Verzeih, das hab ich nicht gemerkt. Weck mich, wenn ich's wieder mache.«

Ohne darauf zu achten, war Caspar ins Mühltal geraten. Steil führte der steinige Pfad bergab. An der Ölmühle drehte sich das Rad, das Wasser rauschte, fiel schäumend zurück ins Bett. Den Gruß der Müllerin erwiderte er nicht.

Die Bilder der Vergangenheit. Joseph am Ufer, seine entsetzten Augen. Die Puppe im Fluss. Das Kind. Und dann dieser Schrei. Nur weg von hier. Joseph, den er anbrüllen und fortzerren musste. »Komm schon, die Schiffer warten nicht länger. Du wirst schon sehen, was dein Onkel mit dir macht, wenn du mit den Kirschen wieder zurückkommst.«

Jahrelang hatte er nicht mehr daran gedacht. Bis Joseph ihm am Montagabend auf dem Heimweg vom Kornbrenner sagte, dass er ein Mädchen kennengelernt habe.

»Ich muss dir etwas sagen.«

Es ist noch nicht spät, aber schon stockdunkel. Neumond. Er kann Josephs Gesicht nicht sehen, doch als der Freund zu sprechen beginnt, hört es sich an, als weine er.

Was sagt er da, wovon redet er, versteht er richtig?

Der Schnaps kreist in seinem Kopf. Er bleibt stehen. Schwankt. Ihm wird schlecht.

»Was hast du getan?«, schreit er Joseph an.

»Ich konnt nicht anders, Caspar, ich musste es ihr sagen.«

Der Nebel im Gehirn surrt, um ihn herum die Nacht dreht sich. Und dann ein jäher Blitz, der ihn durchzuckt: Joseph hat sie verraten, Joseph hat sein Versprechen gebrochen.

***

Etwas krabbelte in seinem Ohr. Mit der Hand versuchte er, das Tierchen zu verscheuchen. Es strengte ihn an, den Arm zu heben.

Spitzlay blinzelte. Um ihn herum, über ihm Roggenhalme. Wie war er in den Haufen Getreide geraten? Wieder kribbelte es im Ohr. Jetzt. Er hatte es erwischt. Ein Käfer. Angeekelt schnippte er das Insekt von den Fingern. Jede Bewegung tat ihm weh.

Umständlich kroch er unter dem Garbenbündel hervor, suchte nach Halt, um aufstehen zu können, der Kopf schmerzte, der Boden unter ihm hob und senkte sich.

Als er mit der Hand in den Nacken und durch die Haare fuhr, fühlte er Blut, dann eine Beule. Sein Rock und die Hosen, die Strümpfe und Schuhe, alles war schmutzig, Halme und Zweige hatten sich in der Kleidung verhakt.

Er schaute sich um. Der Weg vor ihm lag einsam in der Nachmittagssonne. Ihrem Stand zufolge konnte er nicht lange hier am Feldrain gelegen haben. In einiger Entfernung sah er jemanden laufen, aber die Person war zu weit weg, als dass er sie hätte rufen und um Hilfe bitten können.

Dann fiel es ihm wieder ein. Er wollte zum Kergeshof und mit Katharina sprechen. Aber jetzt fühlte er sich außerstande dazu. Er musste nach Hause. Unsicher tat er die ersten Schritte, es ging besser, als er gedacht hatte. Er fand seinen Hut, eingedellt, aber ansonsten unversehrt.

Während er auf Mörz zumarschierte, versuchte er sich zu erinnern. Was war kurz vor dem Sturz gewesen? War ihm jemand begegnet? Von woher war er gekommen? Auf keine Frage hatte er eine Antwort. Nur dass er zu Kath hatte gehen wollen, wusste er, und dass er am Abend eine Verabredung mit Martini hatte. Aber so lange würde er jetzt nicht mehr warten.

Eineinhalb Stunden später machte ihm der Arzt die Tür auf, und Spitzlay war dankbar, dass Martini ihn ins Behandlungskabinett führte, bevor die Damen des Hauses ihn zu sehen bekamen.

»Wieder ein Achsbruch?«

»Zur Abwechslung eine Beule am Hinterkopf«, erklärte der Friedensrichter, der stellvertretende, und drehte sich um, damit der Arzt sie begutachten konnte.

»Das gefällt mir nicht«, konstatierte Martini, nachdem er Spitzlays Bericht gehört, ihn untersucht und Wunden und Kratzer gesäubert und verbunden hatte.

»Versuchen wir es gemeinsam mit der Erinnerung. Sie sind

heute Vormittag zu einem Spaziergang über die Felder aufgebrochen?«

»Spaziergang?«

Spitzlay wollte lachen, aber er konnte nicht, sein Kopf tat so weh, dass er das Gefühl hatte, er würde zerspringen.

»Warten Sie! Mir dämmert etwas. Ich bin zu Peter Puth. Nach Sürsch.«

»Sie sind zu Fuß gegangen?«

»Ja, zu Fuß.«

Er stockte.

»Der Knopf!«

Der Schleier über seinem Gedächtnis lichtete sich.

»Ich habe Peter von einem Höhlenforscher erzählt und er mir die Geschichte mit dem Knopf …«

»Knopf? Sind Sie sicher, Spitzlay, dass es Ihnen gut geht? Vielleicht legen Sie sich besser hin und schlafen etwas, und danach schauen wir weiter.«

Aber Spitzlay beachtete den Einwand des Arztes nicht. Er tastete jede Falte seiner Kleidung ab, zog schließlich einen runden rotbraunen Knopf aus einer Tasche und legte ihn demonstrativ auf Martinis Arbeitstisch.

»Er war Ihnen abgerissen, und Peters Mutter hat einen neuen angenäht«, schlussfolgerte der Arzt und deutete auf den Ersatzknopf.

»Nein, Magda.«

»Ich verstehe nicht …«

»Aber ich. Der andere Knopf fehlt. Er ist nicht mehr da.«

Noch einmal kramte Spitzlay in allen Taschen.

»Welcher andere Knopf?«

»Der mit dem Kreuzstichmuster.«

Auch wenn er keine Erinnerung an diesen seltsamen Sturz hatte, er fing an zu begreifen.

»Damit hat er sich verraten.«

»Wer? Mit was? Hätten Sie die Güte, mich aufzuklären!«

»Caspar Leven. Er hat Joseph erschlagen. Er weiß, dass ich jetzt weiß, dass er den Knopf verloren hat.«

»Ich dachte, Sie hätten einen Knopf verloren.«

»Ja, ich, aber es war seiner, beziehungsweise, es war der zweite Knopf, den Magda noch besaß.«

»Ich glaube, jetzt wird mir schwummrig.« Der Arzt wischte sich über die Stirn und setzte sich Spitzlay gegenüber.

»Es ist doch ganz einfach, Martini. Der Knopf liegt am Tatort. Peter findet den Knopf, erzählt mir davon, und ich zähle eins und eins zusammen.«

»Ja natürlich, ganz einfach. Dass ich das aber auch nicht sofort kapiert habe! Unverzeihlich.«

Spitzlay bemerkte den spöttischen Ton nicht.

»Peter!«, entfuhr es ihm. Er schoss von seinem Stuhl hoch. »Der Junge. Er ist in Gefahr.« Vor Spitzlays Augen tanzte das Zimmer, er wankte. Martini bekam ihn gerade noch zu fassen, bevor er umkippte.

»Jetzt bleiben Sie erst mal sitzen!«

»Rufen Sie Theis Engels. Schnell!«

Dann aber erlaubte Spitzlay Martini doch, ihm einen Cognac einzuflößen und ihn mit einer kalten Kompresse auf der Stirn auf die ärztliche Chaiselongue zu verbannen.

»So lange, bis die große Sanduhr durchgelaufen ist. Und wehe, Sie bewegen auch nur den kleinen Finger!«, warnte der Arzt und drehte den Zeitmesser einmal um.

»Könnte ich wenigstens einen Bissen zu essen bekommen?«

***

Mit beginnender Dämmerung waren sie aufgebrochen. Auch Spitzlay trotz Martinis heftigem Protest.

»Kommen Sie mit, dann können Sie mich wieder auffangen, wenn's nötig sein sollte«, hatte der Friedensrichter geflachst.

Der Arzt hatte sich überreden lassen, obwohl Frau Doktor die Hände überm Kopf zusammenschlug und ihren Gatten einen unverbesserlichen Leichtfuß schimpfte.

Als er sich in den Sattel geschwungen hatte, meinte Spitzlay, Bettines Gesicht am Fenster erspäht zu haben, eine flüchtige Handbewegung, ein Winken. Er griff neben den Zügel und hätte fast das Gleichgewicht verloren.

Jetzt ritt er zwischen Martini und Engels.

»Vor Sürsch halten wir, um im Ort nicht unnötiges Aufsehen zu erregen«, bestimmte der Gendarm. »Müller und Beddinghaus reiten zum Daum'schen Hof und nehmen Leven fest. Wenn er Widerstand leistet, werden sie einen Schuss abgeben. Dann sind wir sofort zur Stelle. Sie beide«, und er nickte Spitzlay und Martini zu, »werden mit Moritz zu den Puths gehen und nach dem Jungen gucken. Ich hoffe, dass wir dort keine böse Überraschung erleben.«

Bei Dunkelheit erreichten sie das Dorf. Peter fanden sie friedlich schlafend im Bett, Caspar war nicht da.

Sie mache sich Sorgen, erklärte seine Frau. Am Nachmittag sei er weggegangen und nicht wiedergekommen. Er sei so seltsam gewesen nach dem Besuch des Friedensrichters.

Wie, seltsam?

Seltsam eben. Merkwürdig. Streitbiestig.

Wie sie die verängstigte Magda, Pitters verwirrte Eltern und Kätche und Jakob Daum, die der Lärm alarmiert hatte, besänftigen sollten, darüber hatten sie sich keine Gedanken gemacht. Spitzlay stammelte Ausflüchte, von einem Verdacht war keine Rede. Aber ihre verstörten Gesichter sprachen Bände. Dann teilte Engels seine Truppe auf, drei Mann, die Signalhörner am Gürtel, Richtung Lehmen, drei weitere nach Catenes, zwei wurden in Sürsch postiert, falls Leven auftauchte. Engels, Spitzlay und Martini wollten das Plateau durchstreifen. Zum Schluss vereinbarten sie Uhrzeiten und Treffpunkte.

Den entscheidenden Wink bekamen sie gegen elf Uhr vom Catenesser Fährbeständer. Er habe Leven am späten Nachmittag nach Alken übergesetzt. Wo der Sürscher hinwollte, wisse er aber nicht. Er hätte viel zu tun, wenn er jeden, der tagtäglich seine Dienste in Anspruch nahm, nach dem Woher und Wohin fragen wollte.

Ob er sie denn auch fahren würde?

Jetzt noch? Um diese Uhrzeit? Bei dieser Dunkelheit? Und mit allen Pferden?

Aber der Lohn, den Spitzlay bot, überzeugte den Mann. Eine Stunde später hatten sie Caspar Leven oberhalb des Orts in einer im Wald gelegenen Destille aufgespürt. Den Kopf zur Seite geneigt, stierte der Gesuchte Spitzlay an, als sähe er ein Gespenst. Beim Versuch, aufzustehen, taumelte er, fiel zurück auf die Bank, auf der er gesessen hatte, rutschte von der Kante ab und schlug hart auf dem Boden auf. Sein trunkener Zechkumpan stierte verdutzt hinter ihm her und rüttelte an seinem Arm.

»Du kannst mich hier nicht allein lassen, Kamerad, komm, trinken wir noch ein'n!«

Da fing unterm Tisch Leven hemmungslos zu weinen an.

VIERZEHN

Mittwoch, den 31ten August 1814

Regentropfen schlugen ihm ins Gesicht. Es dämmerte. Er konnte sich kaum an den gestrigen Abend erinnern. Nur dass plötzlich Gendarmerie im Raum gestanden hatte, eine ganze Meute, und dieser Mensch. Er hätte schwören können, dass er ihn totgeschlagen hatte.

Caspars Hände waren auf den Rücken gebunden, auch an den Füßen hatten sie ihn gefesselt, die Erde unter ihm war nass, er fror. Als er den Kopf drehte, konnte er das Biwak sehen, das der Gendarm anscheinend noch in der Nacht angeordnet hatte. Die meisten Männer schliefen, nur zwei unterhielten sich leise, manchmal warfen sie einen Blick zu ihm herüber.

Er schloss die Augen, spähte unter den Wimpern hervor. So hatte er in der Kuhle gelegen, als er Elfer für sich hatte sterben lassen. Hatte er das? Sie wären beide tot gewesen, wenn er sich nicht zur Seite geworfen hätte. Er hätte Elfer nicht retten können. Aber das Kind in der Mosel …

… aber das Kind war selbst schuld. Was lief es auch seiner Puppe nach. Hatte sein Vater ihn denn rausgezogen, als er in den Tümpel geriet und vor Todesangst schrie? Ein Junge muss sich selbst helfen, wenn er ein Mann werden will, hatte der Alte zur Mutter gesagt, als die es wagte, ihrem Mann Vorwürfe zu machen. Dafür hasste er seinen Vater, dass er ihn fast hatte ersaufen lassen. Wasser rann ihm übers Gesicht. Der Regen. Er schmeckte salzig.

In die Polizeitruppe kam Bewegung. Wie damals in dem Loch vor Bautzen sah er Stiefel vorbeihuschen, nur dass das Gehör ihm heute keinen Streich spielte. Zwei Schützen kamen mit einem dampfenden Suppenkessel herbei. Ein kleines Mädchen folgte mit Schüsseln. Irgendjemand, vielleicht der Gendarm oder dieser Juristenmensch, musste eine Bäuerin oder Fischerin überredet haben, dem Korps ein Frühstück zu bereiten. Auch sein Magen knurrte, aber als der Spitznasige ihn an der Schulter rüttelte, damit er sich aufsetzte, und ihm eine Schale mit heißer Brühe vor den Mund hielt, drehte er den Kopf weg.

»Trinken Sie! Sie werden noch froh sein, wenn Sie was im Magen haben. Es wird noch eine Weile dauern, bis wir wieder in Münstermayfeld sind.«

Er kam sich vor wie damals im Lazarett. Aber er trank.

Später, in Münster, sperrten sie ihn in einen fensterlosen Raum des Friedensgerichts. Wieder lag er auf dem Boden, es roch muffig, nur durch einen Spalt unter der Tür drang etwas Licht herein.

»Hier hat dein Freund gelegen, da auf dem Tisch, tot«, hatte der Büttel gesagt, als er ihn in das Kabäuschen geschubst hatte.

Er versuchte, die Umrisse des Tisches zu erkennen, die Beine, die Größe der Platte. Auf welcher Seite hatte Josephs Kopf gelegen?

Caspar hatte erwartet, dass der Friedensrichter nach Hause gegangen wäre, um sich zu waschen und saubere Kleidung anzuziehen, aber der Mann, der ihm, als er in die Amtsstube geführt wurde, entgegenblickte, trug noch dieselbe verdreckte Kleidung, dieselben verschmierten Schuhe, und man konnte meinen, es mache ihm nichts aus. Etwas abseits saß an einem kleinen Tisch der Gerichtsschreiber, einen Stapel Papiere vor sich. Er kannte den Mann, aber seinen Namen hatte er vergessen.

»Herr Leven …«

In den Augen des mageren Justizbeamten lag ein Ausdruck, der Caspar verwirrte. Abscheu hatte er erwartet, Verachtung, Geringschätzung. Aber so guckte der Mensch nicht.

»Fangen wir an, Herr Leven. Was ist in Ihrem Kopf vorgegangen, als Sie mich gestern Nacht in der Alkener Wirtschaft gesehen haben?«

Caspar knetete seine Finger. Darum ging es also. Dass der Mann glaubte, er sei derjenige gewesen, der ihn ohnmächtig geschlagen habe. Er könnte es abstreiten.

Aber der Friedensrichter ließ ihm keine Zeit zum Überlegen, sondern bombardierte ihn mit weiteren Fragen.

»Was haben Sie mit dem Knopf gemacht, den mir Ihre Frau geschenkt hat und den ich hier in meiner rechten Rocktasche verwahrt hatte? Bezeichnenderweise ist er genau seit dem Überfall auf mich verschwunden. Und was haben Sie mit dem Knopf gemacht, den Sie nach dem inszenierten Gerangel an der Bach im Wäldchen dem Jungen Peter Puth entwendet haben? Waren Sie es, der den Jungen anschließend den Abhang hinuntergestoßen hat?«

Empört wollte er diesen Verdacht von sich weisen, aber der Friedensrichter ließ ihn nicht zu Wort kommen.

»Und was hat Sie veranlasst, sich gestern Nacht sinnlos zu betrinken? Noch dazu weit weg von Ihrem Zuhause, in einem Lokal, oder nennen wir es ›Spelunke‹, wo Sie, wie man mir versichert hat, noch nie zuvor gewesen sind? Aus welchem Grund haben Sie geheult, als wir Sie festnahmen?«

»Geheult?« Er konnte sich nicht erinnern. »Hab ich das?«

»Das haben Sie.«

Immer wieder die gleichen Bilder. Die Puppe. Das Kind im Fluss. Joseph packt ihn am Arm, zwingt ihn, stehen zu bleiben.

»Du musst mich verstehen, Caspar!«

Die Nacht ist so dunkel, dass er das Gesicht des Freundes nicht sehen kann.

»Versteh doch, Caspar!«

Er versteht nur, dass Joseph sich nicht an ihre Abmachung gehalten hat.

»An jenem Montagabend vor zwei Wochen, als Joseph Brachtendorf ums Leben kam, hatte er Sie provoziert wegen Kaisers Geburtstag.«

Die Stimme des Friedensrichters kam wie von weit her.

»Wegen Kaisers Geburtstag?«

Der Friedensrichter blickte ihn an, nickte.

»Ja«, bestätigte er, »er hat gelacht, der Joseph. Genau wie die anderen.«

Joseph hatte gelacht wie die ganze vermaledeite Hundsbande. Noch könnte er lügen. Nur die Hälfte der Wahrheit sagen. Nur von dem verdammten Abend beim Kornbrenner erzählen, wo er sich aufgeregt hatte, weil sie ihn verspotteten und selbst Joseph sich über ihn amüsierte.

Noch könnte er sagen, sie hätten sich deshalb auf dem

Nachhauseweg gestritten, der Joseph und er. Und dann sei der Joseph gestürzt. Unglücklich gestürzt. Er könnte die Wahrheit verschweigen.

Caspar schaute durchs Fenster hindurch auf den Kirchplatz. Als die Meensderer dort vor vielen Jahren den Freiheitsbaum aufgestellt und die Honoratioren ihre Reden geschwungen hatten, war er dabei gewesen, hatte an die Freiheit geglaubt, hatte gehofft, dass das Leben besser werden würde.

Magda fiel ihm ein und ihre gemeinsamen Träume. Ihr Blick, mit dem sie ihn in den letzten Tagen immer angeschaut hatte, als ahnte sie etwas. Seit Josephs Tod hatte er sich in ihrer Gegenwart unwohl gefühlt. Er hatte sie nicht mehr umarmen können, ohne dass es ihm die Kehle zugeschnürt hatte.

Und da plötzlich verstand er.

Begriff mit einem Mal, warum der Freund Sophie alles erzählt hatte. Dass Joseph gar nichts anderes hatte tun können, als diesem Mädchen alles zu erzählen.

Er blickte zu Spitzlay, der geduldig wartete, dass er weiterspräche, und wünschte, dass er schon alles gesagt hätte. Er räusperte sich.

»Ich weiß nicht mehr, was für ein Tag es war, irgendwann Ende Juni, Anfang Juli …«

Das Reden lag Caspar nicht. Reden war etwas für Städter. Magda verstand ihn ohne Worte. Aber er wollte es versuchen.

»Joseph war neun oder zehn. Brachtendorf hat uns mit Kirschen an die Mosel geschickt. Nach Löf. Zu dem Schiffer, der die Ware nach Cochem verkaufen sollte. Oder nach Trier, ich weiß es nicht mehr. Als wir unten ankamen, war der Nachen noch nicht da …«

Er ist nicht gut drauf an diesem Tag, ist immer noch zornig.

Tags zuvor war er in Münster gewesen und hatte sich zur Armée gemeldet, aber im Konskriptionsbureau wollten sie ihn nicht. Gelacht haben sie. Ihn ausgelacht.

»Guckt euch nur mal den Kleinen hier an, will Soldat spielen. Retourne chez ta maman, mon petit!«

Der Offizier hatte ihn bei den Schultern gepackt und zur

Tür hinausgeschoben. »Komm in fünf oder sechs Jahren wieder.«

Vor Wut hatte er geheult. Er weiß, wofür Napoleon kämpft, weiß, was Freiheit und Brüderlichkeit bedeutet. Er weiß es am besten.

Joseph mit seiner Kinderstimme neben ihm geht ihm auf den Geist. Den ganzen Weg über hinunter ins Tal hat er ohne Unterlass geplappert und gequatscht. Und dann kann er noch nicht mal Steine übers Wasser springen lassen.

»Du musst flacher werfen! Guck, so!«

Sein eigener Stein titscht sechs Mal auf den Fluss auf.

»Hast du's gesehen?«

»Ja, hab ich, aber guck, Caspar, der Onkel hat gesagt, dass die Mosel nach Kobern fließt, aber es stimmt nicht.«

Joseph zeigt auf die Wellen. Es ist keine starke Strömung, nur eine leichte kräuselige Wasserfläche.

»Guck«, schreit Joseph wieder, »die Mosel fließt aufwärts, der Onkel lügt.«

Auf den Wellen wiegt sich ein Büschelchen Gras, dreht sich ein wenig und treibt zwischen zwei Sandbänken gemächlich flussaufwärts.

»Dummkopp«, schnauzt er Joseph an.

»Selber Dummkopp.«

Sie streiten. Der kleine Brachtendorf ist dickköpfig, schon immer gewesen, will's ihm einfach nicht glauben, dass er unrecht hat. Da reißt er dem Mädchen, das neben ihnen am Ufer spielt, die Puppe aus der Hand, eine Puppe aus Stoff, daran erinnert er sich noch, holt aus und wirft das Spielzeug weit hinaus in den Fluss. Damit der blödhirnige Kerl kapiert!

»Glaubst du's jetzt endlich?«

Die Puppe treibt ein Stück flussabwärts, dorthin, wo Cowelenz wäre, wenn man es von hier aus sehen könnte.

Er hört das Mädchen flennen, sieht es der Puppe hinterherrennen, dummes Ding, sie soll stehen bleiben. Aber das Kind bleibt nicht stehen, bis zu den Knien stakt es ins Wasser, erreicht die erste Sandbank.

»Hol sie zurück«, schreit Joseph.

Da geht die Puppe in den Fluten unter. Besser, sie hauen ab.

»Komm schon, Joseph, der Schiffer ist da, er wartet auf unsere Kirschen.«

Als sie das Obst abliefern, hören sie den Schrei, diesen grauenhaften Schrei.

Menschen stehen am Ufer und gaffen.

Männer, die Hosen hochgekrempelt, Stangen in der Hand, suchen den Fluss ab.

Ein zweites Mädchen, größer als das, das der Puppe hinterhergegangen ist, steht plärrend auf der Sandbank, auf der er eben doch noch die Kleinere gesehen hat. Die nicht mehr dort ist. Vergeblich versucht eine Frau, das ältere Mädchen zurückzuzerren, das Mädchen schreit nur umso mehr.

Am Ufer die Leute beten. Was für ein grässlicher Unfall. Dass die Kinder aber auch immer am Wasser spielen müssen, man kann es ihnen tausendmal sagen, wie gefährlich das ist, sie hören einfach nicht. Das dort muss die Schwester sein. Mein Gott, die arme Kleine. Hat jemand gesehen, wie's passiert ist? Da sollen noch ein paar Buben dabei gewesen sein, die sind weggelaufen. Die haben dem Kind sein Püppchen weggenommen, ich hab's gesehen. Und wo sind die beiden jetzt?

Caspar und Joseph schieben sich durch die Menge hindurch, nehmen ihre Karre und schleichen aus dem Dorf hinaus.

»Du hättest was tun müssen«, sagt Joseph.

»Und du? Hast doch auch nichts getan.«

»Zu Hause schlagen sie mich tot, wenn sie's erfahren.«

Caspar schweigt. Er hat niemanden, der ihn totschlagen könnte. Aber sie würden ihn ins Gefängnis werfen bei Wasser und Brot.

»Wir dürfen nie und nimmer mit irgendjemandem darüber reden, hörst du.«

Joseph nickt.

»Versprochen?«

»Versprochen. Ehrenwort.«

Stumm lauschte Caspar seinen Sätzen hinterher. Im Raum war es still, so still, dass er nur das Summen in seinen Ohren vernahm, es war ihm unangenehm. Bis etwas knackte, der Türrahmen oder der Trägerbalken darüber, und er weitersprach.

»Später wurde bekannt, dass die beiden Mädchen, das ertrunkene Kind und die ältere Schwester, aus Winningen waren. Jeder wunderte sich, was die Lutherischen in Löf zu tun hatten. Dann hieß es, sie seien mit der Familie auf dem Rückweg von Castellaun gewesen, wo sie Verwandte besucht hätten. Irgendwann ist Gras über die Sache gewachsen. Ein Unfall eben, wie er immer wieder passiert an der Mosel. Wann Joseph dann das Mädchen kennengelernt hat, weiß ich nicht.«

»Sophie, die große Schwester?«

»Ja.«

Caspar betrachtete die Spitzen seiner Schuhe, suchte nach Worten.

»Er hat mit niemandem über sie geredet, auch mit mir nicht. Erst an diesem Montagabend.«

Das Weiterreden fiel Caspar immer schwerer, aber jetzt wollte er es hinter sich bringen.

»Zuerst fürchtete er nur das Geschwätz der Leute, weil's doch eine Lutherische ist. Da wusste er selbst noch nicht, wer sie war. Dann haben sie einmal zusammen an der Mosel gesessen, und sie hat von einem Unglück erzählt, bei dem ein Kind ertrunken ist. Das war meine Schwester, hat sie gesagt, und dass sie immer wieder davon träumt. Wer macht denn nur so was, hat sie ihn gefragt.«

»Und da wusste er nicht mehr, was er machen sollte?«

»Ja.«

»Und auf dem Nachhauseweg vom Kornbrenner hat er Ihnen gesagt, dass er ihr die Wahrheit beichten will?«

Caspar antwortete nicht sofort.

»Dass er sie ihr schon gesagt hat«, brachte er endlich heraus. Seine Stimme war heiser.

»Da ist viel zusammengekommen an dem Abend, und Sie haben die Nerven verloren.«

Er hatte keine Erklärung für das, was dann geschah.

Sie waren den Weg von den Lehmerhöfen hochgekommen. Die neunmalklugen Schwätzer und ihre höhnischen Lacher hatten ihm den Abend verdorben, Josephs Grinsen, als sie ihn wegen Kaisers Geburtstag aufzogen, und dann Josephs Geständnis.

»Dazu die Hitze und der Alkohol«, hörte er den Friedensrichter sagen, aber Caspar reagierte nicht darauf, schüttelte nur hilflos den Kopf. Er musste von Sinnen gewesen sein, als er zugeschlagen hatte.

»Sie befürchteten, dass die Vergangenheit Sie einholen würde.«

»Ich hab doch erst im Januar geheiratet. Und Magda … also mit Magda …«

Er wusste nicht, wie er es sagen sollte. Dass er bei Magda das erste Mal im Leben Ruhe gefunden hatte. Dass er Angst gehabt hatte, sie zu verlieren, wenn sie erfuhr, was er getan hatte.

Aber was ging es diesen Menschen an, was er fühlte? Wie konnte man überhaupt Gefühle in Worten ausdrücken?

»Sie haben mit Magda Ihr Glück gefunden.«

Glück! Das war auch so ein Wort. Was bedeutete das schon? Wer Geld hatte, hatte vielleicht sein Glück gefunden. Oder ein Studierter wie dieser Mensch, wenn er ein Amt in einer gelehrten Einrichtung zugeschanzt bekam.

Aber vielleicht war es doch nicht so falsch, was der Mensch sagte. Wenn Magda neben ihm lag, war er glücklich.

»Ich hatte Angst, dass alles rauskommt. Ich hätte das Kind retten können, damals.«

»Sie waren doch beide selbst noch Kinder.«

»Ich war schon fünfzehn.«

***

Geschafft. Leven hatte gestanden. Hatte drei Kreuze unter das Protokoll gesetzt und obendrein mit einem ungelenken CL unterschrieben: Caspar Leven.

Er könnte sich entspannt zurücklehnen und darauf warten, dass von Kaysersfeld aus seiner Sommerfrische zurückkehrte. Warum tat er es nicht? Warum war er unzufrieden? Von Genugtuung keine Spur. Er wünschte, der Täter, er wehrte sich gegen das Wort »Mörder«, wäre jemand anderes. Nicht dieser Leven. Irgendwie mochte er diesen Mann.

Auch am Nachmittag, auf dem Weg zum Kergeshof, fühlte Spitzlay sich keinen Deut besser. Neben ihm bruttelte und zeterte Jakob Kolma. Wem er diese Arbeitsbeurlaubung zu verdanken habe? Die Läuse auf dem Haupt und die Flöhe im Hemd?

Er hörte kaum hin. Erschöpft und bedrückt, wie er war, pries er sich glücklich, dass sie wenigstens nicht hatten laufen müssen, sondern dass Theis Engels ihm wieder Adam Klein mit dem Kutschwagen zur Verfügung gestellt hatte. So würden sie schneller bei den Brachtendorfs sein, und er brauchte das Gemeckere des Knechts nicht länger als nötig zu ertragen. Warum verfügte eigentlich das Gericht nicht über ein eigenes Dienstgefährt? Immer wurde an allen Ecken und Enden gespart. Erst letzte Woche hatte er hundert Bogen Papier bestellt, Coblenz hatte nur die Hälfte geschickt. Glaubten die etwa, in Münstermayfeld passiere nichts, ergo gäbe es auch nichts zu protokollieren?

Der Himmel war so blau wie an dem Tag, als er das erste Mal durch die Felder zu dem einsamen Hof gefahren war, mit Martini und Theis Engels und einer Leiche im Karren. Nur, so heiß war es nicht mehr.

Ein Rüttler stand hoch über ihren Köpfen und spähte nach Beute. Unwillkürlich, als befürchte er wieder einen Überfall, tastete Spitzlay seinen Kopf ab, die Schwellung war noch genauso groß wie gestern Abend, und obwohl er jetzt in sauberen Kleidern steckte, fühlte er sich noch immer leicht benommen. Wenigstens hatte Leven sich für den heimtückischen Schlag entschuldigt. Ein wenig linkisch. »War nicht so gemeint«, hatte er kaum hörbar genuschelt.

Und dann hatte ihn der Sürscher am Ende ihres langen Gesprächs gefragt, ob er den Brachtendorfs von dem Unglück damals vor vierzehn Jahren am Moselufer in Löf erzählen würde.

»Ich muss es wohl«, hatte er geantwortet.

»Josephs Mutter wird es das Herz brechen, wenn sie erfährt, was wir getan haben«, hatte Leven entgegnet. »Auch dem Kathrinche.«

Vor ihnen am Horizont die grüne Wand des Hunsrücks, so klar und deutlich gezeichnet, dass einzelne Bäume zu erkennen waren. Die Luft flimmerte. Über dem Tal flogen Milane ihre Runden.

Was musste in Sophie vorgegangen sein, als sie hörte, dass der geliebte Mensch am Tod der kleinen Schwester schuld war, mitschuldig? Sie hätte doch ihm, Spitzlay, davon erzählen können, stattdessen hatte sie ihm eine Lügengeschichte aufgetischt. Warum nur?

Weil niemand davon erfahren sollte. Ihre Eltern nicht, auch nicht Poschner. Über den Tod hinaus wollte sie den Freund schützen. Oder zumindest das Bild, das sie sich von ihm gemacht hatte, bevor sie die Wahrheit erfuhr.

Auf den letzten Metres wurde Kolma stiller.

»Und wenn sie mich nicht mehr nehmen? So ein Verdacht bleibt kleben wie Pech. Bis in die nächste Generation.«

Womit er nicht unrecht hat, dachte Spitzlay. Jetzt tat ihm der Mann doch leid. Was nur in Kath gefahren war, dass sie dem armen Kerl diese Geschichte angehängt hatte?

»Machen Sie sich keine Sorgen, ich rede mit Brachtendorf«, versprach er ihm.

Auch heute schlug der Hund an, als sie durch die Port fuhren. Spitzlay kletterte vom Wagen, Kolma blieb sitzen. Es war die Bäuerin, die als Erste an der Haustür erschien. Obwohl sie bestimmt gesehen hatte, dass der Knecht nicht mehr in Eisen war, machte sie keine Anstalten, die Stufen hinunter in den Hof zu treten. Ihr Gesicht war verschlossen, der Mund eine dünne, harte Linie. Mechthild aber drängte sich, nachdem sie ihre Überraschung überwunden hatte, energisch an Maria Brachtendorf vorbei.

»Komm, Jab, es ist noch Suppe da. Und für Sie auch«, sagte sie zu Spitzlay. »Sie sehen so aus, als brächten Sie Neuigkeiten.«

In der Küche schaffte es Spitzlay, neben Kath zu sitzen, am Kopfende des Tisches, wo in den Familien gewöhnlich der Hausherr saß. Das Mädchen vermied seinen Blick. Ihre blonden Locken waren straff nach hinten gekämmt. Die Haarnadel saß fest im Knoten.

»Die Männer sind auf dem Feld«, fühlte sich die Bäuerin bemüßigt zu erklären. Dann setzte sie sich zögerlich.

Jab blieb an der Tür stehen. Aber als Mechthild den Kessel mit dem Bohneneintopf auf den Tisch stellte, zwei Schüsseln und Löffel holte, taute er auf und kam zum Tisch.

»Jakob Kolma ist nicht der Mörder Ihres Sohnes.«

Spitzlay schaute der Bäuerin direkt in die Augen. Gleichzeitig holte er mit dem linken Fuß aus und haute Kath unterm Tisch gegen das Schienbein. Der Aufschrei des Mädchens ging unter in dem Klirren der Irdenschüssel, die auf den Steinfliesen der Küche zersprang. Die Handbewegung, mit der er seine Worte unterstrichen hatte, war wohl etwas ausladend ausgefallen.

»Madame, pardon, je m'excuse. Ich bedauere. Selbstverständlich werde ich Ihnen den Schaden bezahlen.«

Spitzlay war aufgesprungen, wollte die Bescherung wieder in Ordnung bringen, aber die Frauen waren schneller.

»Kein Wort von dir!«, bleute er Kath in dem Durcheinander ein.

Als alles wieder sauber gewischt und aufgeräumt war, berichtete er ausführlich, vergaß auch nicht, Josephs Verlobte zu erwähnen.

»Heilige Luzia! Joseph und eine Lutherische! Und der Caspar! Sein bester Freund! Nein.« Maria Brachtendorf schnappte nach Luft. »Und alles nur wegen Napoleons Geburtstag? Ist das wahr?«

Nein, es ist nicht wahr, hätte Spitzlay antworten müssen. Aber er schwieg.

»Und wer hat den Jab angeschwärzt?« Mechthild reichte Spitzlays Erklärung nicht.

»Ein Ortsfremder. Wir haben uns von dessen Beschreibung blenden lassen. Er glaubte, den Täter gesehen zu haben. Ich entschuldige mich dafür.«

Spitzlay schaute Jab bittend an, dann glitt sein Blick über die Frauen am Tisch. Maria Brachtendorf schüttelte noch immer ungläubig den Kopf, Kaths Gesicht war von einer hellen Röte überzogen, sie betrachtete ihre Fingernägel.

»Und der Geldbeutel? Josephs Geldkatze?« Jabs Stimme kam stockend. Es war das erste Mal, dass er wieder redete.

»Tja …«, sagte Spitzlay, so ganz wollte er Katharina den Schwindel doch nicht durchgehen lassen. »Ich kann es mir nur so erklären, dass der Beutel versehentlich zwischen Ihre Wäsche geraten ist, vielleicht beim Bügeln oder Ausbessern ...«

Er unterbrach sich, wie um nachzudenken. Dann nahm er den Faden wieder auf. »Manchmal liegen einfach Dinge herum, die man vergessen hat, an die man nicht mehr denkt. Und dann gerät was irgendwohin, wo es gar nicht hingehört. Ich kenne das von meiner Mutter. Sie war auch immer etwas schusselig.«

Verzeih mir, liebste Frau Mama, aber manchmal müssen Notlügen sein.

Er schaute von Mechthild zu Kath, von Kath zu Maria Brachtendorf und wieder zu Kath, die tiefrot geworden war.

»Verzeih, Jab, das muss ... es muss mir passiert sein. Ich hab deine Wäsche gemacht. Bitte ... nie wieder ...« Die Worte gingen in ein heilloses Schluchzen über. Jab wand sich unbeholfen.

»Schon gut, Kathrinche«, grummelte er. In seiner Suppenschüssel schien noch ein Rest Eintopf zu sein, denn er begann die Schale mit einem Stück Brot auszuwischen. Es musste ein beträchtlicher Rest sein.

Spitzlay faltete seine Hände und lehnte sich zurück.

»Dann dürfte ja nun alles geklärt sein«, verkündete er. »Wenn Sie sonst noch Fragen haben, ich stehe jederzeit zu Ihrer Verfügung.«

»Eine Lutherische«, stöhnte die Bäuerin. »Hast du das gewusst?« Streng musterte sie ihre Tochter.

»Erst seit ein paar Tagen.«

Die Augen noch immer verweint, den leeren Wasserkrug unterm Arm, begleitete das Mädchen Spitzlay zurück zum Wagen.

»Wie bist du nur auf so eine Torheit gekommen? Hast du kein schlechtes Gewissen?«, schimpfte er, als sie außer Hörweite waren.

»Ich dachte, Sie dachten, meine Brüder oder mein Vater wären die Täter. Ich dachte, wenn Sie einen anderen verurteilen ...«

»Ich versichere Ihnen, Mademoiselle, nicht ein einziges Mal hatte ich ein Mitglied Ihrer Familie im Verdacht.«

Die vierte Lüge des Nachmittags ging ihm wunderbar glatt über die Lippen. Vielleicht hätte er doch Schauspieler werden sollen.

Er sah ihr hinterher, wie sie zum Brunnen ging, ihr Tuch vor der Brust festknotete, ihm schuldbewusst zulächelte und dann den Eimer an der Winde in die Tiefe gleiten ließ. Eine Locke löste sich aus dem aufgesteckten Haar und fiel ihr vors Gesicht.

Irgendwann in den nächsten Tagen würde er nach Winningen fahren, Sophie das Kästchen mit ihrem Haar bringen und ihr sagen, dass sie und er jetzt dasselbe Geheimnis hüteten. Er würde Martini bitten, mitzukommen, damit sie bei den Blauköpp ihren ausgefallenen Schoppenabend nachholten. Gut möglich, dass sie dabei Poschner trafen, mit dem sie dann in aller Artigkeit einen gepflegten lutherisch-altgläubigen Disput führen könnten. Martini dürfte seine Freude daran haben.

Ein schwerer Gang stand ihm allerdings noch bevor. Er würde mit Magda reden müssen, vorausgesetzt, sie akzeptierte es, und mit den Daums. Auch ihnen würde er den Tod des Mädchens in der Mosel vor vierzehn Jahren verschweigen. Er fand, er sollte Caspar die Entscheidung überlassen, ob er es eines Tages dem Freund gleichtun und seiner Frau die Wahrheit sagen wollte.

Quietschend tauchte der volle Wassereimer aus der Tiefe auf. Kath füllte den Krug und richtete sich auf. Er riss sich los.

»Lassen Sie mich fahren, Klein! Ich glaub, ich brauch das jetzt.«

Hastig kletterte er auf den Kutschbock und griff nach den Zügeln. Während er den Wagen im raschen Trab zum Tor hinauslenkte, drehte er sich noch einmal um. Kath stand am Brunnen und schaute ihm hinterher. Ihr Haar glänzte in der Spätsommersonne. Er hob den Arm und winkte.

FÜNFZEHN

Tage später

»Kann ich mit?«, hatte Kath gefragt, als sie sich für den Garten fertig gemacht hatte.

Zu Marias eigener Überraschung hatte sie zugestimmt. Hatte sich sogar gefreut über die Begleitung ihrer Tochter. Zu tun gab es genug. Sie brauchten Krombiere, Zwibbele, Muure. Auch die Birnen waren reif und die Brombeeren. Und sie müsste nicht allein auf den Besuch warten. Das Warten zermürbte sie. Warum hatte sie sich nur überreden lassen?

Kath hatte sie darum gebeten, dann sogar Brachtendorf.

»Joseph wird es dir im Himmel danken«, hatte er nach dem Abendessen zu ihr gesagt, als sie allein in der Küche saßen.

»Aber Gott …«, hatte sie sich versucht zu widersetzen.

»Es ist derselbe Gott, Maria«, hatte Brachtendorf erwidert, »wir beten doch alle zu demselben Gott.«

So hatte sie ihn noch nie reden hören.

»Also gut, soll sie halt kommen«, hatte sie gesagt und sogar den Becher Wein genommen, den Brachtendorf ihr eingeschenkt hatte. Dabei war sie sich gar nicht sicher gewesen, ob dieser Entschluss richtig war. Der Pfarrer hätte sie bestimmt nicht gebilligt, wüsste er davon. Denn auch wenn sie an denselben Gott glaubten, so wirklich wahre Christen waren die Blauköpp nicht. Oder?

Maria nahm den Korb vom Kopf und suchte wie immer zuerst drüben im Hunsrück die Bleidenberger Wallfahrtskirche.

Einmal, das war noch mit Heinrich gewesen, waren sie nach der Messe dort zur Burg Thurant gewandert. Von hier, vom Garten, konnte sie die beiden Bergfriede nicht sehen, ein Wäldchen versperrte den Blick. Dafür lag etwas weiter rechts die Ehrenburg. Auch dorthin wäre sie immer gern einmal gegangen. Sie hatte so viel über das imposante Gemäuer gehört, aber wahrscheinlich würde ihr Traum nie in Erfüllung gehen. Doch sie ärgerte sich nicht, das Leben ist, wie es ist.

Eine Fliege sirrte um ihren Kopf herum und ließ sich nicht

verscheuchen, versuchte hartnäckig, auf ihrem Ohr zu landen. Maria wehrte den Brummer ebenso beharrlich ab, bis er aufgab.

Während sie ihr Kopftuch neu band, spähte sie in Richtung Sürsch. Weiße Wolkenschlieren trieben über den Himmel, still lag das Land, nichts regte sich. Wenn dieser Tag doch endlich vorbei wäre. Was war schlimmer? Den Sohn an eine Lutherische zu verlieren oder an den Tod?

Kath in der hinteren Ecke des Gartens schien ihre quälende Unruhe nicht zu bemerken. Sie sang leise vor sich hin, während sie Brombeeren pflückte. Von Zeit zu Zeit stopfte sie sich ein paar der Früchte in den Mund. Dann blickte sie hoch, um den Horizont abzusuchen.

Wieder stellte Maria fest, wie hübsch die Tochter geworden war. Eine Schönheit fast. Aber auch reifer schien sie geworden zu sein, besonnener in dem, was sie tat.

Hatte sie bisher in dem Mädchen immer ihren verstorbenen Mann, Kaths Onkel, sehen wollen, dessen Lockenkopf, seine vergnügten Augen, musste sie jetzt zugeben, dass das Mädchen mehr und mehr die Tochter ihres Vaters wurde. Jakob war ein ausgesprochen gut aussehender Mann gewesen, damals, als sie nach Heinrichs Tod seinem Werben nachgab.

Darf eine Frau zweimal lieben? Kann sie es? Oder gibt es verschiedene Arten von Liebe? Darüber hatten die Alten, die vorgaben zu wissen, was die Liebe war, nie geredet. Zumindest hatte sie Jakob Brachtendorf zu Unrecht verdächtigt, an Josephs Tod schuld gewesen zu sein. Sollte sie sich entschuldigen?

»Kath«, sagte sie, »ich glaube, dort hinten kommt jemand.«

Das Mädchen trat neben sie und schob den Arm in den ihren. Nie hätte sie gedacht, dass die Nähe ihrer Jüngsten ihr Kraft gäbe. Sie schaute sie von der Seite an, strich ihr mit der freien Hand eine Strähne hinters Ohr. Ein schneller Blick von Kath zu ihr, ein Druck ihrer Hand auf ihrem Unterarm.

Immer näher kam die Person. Nicht groß schien das junge Ding zu sein, aber es besaß einen schnellen Schritt. Jetzt konnte sie schon die braunen Haare des Mädchens erkennen, den dunkelblauen Rock, das rot-blaue Schultertuch über dem weißen Hemd. Maria schwankte. Kath hielt sie fest.

Der Mund ist zu groß. Was hat Joseph nur an ihr gefunden?

Warum muss es ausgerechnet der Brachtendorf Heinrich sein? Warum nicht der Sohn vom Ortsvorsteher, seit einem halben Jahr kommt der um dich freien. Was willst du dort in der Einsiedelei?

Wer hatte das noch gesagt? Die Großmutter oder die Tante? Sie aber hatte nur gelacht. Und gemacht, was sie für richtig hielt.

Jetzt stand die Fremde vor ihr. Ja, der Mund war zu groß, das Gesicht dennoch ebenmäßig, die Nase fein. Was sie dachte, war der Lutherischen nicht anzusehen. Sie hielt ihr ein Sträußchen Margeriten entgegen, knickste. Maria nahm die Blumen.

»Nein«, sagte das Mädchen plötzlich. »Nein, Ihr hättet ihn nicht totgeschlagen.«

Maria erstarrte. Sie hörte Kath nach Luft schnappen, die Finger der Tochter krallten sich in ihren Arm.

Wehe, wenn du mir mit einem Blaukopp gekommen wärst. Ich glaub, ich hätt dich totgeschlagen. Hatte die Mutter gesagt, damals, 1784, als sie ihre Aussteuer zusammenstellten.

»Hat der Joseph das gesagt?« Sie löste sich vorsichtig von Kath. »Nein, Mädchen, natürlich hätte ich ihn nicht totgeschlagen. Was für ein dummer Kerl, dass er das geglaubt hat.«

Sie hörte, wie rau ihre Stimme war, sie schluckte.

»Aber komm doch! Mechthild wollte Kaffee kochen, und es gibt Rosieneweck. Du hast einen langen Weg hinter dir.«

Anhang

Die Wahrheit, nichts als die Wahrheit …

Am 5. November, knapp drei Monate nach dem verhängnisvollen Abend des 15. August 1814, wird Caspar Leven vom Oberjustizhof zu Lüttich des Totschlags an seinem Freund Joseph Brachtendorf vom Kergeshof schuldig gesprochen und verurteilt.

Caspar Leven hieß nicht Caspar Leven. Caspar ja, aber nicht Leven. In einer Zeitung stünde heute am Ende des Artikels: Namen von der Redaktion geändert. Dabei hatte ich nichts als nach der Wahrheit suchen und auch nur diese erzählen wollen. Die Wahrheit, nichts als die Wahrheit.

Aber die Wahrheit kann ein Trampeltier sein. Manchmal ist Behutsamkeit gefragt und Rücksichtnahme besser, zum Beispiel auf Nachfahren. Und so habe ich nach einem längeren Kampf mit mir und meinem journalistischen Gewissen, nur Tatsachen gelten zu lassen, eine Notlüge aus meiner schriftstellerischen Schublade gezaubert. Wie sagte Friedensrichter Nikolaus Anton Spitzlay in der Geschichte noch? »Verzeih, liebste Mutter, aber manchmal müssen Notlügen sein.«

Auch ich bitte daher hiermit vielmals um Entschuldigung. Ich habe mir den Namen Leven von einem späteren Mitgefangenen Caspars »ausgeborgt«. Alle Menschen namens Leven mögen mir diesen Kunstgriff nachsehen. Ich versichere hoch und heilig, dass weder ein C. Leven noch sonst ein Leven den jungen Joseph Brachtendorf umgebracht hat.

Caspar also …

Ein Roman erlaubt, ja verlangt geradezu nach dichterischer Freiheit. So kommt es, dass ich Caspar bereits in der Nacht vom 30. auf den 31. August 1814 verhaften lasse. In Wirklichkeit haben die Gendarmen ein wenig länger gebraucht.

Gegen den echten Caspar ist nachweislich erst am 12. Oktober 1814, und somit nicht zwei Wochen, sondern zwei Monate nach der Tat, »Leibsverhaftbefehl« erlassen worden. Bei welcher Gelegenheit und unter welchen Umständen Caspar gefasst wurde, ist nicht bekannt. Auch ist nirgends vermerkt, ob er sich gewehrt oder zu seiner Tat bekannt hat. Aufgrund meiner Recherche in den Archiven vermute ich, dass Caspar zunächst wenige Tage in einem örtlichen Gefängnis einsaß, vielleicht in Münstermaifeld oder in Koblenz, bevor er nach Lüttich, dem Ort des ersten Prozesses gegen ihn, verlegt wurde.

Das Maifeld war unter Napoleon französisches Staatsgebiet, es gehörte mit all seinen Städtchen, Ortschaften und Einsiedeleien zum Département de Rhin-et-Moselle. Nach der Vertreibung des Kaisers und dem Rückzug der Franzosen Anfang 1814 leitete eine provisorische Verwaltung die Geschicke des Landes, das nun »Generalgouvernement Mittelrhein« hieß und neben dem Rhein-Mosel-Departement auch die anderen linksrheinischen Departements umfasste.

Die Franzosen waren also fort, die Preußen aber noch nicht so richtig da. Obwohl die französische Sprache schnellstens aus den Amtsstuben verbannt und schon ab Februar 1814 alle behördlichen Schriftstücke wieder auf Deutsch verfasst wurden, bestimmten nach wie vor französische Verwaltungsstrukturen den Alltag. Auch bei Gericht galt weiterhin französisches Recht, die Codes napoléoniens. Caspar wurde daher nach dem französischen Strafgesetzbuch, dem in deutscher Übersetzung vorliegenden Code pénal, verurteilt.

Die Versuche Berlins, preußische Gesetze in den linksrheinischen, vormals französischen Gebieten einzuführen, schlugen bis auf wenige Ausnahmen fehl. Die Rheinländer wehrten sich, das französische Recht aufzugeben. Insbesondere Richter, Rechtsanwälte und Notare setzten sich für die Beibehaltung der Codes napoléoniens ein, waren diese doch ihrer Meinung nach gerechter und liberaler als jede andere Gesetzgebung zuvor. Noch heute spricht man daher vom Rheinischen Recht. Erst zu Ende des 19. Jahrhunderts wurde allmählich eine Angleichung der französischen und der preußischen Rechtsprechung erreicht, wobei man wohl behaupten kann, dass sich die preußische der französischen anpasste.

Aber kommen wir zurück zu Caspar.

Der Oberjustizhof zu Lüttich im heutigen Belgien, der Caspar am 5. November 1814 in erster Instanz verurteilt, ist nach Paris das höchste Gericht für das Generalgouvernement. Allerdings erfahren wir von diesem Urteil nur auf indirekte Weise, weil es im zweiten Urteil, das bald darauf in Koblenz gefällt wird, erwähnt ist. Caspars Anwalt hatte wohl Berufung eingelegt, sodass der Fall an den dortigen Assisenhof verwiesen wurde. Damit befinden wir uns nun wieder in heimatlichen Gefilden.

Prozesse sind öffentlich. Ich stelle mir vor, dass Magda während des Verfahrens gegen ihren Mann und bei der Urteilsverkündung in Koblenz anwesend ist. Vielleicht hat sie ihn sogar zuvor in der Untersuchungshaft besuchen dürfen.

Übrigens heißt auch Magda in Wirklichkeit nicht Magda, aber ihren tatsächlichen Namen möchte ich aus den bereits erwähnten Gründen nicht nennen. Nur so viel: Caspars junge Frau ist die Tochter eines Moselsürscher Ackerers. Geheiratet haben die beiden tatsächlich im Januar 1814, nur fünfeinhalb Monate vor jenem verhängnisvollen Tag im August. Wir können davon ausgehen, dass »Magda« die Familie Brachtendorf gut gekannt hat.

Als »Magda« ihren Mann nun das erste Mal nach seiner Verhaftung im Gefängnis wiedersieht, weint sie da? Macht sie ihm Vorwürfe? Und wie verhält er sich? Bleibt er stumm, oder zeigt er Reue? Schwört sie, trotz seines Vergehens und der drohenden Strafe zu ihm zu halten? Versucht er, sie in die Arme zu nehmen, wehrt sie ab, oder tritt der Aufseher dazwischen?

Auf keine dieser Fragen habe ich eine Antwort. Ich kann nur wiedergeben, was in den Akten steht:

Nach dem Lütticher Oberjustizhof hält auch das Koblenzer Gericht Caspar für schuldig, »an der Person des Joseph Brachtendorff (sic!), mit Willen, und ohn Vorbedacht einen Todschlag begangen zu haben«. Am 3. Jänner 1815 »verurtheilt der Assisenhof des Rhein und Mosel Departements den Caspar [n. n.], 29 Jahr alt, Ackersmann gebürtig von Lasserg, wohnhaft zu Moselsürsch, Kanton Münstermaÿfeld, im Koblenzer Kreiße, fünf Schuh acht zoll groß, kastanienbrauner Haaren und Augbrauen, breiter Stirn, gewöhnlicher Nase, brauner Augen, mittelmäßigem Mund, rundes Kinn, längliches Gesicht, frischer Gesichtsfarbe, zur lebenslänglichen Kettenarbeit, und in die Kösten [Kosten] des Prozesses«. Das Urteil soll in Auszügen gedruckt und in Koblenz sowie in Moselsürsch und Lehmen öffentlich angeschlagen werden.

Weiterhin verordnet das Gericht, »daß vor der Vollziehung dieser Strafe, der Verurtheilte auf dem öffentlichen Platz in der Gemeinde Koblenz, an den Pranger gestellt, daselbst während einer Stunde dem Anblick des Volks ausgesetzt bleiben, und dann gebrandmarkt werden solle, und daß ober seinem Haupte eine Tafel, worauf mit großer und lesbarer Schrift seine Namen, Gewerb, und Wohnort, seine Strafe, und die Ursache seiner Verurtheilung geschrieben stehen, angebracht werden soll.«

Tatsächlich sah das napoleonische Strafgesetzbuch noch immer die uns heute mittelalterlich anmutende Brandmarkung vor. Artikel 20 des Code pénal lautet: »Wer zur Kettenarbeit auf ewige Zeit verurtheilt ist, wird auf öffentlichem Platze, durch Aufprägung eines Zeichens auf die rechte Schulter mit einem glühenden Eisen gebrandmarkt. Das aufgedruckte Mal besteht in den Buchstaben T. P. für die zur ewigen Kettenarbeit verurtheilten Uebelthäter, wenn sie gebrandmarkt werden müssen.«

T. P. steht für travaux forcés à perpétuité, immerwährende Zwangsarbeit. Wann diese Strafen, Pranger und Brandmarkung, und die öffentliche Urteilsbekanntgabe vollzogen wurden, konnte ich nicht herausfinden.

Möglich jedoch, dass Caspar zunächst ein vorläufiger Aufschub gewährt wird, denn sein Verteidiger, ein Advokat Grebel, kämpft energisch für seine Freilassung. In einer zwölfseitigen Abhandlung, die der Anwalt sogar drucken lässt, disputiert er mit juristischer Feinheit über den Begriff »mit Willen, und ohn Vorbedacht«. Seiner Meinung nach habe der Angeklagte Caspar [n. n.] den Totschlag »nicht freiwillig« getan und sei daher nicht zu verurteilen.

Die Mehrheit der Schöffen aber und der Richter sind anderer Ansicht. Der Beschuldigte habe die Tat sehr wohl freiwillig, also »mit Willen« getan. Warum allerdings Caspar die Tat überhaupt begangen hat, darüber verliert der Advokat kein einziges Wort, und auch im Urteil findet sich kein Hinweis auf ein Motiv, kein Wort über mögliche Beweggründe, so als ob diese für eine Tat unwesentlich seien.

Ich registriere dies mit großem Bedauern, denn gerade über die Hintergründe der Tat hätte ich gern mehr erfahren. Andererseits öffnen mir Herr Grebel und das Koblenzer Gericht damit Tür und Tor zur poetischen Freiheit, und ich konnte es mir erlauben, dem Opfer, dem echten Joseph Brachtendorf, die sympathische, aber völlig erfundene Sophie Reck aus Winningen zur Seite zu stellen.

Einen Freispruch hat Grebel für Caspar nicht erreichen können, aber immerhin die Revision des Koblenzer Urteils. Am 2. März 1815 wird es, wie schon der Lütticher Richterspruch zuvor, »kassirt und vernichtet« und »die Sache« zur erneuten Verhandlung an ein drittes Gericht verwiesen, jetzt an den Assisenhof des Roerdepartements zu Aachen.

Vielleicht allein mit Milizsoldaten, wohl eher aber gemeinsam mit anderen Gefangenen wird Caspar auf den Weg nach Aachen gebracht. Rund einhundertfünfzig Kilometer beträgt die Strecke, und das bedeutet viele Tage Fußmarsch durch die im März wahrscheinlich noch winterliche Eifellandschaft. Selbst wenn die Sonne scheint, wärmt sie kaum, und die Nächte auf harter Erde sind empfindlich kalt. Es mag ein schwacher Trost sein, dass die begleitenden Soldaten oder Gendarmen dieselben Mühen ertragen müssen. Allerdings haben sie wahrscheinlich reiten und komfortabler unter Zeltplanen schlafen dürfen, während die Gefangenen in zugigen Schuppen oder auf freiem Feld die Nacht verbringen.

Dann fällt am 16. Juni 1815 das Aachener Gericht sein Urteil über Caspar, das unwiderruflich letzte. Und zum dritten Mal lautet es »lebenslänglich«. Lebenslängliche Kettenarbeit.

Einen Monat später wird er mit zwei weiteren Verbrechern in die Strafanstalt auf der Zitadelle zu Jülich verbracht. Bei seinen Mithäftlingen handelt es sich um einen gewissen Johann Dahmen aus Cölln, der zu zehn Jahren Gefängnis wegen Diebstahls mit Nötigung verurteilt ist, und ebenjenen J. Leven, dessen Familiennamen ich »entwendet« und Caspar maßgeschneidert auf den Leib geschrieben habe. Der wahre Leven stammt aus dem Roerdepartment und wird wegen Beteiligung an einem Diebstahl fünfjährige Zwangsarbeit verbüßen.

Vielleicht mögen sie sich nicht, Caspar und dieser Leven, und sind doch gezwungen, es miteinander auszuhalten. Vielleicht verstehen sie sich aber auch und werden später ihr Brot miteinander teilen und den ewig gleichen Erbsen- oder Kartoffelbrei. Nachts werden sie nebeneinander auf ihren Strohmatratzen liegen und sich gegenseitig ihr Leben erzählen, ihre Träume und verpfuschten Hoffnungen. Falls sie vor lauter Erschöpfung überhaupt noch reden können, denn der Alltag im Baugefängnis der Zitadelle, das werden sie bald merken, ist kein Zuckerschlecken.

Noch aber sind sie unterwegs nach Jülich. Das Städtchen ist schon von Weitem zu erkennen. Romantisch liegt es in der flachen Landschaft, eingebettet zwischen Feldern und Gehölzen, an den Ufern der Rur. Rundherum wird der Ort von ordentlich in Reih und Glied gepflanzten Bäumen begrenzt, eine geschickte militärstrategische Tarnung, unter der sich die Festungswälle verbergen.

Auch das Schloss ist kaum zu erkennen. Zweimal im Laufe seiner Geschichte wurden die oberen Turmgeschosse abgetragen, einmal in der ersten Hälfte des 18. Jahrhunderts und dann unter Napoleon, um Angreifern kein Ziel zu bieten.

Es ist der 19. Juli 1815, als die drei Delinquenten mit ihren Aufsehern die Stadt vermutlich durch das südwestlich gelegene Rurtor betreten. Spätestens jetzt dürfte Caspar klar werden, dass Jülich nicht der liebliche Ort ist, der es von der Ferne vorgibt zu sein.

Jahrhundertelang prägte Militär das Stadtbild, seit gut einem Jahr jetzt das preußische. Auf 2.500 Einwohner kommt die doppelte Anzahl von Soldaten und Offizieren. Neben dem eigentlichen Festungswerk und der Zitadelle mit dem Schlossgebäude, das längst zur Kaserne umfunktioniert worden ist, verteilen sich auf das ganze Stadtgebiet Soldatenunterkünfte und Offizierswohnungen, Wagenschuppen, Pulvermagazine, Feuerhaus, Lazarett und unzählige andere militärische Anlagen. Daneben aber beherbergt die Festung eine Arrestanstalt, auch Bau- oder Zuchtgefängnis genannt, in der Zivilgefangene untergebracht sind. Hin und wieder haben in der Vergangenheit dort auch politische und religiöse Gefangene eingesessen.

Niemand schert sich um die kleine Gruppe Sträflinge, die eiligen Schritts durch die Gassen, über den Marktplatz und weiter durch die Cölner Straße getrieben wird, bis sie die Zugbrücke zum Südportal der Festung erreicht. Für Bewohner und Soldaten gehört der Anblick derartiger Gestalten zum Alltag, ständig werden verurteilte Verbrecher eingeliefert. Geschieht ihnen recht, wenn sie sich nicht an die Gesetze halten, mögen sich die Bewohner sagen, wenn sie überhaupt darüber nachdenken.

Nach Paragraf 3 der Gefängnisverordnung erfolgt die Aufnahme neuer Häftlinge zwischen acht und zwölf Uhr früh und noch einmal nachmittags von zwei bis sechs. Balthasar Morret, Inspektor der Anstalt, ist wahrscheinlich über das Eintreffen der drei Neuen bereits informiert.

Mit schön geschwungener Schrift trägt er nun die Tauf- und Familiennamen der Ankömmlinge in die mit dem Lineal gezogene Tabelle ein. Ebenfalls deren Geburts- und Wohnorte, das Verbrechen, das jeder begangen hat, die Dauer der Strafe, das Gericht, das den Angeklagten verurteilt hat, und den berechneten Tag der Entlassung. Hinter Caspars Namen malt Morret in das dafür vorgesehene Feld lediglich zwei kleine Striche. Gänsefüßchen. Keine Entlassung. Die letzte Spalte der Tabelle schließt ab mit dem Datum der Ankunft in Jülich: »[N. N.] Caspar / Laserg (sic!). Cant.[on] Münstermaifel (sic!), Depart: Rhein u. Mosel / Todhschlag / lebenslaenglich / Assisenhof zu Aachen 16 Junÿ 1815 / "/ 19ten Julÿ 1815 /«.

Am Ende der dicken Akte über die »Organisation der Strafanstalten zu Jülich«, die heute im Landesarchiv NRW in Düsseldorf verwahrt wird, sind Auszüge aus Urteilen gegen dic cinzelnen Sträflinge abgeheftet. Auch die gegen Caspar. Danach ist das Aachener Gericht in jedem Punkt der Ansicht des Koblenzer Assisenhofs gefolgt.

Caspar erhält die laufende Delinquentennummer 41, seine rechte Schulter, auf die der Henker oder dessen Gehilfe die Buchstaben T. P. eingebrannt hat, schmerzt. Mit Mühe zieht er sich die Gefangenenkleidung über, die ihm einer der drei angestellten Wärter, Joseph Gollert, Friedrich Doering oder Johann Hierte, aushändigt, Jacke und Hose aus grob gewebtem Leinentuch, »zur Hälfte links gelbgrau und rechts dunkelblau«.

Zwischen den steifen, vergilbten Papierbogen des Archivbands finde ich dunkelblaue, gelblich beige und beigebraune Stoffmuster eingeklebt, auch ein Stück filzartigen graubraunen Wollstoffs. Ich streiche vorsichtig über das zwei bis drei Millimeter dicke Tuch und zweifle, ob es im Winter genügend wärmt. In einem Kostenanschlag des Gefängnisses vom Oktober 1815 werden hundert Paar Holzschuhe »mit leichtem eisen band beschlagen à 80 Cent[imes] p[ro] Paar« aufgezählt, auch zwanzig Strohsäcke und vier Dutzend Handtücher, aber keine Strümpfe, Mützen oder Handschuhe.

Dort, wo heute auf der Zitadelle der Tourist seinen Eintritt bezahlt, war das Gefängnis gelegen, ein schmaler länglicher Bau, dessen rückwärtige Wand an den Festungswall stößt. In dem Jahr, in dem Caspar in Jülich eintrifft, leben darin im Durchschnitt siebzig bis achtzig Gefangene. Von den mehrheitlich männlichen Insassen werden die wenigen weiblichen Inhaftierten streng getrennt gehalten. Einige der Frauen haben ihre Kinder bei sich. Das jüngste ist nur ein paar Monate, die ältesten sind noch keine elf Jahre alt. Im Laufe des Jahres 1815 werden mehrere weibliche Gefangene in die Armenanstalt nach Brauweiler verlegt.

Für die männlichen Delinquenten gibt es drei Gefangenensäle. Hinzu kommen die »Einsperrungs Kammer« Nr. 4 für die Frauen und ein Arbeitszimmer Nr. 5 für Schuster und Schneider sowie zwei Krankensäle. Die Räumlichkeiten dürften beengt gewesen sein, und Caspar und seine Mithäftlinge schlafen wahrscheinlich Schulter an Schulter. Immerhin gibt es in der Mitte eines jeden Raums einen Ofen, der die Wintermonate erträglich macht.

Fünfundneunzig Paragrafen des Gefängnisreglements diktieren den Alltag im Jülicher Arresthaus. Ein wesentlicher Teil der Anstaltsordnung betrifft die Punkte »Besserung«, »Strafe«

und »Belohnung«. Andere Kapitel bestimmen Beschäftigung, Kleidung, Essen, Reinlichkeit und Krankenbehandlung – das Gefängnis verfügt über einen eigenen Arzt. Geregelt ist das Verhalten bei Todesfällen, Feuersbrünsten – und falls weibliche Gefangene trotz der Trennung der Geschlechter schwanger werden sollten!

Außerdem, heißt es darin, sei darauf zu achten, dass die »Züchtlinge« zwar »streng«, aber »human« behandelt werden. Den Aufsehern wird ausdrücklich verboten, die Gefangenen zu beschimpfen, die »Unterdrückung« ihres »Ehrgefühls« ist nicht erlaubt. Zur »moralischen Besserung« soll an Sonn- und Festtagen Gottesdienst gehalten, morgens und abends gebetet und in einem Innenhof der Zitadelle unter Aufsicht und im Beisein von Inspektor Morret gesungen werden. Vermutlich christliche Lieder zur Erbauung.

Am Tag ihrer Ankunft haben die drei Neuankömmlinge, Caspar N. N., J. Dahmen und J. Leven, wahrscheinlich noch nicht arbeiten müssen, aber schon am nächsten Morgen, einem Donnerstag, dürfte die Schonfrist vorbei gewesen sein.

Nach dem Frühstück – Brot, Butter, Salz und Wasser – werden sie von Inspektor Morret entsprechend ihren »Körperkräften« und ihrer Vorbildung auf die jeweiligen Bautrupps verteilt. Aufgaben und Arbeitsplätze gibt die Militärbehörde vor, die auch die Werkzeuge für den Bau an den Festungswällen zur Verfügung stellt. Nach dem Abzug der Franzosen richten die Preußen die Festung nach eigenen Vorstellungen her und beenden die noch von ihren Vorgängern begonnenen Erweiterungsbauten. Insbesondere nach Norden zu sind neue Bastionen und Pulvermagazine geplant. Nein, an Arbeit herrscht kein Mangel.

Von nun an wird Caspar in den Festungswerken schuften, Karren schieben, Holz und Steine schleppen, Mauern und Wälle errichten, Gräben ausheben, den Morast, der sich in den die Stadt umgebenden Wasserläufen ansammelt, entfernen. Gearbeitet wird von Montag bis Samstag, winters wie sommers, erlaubt ist von Sonnenaufgang bis Sonnenuntergang.

Die Anzahl der tatsächlichen Arbeitsstunden bestimmt der für die bautechnische Planung verantwortliche »Ingenieur Offizier«.

Er ist allerdings gehalten, den Gefangenen tagsüber wenigstens eine Pause von drei Stunden zum Essen und zur Erholung zuzugestehen. »Während der Arbeit müßen die Unteraufseher die strengste Aufsicht über die Gefangenen führen und besonders dahin sehen, daß sie fleißig arbeiten, sich miteinander nicht unterhalten, auch sich einzeln bei Verrichtung ihrer Bedürfniße nicht zu weit entfernen, und der Aufsicht entziehen.«

Auch an Sonntagen ist an Ausschlafen nicht zu denken. Nach dem Gottesdienst haben Caspar und seine Mitgefangenen ihre Kleider zu waschen und die Anstaltsräume zu putzen. Ein- bis zweimal im Jahr weißeln sie die Wände, wöchentlich werden die Fußböden geschrubbt, gefegt wird täglich. Die mit Stroh oder Moos gestopften Schlafmatratzen müssen ausgebessert, Kopfkissen, Laken und die wollenen Zudecken regelmäßig ausgeklopft und gewaschen werden.

Denkt Caspar, wenn er die weiblichen Delinquenten in der Küche oder auf der Krankenstation arbeiten sieht, an »Magda«? Kommen ihm manchmal der tote Joseph und dessen Familie in den Sinn?

Ich weiß nicht, ob die Häftlinge Briefe erhalten und beantworten dürfen – falls sie überhaupt des Lesens und Schreibens mächtig sind. Erfährt er, dass seine Frau irgendwann nach seiner Verurteilung von Moselsürsch weg- und in seinen Geburtsort Lasserg umzieht?

Wieso gerade Lasserg?

Rettet sie sich vor Anfeindungen und Beschimpfungen der Sürscher Nachbarn? Macht ihr dat Ann, Anna-Maria Weber, geborene Brachtendorf und Schwester des toten Joseph, das Leben schwer? Oder will Jakob Daum sie, die Frau eines Verbrechers, nicht mehr im Haus sehen?

Vielleicht haben aber auch Caspars Eltern, die echten, sie gebeten, zu ihnen nach Lasserg zu kommen, damit im Alter jemand da ist, der sich um sie kümmert. Oder umgekehrt? Dass sie in dieser schweren Zeit ihrer Schwiegertochter beistehen können?

Die wenigen Augenblicke am Tag, an denen Caspar vermutlich so etwas wie Ruhe und Entspannung erfährt, sind die streng geregelten Essenszeiten, auch wenn das Essen selbst nicht gerade unseren heutigen Vorstellungen entspricht. Täglich erhält er zwei Pfund Brot und als warme Mahlzeit zwei bis drei Pfund Graupen, Erbsen oder Kartoffeln mit Sellerie, dazu ein Lot Salz, ungefähr fünfzehn Gramm, und zwei Lot Fett. Sowohl bei der Arbeit als auch zum Essen muss den »Detinirten« Wasser »in stets rein gehaltenen Gefäßen und in zureichender Menge« gereicht werden.

Rauchen hingegen ist »gänzlich untersagt«. Nur wenn der Anstaltsarzt Brockmüller ihn als Heilmittel verordnet, erhalten die Häftlinge Schnupftabak in »der vorgeschriebenen Quantität«. Zur gesundheitlichen Vorbeugung wird in bestimmten Monaten außerdem Branntwein verabreicht.

»Um den Baugefangenen zu Jülich in den heißen Sommertagen wo sie viel Wasser trinken müßen für die daraus entstehenden schädlichen Folgen zu schützen, hat der Aufseher der Gefangenen Anstalt nach Rücksprache mit dem Arzt Bruchmüller (sic!) daselbst vorgeschlagen jedem derselben täglich eine kleine quantität Fruchtbrandtwein, etwa 1/20 teil eines berliner quart Maßes reichen zu laßen«, ungefähr ein kleines Schnapsglas voll. Inspektor Morrets Vorgesetzter billigt die medizinische Maßnahme, vorausgesetzt, dass »der Ankauf zu dem billigsten Preise geschehe« und die »Verabreichung« des Alkohols nur bis Ende August stattfindet. Mit Beginn der kalten Jahreszeit muss sie »als dann aufhören«.

Paragraf 31 der Gefängnisordnung sieht vor, dass die Sträflinge »auf Kosten des Staats beköstigt« werden. Doch besagt gleichzeitig Paragraf 8, dass »vermögende Verbrecher«, was immer unter »vermögend« zu verstehen ist, für ihre Schlafstelle und weitere »Utensilien« bezahlen müssen: 20 Franken bei einer Strafzeit von zwei Jahren, 60 Franken für fünf Jahre und für jede fünf Jahre länger jeweils weitere 20 Franken. Hinzu kommen Kosten für Essen, Kleidung und gegebenenfalls für ärztliche Behandlung, die einzeln berechnet werden.

Auch Caspars Vermögensverhältnisse und die seiner Familie werden untersucht. In der Woche nach seiner Einlieferung teilt Inspektor Morret Seiner Exzellenz, dem Geheimen Staatsrat und

Oberpräsidenten der Königlichen Provinzen am Rhein, Johann August Sack, mit, dass der Verbrecher N. N. »N 41 sowohl seiner seits, als von seiten seiner Frau in vermögenden Umständen ist, dessen Vater für 4 Pferde, und er für ein Pferd eigens Land besitzt«. Im Hinblick auf besagten Paragrafen 8 des Reglements bittet Morret, gehorsamster Diener Seiner Exzellenz, um weitere Befehle. Ein Vermerk vom 16. April 1816 auf demselben Schreiben lässt darauf schließen, dass davon »Gebrauch« gemacht wurde. Caspar und seine Verwandten sind also, freiwillig oder nicht, zur Kasse gebeten worden.

Für seine Dienste als Direktor des Jülicher Baugefängnisses erhalten Inspektor Balthasar Morret monatlich 90 Francs, die Aufseher Gollert, Doering und Hierte jeweils 28 Francs 80 Centimes. Mehr als zwei Jahre nach der Niederlage Napoleons und dem Abzug seiner Truppen aus den linksrheinischen Departements wird noch immer in französischer Währung gerechnet.

Als »ganz gehorsamster Diener« erstellt Morret alle vier Wochen die Gehaltsabrechnungen, informiert seinen Vorgesetzten über das Betragen der Gefangenen, die sich meist gut bis sehr gut benehmen, wenn auch hin und wieder ein paar aufsässige Individuen darunter sind und Einzelnen sogar die Flucht gelingt.

Werden diese Übeltäter dann von der »Landmilitz« wieder eingebracht, können sie sich auf harte Strafen gefasst machen. In schweren Fällen sind Stockhiebe, Rutenschläge und Klotz- und Kugelschleppen vorgesehen. Bei besonders schwerem Fehlverhalten untersucht der Jülicher Friedensrichter die Angelegenheit und sendet einen Bericht an das Generalgouvernement, das dann in der Sache zu entscheiden hat und die Strafe festlegt.

Es sieht so aus, als berichte Inspektor Morret lieber von gehorsamen Züchtlingen. Fast klingt Stolz an, wenn er Seiner Exzellenz, dem Generalgouverneur des Niederrheins, Sack, Ende 1815 mitteilt, dass der Verbrecher Steffens begnadigt und in Freiheit gesetzt worden sei.

Der Mann, der sich wegen seiner schwachen »Leibes-Constitution« nicht zu Schwerarbeiten eignete, habe in der Zuchtanstalt die Schusterei verrichtet. Er habe sich stets fleißig und ordentlich verhalten. Nach seiner Entlassung sei er von einem

Jülicher Schuhmacher in Dienst genommen und, wie vom Gesetz vorgegeben, unter Aufsicht der Polizei gestellt worden, »der er sein gutes Betragen und Aufführung beweisen wird«. Im Übrigen, fährt Morret in demselben Schreiben fort, melde er hiermit einen weiteren schwer Gichtkranken und einen dritten Kranken, der nicht mehr arbeiten könne. »Der unter Nr. 37 bezeichnete Heinrich Ottersbach ist so mit Gicht behaftet, dass er zu keiner Arbeit tauglich ist. Der unter Nr. 47 bezeichnete Heinrich Koellgen ist bei Tag und Nacht der fallenden Krankheit sehr unterworfen, ich glaube Sr. Exzellenz solche Umstände pflichtmäßig anzeigen zu müßen.«

Vorbereitung für weitere Gnadenakte?

Von Nr. 41, Caspar N. N., ist von nun an nirgendwo mehr die Rede. Kein Hinweis auf ein Gnadengesuch oder ein Schreiben des Anstaltsinspektors mit der Nachricht, dass der preußische König oder ein Landesfürst Caspars lebenslängliche Strafe durch Gnadenakt gemildert oder aufgehoben habe, auch kein Vermerk örtlicher Polizeistellen, dass ein gewisser Caspar N. N. nach einer eventuellen Entlassung unter die vorgeschriebene Polizeiaufsicht gestellt worden sei.

Nun sind während der nachfolgenden verheerenden Kriege viele Akten und Dokumente aus der ersten Hälfte des 19. Jahrhunderts verloren gegangen. Sind »verlustig«, wie es im Archivdeutsch heißt. Es könnte also sein, dass Caspar doch irgendwann begnadigt und nach Hause aufs Maifeld entlassen wurde. Ich gehe zumindest davon aus.

Denn im März 1830, über fünfzehn Jahre nach seiner Heirat im Januar 1814 und seiner Verhaftung im Herbst desselben Jahres, wird in Caspars Heimatort Lasserg die Geburt eines Mädchens angezeigt. Das Geburtenregister nennt als Eltern Caspar N. N. und seine Frau »Magda« aus Moselsürsch. Das Neugeborene scheint das einzige Kind des, wie es aussieht, wiedervereinten Ehepaars geblieben zu sein.

Sechs Jahre später wird Caspars Tod in Lasserg ins Sterberegister eingetragen. Demnach ist er einundfünfzig Jahre alt geworden. »Magda« überlebt ihren Mann um knapp sieben Jahre und stirbt ebenfalls in Lasserg. Die Tochter ist zu diesem Zeitpunkt dreizehn, mit fünfundzwanzig Jahren wird sie heiraten und im Laufe ihrer Ehe fünf Kinder bekommen.

Neue Waffentechniken und veränderte Kriegsführung haben die Festung Jülich in der Mitte des 19. Jahrhunderts überflüssig werden lassen. Die preußische Regierung hob 1859 den Festungsstatus der Zitadelle auf. Wahrscheinlich wurde damit auch das Gefängnis aufgelöst, und noch einsitzende Häftlinge wurden auf andere Zuchthäuser verteilt. Schon in der Zeit, als Caspar noch in Jülich einsaß, hatte Morret Pläne für eine neue Arrestanstalt an anderer Stelle entworfen. Als wenn der Inspektor ein voraussehender Mann gewesen wäre.

Orte und Örtlichkeiten

Wer sich mit der Epoche befasst, in der dieser Roman spielt, und Briefe, Akten, Amtsblätter und Landkarten, insbesondere die sogenannte Tranchotkarte 1803–1820, studiert, findet für viele Ortschaften unterschiedliche Schreibweisen. Selbst in ein und derselben Veröffentlichung nahmen es die Schreiber oder Herausgeber mit einer einheitlichen Orthografie nicht besonders genau. Eine offizielle Rechtschreibung, wie wir sie heute kennen, gab es noch nicht.

Vor allem die Buchstaben K und C wurden munter untereinander ausgetauscht wie bei Koblenz und Coblenz und Castellaun für Kastellaun oder Catenes statt des heutigen Kattenes. Beliebt war auch das Y, für das wir heute meistens ein I schreiben: Mayfeld beziehungsweise Münstermayfeld oder sogar Münstermaÿfeld ist heute das Maifeld und Münstermaifeld, die Eyfeler Berge sind schlicht und einfach die Eifel.

Auch das Moselfränkische, das heute noch in der Region verbreitet ist, verändert viele Ortsnamen. Da ich diese in die Geschichte mit habe einfließen lassen, hier noch einmal eine kleine Übersicht: Umgangssprachlich hört man oft Cowelenz statt Koblenz, Moselsürsch wird zu Sürsch und heißt im Dialekt Siersch oder Siasch. Genauso verhält es sich mit Münstermaifeld, das kurz Münster heißt oder Meensder.

Besonders variantenreich sind die Bezeichnungen für das Schrumpftal, das vorbei an schönen alten Mühlen in vielen Kurven vom Maifeld hinunter an die Mosel führt. Wir finden Schrumpf, Schrumff, Schromb, und auf der Tranchotkarte ist das kleine Flüsschen als Schumberbach vermerkt. Vielleicht hat Herr Tranchot aber auch nur das »r« vergessen.

Dies ist nicht der Ort, einen Reiseführer zu schreiben, auch wenn das Maifeld und die Untermosel mehr als einen Besuch wert sind. Sollten Sie aber doch eines Tages nach Münstermaifeld kommen, wundern Sie sich nicht, dass Sie die im Buch erwähnte Russengasse nicht finden.

Der Name bürgerte sich Anfang des 19. Jahrhunderts ein, nachdem Blücher in der Silvesternacht 1813/14 den Rhein überquert hatte und danach in Münstermaifeld verbündete russische Soldaten stationiert waren. Vermutlich logierten die meisten von ihnen in eben dieser »Russengasse«, einer kleinen Straße im Stadtzentrum, die heute den schönen Namen »Schweiz« führt.

Da wir nun schon in der Gegend sind, machen wir natürlich auch einen Ausflug zum Kergeshof, auch Kerches Hoff oder Kerigshof genannt, der entsprechend der moselfränkischen Aussprache in der Tranchotkarte als Kerieshof verzeichnet ist. Bis zur Säkularisierung unter Napoleon war er im Besitz des gräflichen und später auch reichsritterlichen moselländischen Hochadelsgeschlechts der von der Leyen. Aber auch danach, als das Anwesen schon längst dem vormaligen Hofmann, dem bisherigen Beständer oder Pächter Brachtendorf, gehörte, riss die Verbindung zur Grafenfamilie nicht ab. Der heute älteste Bewohner des Hofs, der sechsundachtzigjährige Adolf Brachtendorf, erinnert sich an die Erzählungen seines Onkels, des 1884 geborenen Peter Brachtendorf, dass noch in dessen Kindertagen für den Fall eines gräflichen Besuchs stets ein eigenes Schlafzimmer hergerichtet war und der Onkel, wenn er der Grafenfamilie das Hoftor öffnete, einen Goldgroschen in die Hand gedrückt bekam.

1604 wird der Kergeshof erstmals urkundlich erwähnt. Das Anwesen bestand damals nur aus einem einzigen Wohnhaus nebst Stallungen und Schuppen und daneben wahrscheinlich einem kleineren Gebäude für Schäfer, Knechte und Mägde. Der erste Brachtendorf – noch bis Anfang des 19. Jahrhunderts wurde der Name häufig auch mit zwei »f« am Wortende geschrieben – kam in der zweiten Hälfte des 17. Jahrhunderts auf den Hof und heiratete 1689 eine Tochter des damaligen Pächters Frölich. Seither leben und ackern auf dem Kergeshof Generationen von Brachtendorfs.

Wie in der Geschichte angedeutet, übernehmen nach dem Tod von Vater Jakob Brachtendorf seine Kinder Anton, de Dunn, und Johann die Landwirtschaft, während sein Neffe und Stiefsohn Johann Jakob, der Sohn Marias aus erster Ehe mit dem älteren Bruder Heinrich Brachtendorf, fortzieht. Anton und Johann der Zweite heiraten 1830 beziehungsweise 1834. Aber auch Dorothea Catharina, dat Kath aus dem Roman, bleibt auf dem Hof, und als sie 1825 einen Johann Peter Dany aus Löf heiratet, zieht dieser zu ihr. Rund achtzig Jahre lang werden nun die Familien Brachtendorf und Dany einträchtig nebeneinander auf dem Kergeshof wirtschaften; mit Beginn des 20. Jahrhunderts werden es dann wieder nur Brachtendorfs sein. Dat Kath stirbt übrigens siebenundsechzigjährig im Jahr 1867. Mit ihrem Mann Johann Peter Dany hat sie neun Kinder.

Inzwischen bieten das Stammhaus und die Gesindeunterkunft nicht mehr genügend Platz für die ständig größer werdende Familie. Mitte des 19. Jahrhunderts wird daher ein erstes zusätzliches Haus gebaut, auch eine kleine Kapelle, und dann weitere Gebäude.

Heute besteht der gesamte Kergeshof, ohne Scheunen und Ställe, aus zehn Wohnhäusern, in denen noch immer – mit einer einzigen Ausnahme – nur Brachtendorfs leben.

Es ist nicht bekannt, wer das Kreuz für den so tragisch ums Leben gekommenen Johann Joseph Brachtendorf aufgestellt hat.

1814 DEN 15. AUGUST DES ABENS UM 9 UHR WURDE HIER DER EHR UND TUGENDSAME IUNGESEL JOSEPH BRACHTENDORF ALT 22 JAHR VOM KERGESHOF VON SEINEM BESTEN FREUND DEN ER NOCH EINIGE MINUTEN ZUVOR KÜSTE IAEMERLICH ERMORDET. BETET FÜR IHN. RIP.

Ist es die Mutter gewesen, der es eine Herzensangelegenheit gewesen sein mochte, oder hat es die ganze Familie gewollt? Haben die Moselsürscher sich daran beteiligt? Und was mag Caspar gedacht und gefühlt haben, falls er viele Jahre später nach seiner Haftentlassung einmal an der Stelle vorbeigekommen sein sollte, an der das steinerne Mal an das Unglück im Sommer 1814 erinnert?

Heute steht das dunkle Basaltkreuz mit der langen Inschrift nicht mehr an seinem ursprünglichen Platz zwischen den Feldern. In der Mitte des vergangenen 20. Jahrhunderts erfolgte eine Flurbereinigung, in deren Folge das kleine Denkmal ungefähr zweihundert Meter weiter an die Landstraße zwischen Münstermaifeld und den Lehmerhöfen versetzt wurde.

Glossar moselfränkischer Ausdrücke

Die Zusammenstellung dieses Glossars berücksichtigt das Gebiet um Moselsürsch. Begriffe, Ausdrucksweise und vor allem die Schreibweise der Dialektformen variieren von Dorf zu Dorf, manchmal sogar innerhalb der Familien. Die Auflistung erhebt daher weder den Anspruch auf Vollständigkeit noch auf absolute »Korrektheit«.

Bach, die – In weiten Gebieten der Eifel und in den angrenzenden Regionen ist der Bach weiblichen Geschlechts, die Bach.

Beständer – Bezeichnung für Pächter beziehungsweise für den Halfen eines bäuerlichen Guts, das sich im Besitz von Adel oder Klerus befindet. In einer Urkunde im Landeshauptarchiv Koblenz ist die Rede von Jakob Brachtendorf als »fürstlich Leyenscher Beständer des Kärgishofs (sic!)«. An der Mosel hört man auch oft die Bezeichnung »Hofmann« für Beständer.

Blaukopp – Umgangsprachlich für Protestanten

Haarnadel oder *Haarpfeil, Ohreisenband, Tugendpfeil* – Auf dem Maifeld und an der Untermosel trugen junge Mädchen früher eine Art Haarnadel, eine »Hoarnohl«, mit denen die hochgesteckten Zöpfe am Hinterkopf festgehalten wurden. Oft gehörte ein schmales gebogenes Band dazu, das über der Nadel fest im Haar saß, das Ohreisenband. Erst gegen Ende des 19. Jahrhunderts, als unsere Kath vermutlich schon nicht mehr lebte, erhielt der hübsche Haarnadelschmuck die Bezeichnung »Tugendpfeil«.

Hillich – Typisch moselländische und Eifeler Art des Polterabends

Hotzele – Harte, kleine Frühbirnen, die nicht zum Essen geeignet sind. Stattdessen wird aus den Früchten ein saurer Obstwein gemacht, Viez genannt. Viez wird nur aus Äpfeln, sogenannten Holzäpfeln, oder eben aus Hotzele produziert, nie aber aus Trauben oder süßen Früchten wie Brombeeren oder Johannisbeeren. Die Bewohner von Moselsürsch werden auch Siascher Hotzele genannt, weil es früher um das Dorf herum besonders viele Frühbirnenbäume gab und in fast jedem Haus Viez hergestellt wurde.

Hummes, auch *Hommes* – Ein Hummes oder Hommes risch war ein gut betuchter Bauer, ein Ackerer, der es zu etwas gebracht hat, der mit Krawatte und im Sonntagsstaat auf den Markt fuhr und die Knechte arbeiten lassen konnte. Vom französischen *homme riche*, reicher Mann.

Kannegießerisch, kannegießern – Steht für politische Schwätzerei. Laut digitalem Deutschem Wörterbuch von Jacob und Wilhelm Grimm schrieb »*Göthe an fr v. Stein*« im Mai 1780: … *was übrigens jetzt uns in unsern klubbs … einen gemeinschaftlichen ton gibt, ist das politische kannengieszern.*«

Kasten, Getreide kasten – Eine spezielle Art, das Getreide zum Trocknen im Viereck aufzuschichten, wie man es lange Zeit noch auf dem Maifeld, an der Mosel und auf dem Hunsrück gemacht hat

Kitzel oder *Kützel* – Trag- oder Kopfring zum Unterlegen unter Körben oder anderen Lasten, die die Frauen auf dem Kopf trugen

Krebbelcher, auch *Kribbelcher* – Reibekuchen, Kartoffelpuffer

Krombiere – Kartoffeln

Loden schdömpen im Wingert – Loden sind die Sommertriebe der Weinreben, schdömpen bedeutet abschneiden.

Muure – Möhren

Pelle, Pille, Pilcher – Junge Hühnchen

Port, die – Im Moselfränkischen wie »Poart« oder »Puart« ausgesprochen. Bezeichnung für das große Portal, durch das man in das bäuerliche Anwesen gelangt, oder auch das Tor zur Scheune. Auch wenn es vom französischen *la porte* kommt, ist damit nicht die Haustür gemeint.

Trändeln – Rumtrödeln

Viez – Siehe Hotzele

Wingert – Weinberg, Rebhang

Zwibbele – Zwiebeln

Übersetzung moselfränkischer Textpassagen

Bette afzehje, de Backes anmache, de Keh määlke! – Betten abziehen, den Ofen anmachen, die Kühe melken!

Borim hei in Siasch? – Warum hier in Sürsch?

Dann Krombiere schelle, Äppelkomboot koche un de Männer et Meadachäasse fier et Fäald richte! – Dann Kartoffeln schälen, Apfelkompott kochen und den Männern das Mittagessen für aufs Feld richten!

Dat Schoof es foat. Wenn isch et net fäanne, schlaaht mich de Oonkel, et eas et beste Modderschoof, bat mäa han. – Das Schaf ist fort. Wenn ich es nicht finde, schlägt mich der Onkel, es ist das beste Mutterschaf, das wir haben.

De Juseff erschlohn! Oower boorim? – Der Joseph erschlagen! Aber warum?

De Pitter ees net haamkumme / Das hat een noch nie imach. – Der Peter ist nicht nach Hause gekommen / Das hat er noch nie gemacht.

Die Sach es nie offiklärt wuure. – Die Sache ist nie aufgeklärt worden.

Een Leich! – Eine Leiche!

Et Ann hat doch och noo Siasch ihäiroot. – Die Ann hat doch auch nach Sürsch geheiratet.

Isch dinn et fier disch. – Ich tu es für dich.

Isch hann de Krombiere iriewe. – Ich habe die Kartoffeln gerieben.

Isch hann noch nie äbbes verroode. – Ich habe noch nie was verraten.

Isch ilawe dir net. – Ich glaube dir nicht.

Jieh, mach dich an dej Orwet! – Geh, mach dich an deine Arbeit!

Juseff, wat eaas? – Joseph, was ist?

Gude Morje – Guten Morgen

Psst, net wäiii un net häii. – Psst, nicht jetzt und nicht hier.

Reed ka Stuss! De Schinderhannes es offihange wuure. – Red keinen Stuss! Der Schinderhannes ist aufgehängt worden.

Säin isch ze spät? – Bin ich zu spät?

Un dat Schäppche ees vom Dokta Martini loo häanne. – Und das Glas Wein ist von Doktor Martini dort drüben.

Un dau bees bis Meensder ilaaf? – Und du bist bis Münster gelaufen?
Un et Ann in Siasch. – Und Anna in Sürsch.
Un isch han en ooch net verroode. – Und ich habe ihn auch nicht verraten.
Un wenn er offerstanne eas? – Und wenn er auferstanden ist?

Glossar französischer Ausdrücke

Ah, oui, maintenance! C'est ça qu'il faut. – Ja, Wartung! Das ist es, was wir bräuchten.
Allez hopp! – Auf, los!
Canallje – Schimpfwort, umgangssprachliche Ausdrucksweise für *canaille* – Schurke, Hund, hinterhältiger Kerl
Chaise – Stuhl, auch Kutsche
Chose – Die Sache, die Angelegenheit
Embonpoint – Veraltet für den wohlgenährten dicken Bauch des Mannes
Entrepreneur – Unternehmer, Geschäftsmann
Grande Armée – Die Armee von Napoleon Bonaparte
Greffier – Gerichtsschreiber
Konskription – Musterung, Aushebung zum Militärdienst
Juge de la paix – Friedensrichter
La République nous appelle / Sachons vaincre ou sachons périr / Un Français doit vivre pour elle / Pour elle un Français doit mourir. – Uns ruft die Republik / Lasst uns siegen oder untergehen / Ein Franzose muss für sie leben / Für sie muss ein Franzose sterben. Dieses »Lied des Aufbruchs« (»Le Chant du Départ«) war von 1804 bis 1815 die französische Nationalhymne. Erst nach Napoleon wurde die »Marseillaise« wieder gesungen.
Liberté, égalité, fraternité – Freiheit, Gleichheit, Brüderlichkeit
Maire – Bürgermeister
Mairie – Bürgermeisteramt
Merde – Scheiße
Mètres – Meter. Unter der Herrschaft Napoleons wurde in Deutschland allmählich das metrische System eingeführt. Noch nach dem Rückzug der Franzosen verwendet Johann Büchel V, Chronist der Stadt Münstermaifeld, für kürzere Entfernungen stets die französische Bezeichnung *metre* (im Singular) und *metres* (im Plural), wenn auch ohne Akzent.
Napoléon d'or – Eine Goldmünze mit dem Kopfbild von Napoleon Bonaparte. Es gab den Napoléon in 20- und 40-Francs-Stückelung.

Retourne chez ta maman, mon petit! – Geh zurück zu deiner Mama, Kleiner!

Sou, Pl.: sous – Ein Sou war eine kleine französische Münzeinheit.

Suppléant – Stellvertreter des Friedensrichters unter napoleonischem Recht

Vive l'empereur! – Es lebe der Kaiser! (Napoleon!)

Voltigeur – Truppengattung; Infanterist im napoleonischen Heer

Zu den Personen im Roman

Die Geschichte ist ein Roman, auch wenn die Handlung auf Tatsachen beruht. Opfer und Täter haben gelebt, haben auch genau zu der Zeit gelebt, in der wir uns im Buch befinden; der Name des Opfers und der Vorname des Täters sind echt. Aber Gesinnung, Verhaltensweisen und Aussehen der handelnden Personen entsprechen nicht ihrem wirklichen Charakter.

Das Gleiche gilt für die im Roman erwähnten Mitglieder der Familie Brachtendorf und für die vielen Bewohner von Moselsürsch, Münstermaifeld, Winningen und weiterer Orte, auch dann, wenn die Personen des Romans bekannte und altverbürgte Namen tragen. Manchmal habe ich mir erlaubt, diese leicht zu verändern, aber letztlich gehören Familiennamen wie Daum, Ackermann, Wymar, Sisterhenn, Sesterhenn oder Süsterhenn und viele andere zu dieser Region und zu dem hohen Himmel über der sanft gewellten Landschaft wie der Roggen auf dem Feld, die Krombiere im Acker und die Hotzele am Baum.

Historisch verbürgt sind neben meinen beiden Protagonisten Joseph Brachtendorf und Caspar N. N. die folgenden Personen:

Becker, Johann Nikolaus, Jurist, Sicherheitsbeamter in Simmern und Friedensrichter des Kantons Kirn an der Nahe (geb. 1773 in Beilstein, Mosel; gest. 1809 in Simmern, Hunsrück).

Herschler, Theodor, Scharfrichter und Abdecker in Münstermaifeld.

Kaysersfeld, Johann Philipp von, auch Kaisersfeld geschrieben, schon unter französischer Verwaltung Kantonspräsident und Friedensrichter. Auch nach Napoleon weiterhin Richter am Friedensgericht zu Münstermaifeld bis vermutlich 1825.

Kretzer, J. N., Gerichtsschreiber (Greffier) am Friedensgericht zu Münstermaifeld.

Lezay-Marnésia, Adrien de, Präfekt des Rhein-Mosel-Departements von 1806–1810 und Präfekt des Departements Niederrhein von 1810–1814. Er starb fünfundfünfzigjährig im Oktober 1814.

Martini, Distriktarzt mit Sitz in Münstermaifeld von 1804–1817.

Morret, Balthasar, Inspektor des Baugefangenenamtes; das ist die Strafanstalt auf der Zitadelle zu Jülich. Es liegen mir keine weiteren Daten zu seiner Person vor.

Puth, Peter, der Junge, der nur Milch getrunken hat. Johann Büchel V, gewissenhafter Münstermaifelder Chronist, berichtet: »All-hier [in Moselsürsch] ist des Johann Puth und seiner Ehefrau Katharina Daum in der Ehe erzeugter Sohn Peter Puth im Jahre 1806 zur Welt geboren, welcher bis heute [leider ohne Datum] noch kein Brot, Fleisch und dergleichen esset als nur warme Milch, deren er täglich 1 ½ Maß genießet, welches seine ganze Kost ist. Auch trinkt er zuweilen eine Tasse Kaffee, auch ein Glas Wein. Den 5. Juni 1819 hat er versucht, 7 Kirschen zu essen und nach und nach hat er dann das Essen gelernt.« Zitiert nach dem Familienbuch der Stadt Münstermaifeld.

Reding, Johann, und *Wallet, Johann*, die beiden im Roman im August 1814 aus dem Gefängnis entkommenen Ausbrecher sind in Wirklichkeit erst Anfang des Jahres 1815 ausgebrochen und auch nicht aus der Bitburger Arrestanstalt, sondern aus dem Gefängnis zu Echternach. Die Steckbriefe sind im Amtsblatt für das Rhein-Mosel-Department Koblenz 1815 veröffentlicht.

Rosenmüller, Johann Christian, Mediziner und ambitionierter Erforscher der Höhlen bei Muggendorf in der Fränkischen Schweiz. Eine der Höhlen trägt seinen Namen (geb. 1771, gest. 1820).

Sack, Johann August, preußischer Geheimer Staatsrat, der nach der Schaffung des Generalgouvernements Mittelrhein zum Generalgouverneur für die niederrheinischen Gebiete ernannt wurde. Wenn Inspektor Morret an ihn schreibt, spricht er ihn mit »Ritter und Herrn von Sack« an.Generalgouverneur für die bisherigen Departements Rhein-Mosel, Saar, Donnersberg und das Gebiet des Westerwalds wurde der russische Staatsrat Justus Gruner.

Seegmüller, zumindest unter französischer Herrschaft war H. Seegmüller Maire, Bürgermeister, von Gondorf.

Von der Leyen, erste Erwähnungen des Adelsgeschlechts der von der Leyen gehen zurück bis ins 9. Jahrhundert. Wahrscheinlich war Schloss Gondorf im Moselstädtchen Kobern-Gondorf der Stammsitz der Familie.

Quellen und Literatur

Landeshauptarchiv Koblenz:
LHAKo Best. 368,004, Nr. 4, Staatsprokurator in Koblenz, Urteile des Assisenhofs Koblenz 1813–1817
LHAKo Best. 355, Nr. 627, Mai 1815, Strafanstalt der Zitadelle zu Jülich

Landesarchiv NRW *Düsseldorf* – Abteilung Rheinland – Generalgouvernement Nieder- und Mittelrhein Nr. 564, Nr. 569, Nr. 1091 Bd. I + II

Amtsblatt für das Rhein- und Mosel-Department, Jahrgang 1815, Koblenz 1815
Handbuch für die Bewohner des Rhein- und Moseldepartments, Jahrgang 1808, 1809, 1810, 1812, Koblenz
Öffentliches Blatt für die allgemeinen im General-Gouvernement des Mittelrheins erscheinenden Verordnungen, welche gesetzliche Kraft haben, Jahrgang 1814, Coblenz, Pauly 1814

Die Literatur über das Maifeld und die Untermosel und über die französische Herrschaft im Rheinland ist zahlreich. Ich beschränke mich daher hier nur auf einige wenige Veröffentlichungen, die für den vorliegenden Fall besonders wichtig waren.

Becker, J. N.*:* Der Meuchelmord von Wallhausen, Kirn 1805
Boehncke, Heiner/Sarkowicz, Hans, Hrsg.: Die rheinischen Räuberbanden – Schinderhannes, Fetzer & Co., Eichborn 1997
Brachtendorf, Lukas: Der Kergeshof und der Name Brachtendorf, eine Chronik des Kergeshofes und die Genealogie seiner Brachtendorfs von 1604 bis 2012, unveröffentlichtes Manuskript 2012
Buschmann, Johannes/Hartung, Heinz/Bossier, Johann/Reif, Karl-Heinz, Hrsg.: Familienbuch der Stadt Münstermaifeld und seiner Filialorte, Herrn Johann Büchel V gewidmet, 1990

Hoffbauer, Frank/Rummel, Walter, Hrsg.: Winningen – »eine feine wolgezogene gemain« –, Beiträge zur Ortsgeschichte von den Ursprüngen bis in die Gegenwart, Siglinde-Krumme-Verlag, Winningen 2007

Hoffmann, Gertrud, Hrsg.: Beschreibung der Stadt Münstermaifeld nach Johann Büchel V 1816, herausgegeben von der Stiftung Kulturbesitz Gebiet Münstermaifeld, 1988

Koll, Bernhard, Hrsg.: Münstermaifeld – die Stadt auf dem Berge, Vivat – crescat – floreat, Münstermaifeld 2003

Löwenstein, Gerhard: Der Weinbau in Winningen, Veröffentlichungen des Heimat- und Museumsvereins Winningen, 1991

Pies, Eike: Scharfrichter- und Schindersippen, Geschichte einer »unehrlichen« Berufsgruppe vom 16. bis zum 18. Jahrhundert, Verlag E. & U. Brockhaus, Solingen 2001

Röhrig, Johann Jakob: »Ich schwöre es!« Unter der Fahne des ersten Napoleon. Jugendgeschichte des Hunsrücker Dorfschullehreres Johann Jakob Röhrig, von ihm selbst erzählt. BoD, Engelskirchen 2008

Schwerz, Johann Nepomuk von: Beschreibung der Landwirtschaft in Rheinpreußen, Rheinischer Landwirtschafts-Verlag Bonn, 1836

Danksagung

Eine der wichtigsten Quellen zu diesem Buch waren die unzähligen Gespräche, die ich mit Bewohnern des Maifelds und der Untermosel führen durfte. Sie zeigten mir den Kergeshof, führten mich durch Moselsürsch, Münstermaifeld und Winningen. Sie erzählten mir, wie ihre Eltern und Großeltern gelebt und gearbeitet haben, als die Mechanisierung der Landwirtschaft noch in den Kinderschuhen steckte, und gaben mir unschätzbare Tipps und Hinweise. Besonders erwähnen möchte ich Adolf Brachtendorf und seine Frau Gisela, Lukas und Norbert Brachtendorf, Erika und Kurt Ackermann, Alois Esch, Reinhold Etzkorn, Christel Haupt, Karl Sauer, Helger Weingarten, Irmgard und Werner Wey sowie Bernhard Koll, Frank Hoffbauer, Gerhard Löwenstein, Iris Ney, Guido von Büren, Frank Glenewinkel, Jens Bundesen und Wolfgang Wessel. Ihnen und den vielen anderen Gesprächspartnern, die aus Platzgründen alle gar nicht genannt werden können, danke ich für ihre Hilfe und ihr Vertrauen.